Zum Buch:

Ben Caravalho hat sich vorgenommen, den Pacific Crest Trail zu bezwingen – obwohl er sich nicht ganz sicher ist, ob er diesem Weg gewachsen ist. In seinem Leben hat er schon einige schlechte Entscheidungen getroffen, und bei fast allen davon waren gut aussehende Männer involviert. Trotzdem sorgt etwas an dem ruhigen Alexei dafür, dass sich Ben einfach nicht von ihm losreißen kann. Lex macht ihn aufmerksamer, lässt Bens Kopf endlich einfach abschalten – und die Schmetterlinge in seinem Bauch kann er irgendwann nicht mehr ignorieren. Sicherlich kann eine schlechte Entscheidung nicht so süß und klug sein? Als sich jedoch die Wanderung dem Ende nähert, müssen sich Ben und Alexei fragen, ob es möglich ist, an etwas so Wildem und Wunderbarem wie der Beziehung, die sich zwischen ihnen entwickelt, festzuhalten …

Zur Autorin:

Anita Kelly kommt aus einer Kleinstadt in den Pocono Mountains in Pennsylvania und lebt derzeit im pazifischen Nordwesten mit deren Familie. Anita arbeitet tagsüber als Bibliothekar:in, doch in jeder freien Minute schreibt sie Geschichten, die queere Liebe mit allen ihren Möglichkeiten feiert. Wenn Anita nicht gerade schreibt, trinkt sie viel zu viel Tee, widmet sich der Fotografie und träumt vom nächsten Spaziergang im Wald.

ANITA KELLY

WIR SIND WILD UND WUNDERBAR

Roman

Aus dem amerikanischen Englisch von
Christopher Bischoff und Jana Wahrendorff

HarperCollins

Die Originalausgabe erschien 2023 unter dem Titel
Something Wild & Wonderful
bei Forever, Hachette Book Group, New York.

1. Auflage 2024

Deutsche Erstausgabe

Umschlaggestaltung von bürosüd, München
Umschlagabbildung von GoodStudio, svfotoroom / Shutterstock
Gesetzt aus der Stempel Garamond
von GGP Media GmbH, Pößneck
Druck und Bindung von CPI books GmbH, Leck
Printed in Germany
ISBN 978-3-365-00582-8
www.harpercollins.de

Für Kathy,
die mir durch Lachen gezeigt hat, was Liebe bedeutet,
mich aber auch liebt, wenn ich ganz still bin.

Anmerkung von Anita Kelly

Dieses Buch ist zwar eine Liebesgeschichte und enthält all die Dinge, die Romantik für mich ausmachen – Humor, Herz und Hoffnung –, aber es befasst sich auch mit so schwierigen Themen wie familiärer Entfremdung aufgrund von queerer Identität. In Kapitel 16 werden homophobe Ausdrücke benutzt. Eine vollständige Liste aller Triggerwarnungen findet ihr auf anitakellywrites.com.

Danke für euer Vertrauen, diesen Weg mit mir zu gehen.

I

DIE WÜSTE

Meile 151 bis 702
Frühling

KAPITEL EINS

Bei der ersten Klapperschlange blieb Alexei das Herz stehen.

Nur ein einziger, unangenehm langer Aussetzer: ein Keuchen, das ihm im Halse stecken blieb.

Das *Wrumm* der Autos auf dem Palms to Pines Scenic Byway war verklungen. Übrig blieben nur noch die Stille der südkalifornischen Wüste und der Pulsschlag in seinen Ohren. Auch so früh am Morgen war es schon warm, und der Rucksack lastete schwer auf seinen Schultern.

Die ersten Schritte auf dem PCT, dem Pacific Crest Trail, hatten sich surreal angefühlt und ihm die Sinne getrübt, als würde er durch einen seltsamen Nebel aus Sonne und Sand laufen. Doch nach fast einer Stunde hatte er sich allmählich an die vertraute Klarheit der Einsamkeit gewöhnt. Bis die Stille um ihn herum abrupt durch dieses unverwechselbare Klappern unterbrochen wurde. Fest verschachtelte Hornschuppen, die warnend rasselten.

Alexeis Füße blieben automatisch stehen.

Die Schlange wand sich vor ihm über den Pfad.

Hielt genau dort inne, wo sein nächster Schritt gelandet wäre.

Einen endlosen Moment lang verharrten sie beide in einem heiklen Patt.

Bis eine Reihe weiterer Geräusche zu Alexeis Gehirn vordrang. Ein schweres Schnaufen. Das leise Stapfen von Schuhen auf Sand.

Instinktiv streckte er einen Arm aus und prallte dabei gegen die stabile Brust des Fremden. Obwohl sein Verstand raste, erfüllte ihn die Bewegung mit einem seltsam beruhigenden Gefühl, das ihn an all die Male erinnerte, in denen er das Gleiche für seine jüngere Schwester getan hatte: jedes Mal, wenn Alina in der Innenstadt von Portland zu nahe an die Bordsteinkante getreten war. Jedes Mal, wenn sie sich bei ihren Familienwanderungen durch den Gifford Pinchot National Forest zu weit über eine Abbruchkante gelehnt hatte.

Aber gerade war Alexei weit weg vom Pazifischen Nordwesten, und die Person, die er hier vor der Klapperschlange beschützte, war definitiv nicht Alina.

Zum ersten Mal, seit er das Klappern gehört hatte, riss er den Blick vom Boden los und musterte den Mann neben sich. Der Fremde hatte leicht gebräunte Haut und dunkle Haare, zu einem Dutt gebunden. In seinen Ohren steckten Kopfhörer – vermutlich war er deshalb so sorglos auf Alexei und die Klapperschlange zugestürmt. Nach und nach hob er eine Hand, um sich einen der kleinen weißen Stöpsel aus dem Ohr zu ziehen, während er auf die Schlange hinunterstarrte und seine Brust sich beständig gegen Alexeis Arm drückte.

Den dieser aus irgendeinem Grund nicht bewegen zu können schien.

»Schlange«, sagte der Mann.

Alexei richtete den Blick wieder auf den Pfad vor ihnen.

»Schlange«, stimmte er zu.

Eine weitere endlose Sekunde lang verharrten sie reglos – Alexei, der Fremde und die Schlange. Alexei überlegte gerade, wie er sein Gehirn dazu bringen könnte, seinem Arm das Signal zu senden, sich von der Brust des Fremden zu lösen, als die Klapperschlange den Kopf bewegte.

Jetzt starrte sie ihn direkt an.

Ihr Schwanz rasselte erneut gefährlich, und die lange, schmale Zunge schoss zwischen ihren Zähnen hervor.

Bevor Alexei sich bremsen konnte, drehte er den ausgestreckten Arm, sodass er mit der Hand leichter nach dem Shirt des Fremden greifen konnte. Es wäre ihm peinlicher gewesen, wenn der Fremde nicht im selben Augenblick noch näher an Alexei herangerückt wäre und die Schulter an seinen Rücken gepresst hätte. Alexei konnte sich auf nichts anderes konzentrieren als auf sein rasendes Herz, das den zuvor übersprungenen Schlag wieder wettmachte, indem es nun im doppelten Tempo gegen seinen Brustkorb pochte.

»Schlange«, flüsterte der Fremde erneut, und sein Atem strich Alexei über die von der Sonne erhitzte Ohrmuschel.

Wie sagte man so schön über menschliche Reaktionen bei Gefahr? Kampf oder Flucht? Tja, das stimmte eindeutig nicht. Im Moment war Alexei weder in der Lage, gegen die Klapperschlange zu kämpfen, noch, vor ihr zu fliehen. Ein treffenderer Ausdruck wäre … Panik schieben oder Einpinkeln.

Und auch wenn er gerade das Shirt eines Fremden umklammerte, so war wenigstens seine Hose noch trocken.

Ziemlich sicher.

Er würde sich später ein genaueres Bild von der Lage machen müssen.

Falls er später überhaupt noch lebte.

Doch wie durch ein Wunder wandte die Schlange nach

einer Weile den Kopf ab. Lautlos und geschmeidig verschwand sie im Gestrüpp, und eine halbe Sekunde danach war sie schon nicht mehr zu sehen.

Fast hätte Alexei laut aufgeschrien, als sich eine Hand auf seine andere Schulter legte und ein kratziger Bart seine Wange streifte.

»Hey, Jungs«, sagte ein neuer Fremder. »Warum kuscheln wir denn?«

Endlich ließ Alexei den Arm sinken, wich zurück und nahm einen tiefen, staubigen Atemzug.

»Scheiße, Faraj.« Der erste Fremde rieb sich die Stirn. »Da war eine riesige Schlange direkt auf dem Weg …« Er schüttelte den Kopf und sah vom Boden hoch, Alexei direkt in die Augen. Ein schwaches Lächeln umspielte seine Lippen, und in seinem Blick lag Erleichterung. »Der Typ hier hat mir das Leben gerettet.«

»Verdammt«, sagte Faraj. »Klingt aufregend.«

So könnte man es wohl auch ausdrücken, dachte Alexei. Er musste den Blick vom Lächeln des ursprünglichen Fremden abwenden, denn jetzt konnte er sein Gesicht zum ersten Mal richtig erkennen und wie dieses Lächeln es komplett verwandelte – die Wärme, die seine tiefbraunen Augen ausstrahlten, und die winzigen Lachfältchen, die sich um sie herum kräuselten …

Die reinste Reizüberflutung.

Faraj klopfte ihm ein weiteres Mal auf den Rücken. »Danke, Mann.«

Alexei öffnete den Mund und schloss ihn wieder, weil er keinen Schimmer hatte, was er darauf antworten sollte.

»Hey!«, rief Faraj über die Schulter. »Vorsicht vor den Klapperschlangen!«

Dann grinste er Alexei freundlich zu und lief weiter den Pfad entlang. Kurz dahinter folgten ihm drei weitere Männer, die Alexei im Vorbeigehen jeweils zunickten, ihn anlächelten und »Hey« sagten.

Alexei blinzelte jeden von ihnen an und hatte immer noch damit zu kämpfen, seinen Adrenalinpegel zu senken. Als sie weg waren, rieb er sich abwesend die Brust.

»Danke noch mal.«

Beinahe hätte Alexei einen Satz gemacht. Ihm war gar nicht aufgefallen, dass der ursprüngliche Fremde mit den braunen Augen, den langen Haaren und dem Lächeln immer noch neben ihm stand.

»Ich bin Ben.«

Ben hielt ihm die Hand hin. Nach einer Weile schüttelte Alexei sie.

»Alexei.«

»Du kannst mit uns zusammen hiken, wenn du willst.« Ben deutete mit dem Kopf in Richtung des Trails, auf dem die anderen schon unterwegs waren.

»Ach so.« Alexei schüttelte den Kopf. »Nein, schon okay.« Nach einer verlegenen Pause fügte er hinzu: »Du solltest vermutlich nicht mit Kopfhörern wandern.«

Er biss sich auf die Zunge, da ihm sofort klar wurde, wie tadelnd das geklungen haben musste. Das war wohl einer der Gründe, warum Alexei nicht sehr viele Freunde hatte. Tja, die Wüste war nun einmal ein Furcht einflößender Ort. Ben musste auf sich achtgeben.

Zu Alexeis Erleichterung lachte Ben und stemmte die Hände in die Hüften.

»Meine Mutter wäre dir dankbar für diese Warnung.«

Sie blickten sich noch einen ziemlich langen Moment an,

bevor Ben die Trekkingstöcke um seine Handgelenke zurechtrückte und in Richtung des Wanderwegs nickte.

»Na gut«, sagte er. »Man sieht sich.«

Und mit einem letzten entwaffnend charmanten Lächeln verschwand auch er.

Alexei lehnte sich auf seine eigenen Trekkingstöcke und hielt kurz inne.

Er hatte nun offiziell die erste der zweitausendfünfhundert Meilen seiner Wanderung hinter sich. Dieses große Abenteuer, das er seit Monaten geplant hatte, wurde plötzlich so real mit all dem Staub auf seinen Trail-Schuhen, dem Wind im Gesicht und der brennenden Sonne im Nacken. Er hatte sich auf diese einsame Reise vorbereitet, hatte sich auf die Monate gefreut, in denen er allein die felsigen Gebirgszüge von Kalifornien, Oregon und Washington entlangwandern würde. Eine Chance, sich von seinem alten Leben zu verabschieden. Von dieser wunderbaren, wilden Küste. Um ein bisschen Frieden zu finden, bevor er neu anfing.

In gewisser Weise hatte Alexei sich seit Jahren auf diesen Moment vorbereitet, seit sein Vater ihn im Alter von sieben Jahren auf anspruchsvolle Hikes mitgenommen hatte. Der Gedanke an seinen Dad versetzte ihm einen Stich, aber damit hatte er gerechnet, denn das kannte er schon. Dasselbe hatte er auch gespürt, als Ben *Meine Mutter wäre dir dankbar für diese Warnung* gesagt hatte. Hoffentlich würde er den Umgang mit diesem Gefühl bis zum Trail-Ende in Kanada perfektioniert haben. Damit das Sticheln seiner Eltern ihn nicht mehr so sehr treffen konnte.

Schwer vorstellbar, um ehrlich zu sein. Trotzdem hoffte er darauf. Hoffnung war der Grund, aus dem er hier war.

Und doch, als er sich heute Morgen mit nichts als seinem Rucksack und seinen Gedanken auf den Weg gemacht hatte, hatte es sich irgendwie … antiklimaktisch angefühlt, selbst nachdem seine Wahrnehmung sich angepasst hatte. Hier gab es keine Begrüßungsparty, keine Tabelle, die er zurate ziehen konnte – bei seinen Vorbereitungen hatte er jede Menge Tabellen erstellt –, keine Kästchen, die er beruhigt ankreuzen konnte. Nichts, was ihm verriet, dass das hier tatsächlich passierte.

Abgesehen von der Klapperschlange.

Die Klapperschlange wusste, dass Alexei hier war.

Und Ben. Auch er wusste, dass Alexei hier war.

Er richtete sich auf. Betrachtete die geschwungenen braunen Hügel und den strahlend blauen Himmel.

Er hatte sich geschworen, die Weisheiten zu beherzigen, die die Natur immer zu geben bereit schien. Wenn er so darüber nachdachte, waren Klapperschlangen eigentlich noch eine recht freundliche Spezies. Ihm standen weitaus schlimmere Gefahren bevor: Berglöwen und Bären, ausgetrocknete Wasserstellen und Dehydrierung. Er würde schneebedeckte Bergpässe über- und tosende Flüsse durchqueren müssen.

Klapperschlangen warnten einen immerhin vor.

Im Grunde wollten sie, wie alles andere auch, nur leben.

Im Grunde wollten sie bloß, dass man ihnen zuhört.

Alexei hatte seine erste Klapperschlange überlebt.

Ein gut aussehender Mann hatte ihn warm angelächelt.

Und – er tastete sich zur Sicherheit kurz ab – er hatte sich nicht eingepinkelt.

Von klein auf hatte man ihm beigebracht, die kleinen Freuden zu genießen, wo immer sie einem begegneten.

Alexei drehte sich um und ging mit etwas festerem Schritt und ruhigerem Puls am Pfad der Klapperschlange vorbei, tiefer hinein ins Herz der Wüste.

Als Alexei Ben dreißig Meilen später wiedersah, hatte dieser das Gesicht voller Rasierschaum.

»Hey!« Seine Stimme ließ Alexei auf der Stelle verharren. Die freundliche, unverhoffte Begrüßung kam fast so überraschend wie die erste Klapperschlange. »Du bist doch der Typ, der mir das Leben gerettet hat.«

Alexei starrte Bens Ebenbild im Spiegel des Sanitärbereichs an. Der kleine Raum und das helle Licht über dem Waschbecken ließen Bens Lächeln noch unausweichlicher erscheinen als vorher in der Wüste.

»Ich glaube nicht …« Alexei räusperte sich, die Kehle nach Tagen des Schweigens ganz trocken. »Ich habe dir nicht wirklich das Leben gerettet.«

»Klar.« Ben spülte seine Rasierklinge und klopfte sie am Waschbeckenrand ab, bevor er sie wieder ans Gesicht führte. »Ich war dehydriert und unaufmerksam. Hundertpro wäre ich auf das Mistding getreten. Du hast mir auf jeden Fall das Leben gerettet.« Sein Lächeln im Spiegel verblasste, und die Hand mit dem Rasierer verharrte, als er sich Alexei zuwandte. »Es tut mir allerdings echt leid, aber ich erinnere mich nicht an deinen Namen.«

»Alexei«, stellte er sich erneut vor.

»Ja, richtig.« Ben lächelte. »Ich bin Ben.«

An seinen Namen erinnerte Alexei sich ganz genau. Obwohl er in den letzten Tagen an vielen anderen Wandernden vorbeigekommen war, hatte er mit niemandem außer Ben mehr als zwei Worte gewechselt. Vermutlich würde er seinen Namen nie wieder vergessen.

»Wie auch immer.« Ben widmete sich erneut seiner Rasur. »Schön, dich wiederzusehen. Und hey!« Er deutete mit der Klinge nach unten. »Waschbecken!«

Die dreißig Meilen seit ihrem Treffen waren nicht die besten in Alexeis Leben gewesen. Nach dem anfänglichen Hochgefühl, nicht von einer Klapperschlange gebissen worden zu sein, plagten Alexei Schmerzen, wie er sie noch nie zuvor erlebt hatte. Seine Schultern und Hüften waren vom Gewicht des Rucksacks ganz wund, die Sonne hatte ihm das blasse Gesicht verbrannt, obwohl er sich noch so oft mit Sonnencreme eingecremt hatte, und die Füße taten ihm weh, obwohl der Verkäufer im Outdoor-Store ihm versichert hatte, dass er sich keine Blasen laufen würde. Der war so begeistert gewesen, weil man mit den richtigen Schuhen angeblich blasenfrei bleiben konnte, ganz egal, wie weit man lief.

Die letzten zwanzig Meilen hatte Alexei sich allerdings gewünscht, in den Laden zurückzugehen und ein ernstes Wörtchen mit dem Kerl zu reden. Wahrscheinlich hätte er selbst den Großteil des Gesprächs nur geheult, während der Verkäufer wie jeder Mensch, der jemals bei dieser Kette gearbeitet hatte, unverschämt attraktiv und optimistisch hinter der Ladentheke herumgestanden hätte. Trotzdem gefiel Alexei die Vorstellung irgendwie.

Zu allem Überfluss schien sein Magen den PCT komplett zu verabscheuen. Er konnte kaum etwas bei sich behalten. Und wenn man eine Sache auf einer Langstreckenwanderung unbedingt brauchte, dann waren es Kalorien. Er hatte nicht geplant, diesen Abstecher nach Idyllwild zu machen, das einige Meilen vom offiziellen Weg entfernt lag, aber die Aussicht auf echtes, frisch zubereitetes Essen in einem Restaurant war einfach zu verlockend gewesen. Darum stand er nun in der Toilette von Tommy's Kitchen. Und obwohl er wusste, dass er sich richtig entschieden hatte, war er den ganzen Umweg lang frustriert und enttäuscht von sich selbst gewesen. Der Ausflug würde ihn einen halben Tag zurückwerfen, mindestens.

Doch als Ben ihn anstrahlte und »Waschbecken!« sagte, zuckten Alexeis Mundwinkel unweigerlich zu einem kleinen Lächeln hoch. Waschbecken waren tatsächlich aufregend, wenn man die letzten vier Tage ohne eine wirkliche Süßwasserquelle durch die Wüste gestapft war.

Es fühlte sich auch wie ein witziges Echo ihrer ersten einsilbigen Unterhaltung an. *Schlange.*

Die Kunst der lockeren Konversation hatte Alexei noch nie beherrscht, egal mit wem, aber besonders, wenn es um objektiv gut aussehende Männer ging. Doch vielleicht, nur vielleicht, würden diese Ein-Wort-Gespräche mit Ben funktionieren.

»Waschbecken«, stimmte er also zu. Nach einem weiteren Moment, in dem ihm klar wurde, dass er wahrscheinlich schon zu lange auf Bens halb rasiertes Gesicht starrte, fügte er hinzu: »Okay, gut. Ich werde jetzt aufs Klo gehen.«

Kaum hatte er die Worte ausgesprochen, wurden seine Ohrläppchen ganz heiß, als ihm dämmerte, dass er das wahrscheinlich gar nicht unbedingt hätte ankündigen müssen.

Aber Ben hob beide Hände in die Luft. Das Grinsen auf seinem Gesicht wurde breiter, und zwischen seinen unteren Schneidezähnen klaffte eine schmale Lücke.

»Toiletten!«, jubelte er.

Alexei starrte auf Bens Zahnlücke. Sein Magen zog sich ruckartig zusammen.

Wahrscheinlich Hungerkrämpfe.

»Toiletten«, stimmte er zu.

»Und Mülleimer! Mann.« Ben widmete sich wieder seiner Rasur. »Waschräume. Total abgefahren.«

»Ähm …« Alexei stieß rückwärts mit der Schulter gegen die Tür der nächstgelegenen Kabine. »Genau.«

Dann drehte er sich hastig um und eilte hinein. Mit seinem Rucksack hatte er kaum genug Platz. Nach ein, zwei, drei – oh, und vier – lauten Remplern gegen die Seitenwände ließ er den Rucksack schließlich erfolgreich von den Schultern gleiten. Ein paar peinliche Sekunden lang stützte er nur den Kopf in die Hände.

Zum Glück betraten kurz darauf zwei andere Männer den Waschraum, unterhielten sich lautstark an den Pissoirs miteinander und sorgten so für Ablenkung. Als Alexei schließlich zu den Waschbecken zurückkehrte, tippte Ben konzentriert auf seinem Handy herum und grinste das Display an. Mit Rasieren war er fertig und sah atemberaubend aus, mit seinen glatten Wangen und der zarten Haut am Kinn. Die Haare trug er jetzt offen, und auch sie wirkten bemerkenswert sauber, wobei die dunklen Strähnen ihm fast bis zu den Schultern reichten.

Schnell wandte Alexei sich ab, wusch sich die Hände und versuchte, die vier Tage Wüstenschmutz unter den Fingernägeln zu entfernen.

Bens Nägel, das war nicht zu übersehen, waren genauso makellos wie der Rest von ihm, kurz geschnitten und ohne jede Spur von Dreck. Alexei ließ unwillkürlich den

Blick umherwandern und betrachtete die Adern, die an Bens Händen hervortraten, während er auf seinem Handy herumtippte, wie auch die Sehnen am Handgelenk und die Muskeln an den Unterarmen, die sich bei jeder kleinen Bewegung dehnten und entspannten. Er trug dasselbe himmelblaue Shirt wie neulich, das einzige Teil an ihm, dem man durch die leichten Falten und Staubflecken die Wanderung ansah.

Alexei erinnerte sich noch daran, wie sich das Shirt unter seiner Hand angefühlt hatte.

Er drehte den Hahn zu. Eigentlich hatte er hier seine Wasserbeutel auffüllen wollen, aber er würde lieber später wiederkommen. Er hatte sich vorhin geirrt: Sich mit Ben zu unterhalten, war doch zu viel für ihn.

Während er lautlos davonschlich, ohne sich von einem weiteren Lächeln erwischen zu lassen, redete er sich ein, dass es so besser war.

Bevor er nach draußen trat, holte er tief Luft.

Die Terrasse von Tommy's Kitchen war fast komplett besetzt, aber ganz hinten entdeckte Alexei ein paar leere Tische. Er legte seinen Rucksack vor dem in der hintersten Ecke ab und lehnte ihn ans Geländer. Seine Bestellnummer legte er an den Rand des Tisches. Dann zog er seine geschwollenen, blasengeplagten Füße aus den Trail-Schuhen und schlüpfte in die billigen Sandalen, die er fürs Camp eingepackt hatte. Die letzten Tage über hatte er versucht, seinen Füßen bei jeder längeren Pause Luft zum Atmen zu gönnen, in der Hoffnung, dass dies die Schmerzen lindern würde.

Sobald er damit fertig war, öffnete er die Flasche Apfelsaft, die er sich aus dem Kühlschrank im Restaurant genommen hatte. Der erste Schluck war noch besser, als seine Schuhe auszuziehen. Er war so kalt und süß. Wie die eisgekühlten Pflaumen im Gedicht von Williams. Das Erste, was sein Körper mit Freude annahm, seit er den Pfad betreten hatte. Ihm kamen beinahe die Tränen.

»Hey, Kumpel.«

Alexei verschluckte sich vor Schreck. Er war so vertieft in seinen flüssigen Zuckerrausch gewesen, dass ihm gar nicht aufgefallen war, wie sich jemand genähert hatte. Als er schließlich aufschauen konnte, erkannte er allerdings sofort den dunklen Bart des großen, kräftigen Mannes wieder, der über ihm schwebte. Dieser Bart hatte vor drei Tagen sein Gesicht gestreift.

»Stört es dich, wenn wir deine Party crashen? Sind leider nicht mehr viele Plätze frei.«

Oh. Alexei hatte eigentlich nicht … Aber vermutlich …

»Hier, ein Bier als Entschädigung.« Der bärtige Mann stellte eine tropfnasse Bierdose neben seinen Apfelsaft. Nur mit Mühe konnte Alexei widerstehen, die Nase zu rümpfen.

»Klar.« Er brachte ein kleines Lächeln zustande.

»Ausgezeichnet. Hey, ich bin sogar froh, dich wiederzutreffen.« Mit einem dumpfen *Rumms* ließ der Mann seinen Rucksack hinter sich fallen. »Tut mir leid, dass wir neulich so schnell weiter sind. Wir wollten unbedingt viele Meilen schaffen, und da draußen war es verdammt heiß. Wir wollten nicht aus dem Tritt kommen, weißt du? Jedenfalls danke, dass du Ben vor der Klapperschlange gerettet hast. Übrigens, ich bin Faraj.« Er streckte eine schwielige braune Hand aus.

Faraj. Richtig. Wie seltsam, dass Alexei sich das nicht gemerkt hatte.

»Alexei.«

Nachdem sie sich die Hände geschüttelt hatten, schob Faraj den Nachbartisch mit dem von Alexei zusammen, wobei die Beine über das abgenutzte Holz der Terrasse schabten. Schon bald gesellten sich die anderen Männer zu ihnen, die vor ein paar Tagen mit Faraj gewandert waren, lehnten ihre Rucksäcke ebenfalls ans Geländer und öffneten ihre eigenen Bierdosen. Darunter – klar, wie konnte es anders sein – auch Ben. Er setzte sich Alexei direkt gegenüber, in der Hand einen Plastikbecher mit Wasser.

Alexei schluckte. Sein Plan, in Idyllwild richtiges Essen zu genießen und sich dabei selbst zu bemitleiden, lief … nicht so. Aber das war in Ordnung. In seinem neuen Leben, als Alexei 2.0, würde er mehr mit Fremden reden müssen. Er konnte das.

Die anderen Männer stellten sich vor – ein Schwarzer mit kurzen Locken, Ryan, und ein sonnenverbrannter Rothaariger, Tanner –, und kurz darauf kam auch schon das Essen, sodass es keinen Grund mehr gab, sich zu unterhalten. Alle am Tisch hatten Burger bestellt, außer Alexei, der sich für ein Truthahn-Sandwich entschieden hatte. Ben hatte noch einen Salat dazu geordert und Ryan Zwiebelringe für die ganze Truppe. Alles war frisch und fettig, eine echte Wohltat nach vier Tagen mit nichts als Müsliriegeln und Fertiggerichten, und trotz der vielen Fremden legte sich Alexeis innere Unruhe während des Essens allmählich.

Als die Teller halb leer waren, zog Ben Alexeis Blick auf sich. Ein weiteres Zahnlückengrinsen im Gesicht, hielt er eine knusprige, goldene Fritte hoch.

»Pommes«, sagte er.

»Pommes«, stimmte Alexei lächelnd zu, dieses Mal etwas ungezwungener.

Tatsächlich spürte er mit jedem Bissen, wie etwas in ihn zurückkehrte. Energie. Dankbarkeit. Die Überzeugung, dass er weiterwandern konnte, ohne zu sterben.

Das Brot seines Sandwiches war perfekt getoastet, die Tomatenscheiben frisch und saftig. Und der Käse … Der *Bacon …*

Er bremste sich. In den letzten zwei Tagen hatte er sehr wenig gegessen – nicht, dass er sich gleich übergeben müsste. Alexei bemühte sich, jeden verbleibenden Happen seiner Mahlzeit zu genießen, jede Fritte, jeden leckeren Bissen Sauerteig. Und er hatte noch nicht mal …

Eine Idee. Eine kleine zwar, aber eine, die trotzdem Überwindung kostete.

Er sah Ben an, bis dieser seinen Blick erwiderte. So langsam wie entschlossen hob Alexei die Gewürzgurke in seiner Hand hoch.

»Gürkchen«, sagte er.

Dieses Mal war Bens Lächeln sanft, fast schon innig. Als hätte Alexei es sich wirklich verdient.

»Gürkchen«, stimmte er zu.

Die beste Gurke, die Alexei je probiert hatte.

Doch er hätte wissen müssen, dass das alles nicht von Dauer sein würde.

»Also gut.« Als Faraj seinen Burger vertilgt hatte, lehnte er sich zurück und nahm einen kräftigen Schluck Bier. »Ryan. Es wird Zeit, Mann. Erzähl uns, was mit Leon passiert ist.«

Alexei musterte die Männer am Tisch, kramte in seinem Gedächtnis und stellte fest, dass eine Person fehlte, ein weiteres Mitglied ihrer Truppe, das bei ihrer ersten Begegnung an ihm vorbeigegangen war.

Ryan prustete und hielt sich vor Lachen den Bauch.

»Scheiße. Ich vergesse immer wieder, dass ich euch das noch gar nicht erzählt hab.«

»Ja, weil du schon den ganzen Tag so seltsam auf Geheimniskrämer machst!«, rief Tanner.

»Na ja, es ist eine verdammt gute Geschichte, und ich war heute Morgen unglaublich schlecht gelaunt«, antwortete Ryan. »Ich wollte warten, bis ich sie vernünftig erzählen kann.«

»Das warst du definitiv«, grummelte Tanner, während er sich einen Zwiebelring über den Finger streifte.

»Du kannst mich mal. Egal, also letzte Nacht. Ihr Loser seid alle am Schlafen.« Ryan schob seinen leeren Teller beiseite und stützte sich mit den Unterarmen auf den Tisch. »Irgendwann gegen Mitternacht höre ich vom Pfad aus ein Geräusch.«

Alexei begann der Kopf zu schwirren, und ein unbestimmtes Kribbeln breitete sich unter seiner Haut aus.

Beim Essen hatte er sich gut gefühlt. Er hatte die Vorstellungsrunde überstanden. Doch als Ryan von der Begegnung mit einem Nachtwanderer auf Pilzen erzählte, den er und Leon letzte Nacht vor ihrem Lagerplatz getroffen hatten, klinkte Alexei sich zunehmend aus dem Gespräch aus.

Ein vertrautes Gefühl. Alexei *wollte* nicht asozial sein, er hatte nur … nichts über Pilze zu sagen. Die meiste Zeit seines Lebens hatte er einfach nicht viel zu den Dingen beizutragen, über die die Menschen um ihn herum reden wollten.

Auch Ben beteiligte sich kaum an der Unterhaltung und nippte gegenüber von Alexei stumm an seinem Wasser, ab und zu abgelenkt von seinem Handy auf dem Tisch. Alexei war von sich selbst enttäuscht, da er sich immer unwohler fühlte, während die Jungs neben ihnen immer redseliger wurden – irgendetwas über Kojoten und die Suche nach Außerirdischen … Er hatte den Faden verloren. Aber einen Moment lang war er stolz auf sich gewesen. Weil er mit einem Typen wie Ben gesprochen hatte, auch wenn es nur in kleinen Silben war. Und dabei hatte er sich auch noch halbwegs wohl in seiner Haut gefühlt.

Jetzt konnte er nur noch daran denken wegzukommen. Wieder allein zu sein. Wahrscheinlich wäre er nicht einmal in der Lage, eine ordentliche Verabschiedung über die Lippen zu bringen.

Er steckte schon halb in einer Gedankenspirale, als ihn ein Ruf rettete.

Es war ein schnelles, sich wiederholendes Stakkato, und in Alexeis Ohren klang es wie eine Erlösung, etwas Natürliches und Schönes. Er drehte den Kopf in diese Richtung, weg von der Unterhaltung, weg von Bens Lächeln, weg von den Blasen und den geschwollenen Füßen, hin zum Rasen neben der Terrasse und dem großen Baum dort. Er konzentrierte sich darauf, das Geräusch noch einmal zu hören, nur um sicherzugehen. Wäre er allein gewesen, hätte er sogar das Fernglas gezückt.

Aber das schien ihm … hier, in diesem Moment, nicht das Richtige zu sein.

»Oh mein Gott.« Tanner schlug sich die Hände vors Gesicht, immer noch ins Gespräch vertieft. »Leon ist so ein verdammter Vollpfosten.«

Alexei begann sich der Magen umzudrehen. Er betete, dass ihm das Essen nicht wieder hochkam.

Der Vogel auf dem Baum war eine Schwirrammer, vermutete er. Oder nein. Hm. Vielleicht …

Er schloss die Augen, um intensiver zu lauschen.

KAPITEL ZWEI

Sobald Alexei die Augen schloss, wusste Ben, dass er in Schwierigkeiten steckte.

Er hatte beobachtet, wie Alexei sich im Verlauf des Essens weiter und weiter in sich selbst zurückgezogen hatte, während Ryans Geschichte immer und immer lächerlicher wurde. Wie er vorhin mit gerunzelten Brauen in die Ferne geschaut hatte. Aber als er dann den Kopf zur Seite gelegt und die Augen geschlossen hatte …

Er schien etwas zu hören. Wahrscheinlich den Vogel, der im Baum auf der Terrasse saß und zwitscherte.

All die anderen Vollpfosten am Tisch lachten darüber, dass sie sich wie Vollpfosten aufführten, und dieser Kerl – dieser hinreißende, etwas seltsame Kerl, der Ben das Leben gerettet hatte – lauschte mit vollem Einsatz einem Vogel.

Bens Gabel mit Salat war schon auf halbem Weg zum Mund, doch jetzt hielt er inne und sah sich um. Bemerkte denn sonst niemand, dass dieser extrem heiße Typ hier am Tisch zu meditieren schien? Nein, nur Ben.

Also aß er seinen Salat. Starrte Alexei an. Beobachtete, wie ihm Sonnenstrahlen über die Augenlider tanzten und Highlights in seine hellblonden Haare und die kurzen honigblonden Stoppeln am Kinn warfen.

Bloß vom Handy, das auf der Tischplatte vibrierte, ließ er sich ablenken.

Julie: YAY BEN DU LEBST NOCH YAY

Julie: London sagt Hi!

Julie: London is aber grad ein riesiges Stressmonster und ne ganz schöne Nervensäge, also versteh ich, wenn du das Hi nicht erwiderst! Ich würds nicht!!!

Mit einem Grinsen legte Ben die Gabel weg und tippte eine Antwort.

Ben: Hi, London! *winkt* warum ist dey ein Stressmonster?

Julie: Dey sucht jemanden für das Organisatorische von deren Verein. Gestaltet sich aber schwierig

Julie: WOW okay dey lässt sich nicht gern als Stressmonster bezeichnen

Julie: Egal, zeig mir deine ekligsten Blasen

Seine Blasen hatte Ben eigentlich ganz gut im Griff. Aber vor einer Weile hatte es ihn in der Nähe von Warner Springs schlimm erwischt. Da hatte er diese Truppe hier das erste Mal getroffen. Dann war er gestolpert und fies mit der Seite auf einem Baumstamm gelandet. Er suchte das Foto mit dem Bluterguss heraus, der sich über seinen ganzen Bauch gezogen hatte, und schickte es Julie. Genau dafür hatte er es dokumentiert: um seine beste Freundin zu beeindrucken.

Julie: UNANSTÄNDIG, CARAVALHO

Julie: und – KRASS. GUTE ARBEIT.

Ben schaute gerade rechtzeitig vom Display auf, um zu sehen, wie Alexei die Augen endlich wieder öffnete.

Erneut vibrierte das Handy in seiner Hand. Aber Ben konnte nicht wegsehen, egal, wie laut sein Hirn ihn auch anschrie, genau das zu tun. Doch Alexei kehrte gerade wieder vollständig in die Welt der Lebenden zurück und drehte den Kopf zum Tisch. Ben musste einfach warten, bis ihre Blicke sich trafen. Und dann lächeln.

Sofort färbten Alexeis Wangen sich rund um seinen Sonnenbrand rot, als hätte er sich bei etwas Unanständigem erwischen lassen.

Seine Augen waren so blau. Wie der Himmel über dem Cumberland River an einem sonnigen Sommertag.

Ben musste wirklich all seine Willenskraft aufbringen, um nicht das Kinn auf der Hand abzustützen und ihn mit den Wimpern anzuklimpern.

Erst als noch eine Nachricht auf dem Handy eintrudelte, sah Ben hinab. Sie war von seiner Mutter – eine Antwort auf ein Foto vom gestrigen Sonnenuntergang im Coachella Valley: Kakteen und Yucca-Palmen vor pfirsichgoldenem Sonnenlicht.

Ma: Oh, Bento. Wie wunderschön.

Die drei Punkte hüpften im Chat auf und ab. Und verschwanden. Dann noch mehr Punktehüpfen. Und wieder weg.

Ben runzelte die Stirn.

Endlich …

Ma: Pass bitte auf dich auf.

In seinem Hals bildete sich ein Kloß. So beendete sie seit zwei Wochen jeden Chat mit ihm. Und jedes Mal konnte er ihre Zurückhaltung beinahe hören. Spüren, wie sehr sie sich bemühte. Denn normalerweise trug Iris Caravalho ihr Herz auf der Zunge.

Mann, er vermisste sie.

Er vermisste Ma und Dad, und Julie, und seine kleine Schwester Carolina, und seinen alten Mitbewohner Khalil, und London, und eigentlich alles an Nashville, Tennessee.

Jetzt kam noch eine Nachricht von Jeremy, einem ehemaligen Kollegen aus dem Café. Der, der den Appalachian Trail gewandert war, kurz bevor er eingestellt wurde, und seitdem kein anderes Gesprächsthema mehr kannte und Ben vor Jahren die Idee für diesen Trip ins Hirn gepflanzt hatte.

Ihm hatte Ben dasselbe Foto geschickt wie Ma.

Jeremy: Scheiße, ja, Mann! Du machst das echt!

Ben stieß einen Seufzer aus.

Eigentlich keimte die Idee für diesen Hike schon viel länger in ihm. Jeremys Gelaber über den AT hatte sie bloß weiter sprießen lassen. Als Kind hatte er so viel Energie gehabt, dass sie kaum in seinen kleinen Körper gepasst hatte. Im Grunde sprudelten alle Caravalhos vor Energie nur so über, doch während sein großer Bruder Tiago sie in Sport gesteckt hatte und Carolina in ihre akademische Karriere, war Ben in der Natur aufgeblüht. So wirklich richtig entspannen konnte er nur unter freiem Himmel. Wenn er erkunden und entdecken durfte.

Als er irgendwann aus dem Alter herausgewachsen war, in dem man noch ohne Weiteres täglich im Dreck spielen konnte, hatte seine Rastlosigkeit sich allerdings in ungesündere und weniger harmlose Richtungen entwickelt. Fast seine ganzen Zwanziger waren eine einzige Aneinanderreihung schlechter Entscheidungen gewesen: gescheiterte Beziehungen, verpasste familiäre Verpflichtungen, chaotische Flirts und Sexabenteuer. Ein Job nach dem anderen, der zwar die Fixkosten abdeckte, aber ansonsten nicht sehr erfüllend war.

Bis vor zwei Jahren, als Ben sich endlich lange genug auf eine Sache hatte konzentrieren können, um seinen Abschluss als Krankenpfleger zu machen. Wie stolz er war! Dafür hatte er härter als jemals zuvor gearbeitet, und er freute sich so sehr darauf, endlich eine Karriere zu starten, die ihm wirklich etwas bedeutete.

Aber er war auch tierisch nervös.

Und genau deswegen war er, als er die staatliche Abschlussprüfung bestanden hatte, statt sich auf Jobs zu bewerben, zuerst hierhergekommen. An die Westküste, zum PCT, einem Outdoor-Abenteuer, wie er es noch nie erlebt hatte. Eine letzte Gelegenheit vor dem bedrohlichen dreißigsten Geburtstag, seine Rastlosigkeit loszuwerden. Sich auf bessere Entscheidungen einzustimmen. Etwas Unbekanntes zu erleben, etwas Großes, während er sich gedanklich auf sein neues, verantwortungsbewusstes Leben vorbereitete.

Ben starrte noch eine ganze Weile auf die Nachricht.

Natürlich vermisste er Nashville. Hier fiel er über Baumstämme und entkam nur knapp Klapperschlangenbissen. Die meiste Zeit fragte er sich, ob er es überhaupt bis nach Kanada schaffen würde.

Aber Jeremy hatte recht, verdammt: Wenigstens war er hier und zog es durch.

»Alles klar, Jungs.« Faraj schob seinen Stuhl zurück und stand auf. Ben zuckte zusammen. Er war genauso vertieft in sein Handy gewesen wie Alexei in das Vogelgezwitscher. »Wenn wir die Zweiundzwanzig heute noch packen wollen, sollten wir langsam los. Vielleicht holen wir ja irgendwo unterwegs noch Leon ein, den Lappen.«

Ben verkniff sich ein Seufzen. Diese Kerle waren zwar ganz in Ordnung, aber auch waschechte Thruhiker und wollten jeden Tag echt eine Menge Meilen schaffen. Im Ernst, war es wirklich nötig, die Zweiundzwanzig an einem Tag wie heute unbedingt noch vollkriegen zu wollen? Faraj und Tanner hatten beide hier bei der Post Vorratspakete einsammeln müssen, und Ben sagte niemals Nein zu der Chance auf echtes Essen und richtige Waschräume. Also hatten sie mit dem Umweg in diese Stadt ganz schön viel Zeit vertrödelt.

Und jetzt, wo das leckere Essen langsam in Bens Magen ankam, wo er seit einer Woche mal wieder richtigen Empfang hatte und mit seinen Leuten schreiben konnte, verstand er nicht, was die ganze Eile sollte.

Tanner und Ryan packten ihre Sachen zusammen. Faraj sammelte die leeren Bierdosen ein. Bis er die von Alexei anhob und merkte, dass sie noch voll war.

Er stellte sie wieder vor ihm auf den Tisch. »Alles cool, Mann, keine Eile. Vielleicht sehen wir uns da draußen ja später noch mal?«

Auf Alexeis Stirn erschien kurz eine kleine Falte, verschwand jedoch auch gleich wieder.

»Ja.« Das Lächeln war eindeutig aufgesetzt. »Danke.«

Ben nahm noch einen Schluck Wasser. Der arme Kerl mochte Bier vermutlich nicht mal.

Tanner, Ryan und Faraj ließen die Hüft- und Schultergurte zuschnappen.

»Alles in Ordnung bei dir, Ben?«, wollte Ryan einen Moment später wissen.

Berechtigte Frage. Ben wusste ja selbst nicht genau, was er hier eigentlich tat. Warum er einfach sitzen blieb. Wahrscheinlich traf er mal wieder eine schlechte Entscheidung. Genau die Art Entscheidung, die er mit seiner Wanderung auf dem PCT doch hinter sich lassen wollte.

Denn schuld an fünfundneunzig Prozent seiner schlechten Entscheidungen waren gut aussehende Männer.

Aber … es war so schön hier in Tommy's Kitchen. Alexei zu beobachten. Den Vögeln zu lauschen.

Also blieb Ben weiterhin sitzen.

»Ich glaub, ich entspanne hier noch ein bisschen. Geht ruhig schon mal vor. Ich hole euch ein.«

»Alles klar.« Faraj nickte unbekümmert. Auf dem PCT waren Hiking-Gruppen nie in Stein gemeißelt. »Man sieht sich.«

Ben schob seine leere Salatschüssel beiseite und stapelte die Teller.

Als die anderen weg waren, schien die Stimmung sich zu verändern. Sie wurde ruhiger. Intimer.

Alexeis Blick zuckte zu ihm, dann wieder weg. Er verschränkte nervös die Finger. Ben musste an sein zögerliches Lächeln im Waschraum denken. So als hätte ihn dieses Lächeln selbst überrascht. Und an die ernste Miene, als er voller Überzeugung *Gürkchen* gesagt hatte.

Ben wusste auch noch genau, wie sich Alexeis Arm an seiner Brust angefühlt hatte. Stark und sicher. Er erinnerte sich an die gerunzelten Brauen, als er ihn wegen der Kopfhörer getadelt hatte. Mit diesem ernsten Blick, als würde er sich wirklich um Ben sorgen, einen Fremden, den er gerade erst getroffen hatte. Ben hatte gar nicht anders gekonnt, als zu lachen.

Anscheinend steckte er nicht erst seit dem Vogelgezwitscher in Schwierigkeiten.

Gerade wollte er etwas sagen, um das unangenehme Schweigen zu brechen, da schob Alexei ihm die Bierdose über den Tisch zu.

»Willst du das? Ich bin nicht so der Biertrinker.«

Ben nahm sie entgegen, trank aber nichts, sondern fragte stattdessen: »Was hast du da eben gehört?«

»Wie bitte?« Wieder lief Alexei rot an.

»Da draußen.« Ben deutete mit dem Kinn zum Baum auf der Terrasse. »Als die anderen den ganzen Mist gelabert haben, warst du mit den Gedanken woanders und hast irgendwas gehört. Einen Vogel, nehme ich an.«

Nach kurzem Zögern antwortete Alexei: »Eine Schwirrammer.« Er schluckte. »Glaube ich zumindest.«

Ben lehnte sich in seinem Stuhl zurück. Das hier liebte er am meisten. Neue Leute kennenzulernen. Herauszufinden, wie sie tickten. Das liebte er auch an der Krankenpflege so sehr. Wenn man bereit war, zuzuhören, verrieten Menschen einem unglaublich viel.

»Erzähl mir von der Schwirrammer.« Jetzt trank er doch einen Schluck Bier.

Aber bevor Alexei antwortete, beobachtete er Ben beim Trinken.

Seine tiefblauen Augen verweilten definitiv auf Bens Lippen.

Das war … unerwartet.

Hastig wandte Alexei den Blick ab und räusperte sich.

»Ihr typischer Ruf ist ein langes, wiederholtes Trillern. Sie sind in Nordamerika heimisch, ziehen aber im Winter auch in den Süden. Es könnte sein, dass sie gerade ihre Wanderung zurück in den Norden starten, oder wir sind noch nah genug an ihren Nistplätzen in Mexiko.« Er stockte. »Vielleicht war es auch eine Winterammer. Ich konnte sie nicht sehen. Aber Winterammern mag ich eigentlich lieber.«

Mist. Mist, Mist, Mist, verdammter.

Alexei hatte Ben ohne Zweifel auf den Mund gestarrt.

Und Alexei war ohne Zweifel ein *Nerd*.

Gleich zwei schlagende Argumente. Bens Herz flatterte ihm hilflos in der Brust. Wie ein großer, dummer schwuler Vogel.

Er steckte knietief in Schwierigkeiten.

»Warum magst du Winterammern lieber?«, fragte er trotzdem.

»Die Gefiederzeichnung kann zwar sehr unterschiedlich sein, aber im Großen und Ganzen finde ich Winterammern ... irgendwie hübscher.«

Alexei senkte den Blick und inspizierte einen Faden an seinem Shirt.

Ben war einen Moment lang still. Ignorierte sein pflichtbewusstes Hirn, das ihm gerade lautstark zuschrie, seinen Arsch in Bewegung zu setzen, um Faraj noch einzuholen. Stattdessen spielte er im Kopf lieber immer wieder ab, wie tief und ernst Alexeis Stimme bei diesem Wort – *hübscher* – geklungen hatte.

Schließlich sagte er: »Tut mir übrigens leid, falls die Typen dir unangenehm waren.«

Alexei zuckte die Achseln. »Sind das nicht deine Freunde?«

»Ich hab sie erst in Warner Springs getroffen. Ganz nette

Truppe. Normalerweise labert Ryan nicht so einen Müll.« Noch ein Schluck Bier. »Aber als Freunde würde ich sie nicht bezeichnen. Wanderst du mit irgendwem zusammen?«

»Nein.«

Als sich eine Stille über den Tisch legte, leerte Ben das Bier. Nach einer Weile schien Alexei sich zu entspannen. Er zog ein Notizbuch und einen Stift aus seinem Rucksack und fing an, eine leere Seite vollzukritzeln. Was sollte Ben jetzt tun?

Hätte Alexei doch nur seine Lippen nicht so angestarrt. Wäre er doch nur nicht so schön und seltsam und faszinierend. Dann wäre die Antwort einfacher.

Noch könnte er Faraj bestimmt einholen.

Ben stellte die Dose zu dem dreckigen Geschirr und verschränkte die Arme auf dem Tisch.

»Wie wär's, wenn wir eine Weile zusammen wandern?«

Alexei sah ihn nicht an. Trommelte nur mit dem Stift auf das Papier.

»Ich bin kein besonders guter Gesprächspartner.«

Ben schmunzelte. Das war ihm schon aufgefallen.

»Nach siebzig Meilen mit diesen Kerlen könnte ich ein bisschen Ruhe gut vertragen.« Im Ernst, Schweigen machte ihm nichts aus. Schon in den fünfzehn Minuten, die er hier mit Alexei alleine saß, waren sein Blutdruck gesunken und seine Gedanken ruhiger geworden.

»Ich muss mein Wasser auffüllen. Und ein paar Blasen verarzten.«

Ben zuckte mit den Schultern und grinste. »Bin sowieso todmüde. Lass uns den ganzen Tag hierbleiben.«

Da war wieder die kleine Falte auf Alexeis Stirn. »Oh. Ähm, mein Budget reicht nicht für ein Hotel. Das habe ich eigentlich eh schon überzog…«

Ben fiel ihm sanft lachend ins Wort. »Alles gut, ich wollte nur sagen: Lass dir Zeit. Für mich passt alles, was für dich passt.« Als Alexei nicht antwortete, fragte Ben vorsichtig: »Passt es denn für dich? Wir müssen nicht zusammen wandern.«

Denn tatsächlich war Ben gerade nichts wichtiger als das, was Alexei wollte.

Er schwieg eine ganze Weile.

Endlich sagte er leise: »Das passt für mich.«

Ben bemühte sich um ein freundliches, zurückhaltendes Lächeln.

»Dann lass uns abräumen. Du kümmerst dich um deinen Kram, und wir treffen uns an dem Baum da, wenn du fertig bist. In Ordnung?«

Alexei nickte. Fünf Minuten später setzte Ben sich an den Baumstamm und verbrachte seine Zeit damit, sich einzureden, dass mit Alexei zu wandern auf jeden Fall, möglicherweise, ziemlich sicher keine schlechte Entscheidung war. Höchstwahrscheinlich.

Außerdem starrte er sein Handy an und versuchte, eine Nachricht von Carolina heraufzubeschwören, solange er noch Empfang hatte.

Wobei sie gerade wohl in der fünften Stunde an der East High saß. Politik-Leistungskurs. Und seine kleine Schwester brach so gut wie nie die Regeln. Schon gar nicht in ihrem Lieblingskurs.

Also chattete er stattdessen mit Julie. Über ihre nervige Kollegin Lorraine, über London und deren neues gemeinnütziges Camp für LGBTQ+-Kids – das inzwischen nicht mehr *CookOut*, sondern *QueerOut* hieß –, über Londons bessere Hälfte Dahlia, die gerade in die Stadt gezogen war.

Gespräche mit Julie fühlten sich nach Zuhause an. Vom Bier war er leicht beschwipst. Es war schön, einen Moment für sich zu haben. Als Alexei sich später zu ihm gesellte, fühlte Ben sich wahrscheinlich zum ersten Mal seit Beginn der Wanderung wieder fast komplett wie er selbst.

Er legte das Handy weg und sah auf.

Das war ein wirklich verhängnisvoller Blickwinkel, so auf Augenhöhe mit Alexeis beeindruckenden Schenkeln. Er war groß, seine breiten Schultern schwebten über Ben und ließen seine Gedanken augenblicklich verstummen. Seinen Magen Saltos schlagen.

Ben rappelte sich vom Boden auf.

Gute Entscheidungen.

Er würde dafür sorgen, dass das hier eine gute Entscheidung war.

Alexei schwieg, während sie die Straßen von Idyllwild hinter sich ließen, und Ben behielt seinen Blick entschlossen bei sich. Fokussierte sich auf seine Schienbeine, in denen er den unnachgiebigen Untergrund mit jedem Schritt deutlicher spürte. Auf die Geräusche der Zivilisation, die sie Stück für Stück hinter sich ließen.

Als sie die Stadt fast verlassen hatten, blieb Ben auf einmal stehen.

»Hörst du das?« Ein durchdringender, süßer Ruf erklang.

Alexei lauschte eine Weile mit zusammengezogenen Brauen. Dann sagte er: »Kalifornische Grundammer.«

Ben grinste. Beeindruckend.

Ein bisschen Ruhe. Etwas Vogelkunde. Bis Alexei sich ganz sicher irgendwann absetzen und Ben selbst wieder zu Faraj aufschließen würde.

Was war schon dabei?

KAPITEL DREI

Alexei flippte nicht aus.

Okay. Er flippte ein bisschen aus.

Na schön, er flippte total aus.

Sich auf so etwas einzulassen, sah ihm gar nicht ähnlich. Doch … wie hätte er diesem Lächeln etwas abschlagen sollen?

Außerdem hatte Ben Alexeis ornithologischen Beobachtungen so aufmerksam gelauscht.

Sonst interessierte sich niemand für seine Vogelkenntnisse. Außer seinem Vater, denn der hatte ihm die Vogelrufe überhaupt erst nähergebracht. Doch das war ein Thema für ein anderes Mal. In diesem Moment versetzte es ihm bloß einen schmerzhaften Stich.

Aber je weiter sich Alexei und Ben von Idyllwild entfernten, zurück zum PCT und dem staubigen, felsenreichen Wald, der den Mount San Jacinto umgab, desto überzeugter war er davon, dass sein Wunsch nach zweitausendfünfhundert Meilen Frieden und Ruhe tatsächlich noch in Erfüllung ging.

Denn während sie Meile um Meile zurücklegten, bewies Ben, dass er seine Behauptung bei Tommy's Kitchen ernst gemeint hatte: Schweigen machte ihm nichts aus.

Ab und zu blieb er stehen, um mit dem Handy Fotos zu schießen. Tauschte freundliche Grüße mit entgegenkommenden Wandernden aus. Manchmal summte er vor sich hin, was Alexei eigentlich hätte nerven müssen, aber irgendwie fand er es nur süß. Sie führten noch ein paar Fünf-oder-weniger-Silben-Gespräche.

»Toller Baum«, meinte Ben irgendwann und spähte den schmalen Stamm einer Küsten-Kiefer hinauf.

Zwar kam Alexei sich bei diesem Spiel langsam ein wenig albern vor, aber es war *wirklich* ein toller Baum. Wie er sich so verwegen gen Himmel reckte. Jeder Baum, der in der Wüste gedieh, erschien ihm wie ein kleines Wunder. Von daher …

»Toller Baum.«

Abgesehen von diesen kurzen Ausrufen schien sich Ben jedoch pudelwohl damit zu fühlen, in völligem Stillschweigen neben Alexei herzuwandern.

Es war schon etwas seltsam.

Mit jedem Schritt wirbelten Alexei neue Fragen durch den Kopf.

Angefangen mit: *Wer bist du, und was geht hier eigentlich vor?*

Über: *Weißt du eigentlich, dass ich dir schon die ganze Zeit auf die Waden gaffe?*

Alexei konnte sich ohnehin nicht erklären, warum Ben nicht einfach mit Faraj und den anderen Jungs weitergewandert war. Warum er am Tisch sitzen geblieben war. Warum er jetzt hier war, bei ihm.

Und schließlich: *Mal im Ernst, wer bist du?*

Die Fragen nahmen bis zum Abend immer mehr Raum in Alexeis Kopf ein, als sie gemeinsam ihr Lager am Wegrand aufschlugen. Während er nach dem Abendgebet in seinem Schlafsack lag und ins Dunkle starrte. In dem Bewusstsein, dass Ben im Zelt nebenan schlief.

Zugegeben, es war gar nicht so schlecht. Zu wissen, dass da draußen noch jemand war.

Vielleicht war es okay, nicht allein zu sein. Wenn auch nur für ein Weilchen.

Als Alexei am nächsten Morgen aufwachte, fragte er sich kurz, ob er am Tag zuvor halluziniert hatte. Doch als er den Kopf aus dem Zelt streckte, saß Ben dort auf dem harten Boden. Er trug ein marineblaues Kapuzensweatshirt, das ihm zu groß war und sich an den Handgelenken knitternd bauschte, sah ihn aus seinen verschlafenen schokobraunen Augen an und grinste, als gäbe es keinen Ort, an dem er gerade lieber wäre.

Für einen Wimpernschlag ergab sich Alexei der Fantasie, zu ihm zu krabbeln und den Kopf in Bens Schoß zu legen.

»Morgen«, sagte Ben.

»Morgen«, antwortete er. Und dann: »Kaffee.« Er deutete auf den dampfenden Becher in Bens Händen. Das machte den Spielregeln nach eigentlich keinen Sinn, denn in Wahrheit hasste Alexei Kaffee, und in seinem Kopf sagte man nur dann Fünf-oder-weniger-Silben-Quatsch zum anderen, wenn es sich um etwas handelte, das beide mochten. Dennoch sprach er es aus, weil er wusste, die Antwort wäre …

»Kaffee!« Strahlend hob Ben den Becher.

Und irgendwie war ein halb verschlafenes Lächeln von Ben sogar noch charmanter als ein hellwaches.

Alexei drehte sich um und verschwand im Gebüsch.

Als er von seinem morgendlichen Geschäft zurückkam, stand Ben mit hochgestreckten Armen da, die Augen geschlossen und zum heller werdenden Himmel gerichtet. Sein Sweatshirt war durch die Bewegung nach oben gerutscht und entblößte einen schmalen Streifen weichen Bauches mit dunklen Haaren.

Alexei schloss die Augen und schickte ein verzweifeltes Stoßgebet an den lieben Gott. Ihm war klar, dass er sich an neue Leute gewöhnen musste und dass ein bisschen Gesellschaft nicht schlecht war. Eine gute Übung für Alexei 2.0.

Aber musste es ausgerechnet *so jemand* sein? So ein lebenslustiger, attraktiver Mensch?

Erstaunlicherweise blieb Gott ihm eine Antwort schuldig.

»Können wir los?«, fragte Ben, nachdem das Lager abgebaut war, er den Instantkaffee getrunken und Alexei seinen Porridge mit nur ein bisschen Übelkeit hinuntergewürgt hatte.

»Ja.« Alexei versuchte sich an einem Lächeln. »Los geht's.«

Er konnte das.

Als sie wieder schweigend nebeneinanderher wanderten, gingen auch seine Gedanken wieder mit ihm durch: Tatsächlich war es nicht gerade der sicherste Plan, mit jemandem, über den man absolut nichts wusste, quer durch die Wüste zu spazieren, oder? Er sollte die Fragen stellen, die ihm durch den Kopf rasten, damit sie wenigstens ein paar grundlegende Fakten übereinander in Erfahrung bringen konnten. An wen Alexei sich wenden sollte, falls Ben aus Versehen von einem Bergkamm stürzte. Ob Ben gegen irgendetwas allergisch war. Wie hieß er mit Nachnamen? Warum wanderte er den PCT? Wie viel des Trails wollte er zurücklegen? Wie lange genau hatte er vor, mit Alexei zu hiken? Woher stammte er? War er schwul?

Na gut! Vielleicht waren nicht alle diese Fragen wirklich relevant. Und Ben war eindeutig nicht schwul. Er hatte perfekt zu den anderen sehr heterosexuell wirkenden Typen bei

Tommy's Kitchen gepasst. Alexei hingegen war superschwul, aber auch das war in Ordnung – er würde dieses überraschende Ausmaß an Schwulheit später in seinem Tagebuch analysieren, in dem er sowieso seine ganzen schwulen Gefühle aufarbeiten wollte. Alles lief immer noch nach Plan.

Doch wieder einmal durchkreuzte das Leben in der Wildnis seine guten Absichten.

Der Tag begann mit einem steilen Anstieg, der Alexei dazu zwang, sich mit aller Kraft auf das Gewicht seines Rucksacks, seine Schrittlänge und seinen keuchenden Atem zu konzentrieren. Und solange er kaum Luft bekam, wollte er keine fröhliche, stinknormale, nicht allzu schwule Fragerunde starten. Als sie neben einem Felsblock anhielten, um Tahquitz Rock zu überblicken – eine blanke Granitkuppe, die sich über einem Baldachin aus Nadelbäumen erhob, eine gewaltige, Ehrfurcht gebietende Szenerie –, fragte er sich, ob es nicht schon zu spät war. Ob die Stille zu lange gedauert hatte und alles wieder seltsam war.

Nein! Er musste etwas fragen. Er *musste* einfach. Sie waren *stundenlang* zusammen gelaufen … Es ergab keinen Sinn … Wie konnte Ben nur so entspannt sein?

»Was ist deine Lieblingsfarbe?«, platzte Alexei heraus.

Denn, na klar: Die einzige Frage, die ihm schließlich über die Lippen kam, war die, die man sich im Kindergarten am häufigsten stellte. Cool. Echt der Hammer.

Doch Ben lächelte ihn nur an und erwiderte: »Blau.«

Und dann fiel Alexei auf, dass Bens Sweatshirt dunkelblau war. Sein Shirt: himmelblau. Sein Zelt war blau. Sogar die Tasse, aus der er seinen Frühstückskaffee getrunken hatte, war … blau.

Endlich hatte Alexei den Mut gefunden, Ben eine Frage

zu stellen, und es war die einzige, auf die er *die Antwort bereits kannte.*

»Und deine?« Ben drehte sich um und schlenderte zum Pfad zurück, wobei seine Schulter versehentlich Alexeis Arm streifte.

Nachdem ein paar Herzschläge später das Kribbeln unter seiner Haut nachgelassen hatte, folgte Alexei ihm. Er betrachtete Bens Hinterkopf, die dunklen Haare, die unordentlich unter dem Hut hervorlugten, den er gelegentlich gegen die Sonne im Gesicht trug, und fragte sich, wie es sich wohl anfühlte, wenn er eine Hand ausstrecken und die Finger hineinschieben würde, und wahrscheinlich brauchte er viel zu lange, um zu antworten: »Grün.«

»Vernünftige Wahl«, meinte Ben. Sollte Alexei genauer erklären, dass er zwar einige Grüntöne scheußlich fand, seine wahre Lieblingsfarbe jedoch die von Moos in einem Wald des Nordwestens war? Ein Grün, so hell, dass es manchmal fast zu leuchten schien?

Aber Ben sagte nichts weiter, und Alexeis Worte wären sowieso nicht richtig rübergekommen, weil sie das nie taten, daher hielt er nach diesem misslungenen Gesprächseinstieg lieber den Mund.

Die Fragen schwirrten ihm trotzdem im Kopf herum.

Als sie anhielten, um sich Microspikes über die Schuhe zu stülpen, da sie einige vereiste Stellen im Schnee entdeckt hatten, knabberte Alexei abwesend ein paar Nüsse, starrte ins Leere und rätselte, was wohl Bens Lieblingsschulfach gewesen war, ehe ihm auffiel, dass sich dessen Stimmung völlig verändert hatte.

Als Ben sich räusperte, hätte Alexei sich vor Schreck fast an einer Cashew verschluckt.

»Ich glaube, ich sollte dir verraten«, sagte Ben, die ersten Worte, die er seit einer Stunde gesprochen hatte, »dass Schnee mich ein bisschen nervös macht.«

Überrascht, seine Stimme zu hören, schaute Alexei ihn an, und da fiel es ihm auf. Ben biss die Zähne zusammen, seine offenen, strahlenden Augen wirkten nun reserviert.

Das eisige Weiß deutete darauf hin, dass sie Fuller Ridge erreicht hatten, eine berüchtigt tückische Strecke nahe dem Gipfel des San Jacinto. Die Angst vor dem Schnee war ganz natürlich – Alexei war selbst nicht unbedingt begeistert –, aber dieser unvermittelte Beweis, dass Ben nicht perfekt war, brachte ihn aus der Fassung. Was für eine gefährliche Erkenntnis.

»Ach ja?« war alles, was er darauf zu erwidern wusste.

»Ich komme aus Nashville.« Ben zuckte mit den Schultern. »Da schneit es zwar auch manchmal. Aber ich bin noch nie im Schnee *gewandert*. An einem Berghang … Du weißt schon.«

Nashville! Bens leichter Akzent war ihm bereits aufgefallen. Dennoch faszinierend. Alexei wünschte sich verzweifelt, er hätte Zugriff auf seinen Computer. Dann könnte er ein Häkchen in seiner Liste der Ben-Fragen setzen.

»Falls es dich beruhigt, ich habe eine Heidenangst vor der Wüste«, gab er zu.

Ben drehte sich zu ihm um, und Alexei konnte sehen, dass er sich dadurch tatsächlich besser fühlte. Denn er grinste wieder. Das war das Eingeständnis zu hundert Prozent wert. Alexei war geradezu stolz auf sich, dass er dieses Grinsen ausgelöst hatte.

»Ich fand es fast schon absurd schön«, sagte Ben.

Alexei erinnerte sich an einen Roadtrip, den er in der fünften Klasse mit seiner Familie von Vancouver, Washington, nach Salt Lake City unternommen hatte. Wie viele dieser zwölf langen Stunden im Auto waren von flachen, kargen Landschaften geprägt gewesen? Dort hatte Alexei zum allerersten Mal dieses mulmige Gefühl beim Anblick der Weite empfunden, jenes Fehlen von irgendetwas zwischen Boden und Himmel, das ihm heiße und kalte Schauer über den Rücken jagte.

»Ja, schon. Wirklich schön«, bestätigte er nach kurzem Zögern. »Es ist nur … Also, ich komme aus dem Nordwesten, und ich brauche … Bäume. Große Bäume. Und zwar überall.«

Ben lächelte, als hätte Alexei nicht gerade wie ein Hornochse geklungen. Alexeis Gefühle für die Natur klangen im Kopf stets besser, oder wenn er sie aufschrieb – wenn er Zeit hatte, die richtigen Worte zu finden. Laut ausgesprochen hörten sie sich eher plump an, etwa so: Vögel sind hübsch. Ich mag Bäume!!

Uff.

»Ich kann es kaum erwarten, den Nordwesten kennenzulernen«, sagte Ben aufrichtig und freundlich und klang fast wieder wie sein entspanntes Selbst. Was für eine Erleichterung! Trotzdem musterte Alexei ihn besorgt.

»Bis dahin wird noch jede Menge Schnee liegen.«

Ben atmete schwer aus und nickte.

»Dann sollten wir wohl besser aufbrechen.«

Anfangs war der Schnee ziemlich hinderlich. Immer wieder türmten sich Schneebänke auf, manchmal überraschend hoch, sodass Ben und Alexei sie wie Treppen hinauf- und herunterklettern mussten. Größere Wehen verdeckten den Weg und erschwerten den Rückweg aufs trockene Land.

Auf offenen Pässen blendete die beiden das strahlende Weiß des Schnees in der prallen Sonne, während wütende Insektenschwärme ihre Gesichter umschwirrten. Im Schutz der dunklen Bäume hingegen war es bitterkalt.

Doch nach der Hitze und dem Staub der tieferen Ebenen war die Kühle des Schnees auch etwas Wunderbares. Ab und zu nahm Alexei sich das rote Bandana vom Kopf, das den Schweiß von den Augen fernhalten sollte, und wälzte es im Schnee. Sich das nasse, kühle Tuch wieder auf die Haut zu legen, sorgte für eine fast schmerzhaft angenehme Erleichterung. Wieder einmal eine überraschende Wohltat, hier inmitten der Einöde.

Der Schnee bremste sie zwar aus, aber sie kamen voran.

Bis sie das letzte Stück des Bergkamms erreichten.

Hier schlängelte der Trail sich einen steilen Felsvorsprung entlang, nur wenige Meter von der Passspitze entfernt, und war komplett weiß überzogen. Beim kleinsten Fehltritt würde man einen Abhang hinunterschlittern, der am Grund in massiven, scharfkantigen Felsen zu enden schien. Ein sehr weit entfernter Grund.

Ben und Alexei hielten auf dem letzten Stück sichtbaren Feldwegs inne, bevor die verschneite Strecke begann. Alexei stemmte die Trekkingstöcke in den Boden, lehnte sich nach vorne und inspizierte den Pfad, der vor ihnen lag. Es war eine lang gezogene Schneedecke. Sie würden es langsam und vorsichtig angehen müssen.

Ben hatte hinter ihm einen kleinen Schritt rückwärts gemacht. Und die Anspannung auf seinem Gesicht war nicht länger bloß unterschwellig.

Aufgerissene Augen, ganz blass um die Nase – das war blanke Panik.

»Also, wir machen jetzt Folgendes«, erklärte Alexei, und sein Verstand schaltete augenblicklich auf Helfen, Problemlösen, Beruhigen um. Alles Aufgaben, die er einst vorbildlich gemeistert hatte, als er noch ein guter älterer Bruder gewesen war. Als er Campingausflüge für seine Jugendgruppe geleitet hatte. Als er in der Highschool-Mannschaft beim Crosslauf angetreten war und den jüngeren Teilnehmenden geholfen hatte, Schwierigkeiten und Enttäuschungen zu überwinden.

»Ich gehe vor.« Er zwang sich, so zuversichtlich wie möglich zu klingen. »Wir drehen uns mit dem Gesicht zur Schneebank und bewegen uns seitwärts, damit wir nicht nach unten schauen müssen. Wir haben unsere Spikes an, und es sieht so aus, als ob die anderen Wandernden den Boden ziemlich festgetreten hätten. Wir nehmen uns so viel Zeit, wie wir brauchen. Alles wird gut.«

Ben schluckte. Kaum merklich nickte er.

Alexei drehte sich wieder um. Wenn er im Laufe der Jahre etwas über gefährliche Situationen in freier Natur gelernt hatte, dann, dass Zögern alles nur noch schlimmer machte. Alexei steckte einen Trekkingstock vor sich in den Boden. Setzte einen Schritt auf den Vorsprung hinaus.

Die Kunst bestand darin, nicht zu viel nachzudenken und nicht allzu lange stehen zu bleiben.

Aber als er nach ein paar Schritten bemerkte, dass Ben immer noch vor der Kante stand und sich nicht rührte, blieb ihm nichts anderes übrig, als stehen zu bleiben.

»Du schaffst das«, versicherte er. Als Ben sich immer noch nicht bewegte, überlegte er, was Alina in diesem Moment wohl geholfen hätte. »Ben. Sieh mich an.« Er wartete, bis Bens braune Augen, immer noch tellergroß vor

Angst, seine fixierten. »Es ist gar nicht so rutschig. Vertrau deinen Füßen. Vertrau deinen Stöcken. Nicht nach unten gucken.«

Ben nickte, dieses Mal etwas entschlossener. Er holte tief Luft und trat auf den Schnee.

Und blieb stehen.

Alexei wartete.

Vorsichtig schob Ben den linken Fuß auf Alexei zu.

Dann zog er ihn zurück und schüttelte den Kopf.

»Ich glaub, ich schaff das nicht.« Seine Stimme klang gepresst, schwach durch den Wind. In Alexeis Ohren hörte sie sich ungewohnt an. Als stünde ein ganz anderer Mensch am Rande der Schneebank als der, der sich vor vierundzwanzig Stunden in Idyllwild noch über die Existenz von Waschbecken gefreut hatte.

»Ben.« Alexei entschied sich, es mit einer anderen Taktik zu versuchen. Er schlug die Fragenliste in seinem Kopf auf. »Erzähl mir, worauf du dich am meisten freust, sobald du den Trail hinter dir hast.«

Ben schwieg einen Moment, bevor er die Augen schloss. Oh Gott. An einem verschneiten Steilhang die Augen zu schließen, war keine gute Idee.

»Ben«, wiederholte Alexei. »Mach die Augen auf. Sieh mich an.«

»Ma.« Bens Lider schossen hoch. Er räusperte sich. »Auf meine Ma«, sagte er lauter. Und dann, mit einem nervösen Blick den Hang hinunter: »Sie wäre jetzt echt so was von angepisst von mir.«

Alexei atmete tief ein, ein weiterer Stich in der Brust.

Doch gerade ging es nicht um ihn.

»Sehr gut. Konzentriere dich auf das, was vor dir liegt,

und nur darauf. Immer Stück für Stück.« Er setzte einen Fuß weiter nach links. »Worauf noch?«

Ben tat es ihm gleich und ging einen Schritt nach vorne. Diesmal machte er keinen Rückzieher.

»Auf Carolina. Meine kleine Schwester.«

Alexei ging ein winziges Stück weiter. Nach einer Weile folgte Ben ihm.

In diesem Tempo würden sie eine Stunde brauchen, um die andere Seite des Bergkamms zu erreichen. Aber wenn es eine Stunde dauerte, dann dauerte es eben eine Stunde.

»Großartig«, meinte Alexei. »Du machst das toll. Worauf noch?«

»Meinen Hund.«

Ach herrje. In seiner schier endlosen Liste von Vermutungen über Ben hatte Alexei Haustiere nicht einmal in Erwägung gezogen. Aber natürlich hatte Ben einen Hund.

»Erzähl mir von ihm.« Alexei machte einen weiteren Schritt.

»Ihr Name ist Delilah. Ein Rottweiler. Ich liebe sie.«

Noch ein Schritt.

»Worauf noch?«

»Auf meinen Bruder. Tiago.«

Kurze Pause.

»Verrat Tiago bloß nicht, dass ich Delilah vor ihm genannt habe.«

Alexei lächelte den Schnee an. Und setzte einen Schritt.

Ben wirkte schon ein klein wenig ruhiger.

Er brauchte ihn auch nicht länger zu ermuntern.

»Auf meinen Vater. Und meine Cousins und Cousinen. Ich habe insgesamt zwölf, ich muss dir also jetzt nicht all ihre Namen nennen.«

»Wir haben Zeit«, erwiderte Alexei und konzentrierte sich auf seine Trekkingstöcke. »Wie wäre es damit: ein Schritt für jeden Cousin und jede Cousine.«

Ben reagierte sofort.

»Beatriz.« Schritt. »Adriano …«

Obwohl Alexei kein Wort gesagt hatte, fühlte er sich am Ende der Liste atemlos.

Und wie Bens Zunge bei einigen Namen rollte, so ganz anders als sonst, bescherte Alexei ein besonderes Kribbeln im Bauch. Er wusste nicht einmal, was das für ein Akzent war, traute sich jedoch nicht zu fragen.

»Fuck, ich hab echt jede Menge Verwandte. Sind wir schon am anderen Ende?«

Alexei warf einen Blick nach links. Ungefähr die Hälfte hatten sie hinter sich.

»Nein. Aber das war gut. Großartig! Mach weiter.«

»Meine Freund*innen. Julie. Khalil. Laynie Rose.«

Schweigend taten sie ein paar Schritte mehr. Alexei wollte ihn wieder ermuntern, das Gespräch und ihr Weiterkommen nicht zu unterbrechen, doch allmählich spürte er, wie sein eigener Blutdruck stieg. Das erschöpfte Zittern seiner Beine drängte sich in sein Bewusstsein.

Aber dann plapperte Ben Gott sei Dank von selbst weiter.

»Und ich werd mir einen Big Mac reinziehen.« Er lachte. »Eigentlich richtig eklig. Ich hätte nie gedacht, dass ich auf *so was* mal Lust hätte. Wie's aussieht, gewinnt die Massentierhaltung.«

»Ich will was von Taco Bell«, platzte Alexei heraus.

»*Ja*, verflucht, Taco Bell«, schwärmte Ben. »Ich will einen Crunchwrap Supreme. Und einen Cheesy Gordita Crunch.«

Alexei schmunzelte.

»Erzähl mir, was du noch für ekliges Zeug willst, Lex.« Schritt. »Nennt dich eigentlich irgendwer Lex?«

Fast wäre Alexei gestolpert. Nicht gerade toll für seinen Blutdruck. Wenn er Ben über diesen ganzen Abhang geholfen hätte, nur um dann selbst in die Kluft zu stürzen, wäre er ziemlich wütend auf Gott.

»Nein«, antwortete er. Niemand hatte ihn je Lex genannt. Alexei hatte in seinem ganzen Leben noch keinen Spitznamen gehabt.

»Ist es okay, wenn ich dich so nenne?«

Lex.

Diese eine Silbe sandte Reize durch Regionen in Alexeis Gehirn, von deren Existenz er nicht einmal etwas geahnt hatte.

»Ja.«

Schritt.

Um sich so kurz vor dem Erreichen der anderen Seite abzulenken, fügte er hinzu: »Ich will diese kleinen Tacos von Jack in the Box.«

Oh Gott. Warum waren Tacos offenbar das Einzige, woran er im Augenblick denken konnte? Jack in the Box war absolut widerlich. Allmählich verlor er wohl den Verstand.

Aber Ben lachte bloß und rief aus vollem Herzen: »Scheiße, ja, Lex.«

Und dann – dem Himmel sei Dank – hatten sie endlich wieder festen Boden unter den Füßen. Ein Glück, denn Alexeis wackelige Beine hätten bei *Scheiße, ja, Lex* beinahe nachgegeben.

Ben stieß ein seltsames Geräusch aus, als wollte er entweder schreien oder sich übergeben. Er nahm den Hut ab, lehnte sich nach vorne auf seine Trekkingstöcke und ließ den Kopf dazwischen hängen.

Alexei beobachtete ihn ein paar Sekunden lang. Wie die Sonne die zimtfarbenen Strähnen im Haar zur Geltung brachte, die Alexei bisher für braun gehalten hatte. Wie die Muskeln in Bens Nacken … sichtbar waren.

»Scheiße.« Ben schaute auf. »Mir schlottern die Knie. Können wir kurz eine Pause machen?«

Alexei musterte den schlammigen Boden um sie herum. Auch er musste sich ausruhen, allerdings war hier kein geeigneter Ort dafür. »Lass uns noch ein Stückchen dem Trail folgen. Wir gehen auch langsam. An der nächsten passenden Stelle ruhen wir uns aus.«

Ben nickte, stand auf und atmete aus. »Okay.«

»Siehst du?« Alexei lächelte ihn an, denn das abklingende Adrenalin verlieh ihm noch immer Mut. »Du hast es geschafft.«

Erleichtert lächelte Ben ein wenig schief zurück.

»Ja, tatsächlich.« Und dann: »Du hast mir echt schon wieder das Leben gerettet, Alter.«

Alexei blinzelte. Nachdem er einen peinlichen Moment lang nicht wusste, wie er darauf reagieren sollte, wandte er sich wieder dem Weg zu. Eigentlich hatte er nicht viel getan. Faraj hätte Ben wahrscheinlich schneller über den Kamm bekommen.

Er ging ein paar Schritte den Pfad entlang.

»Hey«, rief Ben. »Lex.«

Er blieb kurz stehen. Aus irgendeinem Grund hatte er geglaubt, der Spitzname wäre nur einem Adrenalinschub geschuldet gewesen, während sie die tückische Schneebank passiert hatten.

Er drehte sich um.

»Danke.«

»Schon gut.« Alexei nickte.

»Tut mir leid, dir das mitteilen zu müssen, aber bis Kanada hast du mich jetzt an der Backe«, fuhr Ben fort. »Ohne dich mach ich so was nicht noch mal.«

Alexei starrte ihn an. Ben stützte sich immer noch auf seine Stöcke und sammelte neue Kraft. Offensichtlich beeinträchtigte der Sauerstoffmangel in dieser Höhe sein Gehirn.

Da hörte Alexei einen vertrauten Ruf. Er lauschte und ließ seinen Puls zur Ruhe kommen, bevor er das Kinn Richtung Hang neigte. »Da unten singen Gebirgsmeisen.«

Ben grinste. »Ach ja?«

»Ja. Sie sind überall.«

Alexei drehte sich um und ging weiter, bis er hinter sich das Schmatzen von Bens Trail-Schuhen im Schlamm hörte. Er verschwendete weder einen Gedanken an die Bemerkung über Kanada noch an Bens Nackenmuskeln oder seine Zahnlücke.

Alexei ging den Bergkamm hinunter und dachte ganz entschlossen an gar nichts.

KAPITEL VIER

Eine Stunde später erreichten sie eine Lichtung, auf der ein paar trockene Baumstämme zum Ausruhen einluden. Bei dem Anblick hätte Ben vor Erleichterung am liebsten laut aufgestöhnt.

Allerdings war einer der gesegneten Stämme schon besetzt. Eine kleine Frau mit hellbrauner Haut und kurzen dunklen Haaren hockte konzentriert über einem riesigen Zeichenblock.

»Hi«, sagte Ben locker, um sie nicht zu erschrecken. »Dürfen wir uns zu dir gesellen?«

»Klar«, sagte sie mit neutraler Stimme und sah dabei nicht mal von ihrer Zeichnung auf.

Ben dachte gern von sich, dass er die Stimmung anderer gut einschätzen konnte. In der Klinik hatte er schon viele solcher Patient*innen getroffen: Menschen, die einen feuchten Dreck auf Small Talk gaben. Die hatte er am liebsten.

Zum Glück hatte diese Frau dennoch nichts gegen Gesellschaft. Denn wenn Ben sich nicht bald hinsetzte, würde er definitiv zusammenklappen.

»Baumstämme«, sagte er zu Alexei und ließ sich ächzend auf einen fallen.

»Baumstämme«, stimmte Alexei zu.

Er setzte sich weitaus eleganter auf einen eigenen Stamm, direkt gegenüber der Frau. Zu Bens Überraschung musterte er sie eingehend. Ihren Zeichenblock, die vernarbten Knie, die Art, wie sie die Brauen beim Zeichnen zusammenzog.

In der kurzen Zeit, in der sie jetzt zusammen wanderten, hatte Alexei sich bei jeder Begegnung mit Fremden sichtlich unwohl gefühlt: angespannte Schultern, ausweichender Blick. Ben fiel beinahe die Kinnlade runter, als Alexei jetzt fragte: »Kann ich mal sehen, woran du da arbeitest?«

Die Frau schaute auf. Musterte ihn lange abschätzend. Er hielt ihrem Blick stand.

»Klar.« Und schon waren ihre Augen wieder auf den Block fixiert.

Alexei überquerte die Lichtung. Setzte sich neben sie und beugte sich vor.

»Wow«, flüsterte er. »Genial.«

Das Bleistiftkratzen auf dem Papier verstummte, und die Frau drehte sich zu ihm um.

»Lass mal deine Hände sehen.«

Alexei streckte sie mit den Handflächen nach oben aus. Mit zusammengekniffenen Augen inspizierte die Frau sie, als wollte sie sichergehen, dass sie nicht dreckig waren. Alexei drehte die Hände so lange, bis sie mit einem leisen Schnauben nickte.

Und ihm ihren Zeichenblock reichte.

Alexei berührte die Seiten mit den Fingerspitzen, ganz sacht und ehrfurchtsvoll, und ein zartes Lächeln umspielte seinen Mund.

»Meine kleine Schwester zeichnet auch gerne.« Seine Stimme war kaum mehr als ein Flüstern, als wären sie in einer Kirche.

Da wurde Ben klar, wie wenig er tatsächlich über Alexei wusste.

Das war … na ja, logisch. Sie hatten sich kaum unterhalten. Klar lag das auch daran, dass Ben in den letzten zwei Tagen versucht hatte, Alexei genug Raum zu geben. Aber es war mehr als das. Irgendwie war Alexeis Ruhe auf ihn übergegangen.

Und das war der Hammer.

Ben wanderte jetzt schon seit hundertfünfzig Meilen auf diesem Trail, seit der Grenze von Mexiko, und die ganze Zeit über hatte er kurz vor einer Panikattacke gestanden. Sein Körper hatte versucht, sich an die brutale und für ihn völlig neue Umgebung zu gewöhnen. Er hatte versucht, mit den anderen, viel schnelleren Hikern mitzuhalten, und zwar ohne dabei draufzugehen.

Erst seit Alexei bei ihm war, konnte er tatsächlich entspannen. Als wäre ihm plötzlich wieder bewusst geworden, warum er diese Wanderung überhaupt machte. Als wäre er dank Alexeis beruhigender Stille dazu in der Lage, die Natur um sich herum so richtig aufzusaugen. All die Wunder der Wüste. Seine Gedanken konnten einfach wandern, wohin sie wollten.

In den letzten zwei Tagen hatte es sogar Momente gegeben, in denen Ben sich nicht von den Fehlern seiner Vergangenheit erdrückt gefühlt hatte, oder von den Sorgen über die Zukunft. Nicht einen Gedanken hatte er daran verschwendet. Er hatte sich einfach frei gefühlt. Als wäre er wieder ein Kind, das im Dreck spielen durfte.

Doch als Ben jetzt hörte, dass Alexei eine kleine Schwester hatte, die gern zeichnete, drohte seine Blase der Ruhe zu zerplatzen.

Alexei hatte es allerdings versucht, oder nicht? Ein Gespräch anzufangen? Mit der Frage nach Bens Lieblingsfarbe.

Was … okay, irgendwie unheimlich süß und willkürlich gewesen war. Aber dann hatte Ben diese krasse Eidechse entdeckt, die ihn aus irgendeinem Grund daran erinnert hatte, wie er und Tiago als Kinder am Old Hickory Beach Kaulquappen jagen waren, und schon war er mit den Gedanken wieder woanders gewesen.

Erst jetzt wurde ihm klar, dass er in seiner schneebefeuerten Panik auf dem Kamm nicht mal gefragt hatte, wie Alexeis Bestellung bei Taco Bell aussehen würde. Was, ehrlich gesagt, absolut gar nicht ging.

Alexei blätterte ein wenig durch den Block und drehte sich dann zu der Frau um, die an ihrem Wasser nippte und abwesend in die Ferne blickte.

»Ich bin Alexei.« Er streckte die Hand aus. Nach ein paar Sekunden ergriff sie sie.

»Ruby.«

»Darf ich die hier auch Ben zeigen?«

Als sie mit einem Schulterzucken zustimmte, kam Alexei rüber auf Bens Baumstamm und setzte sich ganz dicht neben ihn, genau wie vorhin bei Ruby. Ihre Knie stießen aneinander. Offenbar hatte Alexeis Aufregung über die Zeichnungen ihn für den Moment sein Unbehagen gegenüber anderen Menschen vergessen lassen. Und einen wunderbaren Augenblick lang ließ er Ben in seine Umlaufbahn.

»Guck dir diese Yuccas an.« Alexei deutete auf die Pflanzenzeichnung, auf die spitzen grünen Blätter zwischen großen cremeweißen Blüten. »Und die Yerba Santa.« Er blätterte zu einem anderen Bild und zeigte Ben die knalligen Farben der abstrakten lila-blauen Blütenkelche. So eine Palette an Zeichenstiften gehörte definitiv nicht in den standardmäßigen Wanderrucksack – Ben war ganz schön beeindruckt. Auch davon, dass Alexei wusste, wie die Pflanze hieß.

»Bist du Botanikerin?« Alexei schaute erneut zu Ruby. Die schnaubte und schüttelte den Kopf.

»Aber ich mag Pflanzen«, sagte sie.

Er sah wieder auf den Zeichenblock. »Also eine Künstlerin.«

»Ist nur ein Hobby.«

Alexei riss den Kopf hoch und kräuselte die Stirn. »Das ist nicht nur ein Hobby, Ruby. D&D ist ein Hobby.«

»Du spielst Dungeons & Dragons?«, schaltete Ben sich fasziniert ein.

Alexeis Ohren liefen knallrot an, als er zu ihm schaute. »Manchmal.«

Und als hätte er damit zu viel verraten, floh er wieder auf Rubys Stamm. Bens Knie ließ er einsam zurück.

»Gibt es deine Bilder irgendwo zu kaufen?«

Das entlockte Ruby ein Lachen. »Nein.«

»Hm.« Alexei gab ihr den Zeichenblock zurück. »Du solltest sie ausstellen.«

Ben musste daran denken, wie sehr Alexei ihn auf dem Fuller Ridge unterstützt hatte. Wie selbstverständlich er ihm mit seinen Worten beigestanden hatte. Wie merkwürdig ernst er jetzt Rubys Arbeit nahm.

Irgendwie war er ein schräger Vogel. Und definitiv ein Nerd.

Aber inzwischen war Ben sich auch bei einer anderen Sache sicher: Alexei hatte das Herz am rechten Fleck.

Ruby musterte ihn. Und einen Moment später sagte sie gequält: »Ich hab Instagram.«

»Oh.« Alexei kratzte sich am Hinterkopf. »Ich bin nicht auf Social Media.«

Ben biss sich auf die Unterlippe, um sein Grinsen zu verstecken.

Ruby nickte nur. »Respekt.«

Alexei runzelte nachdenklich die Stirn, dann stapfte er zu seinem Rucksack, der immer noch am Baumstamm lehnte, und zog das Notizbuch heraus. »Verrätst du mir deinen Usernamen?«

Das tat Ruby, und Alexei schrieb ihn auf.

»Danke.«

»Klar.«

Er schaute in den Himmel. Die Sonne wanderte schon Richtung Horizont. »Wir sollten wohl langsam mal los«, stellte er mit einem Hauch von Bedauern fest. »Damit wir noch ein Stück schaffen, bevor wir die Zelte aufschlagen müssen.«

»Stimmt.« Ben stand auf, obwohl seine Knie protestierten. Ganz schön beeindruckend, wie wenig er an diesem Gespräch beteiligt gewesen war. Er wandte sich an Ruby. »Willst du ein Stück mit uns wandern? Wenn das für dich in Ordnung geht«, fügte er mit Blick zu Alexei hinzu.

»Geht für mich in Ordnung«, erwiderte er.

»Nein, danke«, kam es von Ruby. Noch ein Schulterzucken. »Ich bin eher so die Einzelkämpferin.«

»Respekt.« Ben grinste.

Und Alexei stimmte aus voller Überzeugung zu: »Respekt.«

Also gingen sie allein weiter, und Ben übernahm die Führung. Es war eine schöne Etappe. Der Wind war still, der Weg erträglich, die Sonne färbte die Wüstenhügel rostrot und ockerbraun. Als sie einen Platz für ihre Zelte gefunden hatten – eine versteckte Lichtung in einem Pinienwäldchen –, war die Sonne schon hinter den Hügeln verschwunden, und die golden schimmernden Pastellfarben am Horizont verschwommen allmählich mit dem tiefen Blau des Himmels.

Schnell, bevor die Dunkelheit sich über sie legte, bauten Ben und Alexei ihre Zelte auf und holten die Gasherde heraus, um Wasser für das Abendessen zu erhitzen. Als die Luft abkühlte, zog Ben seinen Pullover über und schlüpfte in seine gemütlichen Campsandalen.

Er hatte es sich auf dem Boden bequem gemacht und stocherte mit seinem Göffel in einer Mac'n'Cheese-Tüte herum, als er entschied, noch einen Versuch zu wagen. Um zu sehen, ob er es wieder in Alexeis Umlaufbahn schaffte.

»Du hast also auch eine kleine Schwester, ja?«

Alexei sah von seinem eigenen gefriergetrockneten Tütenessen auf.

»Ja.« Der Anflug eines Lächelns huschte ihm übers Gesicht. »Alina. Sie ist Anwaltsgehilfin in Portland.«

»Und da wohnst du auch?«

Eine lange Pause.

»Ja. Aber ich will umziehen, sobald ich zurückkomme.«

»Echt? Wohin?«

Noch eine lange Pause.

»Weiß ich noch nicht.« Alexei biss sich auf die Lippe. »Ich dachte, das könnte ich unterwegs herausfinden.«

Interessant.

»Eigentlich sind wir aus Vancouver«, erzählte Alexei weiter. »In Washington. Nicht das in Kanada. Ist eine kleinere Stadt, direkt am anderen Flussufer von Portland.«

»Cool.« Ben göffelte weiter in seinem Mac'n'Cheese.

Wartete, ob Alexei noch mehr preisgeben würde. Ein paar Minuten später wurde er belohnt.

»Sie ist die Einzige, die weiß, dass ich hier bin. Also Alina«, stellte Alexei klar und starrte in sein Essen. »Na ja, und du.« Er guckte Ben an, mit einem zögerlichen Lächeln, das Ben mitten ins Herz traf. Aber …

»Niemand sonst?«, fragte er vorsichtig und verwirrt. Dass Alexei nicht sehr sozial war, hatte er schon mitbekommen, aber verdammt. Jeder, den Ben kannte, wusste, dass er hier war. Es war doch eine Riesensache, Tausende von Meilen zu wandern und monatelang von der Zivilisation abgeschnitten zu sein. Sogar wenn Alexei nur einen Teil des Trails wanderte … Das musste man erst mal schaffen. Oder den Fuller Ridge! Ben ärgerte sich ja jetzt schon, dass er wieder mal keinen Empfang hatte, um Julie und Carolina davon zu berichten.

Alexei zerknüllte seinen Müll und stopfte ihn in einen Plastikbeutel. Zog die Beine an und schlang die Arme darum. Da war wieder diese typische kleine Falte auf seiner Stirn. Ben konnte die Rädchen in seinem Kopf förmlich rattern hören.

»Vor sechs Monaten habe ich meinen Eltern gesagt, dass ich schwul bin«, erklärte Alexei langsam.

Ben hielt den Atem an. Sein Magen verkrampfte sich.

»Ich komme aus einer sehr religiösen Familie. Bin total konservativ erzogen worden, darum wusste ich …« Die Falte wurde tiefer, die Umgebung dunkler. Alexeis Gesicht verschwand halb in den Schatten. Ben wünschte, er könnte die sommerblauen Augen besser sehen. »Meine Eltern meinten, wenn ich tatsächlich plane, mein Leben so zu leben …« Wieder verstummte er. Am liebsten hätte Ben den Arm ausgestreckt, Alexeis Hand gedrückt und ihm gesagt, dass alles gut war. »Jedenfalls wollen sie mich nicht unterstützen.«

»Du meinst, was das Finanzielle angeht?«

Ben war ziemlich sicher, dass Alexei das damit nicht meinte. Er wusste nicht mal, warum er überhaupt fragte. Doch die Formulierung war ungewöhnlich und … Scheiße, ihm wurde ganz schlecht.

»Nein.« Alexeis Stimme klang jetzt wieder ruhig und gefasst. »In meiner Familie muss sich jeder selbst versorgen. Geld haben sie mir schon seit der Highschool nicht mehr gegeben.«

»Dann meinst du damit also …«

»Sie haben gesagt, ich wäre nicht länger ihr Sohn.«

»Lex.« Er selbst klang alles andere als ruhig und gefasst, eher blechern und ganz weit weg.

Doch Alexei ließ bloß den Kopf in den Nacken fallen und sah hinauf zu den aufgehenden Sternen.

Ben leckte sich über die Lippen, überlegte, was er sagen sollte. Eigentlich sollte er wissen, was er jetzt sagen konnte. »Das war vor sechs Monaten?«

Alexei nickte.

»Und seitdem hast du nicht mehr mit deinen Eltern gesprochen?«

»Nein. Darum wissen sie auch nicht, dass ich das hier mache. Was sich seltsam anfühlt, weil ich durch meinen Dad überhaupt erst die Begeisterung fürs Hiken entdeckt habe.« Alexei schluckte schwer, der Kopf sackte ihm wieder auf die Brust. Ganz kurz huschte ihm der Anflug einer Emotion über die Miene, doch er wischte sie schnell weg. »Manchmal spreche ich mit Alina. Keine Ahnung, ob sie wissen, dass wir noch Kontakt haben. Sie ist … verwirrt, denke ich. Ich fühle mich schlecht, weil sie zwischen den Stühlen sitzt.«

»Verdammt, Lex«, sagte Ben erneut. *Shit.*

»Zuerst habe ich mich furchtbar gefühlt. Als würde ich die Chance auf Sex über meine Familie stellen, und wer macht denn so was?«

Ben kippte beinahe um.

»Alexei, das ist nicht …«

»Ich weiß, ich weiß.« Er winkte ab. Doch Ben war ernsthaft besorgt, dass Alexei es eben *nicht* wusste. Dass das so ganz und gar nicht funktionierte.

»Dann gab es bei der Firma, in der ich gearbeitet habe, eine riesige Fusion. Ich wurde entlassen, mit einer kleinen Abfindung. Also hatte ich plötzlich viel Zeit und dachte, das wäre eine gute Gelegenheit, um … ein paar Dinge für mich selbst zu klären. Tja.« Er richtete den Blick wieder nach oben. »Das ist meine Geschichte.«

»Verdammt«, brummte Ben wieder. Er konnte Alexei bloß anstarren, während der stoisch in die Sterne blickte. Fuck, das Coming-out vor seiner Familie musste so schwer gewesen sein. Hatte er es erst vor Kurzem gemerkt? Oder hatte er es schon immer gewusst und sein ganzes Leben lang vor den Eltern verheimlicht, bis er endlich den Mut gefunden hatte, um dann …

Die Verzweiflung in Bens Magen kochte zu heißer, sprudelnder Wut hoch.

»Meine Eltern sind keine schlechten Menschen«, sagte Alexei, als spürte er das Feuer in Bens Adern lodern und wollte es löschen. »Wirklich nicht. Ich bin sicher, sie leiden auch. Ich weiß, dass sie mich immer geliebt haben. Ich muss nur noch herausfinden … was ich von einer Welt halte, die sie dazu bringt, zu glauben, was sie glauben. Nämlich, dass ihre Reaktion richtig war. Und wie ich in diese Welt passe.«

Ben wollte ihm sagen, dass er gut in diese Welt passte. Dass seine Eltern Arschlöcher waren. Dass Ben auch schwul war.

Bloß schien sich sein Hirn gerade verabschiedet zu haben. Natürlich wusste er, dass solche Dinge auch mit all den Regenbogenkonfettikanonen, die jedes Jahr im Juni abgefeuert wurden, immer noch ständig passierten, aber – verdammt. Würde irgendwas von Bens Erfahrung Alexei jetzt helfen? *Hey, Kumpel, ich bin auch schwul! Bloß dass ich das letzte Mal mit sechs in der Kirche und meine Familie immer total entspannt mit allem war. Also, es wird besser?*

»Weißt du, Ben«, Alexei zog die Knie näher an den Körper, ein kleines Lächeln umspielte seine Lippen, »es hat sich okay angefühlt, dir das alles zu erzählen. Ich hoffe, für dich war es auch okay.«

»Ja.« Bens Stimme war ganz heiser. »Ja, Lex. Danke, dass du es mir erzählt hast.«

»Okay.« Ohne Vorwarnung stand Alexei auf und vergrub die Hände in den Taschen. »Ich gehe jetzt schlafen.«

Irgendwie war das Lächeln auf seinen Lippen immer noch da, Ben konnte allerdings bloß nicken.

Alexei lief zu seinem Zelt. Krampfhaft überlegte Ben, was er sagen konnte, um ihn aufzuhalten. Doch nach ein paar Schritten drehte er sich von alleine um.

»Hey. Wie ist dein Nachname?«

»Caravalho. Warum?«

»Ich dachte, wir sollten unsere vollen Namen kennen. Falls auf dem Trail was passiert und wir jemanden kontaktieren müssen.«

Ben atmete tief durch die Nase ein. So süß und vorausschauend. Am liebsten hätte er Alexeis Eltern ins Gesicht geschlagen.

»Wenn mir was passiert, kannst du Iris Caravalho in Nashville kontaktieren.«

Alexei zögerte. »Deine Mom?«

Ben nickte.

»Ist das … Spanisch?«

»Portugiesisch.«

»Oh. Tut mir leid.«

»Muss es nicht.«

»Wenn mir was passiert, kannst du Alina Lebedev in Portland kontaktieren.«

Erneut nickte Ben. Er war eine echte Nickmaschine. »Alina Lebedev«, sprach er ihm nach.

Alexei hatte sich wieder umgedreht und war nur noch einen Schritt vom Zelt entfernt, als Ben sich endlich aufrappelte.

»Hör mal«, setzte er an und steckte die Hände in die Bauchtasche seines Sweatshirts. Der Kommentar über die Nachnamen sickerte ihm tiefer ins Bewusstsein. Seit sie gemeinsam Tommy's Kitchen in Idyllwild hinter sich gelassen hatten, wusste Ben, dass Alexei jeden Moment verschwinden konnte. Dieser Kerl war, genau wie Ruby, ganz offensichtlich gerne allein. Aber vielleicht – wenn er nach Bens Nachnamen fragte und darüber nachdachte, dass sie auf dem Trail aufeinander aufpassen sollten – fand er es nicht total schrecklich, mit Ben zu wandern.

Und wenn er jetzt *nicht* mit Ben wandern würde, dann würde er … was? Tausende von Meilen marschieren, um sich fürs Schwulsein zu bestrafen? Allein und traurig sein und überlegen, wohin er sich verbannen konnte, weil seine Eltern scheiße waren?

Nein. Das war völlig inakzeptabel.

Mit jemand anderem zu wandern, war eine seltsam intime Sache. Aber mit Alexei Lebedev hatte es sich von Anfang an richtig angefühlt. Und vielleicht gab es ja einen Grund dafür, dass sie sich in Tommy's Kitchen in Idyllwild wiedergetroffen hatten.

Ben musste ihn nur überzeugen zu bleiben.

»Was ich vorhin auf dem Fuller Ridge gesagt hab, meinte ich ernst«, platzte es aus ihm heraus. Auch wenn das nicht ganz stimmte – jeder Satz auf dem Fuller Ridge war pures Adrenalin gewesen, aber jetzt meinte er es ernst. »Können wir einen Pakt schließen? Wir müssen ja nicht den ganzen Weg bis Kanada zusammenwandern. Aber sofern wir niemanden treffen, mit dem wir lieber wandern wollen, sollten wir zusammenbleiben. Keine Chance, dass ich es ohne dich noch mal durch Schnee schaffe. Und, Lex, du solltest echt nicht im Alleingang durch die Wüste laufen. Deine Angst davor ist real. Hier draußen ist es alleine zu gefährlich. Da war dieses eine Mal vor ein paar Wochen, noch vor Idyllwild, als ich mit den anderen unterwegs war, und die einzige Wasserquelle, an der wir den ganzen Tag vorbeigekommen sind, war trocken. Wir wären total aufgeschmissen gewesen, wenn Faraj sein Wasser nicht besser rationiert hätte als der Rest von uns und wir es deshalb bis zur nächsten Quelle aufteilen konnten.«

Ben holte Luft.

»Wie auch immer. Wollte ich nur sagen.«

Alexei starrte ihn an.

»Wenigstens durch die Wüste«, schob Ben nach. »Wenigstens durch die Wüste sollten wir zusammen wandern.«

Alexeis Kiefer zuckte.

Die Wüste, das waren noch Hunderte von Meilen. Vermutlich war das viel verlangt.

Er biss sich auf die Lippe. Wartete.

Und dann …

»Okay.«

Es klang unsicher, aber Ben musste grinsen wie ein Hornochse, und endlich löste sich die Anspannung in seinen Schultern.

»Klasse. Nacht, Lex.«

Eilig kroch Ben ins Zelt, bevor Alexei seine Meinung wieder änderte.

Natürlich konnte er das immer noch. Morgen oder übermorgen oder am Tag danach, und Ben würde ihn lassen. Er würde Alexei Lebedev zu nichts zwingen, das er nicht wollte.

Doch Ben gefiel es, Menschen zu helfen, und er wusste, was er jetzt für Alexei tun konnte. Für ihn würde er sein Verlangen zügeln. Alexei machte gerade eine Menge Scheiße durch, da konnte er Bens Chaos nicht gebrauchen. Außerdem hatte Ben sich sowieso fest vorgenommen, dass er sich für eine Weile von Männern fernhielt. Darum ging es auf dem Trail nicht. Auf dem Trail ging es um gute Entscheidungen.

Nein, Ben würde Alexei nicht anrühren.

Er würde ihm ein Freund sein.

Er würde ihm zeigen, dass er Menschen vertrauen konnte. Dass die Welt, an die Alexeis Eltern glaubten, nicht die echte Welt war. Oder zumindest nicht die Welt, auf die es ankam. Und in der, auf die es ankam, gab es so viel Gutes.

Angst vor Schnee hatte Ben immer noch. Er vermisste seine Familie ununterbrochen, und selbst an den besseren Tagen fragte er sich, ob er das hier alles durchstehen würde.

Doch er wusste, dass er Alexei das Gute zeigen konnte.

KAPITEL FÜNF

»Bist also der Crunchy-Peanut-Typ, hm?«

Alexei blickte auf den Proteinriegel in seiner Hand hinab und zuckte mit den Schultern.

»Hat das meiste Fett und die meisten Proteine.« Seit Idyllwild hatte sich sein Magen zwar beruhigt, aber der berüchtigte Hike-Hunger, von dem er schon so viel gelesen hatte, ließ noch auf sich warten. Die meiste Zeit über zwang Alexei sich nur zum Essen, weil er die Kalorien brauchte. Mit Ausnahme seines treuen Vorrats an Gummibärchen. Aber er wusste natürlich, dass er den PCT nicht allein mit Gummibärchen überstehen würde.

»Bei deinem fettigen Protein würd ich mitgehen, aber ich erhöhe um ...«, Ben hielt das glänzende Papier seines eigenen Riegels hoch, »... guten Geschmack.« Er nahm einen großen Bissen und sprach mit vollem Mund weiter: »Diese Frauenriegel sind einfach der Hammer.«

Alexei war schon aufgefallen, dass Ben die Riegel bevorzugte, deren Marketing sich eher an weibliche Kundschaft richtete. Wie alles an Ben Caravalho rief das in Alexei den Wunsch hervor, stundenlang sinnlos in den Himmel zu grinsen.

»Ist das dein Lieblingsgeschmack?«

»Exzellente Frage, Lex.« Ben schluckte, bevor er weitersprach. »Schoko-Minze war tatsächlich die Sorte, die mich zuerst in den Bann gezogen hat. Aber nach dem ersten Zitronenriegel hab ich ihnen ewige Treue geschworen. Allerdings hebe ich mir die für besondere Anlässe auf.«

Ben und Alexei aßen ihre Proteinriegel unter einem struppigen Manzanita-Baum. Nachdem sie am Morgen die dicht bewaldeten Abhänge von San Jacinto hinter sich gelassen hatten, führte der Trail sie nun wieder mitten durch die Wüste. Die weitläufige Landschaft bot zwar einen spektakulären Blick auf die ausgedörrte Talebene und die umliegenden San Gabriel Mountains, aber der Wind peitschte ihnen schon den ganzen Tag wütend und trocken ins Gesicht, und die Sonne brannte unerbittlich. Alexei vermisste den Schutz der Bäume.

Immerhin lenkte Ben ihn ab.

Obwohl ihn schon den ganzen Morgen Schuldgefühle zerfraßen. Er hatte es nicht wirklich ernst gemeint, als er sich auf Bens Pakt eingelassen hatte. Was für ihn sehr untypisch war. Alexei Lebedev war kein Lügner mehr. Doch im seichten Mondschein hatte Ben bei seinem Vorschlag beinahe nervös gewirkt. Seltsam verletzlich – aus Gründen, die Alexei nicht ganz nachvollziehen konnte. Und wieder mal war es ihm unmöglich gewesen, diesem Gesicht etwas abzuschlagen.

Nicht, dass es nicht angenehm war, mit Ben zu wandern.

Es war schlicht und ergreifend nicht das, womit Alexei gerechnet hatte, und er hielt sich eben gern an seine Pläne. Es gab Dinge, um die er sich Gedanken machen musste, Listen, an denen er zu feilen hatte. Und, na ja. Mit Ben an seiner Seite konnte er an nichts anderes denken als an … Ben.

Aber es würde sich schon alles fügen. *Sofern wir niemanden treffen, mit dem wir lieber wandern wollen*, hatte Ben gesagt. Er war der liebenswerteste Mensch, den Alexei je getroffen hatte. Bestimmt würde er schon bald eine Wandergruppe treffen, der er sich anschließen konnte. Alexei würde vorgeben, das Gleiche zu tun, und Ben versprechen, dass er in der Wüste sicher war, und sie würden sich sehr freundlich voneinander verabschieden. Sein Treffen mit Ben Caravalho würde zu einer wundervollen Anekdote werden, an die er sich später gerne erinnerte. Und eine wichtige, das wusste Alexei. Er war stolz, dass er Ben gestern Abend alles erzählt hatte. Dass er sich einem Fremden so hatte öffnen können, ohne dass der Himmel auf ihn herabgestürzt war. Ja, Ben hatte Alexei viele Momente geschenkt, auf die er stolz war.

So was nannte man *Trail-Magie*. Wenn man Menschen oder Dingen auf dem Trail begegnete, die man gerade dringend brauchte. Wassertanks, Snacks, die Einwohner*innen aus reiner Herzensgüte an Knotenpunkten deponiert hatten. Leute, die ganz umsonst und freiwillig ihr Zuhause oder Mitfahrgelegenheiten anboten.

Vielleicht war Ben zu treffen Alexeis erste Kostprobe dieser Magie.

»Also, ich will nicht zu sehr auf den Männerrechten bestehen oder so«, redete Ben weiter und zerknüllte die Riegelpackung in der Hand, »aber ich bin gern glücklich. Und ich verdiene die herbe Frische von Zitronenschale doch wohl auch.«

»Da stimme ich zu.«

»Wusst ich's doch, Lex.«

Er musste zugeben, diese Lex-Sache machte immer noch etwas mit ihm. Jedes Mal, wenn Ben das sagte, surrte es warm und kribblig in Alexeis Magen. Dieses Surren erinnerte ihn daran, warum er diese Magie letztendlich hinter sich lassen musste.

»Oh, wow.« Ben ließ die Knöchel knacken. »Der Typ sieht *unglaublich* aus.«

Alexei riss den Blick von Bens Gesicht los und schaute zu dem schlaksigen Mann, der über den Trail auf sie zukam. Als er Ben und Alexei entdeckte, wurde er langsamer, nahm seinen Hut ab und wischte sich über die Stirn.

»Hey, Mann«, rief Ben.

»Howdy ho, Jungs.«

Er musste um die siebzig sein. Einer dieser fitten, braun gebrannten Senior*innen, die den Pacific Crest Trail wanderten, anstatt ... zu tun, was Senior*innen eben tun sollten. Canasta mit den Enkelkindern spielen. Dem örtlichen Radio Geld spenden.

Ben brauchte ungefähr zwei Minuten, um herauszufinden, dass dieser spezielle Senior in New Mexiko lebte, ein pensionierter Immobilienmakler war und Steppenläufer hieß.

Nur dass dieser schlanke weiße Mann natürlich *nicht* Steppenläufer hieß.

Trail-Namen bekamen Thruhiker von anderen Thruhikern verliehen. Manche Leute nahmen das sehr ernst, doch Alexei stressten sie ein wenig. Er konnte sich nicht vorstellen, welchen Trail-Namen irgendjemand ihm geben könnte. Welches Wort seinen Kern zusammenfassen sollte.

Er dachte darüber nach, wie sehr ihm die Haut heute von der Sonne juckte. Wie oft er in Bens Gegenwart unwillkürlich rot anlief. Tomate, vielleicht? Oder irgendwas, weil er so still war? Maus?

Allerdings wollte Alexei auf keinen Fall Tomatenmaus heißen.

Ihm gefiel bloß Lex.

Egal, der Punkt war doch, dass Steppenläufer ein alberner Name war.

Ben hatte gerade erfahren, dass das hier schon Steppenläufers zweiter Thruhike vom PCT war. Natürlich war es das.

Alexei nestelte an seinem Rucksack. Keine Ahnung, warum er so gemeine Dinge über Steppenläufer dachte.

Bisher hatte er noch nicht herausgefunden, warum er sich in der Gegenwart mancher Fremder unwohl fühlte und bei anderen nicht. Wenn er ein Kreisdiagramm erstellen müsste, wären die Bens und Rubys dieser Welt darin nur ein winziger Sektor, und die Steppenläufer und Farajs würden den größten Teil einnehmen.

Ben stieß ein leises Pfeifen aus. Alexei sah auf.

»Wie viele Stiche?«

»Sechzehn.«

Ben musterte eine zackige weiße Narbe hoch oben auf Steppenläufers Oberschenkel. Dann ließ der alte Mann den dünnen Stoff seiner schwarzen Shorts wieder fallen.

»Danach musste ich mich vom Continental Divide verabschieden. Aber der PCT ruft irgendwie immer wieder nach mir.«

Ben hatte sich vorgebeugt, die Ellbogen auf den Knien, völlig vertieft und …

Oh Gott.

Hastig stopfte Alexei seinen Müll in den Rucksack.

Er war total eifersüchtig auf Steppenläufer.

Das war doch absolut wahnhaft und lächerlich.

Er musste echt dringend wieder alleine wandern.

»Nach Albuquerque wollte ich schon immer mal«, meinte Ben gerade im selben Ton, in dem er auch erzählt hatte, wie sehr er sich auf den Pazifischen Nordwesten freute. Okay, jetzt drehte Alexei langsam durch. Er zerrte sein Notizbuch aus dem Rucksack und senkte den Kopf. Manchmal half es, wenn er sich in sich zurückzog, sich auf etwas Beruhigendes konzentrierte. Wie Listen.

Die Notizen von gestern musste er sowieso noch fertig machen. Gestern war ein großer Tag gewesen, und das Gespräch mit Ben hatte ihn völlig ausgelaugt. Im Zelt war er kaum lange genug wach geblieben, um sein Abendgebet zu beenden. Also nutzte er die Gelegenheit, die Daten zu notieren, die er jeden Tag festzuhalten versuchte.

Gewanderte Meilen. Höhenmeter Aufstieg/Abstieg. Wetter. Trail-Bedingungen.

Unter jedem Datensatz ließ er Platz für weitere Notizen, meistens in Form von Stichpunkten. Zu gestern gab es eine Menge Stichpunkte.

– Ruby, Yerba Santa
– Fuller Ridge
– Lex
– viele Meisen
– noch mal geoutet

Kurz hielt er inne, bevor er in der Zeile darunter einen Gedankenstrich hinzufügte:

– lief besser dieses Mal

Denn Ben hatte ihn den ganzen Morgen genauso behandelt wie sonst auch. Als hätte sich nichts geändert. Es hatte sich angefühlt ... Alexei trommelte mit dem Stift auf sein Notizbuch. Vielleicht musste er dafür gar kein Wort finden. Selbst wenn er generell wahnhaft war, was Ben betraf, wusste er doch auch so, wie es sich angefühlt hatte.

Bevor er vergaß, was er noch notieren wollte, blätterte er ans Ende vom Notizbuch. Die Liste auf der allerletzten Seite trug die Überschrift »Alexei 2.0«.

Nicht viele Menschen bekamen die Chance auf einen echten Neuanfang. Doch nachdem Alexei die Grundpfeiler seiner Welt verloren hatte – Eltern weg, Kirche weg –, war ihm irgendwann klar geworden, dass er diesen Neuanfang nutzen sollte.

Dieses Mal wollte er anders sein. Mutiger. Glücklicher.

Darum fügte er einen neuen Stichpunkt hinzu:

– Instagram-Profil erstellen

Und nach kurzem Überlegen:

– Rausfinden, was ich auf Instagram posten kann

Ben und Steppenläufer diskutierten über Immobilien in Albuquerque. Langsam blätterte Alexei zu der Liste ein paar Seiten vor »Alexei 2.0«.

MÖGLICHE STÄDTE

Boston
Providence
Washington, D.C.
Ann Arbor

Pittsburgh
Ithaca
Chapel Hill
Madison

Eine Mischung aus Großstädten, in denen es jede Menge Jobangebote für Datenanalyst*innen gab, und Universitätsstädten, weil er schon immer gern an einer Uni gearbeitet hätte.

Manchmal träumte er auch davon, eine eigene kleine Farm zu besitzen, mitten in Montana, Colorado, Vermont. Dann wäre er stets umgeben von Bäumen und Vogelgezwitscher.

Doch Alexei 2.0 wollte versuchen, sich nicht mehr so zu isolieren. Was er sicher tun würde, wenn kein Stadtzentrum in unmittelbarer Nähe lag. Deshalb standen auf der Liste im Moment nur diese Städte.

Die einzige andere Bedingung war, dass es möglichst weit weg von dem Ort sein sollte, den er immer am meisten geliebt hatte.

»So«, sagte Steppenläufer laut genug, dass er Alexei aus seinen Gedanken riss. »Ihr Jungs passt auf euch auf, habt ihr gehört? Die Wüste ist kein Spielplatz.«

»Machen wir, versprochen. Hoffentlich laufen wir uns irgendwann noch mal über den Weg«, erwiderte Ben.

»Auf jeden Fall.« Steppenläufer tippte sich an den Hut. »Macht's gut.«

Und schon war er weg, schwebte förmlich über den Trail.

Wie ein … Steppenläufer.

Verdammt.

»Ganz genau so was …« Ben lehnte sich wieder in den Beinaheschatten der Manzanita. »Wegen so was will ich in die Geriatrie. Alte Menschen sind echt die Besten.«

»Geriatrie?«

»Oh. Hab ich wohl noch nicht erwähnt.« Ben sah zu Alexei herüber. »Kurz vor diesem Trip hier hab ich meine Prüfung zum Krankenpfleger abgelegt. Und ich will gerne in die Geriatrie, wenn ich wieder zurück bin.«

Alexei stellte es sich vor. Ben als Krankenpfleger. Ben bei der Arbeit mit älteren Menschen. Es passte perfekt. Aber …

»Wird das nicht ziemlich traurig?« Die Frage konnte er sich nicht verkneifen.

»Weil ich vielen alten Menschen beim Sterben zugucken muss?«

»Genau.«

Er ließ sich zum Antworten einen Moment Zeit.

»Stimmt, so denken viele. Aber ehrlich gesagt ist das doch eine Ehre. Ihnen die letzten Tage so angenehm wie möglich zu gestalten. Mir ihre Geschichten anzuhören. Und wenn sie körperlich nicht mehr dazu in der Lage sind, sie zu erzählen, kann ich zumindest *da* sein. Ihnen Gesellschaft leisten. Vor allem, wenn sie ansonsten ganz allein sind. Es hat lange gedauert, bis mir klar geworden ist, was ich mit meinem Leben machen will, aber das fühlt sich an wie etwas, in dem ich gut bin.« Ben zuckte mit den Schultern.

Mom würde ihn wirklich mögen, dachte Alexei.

Der Gedanke versetzte ihm den größten Stich bisher.

Ihm fiel nichts ein, was er noch sagen könnte, über Steppenläufer oder Ben, der Menschen in ihren letzten Tagen auf Erden den Schmerz nehmen wollte.

Stattdessen konnte er einfach nur in die Ferne gucken und versuchen, seinen Herzschlag zu beruhigen. Dann hörte er ein leises Trillern.

Nach ein paar stillen Minuten sagte er: »Nevadaammer.«

Er starrte immer noch in die Manzanitas, weg von Bens Gesicht, und hoffte, einen Blick auf die Schwanzfedern, die Flügel und den gestreiften Hals zu erhaschen.

Aber wie immer konnte er Bens Lächeln irgendwie spüren. Es strömte durch ihn hindurch, hell und warm, und obwohl er es doch besser wissen sollte, ließ Alexei dieses Gefühl zu, bis der Stich verklungen war.

Morgen, sagte er sich. Morgen konnte Ben sich eine neue Gruppe Thruhiker suchen.

Doch jetzt schulterten Ben und Alexei erst mal wieder gemeinsam ihre Rucksäcke. Ben ging voran.

»Wann hast du eigentlich den letzten Nulltag eingelegt, Lex? Langsam sehne ich mich echt nach einem.«

»Bisher eigentlich noch gar nicht.«

Ben blieb so abrupt stehen, dass Alexei nicht schnell genug reagieren konnte. Mit der Brust krachte er in Bens Rucksack. Einen kurzen, überwältigenden Moment lang tauchte er mit den Lippen in Bens Haare ein.

Ben trat einen Schritt zur Seite und drehte sich um, völlig unbeeindruckt vom Zusammenstoß.

»Warte, was?«

»Was?« Alexei hatte vergessen, worum es ging.

»Du hast noch keinen Nulltag eingelegt? Seit wann bist du auf dem Trail?«

»Oh.« Er rieb sich über die Brust. Ein Nulltag war ein Pausentag, an dem man null Meilen wanderte. Nulltage waren wichtig, um die Muskeln zu schonen und Verletzungen vorzubeugen. Meistens wurden sie so gelegt, dass sie mit Besuchen in Städten zusammenfielen, damit man sich in echten Betten erholen, die Vorräte in Supermärkten aufstocken oder vorab verschickte Vorratspakete bei der Post abholen konnte. Alexei hatte seinen ersten bald geplant, in der Nähe der Interstate 10. »Ich bin an der Route 74 gestartet. Kurz bevor ich dich getroffen habe. Und die Klapperschlange.«

»Verstehe.« Ben kratzte sich die Stirn. »Also machst du nur einen Section Hike? Ich dachte …«

»Nein«, unterbrach Alexei seufzend. »Ich wandere bis Kanada. Ich wollte nur … ein Stückchen Wüste überspringen.«

Natürlich war das eine ungewöhnliche Entscheidung, aber als er bei der Planung in Portland auf der Karte diesen riesigen beigefarbenen Bereich um die mexikanische Grenze herum gesehen hatte, war ihm vor Angst ganz schlecht geworden. In seiner Brust hatte sich ein kleiner Knoten gelöst, als er den Finger auf den ersten grünen Fleck gelegt und sich vorgenommen hatte, von dort zu starten. San Bernardino National Forest. Route 74: Palms to Pines Scenic Byway.

»Ah, okay.« Auf Bens Miene breitete sich wieder ein Lächeln aus. »Das ergibt Sinn.« Tat es das? Alexei war ziemlich sicher, dass es seltsam war, statt am Anfang erst hundertfünfzig Meilen später loszuwandern. Warum war Ben so nett zu ihm? Auch das war seltsam. »Also wanderst du seit …«

»Heute ist mein sechster Tag.«

»Lex!« Ben knuffte ihn in die Schulter. In Alexeis Magen surrte es. »Was zum Teufel? Verdammt, du leidest bestimmt Todesqualen. Die erste Woche ist die schlimmste! Dein Körper steht im Prinzip unter Schock.«

»Ich …« Alexei suchte nach den richtigen Worten. Die Bestätigung, dass es nicht ungewöhnlich war, wie er sich fühlte, nahm ihm eine Last von den Schultern, beflügelte ihn beinahe. »Ich fühle mich … manchmal unwohl.«

»Okay.« Ben klatschte in die Hände. »Dann steht das. Morgen wird ein Nulltag.«

Alexei runzelte die Stirn. »Ich wollte eigentlich noch bis zur I-10 durchziehen.« Mist, wegen des Halts in Idyllwild hinkte er jetzt schon hinterher.

»Nope.« Ben ließ das *P* laut ploppen und schüttelte den Kopf. »Sieben Tage am Stück ohne Pause zu wandern, ist eine absurde Idee. Heute suchen wir uns einen tollen Campingplatz. Und morgen?« Er grinste. »Schlafen wir.«

Damit wirbelte er auf dem Absatz herum und schlenderte den Trail entlang.

Alexei starrte ihm nach. Beim Wandern war er abgelenkt, genau wie bei der Planung ihrer nächsten Schritte. Die Vorstellung, einen ganzen Tag einfach nur mit Ben Caravalho zu verbringen, jagte ihm ein wenig Angst ein.

Doch jetzt wanderte Alexei erst mal weiter. Konzentrierte sich auf das, was vor ihm lag, auf das Hier und Jetzt. Augen auf den Trail, Ohren in den Himmel.

KAPITEL SECHS

In seinem Schlafsack streckte Alexei die nackten, geschwollenen Füße aus. Hoch über ihm schien die Sonne, die Strahlen sickerten durch die Nadeln der Bäume und den Zeltstoff über ihm. Er hatte keine Ahnung, wie spät es war, und es war ihm auch ziemlich egal.

Die Liste der Dinge, die Alexei als Kind nicht hatte tun dürfen, war lang. Doch als Erwachsener erlaubte er sich einige kleine Freuden.

Dunkle Schokolade. Ein heißes Bad nach einem langen Arbeitstag. Neue Sweatshirts erst im Ernstfall zu waschen, um das flauschige Innenfutter so lange wie möglich weich zu halten.

Aber nichts davon, so viel wurde ihm jetzt klar, war vergleichbar mit Ausschlafen.

Das hatte er in seinem Leben nicht oft getan. Als Kind war von ihm und Alina erwartet worden, dass sie früh für Hausarbeit oder Kirche aufstanden, ohne Rücksicht auf »Sommerferien« oder »Wochenende«. Darum war ihm diese Angewohnheit wohl in Fleisch und Blut übergegangen, denn selbst im College und als Erwachsener war er stets früh aufgestanden. Um ins Fitnessstudio zu gehen, um einer der Ersten im Büro zu sein. Um den Tag so produktiv wie möglich zu gestalten.

Allerdings schien der Trail bereits etwas mit Alexei angestellt zu haben.

Denn das hier? Das war das Allerbeste.

Wie er so auf seiner Isomatte lag und dem leisen Pfeifen des Windes lauschte, konnte er sich nicht recht erinnern, wann er sich das letzte Mal so gut gefühlt hatte. Ihm war sogar egal, dass Ben sich irgendwo da draußen herumtrieb, mit diesem irritierenden Lächeln, das Alexei auf dumme Gedanken brachte. Heute scherte er sich nicht um Pläne. Sein Kopf fühlte sich auf beinahe mysteriöse Weise leicht und frei von Kummer an. Stattdessen erfüllte ihn der dezente Duft von Salbei. Die physische Präsenz dieses Augenblicks. Nicht mehr und nicht weniger.

Diese Ruhe barg eine gewisse Kraft.

Schließlich kroch Alexei doch noch aus dem Zelt. Er schlüpfte in seine Campsandalen und dehnte sich, eine schmerzhafte, zutiefst befriedigende Prozedur. Jetzt, da er Zeit hatte, die Symptome seines Körpers zu registrieren, musste er Ben recht geben. Der Tag, an dem sie sich in Idyllwild getroffen hatten, war der Höhepunkt von Alexeis Beschwerden gewesen, die Reaktion seines Körpers auf die unvermittelte, andauernde Belastung einer Reise zu Fuß durch die Wüste. Langsam gewöhnte er sich daran. Schmerzen hatte er immer noch. Aber darunter fühlte sich sein Körper … stark an. Lebendig.

Bens Zelt war leer. Alexei blickte sich eher neugierig als besorgt um, bis er ihn etwa zwanzig Meter entfernt entdeckte. Den Hintern in der Luft, das Gesicht – und die Handykamera – auf einen Felsen gerichtet.

Unwillkürlich musste Alexei grinsen.

Ben schoss ständig Fotos. Von den großen Motiven, den Aussichten und Sehenswürdigkeiten, aber auch von Kleinigkeiten. Oft blieb Ben hinter Alexei zurück, und wenn er sich umdrehte, fand er ihn einige Schritte weiter hinten über einem ungewöhnlichen Busch kauernd. Einmal hatte Ben mitten auf den Pfad gestarrt, wo außer Sand nichts zu erkennen gewesen war. Alexei war dann zu ihm zurückgestapft, und Ben hatte ihn angeschaut und gesagt: »Alter, guck dir mal diesen *Käfer* an.«

Je länger sie zusammen wanderten, desto mehr fiel auch Alexei auf: die Farben, die eine blühende Frühlingswüste zierten, die Gelb- und Rosatöne, die sich zwischen all dem Braun und Beige versteckten. Seine Blicke verweilten länger auf den Spalten zwischen den Felsen, und er überlegte, welche winzigen Details darin verborgen lagen, die Ben begeistern würden. Die er genauer untersuchen und fotografieren wollte. Die Ruby vielleicht malen wollte.

Inzwischen war Ben aufgestanden und schlenderte in seine Richtung, obwohl Alexei eigentlich dringend pinkeln musste. Als er vom Smartphone aufschaute und ihn wahrnahm, breitete sich auf seinem Gesicht ein strahlendes Lächeln aus, das Alexei vermutlich nie wieder aus dem Kopf gehen würde.

Anstelle eines *Guten Morgen* hielt Ben ihm das Handy hin. »Lex. Alter. Sieh dir diesen *Felsen* an.«

Im grellen Sonnenlicht blinzelte Alexei auf das Foto hinab und rätselte, warum es ihm so gefiel, von Ben *Alter* genannt zu werden.

»Was ich noch sagen wollte …« Ben nahm das Handy zurück. »Danke, dass ich so oft zum Fotografieren anhalten darf.« Ein Sonnensprenkel umspielte sein linkes Auge. »Die Typen, mit denen ich vorher unterwegs war, wollten jeden Tag so viele Meilen machen, dass es mir unangenehm war, stehen zu bleiben und mir all das Zeug hier anzuschauen, weißt du?«

»Tja«, sagte Alexei und räusperte sich den Schlaf aus der Stimme. »Jetzt hast du den ganzen Tag Zeit, um hier so viel zu fotografieren, wie du willst.«

»Ja, nicht wahr?« Ben strahlte. »Richtig cool. Aber …« Er schüttelte den Kopf und steckte das Telefon in die Tasche. »Wahrscheinlich wäre mein Akku dann innerhalb einer Stunde komplett leer. Er ist eh so gut wie alle, und die Powerbank ist auch schon tot.«

»Dann musst du den Rest wohl für erstklassige Felsen aufsparen.«

»Genau.«

Ben legte den Kopf schief und musterte Alexei einige Sekunden lang. Ihm war, als stünde Ben mindestens zwei Zentimeter zu nah bei ihm. Oder etwa nicht? Nein, eher fünf Zentimeter zu nah. Zehn. Oh Gott, musste Alexei pinkeln. Seine Blase war total überfordert damit, dass er sich nicht von der Stelle rührte, und sein Gehirn hatte nicht einmal eine gute Ausrede dafür. Warum konnte Alexei sich nie von Bens Gesicht losreißen?

»Lex, warte. Ich weiß nicht, warum mir das bisher nie aufgefallen ist, aber … warum machst *du* eigentlich nie Fotos? Ich glaube, ich hab nicht ein einziges Mal gesehen, wie du dein Handy rausgeholt hast.«

»Oh.« Alexei zuckte mit den Schultern. »Das liegt daran, dass ich keins habe.«

Bens runzelte die Stirn. »Du hast kein Handy?«

»Ich meine …« Alexei zog eine Grimasse, um nicht völlig weltfremd zu wirken. »Natürlich *besitze* ich eins. Ich habe nur für eine Weile meinen Vertrag pausiert und es zu Hause gelassen.«

Ben fiel die Kinnlade herunter.

»Du bist monatelang weg … mitten in der Wildnis … ohne Möglichkeit, jemanden zu kontaktieren?«

»Für Notfälle habe ich ein GPS-Ortungsgerät«, erwiderte Alexei ein bisschen defensiv. »Es hat eine SMS-Funktion, sodass ich Alina benachrichtigen kann, wenn etwas schiefgeht. Vollkommen leichtsinnig bin ich ja nicht.«

Das GPS-Notfallortungsgerät war teuer gewesen, aber in Alexeis Augen notwendiger als ein Telefon. Er konnte gut mit Zahlen umgehen, mit Kostenrechnungen. Es wäre unsinnig, ein Telefon mit sich zu führen und auch noch dafür zu bezahlen, wenn er eh nur sporadisch Empfang hatte und es niemanden gab, mit dem er zwingend in Kontakt bleiben musste. Außer Alina. Und die hatte natürlich die Informationen für sein GPS-Gerät. Die einzigen anderen Leute, mit denen er vielleicht ab und zu Kontakt aufnehmen wollte, waren die aus seiner Online-D&D-Gruppe, aber na ja, die würden sowieso schon eine ganz andere Kampagne spielen, sobald er zurückkam.

In seinem Kopf hatte das alles Sinn ergeben.

»Nein, Lex. Ich halte dich auch nicht für leichtsinnig.« Ben schenkte ihm ein kurzes, unergründliches Lächeln.

Und dann begriff Alexei.

Wie schrecklich erbärmlich es war, niemanden zu haben, mit dem man in Kontakt bleiben musste.

Seine Ohren brannten vor Scham.

»Ich weiß, das ist sicher schräg. Kein Handy zu haben. Es ist nur …«

»Nein, nein.« Ben winkte ab. »Nicht schräg. Das ist … krass. *Buchstäblich* von der Display-Bildfläche verschwunden. Du bist echt ein krasser Typ, Lex.«

Ja, klar.

So könnte man es auch nennen.

Alexei brachte ein kurzes Nicken zustande, bevor er ins Gebüsch stürzte.

Eine Stunde später, als Alexei wieder in seinem Zelt auf dem Bauch lag, starrte er in ein anderes Notizbuch. Abwesend kaute er auf der Spitze seines Stiftes.

Dieses Büchlein war etwas kleiner als das andere. Es hatte einen wetterfesten orangefarbenen Einband.

Auf der ersten Seite stand nur eine Überschrift. Die hatte er schon vor seiner Abreise in Portland aufgeschrieben.

GUTE DINGE

Er konnte das. Heute fühlte er sich gut genug, und allein genug, um sich zu konzentrieren. Er wusste, dass es Ben nichts ausmachen würde, wenn er den ganzen Tag in diesem Zelt blieb.

Alexei hatte recherchiert, was man tun sollte. Wie man am besten mit dem Verlust eines geliebten Menschen umging. Denn so hatte er beschlossen, die Angelegenheit zu betrachten: Er hatte seine Eltern verloren, und Trauer war nach einem Verlust ganz natürlich.

Akzeptiere deine Gefühle – sie sind legitim.

Sprich über den Tod deiner Liebsten.

Erinnere dich an ihr Leben und feiere es.

Alexei wollte lieber Stift und Papier sprechen lassen. Immerhin ging es beim Schreiben auch um Wörter, also zählte das.

Die Sache war nur, dass er ein gutes Leben geführt hatte. Er wollte jetzt nicht zu einer tragischen Figur werden, zu jemandem, den man bemitleiden musste. Er wollte jene Erinnerungen festhalten, die ihn glücklich machten. *Sich erinnern und feiern.* Durch die Erinnerung an die glücklichen Momente würde er die Vergangenheit hoffentlich als solche akzeptieren und sie schließlich hinter sich lassen.

Und dann wäre er ganz und gar bereit. Für Alexei 2.0.

Sein Stift schwebte über dem Papier. In seinem Magen gluckerte es hörbar.

Nur … wo fing man bloß an, wenn man ein Leben dokumentieren wollte?

Wann immer Alexei versuchte, an seinen Vater zu denken, sah er nur dessen schlaksige Statur, die an der Tür seines Elternhauses lehnte. Das Haus, in dem er und Alina ihre ganze Kindheit über durch den Hof und den angrenzenden Wald gerannt waren, das Haus, in dem er jedes Ostern, Thanksgiving, Weihnachten und Silvester gefeiert hatte. Das Haus mit dem Dachboden, der ihm Angst gemacht hatte und in den Alina ihn immer wieder als Mutprobe hineingeschickt hatte. Das Haus mit der knarzenden dritten Stufe und den gerahmten Familienbildern, die sich die Wand hinaufschlängelten. Das Haus, in dem sein altes Kinderzimmer in der hintersten Ecke des ersten Stocks lag, mit Blick auf die Bäume, und in dem die Crosslauf-Medaillen und die Auszeichnungen der Mathe-Fakultät über seinem Schreibtisch hingen. Das Haus, in dem Alina ihm an seinem elften Geburtstag Kuchen in die Hose gestopft hatte, nachdem er Milch über eines ihrer Bilder verschüttet hatte und sie ihm nicht glauben wollte, dass es nur ein Versehen gewesen war.

Über diese ganzen Dinge hätte Alexei schreiben können.

Doch all diese Erinnerungen wurden noch immer von seinem Vater überschattet, der an jenem Tag in der Tür gestanden hatte, die Hände in den Taschen, den Kopf gesenkt. Unfähig, Blickkontakt mit seinem einzigen Sohn aufzunehmen. Einer der Knöpfe an seiner Strickjacke stand offen.

Wann immer Alexei versuchte, an seine Mutter zu denken, sah er sie nur neben seinem Vater in der Tür stehen. Aber sie war nach vorne gebeugt, eine Hand ausgestreckt. Dann hielt sie inne, und ihre Finger krümmten sich.

»Wir sehen uns bald wieder, ja?«, hatte sie gesagt. »Wir sehen uns bald wieder, *moye solntse*.«

Denn mit Sicherheit würde der Sohn, den sie großgezogen hatte, die richtige Entscheidung treffen.

Sechs Monate lang hatte er Alexei verfolgt, dieser einfache Satz der Zuneigung, den er seine Mutter so oft hatte sagen hören und den er vermutlich nie wieder hören würde. *Moye solntse. Моё солнце.* Meine Sonne.

Der Verlust seiner Eltern war so geräuschlos verlaufen. Sie hatten nicht einmal Fragen gestellt. Kein: *Wie lange weißt du es schon?* Sie hatten nicht gefragt, ob er sich an die Kirche gewandt, ob er »Hilfe« in Betracht gezogen hatte. Eigentlich hatte Alexei sich zumindest auf einen Vortrag eingestellt.

Vielleicht, wenn er jünger gewesen wäre. Womöglich hatte es seinen Eltern so die Sprache verschlagen, weil er diese verbotene Neigung erst als Erwachsener offenbarte.

Doch als sein Vater ihn über die Brille hinweg angesehen und gesagt hatte: »Dir muss doch klar sein, was es bedeutet, wenn du dich für ein solches Leben entscheidest«, war es Alexei tatsächlich sofort klar gewesen. Natürlich war es ihm klar gewesen. Es hätte ihm von dem Augenblick an klar sein müssen, als er an jenem Tag so naiv wie entschlossen das Haus seiner Eltern betreten hatte. Er hatte schon zu lange nicht mehr zu Hause gelebt. Zu viel D&D gespielt. Er hatte festgestellt, dass überraschend viele queere Menschen D&D spielten. Seit er seine Mitabenteurer*innen kennengelernt hatte, fühlte er sich viel normaler. Als wäre es eventuell *keine* allzu große Sache. Nach und nach hatte er es vergessen. Dass es für seine Eltern immer eine bleiben würde, egal, was passierte.

Die Einzelheiten dieses sonnigen Nachmittags verschwanden von Tag zu Tag mehr im Nebel seiner Erinnerung, aber müsste Alexei raten, würde er sagen, das ganze Gespräch hatte wohl weniger als zwanzig Minuten gedauert.

Er biss die Zähne zusammen, starrte auf das leere Blatt und widerstand dem Drang, in sich zusammenzusinken. Deshalb war er hierhergekommen. Er konnte das schaffen.

Also schrieb er:

Torte in meiner Hose.

Dann wurde ihm klar, wie albern das klang. Er unterdrückte einen Schrei und strich es schnell wieder durch.

Okay, jetzt war auch noch die Seite ruiniert.

Genervt trennte er sie so ordentlich wie möglich heraus. Zerknüllte sie zu einem Ball. Schrieb die Überschrift noch einmal.

GUTE DINGE

Vielleicht konnte er seine Eltern erst mal außer Acht lassen. Sich möglicherweise auf das große Ganze konzentrieren, auf all die Dinge, die er als Kind an seiner Kirche und seiner Gemeinde geliebt hatte. Die Geborgenheit, sich jede Woche zu treffen. Die Verbundenheit durch ihre gemeinsamen russischen Wurzeln. Das weiche Leder der Gesangbücher unter seinen Fingerspitzen, viel benutzt und wertgeschätzt. Wie ein besonders emotionales Loblied seinen Körper zum Erzittern brachte. Seine jugendlichen Hände auf den Klaviertasten, wenn er den Chor begleitete. Die Kraft und der Frieden dieser Lieder, dieser Gebäude mit ihren hohen, heiligen Decken.

Halbherzig kritzelte Alexei ein Klavier, statt eine Liste zu schreiben. Schwarze und weiße Tasten, gleichmäßig und glatt. Kritzeleien fielen ihm leichter als Worte.

Nur hatte er nie so gut malen können wie Alina. Seine Kritzeleien wirkten kindisch.

Allmählich wurde er unruhig, und genau zu merken, wie seine Aufmerksamkeit abschweifte, machte ihn nur noch unruhiger. Er schloss die Augen und stützte den Kopf auf die Unterarme.

Schließlich gab er nach und dachte an Alina. Einfach an Alina, ihre Eltern blendete er aus. Denn wenn er an Alina dachte, musste er jedes Mal lächeln.

Sie hatte die Haare schon immer lang getragen, ihr Blond eine Nuance dunkler als das von Alexei, aber trotzdem noch hell wie Sonnenstrahlen, oft zu einem Zopf gebunden. Vorzugsweise einem französischen Zopf, den Alexei geflochten hatte. Er war ziemlich gut darin geworden, fand er, nach jahrelanger Übung, die seidigen Strähnen in drei gleich große Partien zu teilen und die Schlingen fest und sauber zu winden. Darüber hatte sie sich besonders beklagt, als er aufs College ging. »Aber Alexei!«, hatte sie geschmollt wie ein kleines Kind, obwohl sie damals schon in der Highschool war. »Wer soll mir denn dann die Haare machen?«

Alexei öffnete die Augen und schrieb es unter die entsetzliche Klavierskizze.

Alina die Haare flechten.

Er kaute auf seinem Daumennagel. Wahrscheinlich hätte er in den letzten sechs Monaten irgendetwas unternehmen können, um die Situation zwischen ihnen weniger angespannt zu gestalten. Er war sich immer noch nicht hundertprozentig sicher, was Alina über sein Schwulsein dachte, aber zumindest schien sie nicht von ihm angewidert. Die meisten ihrer Gespräche im letzten halben Jahr waren einfach … *seltsam* gewesen. Alexei fühlte sich schuldig, dass er Alina ihren Eltern gegenüber in eine unangenehme Lage gebracht hatte, schuldig, dass er Alina das Leben unnötig schwer machte, obwohl er sie doch eigentlich beschützen sollte. Alina wiederum fühlte sich schuldig, dass er sich schuldig fühlte. Dass sie nichts tun konnte, um die Wogen zu glätten, dass sie immer noch mit ihren Eltern sprach. Es war das reinste Trauerspiel.

Und doch: Alina hatte er noch nicht verloren. Sie war das Einzige, was ihm – hoffentlich – noch blieb. Und er fürchtete, je mehr er über sie in dieses Notizbuch schrieb, ausgerechnet jenes Notizbuch, mit dem er sich erinnern, trauern und heilen wollte, desto mehr würde es sich anfühlen, als hätte auch sie ihn verlassen.

Seufzend klappte Alexei das Ding zu und stopfte es in eine Zeltecke.

Er hatte noch Tausende Meilen vor sich. Irgendwann würde es ihm sicher leichter von der Hand gehen.

Jetzt zog er ein abgewetztes Buch mit Eselsohren aus dem Rucksack.

»Leeheeex.«

Bens Jammern durchbrach die Stille und jagte Alexei ein charakteristisches Kribbeln bis in die Zehen.

»Ja?«

»Mir ist langweilig.«

Alexeis Mundwinkel zuckten.

Er öffnete den Eingang seines Zeltes. Ben stand nur ein paar Meter entfernt, und gerade lugte sein Kopf zwischen den blauen Nylonwänden hervor. Sein marineblaues Sweatshirt hatte er zu einem provisorischen Kissen zusammengerollt und es sich unter den dunklen Schopf gepackt.

Alexei legte sich in eine ähnliche Position, mit Kopf und Schultern ragte er aus seinem bescheidenen Unterschlupf heraus, damit er Ben besser sah. Der spähte mit einem schrägen Gesichtsausdruck zu ihm herüber.

Und vielleicht lag es daran, dass Alexei gerade noch mit den Gedanken in der Vergangenheit festgehangen hatte, doch plötzlich überkam ihn wieder ein Anflug von Stolz. Dafür, dass er sich gestattete, Bens Nacken, seine Beine, seine Ellbogen zu bewundern, wenn er vor ihm wanderte. Dass er sich vorstellte, wie er sich auf Bens Schoß kuschelte, wenn er dieses Sweatshirt trug, das so verführerisch und bequem aussah. Dass er eine Liste der endlosen Gesichtsausdrücke führte, die Bens Gesicht tagtäglich zierten. Dass er sich jetzt gerade erlaubte, in dieses Gesicht zu schauen und zuzugeben, wie sehr es ihm gefiel.

Die meiste Zeit seines Lebens hatte Alexei sich selbst

verboten, solche Dinge zu denken, zu sehen, zu bemerken. So vieles hatte er unterdrückt, an Orten verborgen, von denen er vorgab, es gäbe sie gar nicht.

So viel Lebenszeit hatte er damit verbracht, sich von seinen Bedürfnissen abzuschotten.

Und obwohl ihm bewusst war, dass diese spezielle Sehnsucht so vergänglich wie vergeblich war, fühlte es sich auf gewisse Weise gut an, sich ihr hinzugeben.

»Wir haben noch mehr als den halben Tag vor uns«, bemerkte er. Witzig, dass Ben sich so langweilte. Jeden Tag verbrachten sie Stunden damit, nichts weiter zu tun, als zu laufen und zu atmen. Hiken war absolut eintönig. Da war es doch geradezu aufregend, einfach im Zelt zu sitzen und zu tun, was man wollte.

»Ich weiß.« Ben schob die Unterlippe vor, während er sich ein paar Strähnen aus der Stirn pustete. »Was hast du denn vor?«

Alexei blickte auf das Buch in seinen Händen.

»Lesen.«

Ben drehte sich auf die Seite, stützte sich mit einem Ellbogen ab und legte die Wange auf die Handfläche.

»Ah. Du kamst mir gleich vor wie ein Bücherwurm.«

Zögernd überlegte Alexei, wie viel er Ben erzählen sollte. »Als Kinder durften wir nicht fernsehen. Deshalb habe ich viel Zeit mit Lesen verbracht. Also wirklich viel.«

»Ihr durftet überhaupt nicht fernsehen?«

»Wir hatten nicht mal einen Fernseher.«

»Ach du Scheiße.« Ben machte große Augen. »Mich hat das Ding praktisch großgezogen.«

»Tja.« Alexei starrte auf das Cover seines Buches und den sandigen Boden darunter.

»Also wart ihr so was wie … Zeugen Jehovas? Oder Amish oder so?«

Mit dem Daumen blätterte Alexei durch die vergilbten Seiten.

»Nein. Obwohl meine Kirche wahrscheinlich ähnliche Werte vertritt. Ich habe eine öffentliche Schule besucht, wir waren also nicht völlig von der Gesellschaft abgeschnitten. Wir sollten lediglich unseren Geist für Gott rein halten.«

»Derselbe Gott, der es angeblich gutheißt, dass deine Eltern dich wegen deiner Homosexualität verleugnen?«

Alexei holte tief Luft.

»Tut mir leid, Mann.« Ben seufzte. »Ich versuche, ab jetzt den Mund zu halten.«

Einen Augenblick lang betrachtete Alexei sein Buch. Dann sprach er zum ersten Mal den einen Gedanken laut aus, der ihn in den letzten sechs Monaten angetrieben hatte.

»Nein. Und ich glaube auch gar nicht, dass Gott das gutheißt.«

In gewisser Weise hatte Alexeis Glaube sich seit jenem Tag zu wandeln begonnen, an dem er fürs College von zu Hause weggezogen war. Außerhalb von Seattle gab es eine Gemeinde seiner Kirche, zu der er hätte gehen können und von der seine Eltern auch annahmen, dass er sie besuchte. Doch an den meisten Sonntagen hatte es ihn eher in die konfessionslose Kapelle der University of Washington gezogen. Dort fühlte er sich zunehmend sicherer. Weniger Vorschriften, weniger Sanktionen. Mehr Ansichten, die ihm das Herz öffneten und das Gefühl gaben, geliebt zu werden.

Als er nach seinem Abschluss in die Region Portland-Vancouver zurückgekehrt war und wieder mit seiner Familie an den wöchentlichen Gottesdiensten teilnahm, störten ihn plötzlich Dinge, die er vorher einfach hingenommen hatte.

In den letzten sechs Monaten nicht mehr zum Gottesdienst zu gehen, hatte in Alexei eine verwirrende Mischung aus schrecklicher Leere und tiefer Erleichterung hinterlassen.

»Okay«, sagte Ben nach einer Weile und wechselte gnädigerweise wieder zu einem bewusst lockeren Tonfall. »Ist das Buch bisher gut?«

Alexeis Muskeln entspannten sich. Erneut betrachtete er den abgegriffenen Einband von *Die schwarze Stadt*.

»Das ist eines meiner Lieblingsbücher von früher. Ich habe es bestimmt schon zwanzig Mal gelesen.«

Vielleicht war es albern, dass er lieber an dem nostalgischen Schätzchen festhielt, als ein neues mitzunehmen. Aber das Taschenbuch war klein und leicht, und er hatte gehofft, es könnte ihm in einsamen Nächten etwas Trost spenden.

»Erzähl mir davon.«

Alexei schaute wieder zu Ben. Der lag noch immer auf der Seite, der Kopf ruhte mittlerweile jedoch wieder auf seinem Sweatshirt-Kissen. Offenbar hatte er es sich für eine Gutenachtgeschichte gemütlich gemacht, auch wenn es noch hellichter Tag war.

»Eigentlich ist es ein bisschen kindisch«, sagte Alexei verlegen. »Es ist … Na ja, man liest es in der Unterstufe.«

»Perfekt. In der Unterstufe hab ich nämlich nicht das Geringste gelesen. Da kann ich sogar noch was lernen.«

Alexei lachte.

»Im Ernst, worum geht es?«

»Okay, na dann. Es ist das erste Buch von Tamora Pierce.«

»Du sagst das so, als sollte ich wissen, wer Tamora Pierce ist.«

Alexei bedachte ihn mit einem vielsagenden Blick. »Das solltest du.«

Ben lächelte. »Natürlich.«

»Sie ist eine großartige Fantasy-Autorin und das hier ist das erste Buch aus der *Das Lied der Löwin*-Tetralogie …«

»Tetralogie!«

Alexei runzelte die Stirn. Ben zog eine begeisterte Miene.

»Ich hab nur noch nie gehört, wie jemand dieses Wort so beiläufig in einem Satz verwendet.«

»Es bedeutet, dass die Reihe aus vier Büchern besteht. So ungewöhnlich ist das auch wieder nicht.«

»Natürlich nicht. Bitte, erzähl weiter.«

Zum vielleicht ersten Mal, seit sie sich kennengelernt hatten, wollte Alexei Ben böse anfunkeln. Allerdings lächelte der so breit, dass Alexei ihn am liebsten auch geküsst hätte.

Hastig konzentrierte er sich wieder auf das Buch.

»In diesem Band lernt man zum ersten Mal *Tortall* kennen, das Universum, in dem viele ihrer Bücher spielen. Na ja … Keine Ahnung, als Zwölfjähriger habe ich es geliebt. Und …«

Er biss sich auf die Unterlippe. Wie viel wollte Ben wirklich über Tamora Pierce hören?

Allerdings war ihm doch langweilig. Und jetzt wirkte er interessiert. Außerdem wollte Alexei, dass Alexei 2.0 sich wohl dabei fühlte, über diese Dinge zu reden. Dass er mehr tat, als sich bloß zu outen. Dass er laut über diese Facetten von sich sprach, wenn er den Mut dazu fand.

»Ich habe ja gestern erwähnt, dass ich D&D spiele.«

»Stimmt.«

»Ziemlich nerdig, ich weiß. Aber mir macht es Spaß, weil es mich an all diese Bücher erinnert, die ich als Kind so geliebt habe. Mit ihnen konnte ich immer für eine Weile der echten Welt entfliehen. Und während einer D&D-Runde vor einiger Zeit haben ein paar aus meiner Gruppe sich plötzlich über Tamora Pierce unterhalten. Vor allem über Alanna, die Hauptfigur in diesem Buch.« Er hielt inne. Holte tief Luft. »Sie haben sie als queere Ikone bezeichnet.«

»Im Ernst?« Ben lächelte noch immer. »Und warum?«

»Sie ist ein Mädchen, das sich als ihr Bruder Thom ausgibt, damit sie sich ihren Traum erfüllen kann, Ritter zu werden. Thom wollte sowieso nie Ritter sein, also sagt er ihr: ›Klar, sei du ein Junge, und ich laufe weg und werde Magier, dann sind wir beide glücklich.‹«

Alexei presste die Lippen zusammen.

»Als Zwölfjähriger habe ich das nicht unbedingt als queer empfunden, zumindest nicht bewusst. Aber als meine D&D-Freund*innen darüber diskutiert haben … habe ich es gespürt. Dass Alanna und Thom die Erwartungen der Gesellschaft an sie nicht akzeptieren. Alannas Widerwillen, als eine Person zu leben, die sie nicht sein will. Sie ist so … furchtlos.« Alexei schluckte. »Ich war als Kind immer sehr schüchtern, und … ja, ich glaube, ich habe Alanna so sehr geliebt, weil ich mir immer gewünscht habe, ein bisschen mehr so sein zu können wie sie.«

Der Raum zwischen ihnen wurde vom Rauschen des Windes erfüllt, der durch die Kiefern strich.

»Erzähl weiter«, bat Ben nach einer Weile mit ruhiger Stimme.

»Willst du wirklich die ganze Geschichte hören?«

»Ja, will ich.« Ben rutschte auf dem Boden herum und schlug sein Sweatshirt auf, bevor er sich wieder hinlegte. »Liest du sie mir vor?«

»Was?« Alexei starrte ihn an.

»Ich hab doch gesagt, mir ist langweilig. Und Alanna klingt echt krass. Du musst aber auch nicht.«

»Nein, ich …« Alexei verstummte.

Er warf Ben einen weiteren Blick zu.

»Und du machst dich auch nicht darüber lustig? Es ist wirklich Fünftklässlerniveau.«

»Ich mache mich nicht darüber lustig, versprochen.«

Und Alexei vertraute ihm.

Dennoch konnte er nicht so recht glauben, dass er das hier tatsächlich tun würde.

Er schlug *Die schwarze Stadt* auf und blätterte an der Titelseite und einer Karte von *Tortall* vorbei. Dann räusperte er sich.

»Kapitel Eins: Die Zwillinge.«

Er gab sich Mühe, seine Stimme normal klingen zu lassen, während er die erste Seite las, aber Himmel, war das bizarr: Ben Caravalho im Alter von neunundzwanzig Jahren mitten in der Wüste Tamora Pierce vorzulesen.

Doch je weiter er las, desto mehr verfiel er in einen gewissen Rhythmus. Mit einem leichten Kribbeln spürte er, wie er erneut dem Zauber von *Tortall* erlag, sogar jetzt, sogar hier.

Nach der Hälfte des ersten Kapitels schloss Ben die Augen. Alexei würde es nichts ausmachen, sollte Ben einschlafen. Er wirkte entspannt und glücklich, also las Alexei weiter, denn ihm ging es genauso.

Und dann, als Alanna ihren Mantel fallen ließ, um sich als sie selbst und nicht Thom zu erkennen zu geben, und ihr Begleiter Coram sich am Brandy verschluckte … fing Ben an zu lachen.

Es war nicht einmal besonders witzig, wie Coram sich am Brandy verschluckte. Na ja, ein bisschen witzig war es schon. Ben lachte leise, aber herzlich, so wie immer, und es erhellte Alexei von innen wie ein Feuerwerk.

Ben hörte tatsächlich zu. Er war auf Alannas Seite.

Alexei lächelte in sein Taschenbuch hinein und holte noch einmal tief Luft. Dann las er weiter von Alannas Reise in die Hauptstadt, vom Weg zu ihrer Bestimmung, während über ihnen die Wüstensonne hinwegzog, auf den ausgeblichenen, sandigen Boden Südkaliforniens brannte und in Bens und Alexeis Haut sickerte.

KAPITEL SIEBEN

Seit dem Aufwachen konnte Ben nicht aufhören zu lächeln.

Sein Körper war entspannt vom Nulltag. Er und Alexei hatten inzwischen so viel Zeit zusammen verbracht, dass sie ihre Abläufe genau kannten: wie lang sie jeweils brauchten, um ihre Zelte zusammenzupacken; wann sie gern ihre Hauptmahlzeiten zu sich nahmen; wie sie ihr Schritttempo aufeinander anpassten. Alexei redete mehr, gab mehr von sich preis, schien mehr zu entspannen. Der Wind heute Morgen war ruhig und ihre ersten Wanderstunden somit kinderleicht.

Außerdem war heute Dinosauriertag.

Ben summte beim Wandern. Oft sang er beim Laufen im Kopf, manchmal auch in echt. Um diesen Trail zu überstehen, musste man das Hirn mit etwas Sinnlosem ablenken. Laut zu summen würde Alexei sicher nerven. Und es gab doch keine bessere Art, einem Freund zu zeigen, dass man ihn mochte – oder dass es etwas gab, das man wirklich dringend gefragt werden wollte –, als ihn bis zum Umfallen zu nerven.

Anderthalb beeindruckende Meilen später – Ben hatte es durch vierzig Prozent von Tom Pettys Diskografie geschafft – knickte Alexei endlich ein.

»Ben.« Er blieb stehen, und Ben wäre beinahe in ihn hineingekracht. »Um Himmels willen. Was soll das?«

Ben strahlte ihn an und verkündete: »Wir sind nur noch einen Steinwurf entfernt von der I-10.«

»Und …?«

»Und«, antwortete Ben feierlich, »die Dinosaurier.«

Alexei zog die Brauen zusammen. »Die Dinosaurier?«

»Die Cabazon-Dinosaurier, Lex! Erstklassige Touristenattraktion! Genau genommen nicht *direkt* am Trail, aber nur eine Ausfahrt weiter. Fünf Minuten Trampen, das war's.«

»Oh.« Alexei kratzte sich unter seinem Bandana und schien nicht sonderlich begeistert von der Aussicht. »Ähm. Irgendwie macht Trampen mir Angst.«

Ben winkte ab. »Mach dir keinen Kopf. Das eigentliche Trampen übernehme ich, du musst nur ruhig dasitzen. Ich glaube, da gibt's auch Fastfood. Und das bedeutet Waschräume. Waschbecken, Lex! Mülleimer!«

Mit diesem überzeugenden Argument tänzelte er an Alexei vorbei und lief voraus.

Alexei würde schon sehen. Ben freute sich zwar schon auf die Cabazon-Dinosaurier, seit er sie bei seiner Trail-Planung entdeckt hatte, aber jetzt war er tatsächlich ganz hibbelig vor Aufregung. Denn er war zu neunzig Prozent sicher, dass sie Alexei ein Lächeln entlocken würden. Und Dinge zu finden, die Alexei Lebedev ein Lächeln entlockten, hatte sich schnell als Bens Lieblingsbeschäftigung entpuppt.

Eine Stunde später hatten sie sich in Jasmyn Carbajals Toyota Corolla gezwängt.

Zumindest Alexei sah ziemlich eingezwängt aus, die langen Beine steil angewinkelt, die Knie hinten in Jasmyns Sitz gedrückt, ihre Rucksäcke neben ihn gestopft. Er fühlte sich sichtlich unwohl. Ben hingegen hatte eine tolle Zeit vorne auf dem Beifahrersitz, den kühlen Luftzug der Klimaanlage im Gesicht. Im Auto zu sitzen, fühlte sich nach den Wochen zu Fuß an wie Fliegen, so sehr, dass ihm beinahe schwindelig und sogar etwas mulmig wurde. Der Highway rauschte nur so an ihnen vorbei, während Jasmyn fröhlich von dem Mädelstrip nach Palm Springs berichtete, von dem sie gerade kam.

»Das machen wir seit vierzig Jahren jeden Frühling.« Die Armreife an ihrem Handgelenk klackerten beim Sprechen, ihre Locken waren von der Klimaanlage ganz kraus. Ben hatte sie auf Anhieb ins Herz geschlossen. »Hier und da hat die eine oder andere mal ein Jahr ausgesetzt, aber im Großen und Ganzen gibt es nichts im Leben, was ich mehr liebe, außer meinen Söhnen. Wisst ihr, es ist wichtig, den Kontakt zu Freunden und Freundinnen zu pflegen. Selbst wenn ihr euch nur einmal im Jahr seht.«

»Das klingt traumhaft, Jasmyn.« Und das fand Ben tatsächlich.

»Den Kontakt zur Familie zu pflegen, ist natürlich genauso wichtig«, fügte sie mit einem sanften Schulterstupsen hinzu. »Falls ihr Jungs das vergessen haben solltet. Es ist wirklich nicht so schwer, ab und zu mal anzurufen.«

»Wenn wir bei den Dinos Empfang haben, rufe ich meine Mutter kurz an, versprochen.«

»Gut so.« Jasmyn nickte zufrieden, und die Kreolen in ihren Ohren wippten mit. »Eure armen Mamas müssen vor Sorge um euch hier draußen ganz krank sein! Ich muss ja sagen, ich habe nie ganz verstanden, warum man so völlig allein durch die Wildnis wandern möchte, aber Gott sei mit euch.«

Das versetzte Ben einen Stich, und zwar gleich auf mehreren Ebenen. Denn seine arme Mama war in der Tat krank vor Sorge.

Und Alexeis Mutter wusste nicht einmal, wo ihr Sohn war.

»Ich wünschte, ich könnte euch zwei mitnehmen und euch richtig schön bekochen, aber bis nach Hause ist es noch ein langer Weg.«

»Keine Sorge, Jasmyn. Wie es aussieht, bekommen wir ...« Ben lehnte sich zur Windschutzscheibe, als die Ausfahrt vor ihnen auftauchte. »Burger King!« Er stieß ein lautes Jauchzen aus. »Und da sind die Dinos. Lex! Ja, Mann!«

Jasmyn lachte herzlich. »Wenn ich es nicht schon an deinem Akzent erkannt hätte, wäre deine Freude über diese verstaubten alten Dinos ein sicherer Hinweis, dass du nicht von hier bist. Woher kommst du denn?«

»Aus Tennessee. Wo es ...«, Ben verrenkte sich den Hals, um einen Blick auf einen ganzen T-Rex zu erhaschen, während Jasmyn auf den fast verlassenen Parkplatz fuhr, »... viele gitarrenförmige Pools gibt, aber nicht so viele Dinosaurier.«

Ein paar gab es schon. George Boedecker hatte drüben in Nashville eine Handvoll Dinostatuen auf seinem Grundstück in Bellevue aufgestellt. Was, wie so vieles in Nashville, zwar komisch war, aber auch klasse. Trotzdem – selbst die waren nichts im Vergleich zu *diesen hier*.

Jasmyn kicherte immer noch, als sie den Motor vom Corolla abstellte.

»Nun ja, ich hoffe jedenfalls, dass ihr hier draußen weiterhin so viel Freude habt. Und du, mein schweigsamer Freund dahinten, pass mir auf diesen Charmeur auf, hörst du?« Jasmyn winkte mit ihrem bereiften Arm, als Alexei und Ben ihre Ausrüstung aus dem Auto holten.

»Oh, das wird er«, versicherte Ben. »Danke noch mal!«

Mit stotterndem Auspuff fuhr sie davon.

Und Ben und Alexei drehten sich endlich zu ihnen um.

Es gab zwei: einen T-Rex und einen Brontosaurus, die gemeinsam über den Burger King wachten.

»Bah«, machte Alexei.

Na gut. Jetzt sah Ben, was Jasmyn gemeint hatte. Die Farbe war über die Jahre verblasst und abgesplittert. Aber …

»Komm schon, Mann.« Verblasste Farbe hin oder her, sie waren *gewaltig*. Irgendwer hatte sich überlegt, diese Dinger zu bauen, und es wirklich umgesetzt. Menschen waren echt schräg, und Ben liebte alles daran. »Die sind der Hammer.«

Alexei neigte skeptisch den Kopf.

»Sie sind irgendwie … deprimierend?«

»Oh mein Gott.« Ben warf verzweifelt die Hände in die Luft. »Dass der gesetzliche Mindestlohn seit zehn Jahren nicht angehoben wurde, ist deprimierend. Kein Heilmittel gegen Krebs zu haben, ist deprimierend. Das hier …« Noch mehr Handwedeln. »Americana vom Feinsten!«

Alexei untermalte die schräge Kopflage, indem er auch noch die Augen zusammenkniff. »Ach ja, vom Feinsten?«

»Na gut, dann eben nur Americana. Gigantische Dinos mitten in der Wüste, einfach weil wir's können. Logisch.«

Alexei blinzelte noch mehr. Bis sein linker Mundwinkel zuckte und – ja, *geschafft*. Es versteckte sich zwar hinter seinen Bartstoppeln, aber das zählte definitiv als Lächeln. Auch wenn es sich über Ben lustig machte und nicht unbedingt den Dinosauriern galt, Ben nahm, wie beim Burger King, was er kriegen konnte.

Einen Moment lang starrten die beiden schweigend umher. Und dann …

»Gott segne Amerika?«, schlug Alexei vor, und das war das erste Mal, dass er zumindest annähernd Sinn für Humor bewies. Ben wollte vor Freude jubeln.

»Genau«, antwortete er.

»Also singen wir jetzt die Nationalhymne, oder …?«

Ein Witz! Alexei Lebedev versuchte sich tatsächlich an Witzen!

»Nein, wir machen was viel Amerikanischeres.« Ben zog sein Handy aus der Tasche. »Und zwar Selfies. Komm.« Er lief auf die Dinosaurier zu, während Alexei nur wie angewurzelt auf dem Gehweg stehen blieb.

»Oh.« Seine Miene schien zu bröckeln. »Ich soll mit drauf?«

»Natürlich sollst du mit drauf, Lex! Sonst hätten wir den Moment doch nicht angemessen festgehalten.«

»Oh«, machte Alexei erneut. Aber nach ein paar Sekunden stellte er sich neben Ben und lehnte sich an seine Schulter. Ben hielt das Handy hoch und probierte zwanzig verschiedene Winkel aus, um ihre beiden Gesichter und die Dinos mit ins Bild zu bekommen. Was schwierig war, denn die Dinos waren, na ja, gewaltig.

Man musste Alexei hoch anrechnen, dass er bei jedem Schnappschuss lächelte. Ben konnte zwar nicht genau sagen, ob dieses Lächeln echt oder aufgesetzt war, aber verdammt, süß war es auf alle Fälle. Und Alexeis Schulter an seiner zu spüren, war schön, und … Sie waren nur Freunde! Ben würde dieses Foto von seinem neuen guten Freund auf Instagram posten, zu dem er sich überhaupt nicht hingezogen fühlte.

»Ich maile dir die Fotos, ja?«, fragte er, als er endlich mit ein paar Bildern zufrieden war. Er trat einen Schritt zur Seite und tippte auf dem Display herum. »Hab grad zwei Balken Empfang, also mach ich das direkt, damit ich es nicht vergesse.«

»Oh. Ähm. Klar.« Schon wieder schien Alexei geradezu

überrascht von dieser Frage, aber seine Mailadresse gab er Ben trotzdem. Wobei Ben sie auch locker hätte erraten können. Natürlich lautete sie alexei.lebedev@gmail.com.

»Alles klar.« Er steckte das Handy ein und klatschte in die Hände. »Los geht's.«

Sie gingen durch eine Tür im Schwanz des Brontosaurus und ein paar Stufen hoch zu einem verstaubten Souvenirladen. Der war total seltsam und perfekt, und Ben schickte Julie eine Postkarte, die aussah wie aus dem Jahr 1989.

Er zwang auch Alexei, Alina eine zu schicken.

Dann wartete er, bis sie wieder draußen waren und über den rissigen Parkplatz zum Burger King liefen, bis er sagte:

»Erzähl mir was von ihr. Von Alina.«

Ben genoss Alexeis Ruhe immer noch. Fühlte sich in ihr auf dem Trail irgendwie geborgen. Aber wie sich gezeigt hatte, entstanden manchmal die schönsten Gespräche, wenn er Alexei Fragen stellte.

Wie so oft ließ er sich jetzt einen Moment Zeit, bis er antwortete.

»Als Kinder haben wir viel Zeit draußen verbracht. Hinter unserem Haus gab es dieses kleine Waldstück. Sie hat …«

Vor der Tür zum Burger King blieben sie stehen. Alexei richtete seine Rucksackträger, die Trekkingstöcke baumelten ihm von den Handgelenken. Ein zaghaftes Lächeln umspielte seine Lippen. »Sie hat immer getan, als wäre sie irgendein komisches Wesen. Am liebsten ein Lama. Oder ein Faultier oder ein Schmetterling. Und manchmal …«, Alexeis Stimme wurde lebhafter, »… hat sie drauf bestanden, zum Beispiel eine Pusteblume zu sein. Oder eine Qualle.«

»Und was ist mit dir? Hattest du auch ein Lieblingswesen, das du sein wolltest?«

»Ja. Ich war immer ein Fuchs.«

Ben biss sich von innen auf die Wange, um sich im Zaum zu halten. »Immer?«

»Ja«, meinte Alexei mit Nachdruck. »Ein Fuchs ergab Sinn. Die meisten, die Alina sich ausgesucht hat, sind nicht mal im Nordwesten heimisch, oder überhaupt im Wald. Wie kann man denn im Wald eine Qualle sein? Ich sage dir, damit wollte sie mich nur ärgern.«

Selbst beim Erzählen klang er frustriert. Aber auch sein Lächeln war noch da. Es wirkte fast, als strengte es ihn an, nicht über sich selbst zu lachen. Dabei wollte Ben ihn doch so gerne lachen hören. Richtig echt und laut. In den letzten Tagen hatte Alexei immer mal wieder gelacht, in kleinen, sanften Glucksern, doch Ben wollte sein ungehemmtes Lachen hören. Er wollte die Hand ausstrecken und herausfinden, wie sich Alexeis Bartstoppeln anfühlten. Er wollte mit dem Daumen über die kleine Falte streichen, die sich immer auf seiner Stirn bildete, wenn er sich unwohl fühlte. Wollte die Hände tief in diesen strohblonden Haaren vergraben, die mit jedem Tag in der Wüstensonne etwas wuschliger wurden.

Aber darum ging es gerade nicht.

»Danke, dass du mir das erzählt hast, Lex«, brachte er hervor.

Sie traten in das Restaurant und die angenehm kühle Luft.

»Klimaanlage«, meinte Alexei. Bens Schultern entspannten sich.

»Klimaanlage«, stimmte er zu. »Ich geh schnell zur Toilette. Bestell du ruhig schon. Bin gleich wieder da.«

Alexei nickte und wandte sich der Speisekarte zu.

Ben atmete tief durch, dann lief er zu den Waschräumen, wo er sich wunderbar kaltes Wasser aus wunderbaren, von Menschen geschaffenen Waschbecken ins Gesicht spritzte.

Sie hatten ihr Essen fast vertilgt, als Delilah auf Bens Display aufleuchtete.

»Oh mein Gott.« Er riss das Handy beinahe vom Ladekabel und hielt es sich dicht vors Gesicht, um die gütigen braunen Augen und das sabbernde Rottweilerlächeln zu betrachten.

Sie vermisst dich!, hatte Ma dazugeschrieben.

»Alles okay?«, fragte Alexei.

»Ja. Mein Hund ist immer noch süß. Also alles prima.«

Alexei grinste seine letzte Pommes an.

»Wäre es eigentlich in Ordnung, wenn ich meine Ma kurz anrufe, bevor wir gehen? Ich kann auch rausgehen, falls es dir unangenehm ist.«

Alexei schüttelte den Kopf.

»Bitte, mach ruhig. Telefonier, solange du möchtest.«

Kurz zögerte Ben, dann drückte er auf den grünen Hörer. Er dachte daran, wie Jasmyn im Auto darauf bestanden hatte, dass sie sich bei ihren Familien meldeten. Wie Alexei sich dabei wohl gefühlt hatte? Er sollte doch lieber rausgehen.

Aber … die Klimaanlage hier drinnen war *wirklich* ein Traum.

Ma nahm beim zweiten Klingeln ab.

»Bento!«

»Ma.«

»*Meu Deus*, es ist so schön, deine Stimme zu hören. Wo bist du? Geht es dir gut?«

»Ja, mir geht's gut. Es ist auch schön, deine Stimme zu hören. Gerade bin ich in einem Burger King. In …« War Cabazon eine Stadt? Durch die Fenster konnte er bloß die Dinosaurier und Plakatwände am Highway sehen. »In der Nähe von Palm Springs.«

»Oh, aufregend! Mach ein paar Fotos von Promis!«

»Wir sind nicht *in* Palm Springs. Nur in einem Burger King.«

»Immer noch näher an Palm Springs, als ich jemals war.«

»Bist du arbeiten?«

»Bin kurz rausgegangen. Die überleben auch mal ohne mich.«

Ben grinste. Er war nicht sicher, ob das stimmte. Iris Caravalho schmiss das Sekretariat der East Nashville High quasi im Alleingang.

Alexei hatte *Die schwarze Stadt* aus dem Rucksack geholt.

»Hey.« Ben hielt die untere Seite des Handys mit der Hand zu. »Lies bloß nicht ohne mich, was der Mistkerl Ralon als Nächstes vorhat.«

Alexei schaute mit unergründlicher Miene auf.

»Und wie geht es Faraj?«, fragte Bens Mutter. »Und Ryan und Leon? Und diesem kleinen Ekelpaket?«

Alexei packte *Die schwarze Stadt* wieder weg. Zog stattdessen sein Notizbuch heraus.

»Tanner.« Bens Harmoniebedürfnis saß so tief, dass er beinahe gesagt hätte, dass Tanner gar kein *so* schlimmes Ekelpaket war. Aber er hatte schon echt viel sexistische Scheiße von sich gegeben. Also verkniff Ben sich den Kommentar und brachte Ma auf den neuesten Stand.

»Ich schätze, denen geht's gut, aber ich wandere nicht mehr mit ihnen. Hab jetzt eine neue Trail-Familie. Sein Name ist Alexei.«

Einen Herzschlag lang herrschte Schweigen am anderen Ende der Leitung.

»Alexei und …«

»Das war's.«

Noch mehr Schweigen, dieses Mal irgendwie misstrauisch.

»Eine Trail-Familie kann auch nur aus zwei Personen bestehen, Ma.«

Alexei sah ihn nicht an. Aber sein Stift schwebte reglos über dem Papier.

»Dann erzähl doch mal, wie gut deine neue Trail-Familie so aussieht, Bento.«

»Ma.«

»Ist er nett? Wehe, wenn nicht. Du hast nämlich schon ein paar echte Fieslinge gedatet.«

»Ma.«

»Und du zählst ihn schon zur Familie, obwohl er noch nicht mal deine Mutter kennengelernt hat! Ich weiß nicht, was ich davon halten soll.«

»Das ist nicht …« Ben seufzte und rieb sich über das Gesicht. »Ma, bitte hör auf.«

»Schick mir mal lieber Fotos, damit ich überprüfen kann, ob er geeignet ist. Ich weiß, man soll Bücher nicht nach ihrem Einband beurteilen, aber manchmal hilft es.«

»Ich hab eben ein paar Bilder auf Instagram gepostet. Die kannst du dir später angucken. Und du musst nicht überprüfen, ob …« Den Satz konnte er nicht beenden, während Alexei ihm gegenübersaß. Ob er wohl das ganze Gespräch hörte? Ma war schon ziemlich laut. Ben hätte doch besser rausgehen sollen.

»Ah, dann soll Lina sie mir nachher zeigen. Ich glaube, in mein Facebook hat sich wieder jemand eingehackt. Und die sind doch jetzt verbunden, oder?«

»Ma, du denkst immer, dass sich jemand in dein Facebook gehackt hat.«

»Weil es auch so ist! Irgendwer muss dringend mal ein Wörtchen mit diesem Zuckerberg reden. Der hat da ein ganz schönes Chaos veranstaltet. Wobei er wahrscheinlich immer noch besser ist als dieser Bezos im Moment. Seine Mutter ist bestimmt nicht stolz auf ihn.«

»Er ist einer der erfolgreichsten Geschäftsmänner der Welt, Ma. Ich glaube schon, dass seine Mutter stolz ist.«

Ben hörte, wie sie mit der Zunge schnalzte. »Das ist kein Erfolg.«

»Wie auch immer«, meinte Ben lang gezogen. »Was hab ich zu Hause sonst noch verpasst?«

»Tja.« Ein langes Seufzen. »Dein Onkel Jaco, der Tollpatsch, hat sich wieder mal verletzt.«

»Was hat er denn diesmal angestellt?«

»Sich auf einer Baustelle das Bein gebrochen. Fällt für sechs Wochen aus.«

Mist. Jaco arbeitete jetzt schon eine ganze Weile als selbstständiger Bauunternehmer. Darum bedeutete diese Verletzung wohl, dass es für sechs Wochen auch kein Geld gab.

»Ich hasse es, so weit weg zu sein«, grummelte Ben. »Wenn ich nur ...« *Zu Hause geblieben wäre und angefangen hätte zu arbeiten*, hatte er sagen wollen, doch Iris Caravalho fiel ihm rechtzeitig ins Wort und schnalzte laut.

»Ben, Schluss damit. Ich hab es dir nur erzählt, weil du

gefragt hast, aber reg dich nicht auf. Du bist nicht für Onkel Jaco verantwortlich.«

»Ich weiß.«

Wieder ein Schnalzen. »Du willst diese Wanderung schon seit Jahren machen. Jetzt genieß sie auch.«

Ben verkniff sich ein Seufzen. Wenn seine Ma ihm schon sagte, dass er die Wanderung genießen sollte, obwohl sie ihr Stress-Barometer bald zum Platzen brachte, dann sollte er wohl auf sie hören.

Allerdings hatte er dank seiner dämlichen Entscheidungen – okay, gut, auch wegen der Fiesling-Freunde – in den letzten Jahren oft Dinge verpasst, die seine Familie betrafen. Eins seiner größten Ziele im neuen Leben der guten Entscheidungen war, genau das zu ändern.

Wenigstens war er da gewesen, als Tante Birdie angefangen hatte, ihre Schuhe zu verlegen. Einen unters Bett, einen anderen unter die Spüle. Als sie langsam immer öfter verwirrt als klar im Kopf war.

»Ich hasse es, so weit weg zu sein«, wiederholte er darum.

Ma lachte leise und reumütig. »Ich auch, *meu filho*. Aber du genießt es trotzdem, oder? Zu wissen, dass du es genießt, hilft mir.«

Bevor er es verhindern konnte, zuckte sein Blick zu Alexei. Der den Kopf immer noch über das Notizbuch beugte und jetzt auch den Stift über die Seite rasen ließ.

»Ja«, antwortete Ben leise. »Das tue ich. Lass dir von Carolina zeigen, wie du die Bilder angucken kannst.«

»Mache ich.« Iris stieß ein leises Fluchen aus. »Okay, Doc ruft nach mir. Ich sollte wieder reingehen.«

»Grüß sie von mir.« Ben grinste. »Doc« war die Direktorin der East High, Dr. Jones. Ben hatte sie immer gemocht, selbst als sie ihn in Grund und Boden gestarrt hatte, wenn er mal wieder Unsinn angestellt hatte. Wie zum Beispiel in der Zehnten Englisch zu versemmeln. Und Geografie. Und Sozialkunde.

»Mache ich«, sagte Ma noch mal. »Schön, dass du angerufen hast, Ben. *Te amo.*«

»*Te amo.*«

»Alles in Ordnung?«, fragte Alexei, sobald Ben aufgelegt hatte, und unterbrach seinen Schreibfluss.

Ben erzählte ihm von Onkel Jaco. Dabei sah er aus dem Fenster und wippte mit dem Knie, während ihm die altbekannte Unruhe unter der Haut prickelte.

»Brauchst du noch ein bisschen Zeit zum Schreiben?«

Alexei sah ihn an, und da erschien wieder die kleine Falte mitten auf seiner Stirn. »Nein, ich …«

Bens Handy piepte.

Und weil Ben dem Dopaminkick nicht widerstehen konnte, griff er sofort wieder danach. Mit einem Grinsen im Gesicht tippte er direkt eine Antwort.

»Julie ist sehr froh, dass ich noch am Leben bin«, ließ er Alexei wissen. »Und *sehr* aufgeregt wegen der Dinos.« Er warf ihm einen Blick zu. »Wie es die meisten Leute wären.«

Zu Bens großer Freude verdrehte Alexei die Augen. Die kleine Falte verschwand.

Julie: Wo wir grad bei vorzeitlichen Kreaturen sind

Julie: Du glaubst nicht, was für einen Hund London & Dahlia adoptiert haben

Julie: Das hässlichste Viech, das ich je gesehen hab

Sie schickte ihm ein Bild von einem kleinen haarigen, einäugigen Köter mit massivem Überbiss, bei dessen Anblick Ben laut losprustete.

Julie: Erzähl's den beiden nicht, aber ICH BIN VON IHM BESESSEN UND ECHT IRGENDWIE WÜTEND, DASS ICH IHN NICHT ZUERST ADOPTIEREN KONNTE

Ben: Du weißt, dass Snoozles niemals einen Hund in ihrem Reich akzeptieren würde

Julies Katze ließ ja kaum Ben in ihr Reich. Oder Julie.

Julie: Argh. Ich weiß. Was für ne Zicke.

Julie: Ich liebe sie abgöttisch

Da kam Ben ein Gedanke.

»Hey.« Er sah vom Handy auf. »Du hast ja gesagt, dass du ohne Fernseher aufgewachsen bist. Aber jetzt hast du einen, oder?«

»Ja.« Alexeis Ohren liefen rot an. »Habe ich.«

»Guckst du *Chef's Special*?«

»Ich … habe davon gehört?«

»Ah.« Ben zuckte mit den Schultern, und seine Aufregung verflog ein wenig. »Na ja, letzten Sommer hat Julies Zwilling, London, da mitgemacht und echt gerockt.« Er schüttelte den Kopf. Immer noch kaum zu glauben, dass das wirklich passiert war. »Näher war ich einem Promi noch nie. Dachte, wenn du das weißt, hältst du mich vielleicht für cool.«

Während er sprach, zog er das Handy vom Kabel und das Kabel aus der Wand. Sie hatten schon genug Zeit vertrödelt.

»Was schreibst du da eigentlich?« Er rollte das Kabel auf und steckte es zurück in den Rucksack. »Wenn ich fragen darf.«

Alexei senkte den Blick auf sein Notizbuch. Als er es zuklappte, sah Ben, dass es einen anderen Einband hatte als das, in das er beim letzten Mal geschrieben hatte.

»Du darfst immer fragen.« Bei der Antwort fing Bens Herz möglicherweise an zu flattern. »Über das Strandhaus in Long Beach, Washington, zu dem wir früher oft gefahren sind«, erklärte er und steckte das Buch ein. »Und über Vogelhäuser. Aber unabhängig voneinander. Eigentlich …«, fügte er nach einer kleinen Pause hinzu, »wär es okay, wenn ich doch noch schnell eine Sache notiere?«

»Klar.«

Alexei zog das andere Notizbuch heraus, das Ben schon kannte. Er versuchte, nicht auf die Seiten und Alexeis Notizen zu schielen. Wirklich. Aber seine eigenen Sachen waren alle verpackt, den letzten Zwiebelring hatte er verdrückt. Es blieb nichts anderes mehr zu tun, als zu beobachten, wie Alexei zur letzten Seite blätterte und ganz unten auf einer Liste namens »Alexei 2.0« den Punkt »*Chef's Special* gucken« hinzufügte.

Ben wusste nicht, was das bedeutete. Alexei 2.0. Und obwohl Alexei ihm gerade die Erlaubnis erteilt hatte, immer nachzufragen, fühlte sich das hier, so mitten im Burger King, irgendwie zu persönlich an.

Denn Ben wusste bereits, dass mit Alexei 1.0 alles in bester Ordnung war.

Aber diese Liste bedeutete wohl leider, dass Alexei das anders sah.

»Okay.« Er steckte das Notizbuch in den Rucksack. »Fertig.«

Eine halbe Stunde später waren sie zurück auf dem Trail. Die Sonne und der Wind waren wieder gnadenlos, der Weg eine endlose Folge zu erklimmender brauner Hügel und die Landschaft sogar noch karger und vegetationsloser als gestern. Die Hitze zehrte an ihnen, das Blau des Himmels war ausgewaschen, und viel zu bald schien die Aufregung über die Cabazon-Dinosaurier wieder zu verfliegen.

Sie hielten regelmäßig für kleine Trinkpausen an und um sich den Schweiß aus den Augen zu wischen. Unzählige Eidechsen huschten an ihnen vorbei. Ben schoss ein Foto von einem blühenden Silver-Cholla-Kaktus. Als er das Handy in der Tasche verstaute, sprach Alexei zum ersten Mal, seit sie wieder auf dem Trail waren: »Du weißt aber, dass ich dich sowieso für cool halte.«

Ben blinzelte. Brauchte einen Moment, um zu verstehen, wo dieser Kommentar herkam. Dann endlich fiel ihm wieder ein, was er über London und *Chef's Special* gesagt hatte.

»Danke, Lex.« Er bemühte sich um eine neutrale Stimme. »Ich halte dich auch für cool.«

Darauf erwiderte Alexei nichts. Er drehte sich bloß um und wanderte weiter.

Ben holte tief Luft, bevor er ihm folgte.

KAPITEL ACHT

In dieser Nacht schlugen sie ihr Lager nicht weitab vom Trail auf. Windgeschützt in einer kleinen Felsnische und mit einer grandiosen Sicht auf ein ausgedörrtes Tal direkt vor ihren Zelten. Einige Meilen zuvor hatten sie am Whitewater Creek ihr Wasser aufgefüllt. Unterm Strich war es also ein gelungener Dreizehn-Meilen-Tag gewesen, trotz des Abstechers zu den Dinosauriern.

Nach dem Abendessen schafften sie sogar noch ein Kapitel von *Die schwarze Stadt*, bevor sie beide in ihren Zelten schlappmachten.

Nach dem Abendgebet legte Alexei sich in seinen Schlafsack und versuchte, den Kopf frei zu bekommen. Das gelang ihm auch zu fünfundneunzig Prozent, doch von all den merkwürdigen, unerwarteten Dingen dieses Tages ließ ihn ausgerechnet diese eine Bemerkung von Ben vorhin einfach nicht mehr los. *Eine Trail-Familie kann auch nur aus zwei Personen bestehen.* Dieser Satz hatte sich inzwischen geradezu in seine Zellen eingebrannt, auch wenn er immer noch nicht genau beschreiben konnte, warum er ihn so sehr berührte.

Trotzdem schien das nicht der Grund zu sein, der ihn vom Schlafen abhielt. Selbst in der behaglichen Wärme seines sündhaft teuren Schlafsacks plagte ihn heute Abend der Trail. Sein Gesicht fühlte sich noch sonnenverbrannter an als sonst, vielleicht hatte aber auch nur der Wind zu sehr darübergepeitscht. Die Schmerzen seiner irritierten Haut erschwerten es ihm, sich der Erschöpfung hinzugeben – jede kleine Bewegung schien ihn zu jucken, jede seiner Poren war gereizt.

Er war dankbar, hier zu sein. Und allmählich gewöhnte er sich auch an die Wüste.

Doch an diesem Abend vermisste er sein Bett.

Er war nicht sicher, wie lange er sich hin und her gewälzt hatte.

Wie lange er sich dem rastlosen Halbschlaf hingegeben hatte, bevor das Heulen losging.

Es war so laut, dass er ruckartig hochschreckte, atemlos und verwirrt.

Schon öfter hatte er nachts Kojoten auf dem Trail gehört. Das war in der Wüste ja auch keine Seltenheit.

Doch dieses Geräusch schien so *nah*. Nah genug, dass sich ihm die Haare auf den Armen und im Nacken sträubten. Als würde etwas den Pfad entlangschleichen, direkt auf sie zu. Alexeis Puls begann panisch zu rasen und hämmerte ihm gegen die Schläfen, dann fuhr ihm ein langes, klagendes Jaulen erneut direkt in die Glieder. Hatten sie draußen etwas zu essen liegen lassen? Nein, natürlich nicht, sie …

Da, ein Knirschen. Direkt vor Alexeis Zelt.

Jetzt bestand kein Zweifel mehr: Er hatte sich das nicht eingebildet. Die ganze Zeit hatte er sich solche Sorgen wegen der Bären gemacht, und jetzt …

»Lex.«

Bens Stimme klang leise und brüchig, und beinahe hätte Alexei aufgeschrien.

»Lex, lass mich rein.«

Ein wildes Rütteln am Zelt. Möglicherweise entfuhr ihm tatsächlich ein kleiner Schrei. Und dann übernahm sein Instinkt. Ganz ohne sein bewusstes Zutun öffnete Alexei den Verschluss.

Kaum war er offen, stürzte Ben hinein.

»Ach du Scheiße!«, brachte Alexei noch heraus, bevor Bens Ellenbogen ihn am Kiefer traf.

Alexei blieb nicht einmal Zeit, sich darüber zu wundern, wie leicht ihm der Fluch über die Lippen gekommen war – selbst als Erwachsener mied er Schimpfwörter noch immer –, denn plötzlich hatte er Bens Knie im Bauch, und Bens Beine … Oh Gott, Bens Beine waren einfach überall und kamen heiklen Stellen gefährlich nahe. Hektisch versuchte Ben mit beiden Armen und unter großem Getöse, den Reißverschluss von Alexeis Zelt zu schließen. Als ihm das endlich gelang, sackte er mit einem dumpfen Plumpsen auf den Boden.

Ihr schweres Keuchen hing nahezu greifbar zwischen ihnen in der Luft. Viel erkennen konnte Alexei nicht, immerhin war es mitten in der Nacht und stockfinster. Allerdings spürte er Bens heißen Atem auf seinem Gesicht und nahm darum an, dass sie sich sehr, sehr nahe waren. Es gab ja auch gar nicht viele Ausweichmöglichkeiten hier drin.

Das Zelt war jedenfalls nicht grundlos nur für eine Person beworben worden.

»Was machst du denn hier?«, zischte Alexei gehetzt.

»Ähm.« Ben schluckte. »Da draußen ist irgendwas.«

»Ja, und wenn es vorher noch nicht wusste, wo wir sind, dann *jetzt auf jeden Fall*.«

Ben atmete stoßweise. »Tut mir leid«, flüsterte er. »Fuck. Ich hatte Angst. Und … anscheinend bin ich in Panik geraten.«

Alexei stieß einen Seufzer aus und war unschlüssig, ob er Ben schlagen oder lieber ganz fest umarmen sollte.

»Hör zu«, sagte er stattdessen und zwang seine Stimme Ben zuliebe eine Oktave tiefer. »Kojoten greifen selten Menschen an. Okay? Stell dir einfach vor, sie wären wilde Hunde.«

»Hunde, die echt *verdammt unheimlich* klingen.«

Noch nie zuvor waren Alexeis Nerven so aufgewühlt worden wie vor zwei Minuten. Und trotzdem konnte er sich ein Lächeln jetzt nicht verkneifen. Ben zu beruhigen, beruhigte auch ihn selbst. Sein Blutdruck pendelte sich auf einem etwas weniger tödlichen Niveau ein.

»Ja. Ich weiß.«

»Tut mir leid«, flüsterte Ben erneut.

Sie schwiegen einen Moment, und auch die Nacht blieb merklich still. Der Kojote verhielt sich entweder sehr, sehr unauffällig, oder …

»Ich glaube, er ist weg«, wisperte Alexei.

»Lex«, sagte Ben kurz darauf. »Ich fürchte … Ich bin echt nicht für den PCT gemacht.«

Alexei stieß ein leises Prusten aus.

»Das sehe ich ganz anders.«

»Kann ich noch einen Augenblick hierbleiben?«, fragte Ben. »Um mich von meiner monumentalen Blamage zu erholen?«

»Äh. Sicher.«

Und obwohl er Bens Gesicht noch immer kaum erkennen konnte, drehte sich Alexei aus reinem Selbsterhaltungstrieb auf die andere Seite. Es war besser, die dunkle Wand seines Zelts anzustarren als den dunklen Haarschopf, die winzige Nase, die braunen Augen und das Zahnlückenlächeln, das er sich nur wenige Zentimeter entfernt ausmalen konnte. Es war einfach zu viel, diese ganze absurde Verkettung von Umständen.

So schnell, wie ihm das Herz nach wie vor in der Brust wummerte, war es geradezu paradox, dass es fünf Minuten später komplett aussetzte, als Ben ihm den Arm über die Seite legte.

Wie bei der ersten Klapperschlange kamen alle Systeme zum Erliegen. Kein Atemzug strömte ihm mehr aus der Lunge. Er war sich ziemlich sicher, dass er nicht einmal mehr blinzelte.

Wie … Was? Was trieb Ben denn da?

Wollte er sich nur einen Spaß auf Alexeis Kosten erlauben? Weil er wusste, dass er schwul war?

Das sah Ben gar nicht ähnlich.

Andererseits kannte Alexei ihn noch nicht besonders gut. Auch wenn es sich sehr wohl so anfühlte. Aber … nein. Angestrengt blinzelte er in die Nacht, während sein Kopf versuchte, seinem Bauch Vernunft einzubläuen. Wie lange war es her, dass sie sich getroffen hatten? Weniger als eine Woche? Eine spontane, oberflächliche Trail-Bekanntschaft. Vermutlich kannte Alexei ihn überhaupt nicht. Vielleicht war Ben einfach nur … ein Heterotyp, der gerne mit seinen Freunden kuschelte, wenn er Angst hatte?

So was gab es bestimmt.

Fuck.

Oh. Schon wieder. Zum ersten Mal in seinem Leben quoll Alexei geradezu über vor Schimpfwörtern.

Was immer es war, er musste dem ein Ende setzen, und zwar sofort. Denn das hier – Bens Atem in seinem Nacken, Bens warme Brust an seinem Rücken, Bens Unterarm an seinem Bizeps, Bens Finger, die hauchzart sein Handgelenk streiften –, das war nicht fair.

So sollten zwei Männer, die sich kaum kannten, nicht auf eine Fast-Begegnung mit einem Kojoten reagieren.

Basierend auf den gesellschaftlichen Regeln, die Alexei kannte, mussten er und Ben sich ziemlich sicher gegenseitig auf die Schulter klopfen und über die ganze Sache lachen, bevor Ben dann in sein eigenes Zelt zurückstolperte. Mehr als eine lustige Anekdote, die sie sich später noch einmal erzählen würden, sollte daraus nicht werden.

Auf keinen Fall sollten sie … das hier tun. Einander in den Armen liegen.

Und Alexei konnte sich wirklich nicht vorstellen, dass er das irgendwann einmal zum Lachen finden würde.

Er konnte Ben riechen. Seinen Schweiß. Doch da war auch noch etwas anderes, etwas Frisches und irgendwie Sauberes, etwas, das selbst in dieser staubigen, heißen Wüste an Kiefern erinnerte.

Bens kleiner Finger zuckte an Alexeis Handgelenk. Er unterdrückte ein Stöhnen.

Und schon hatte er einen halben Ständer.

Gerade wollte er sich wieder umdrehen, Ben vielleicht nicht ganz aus Versehen die Schulter ins Gesicht rammen und ihm höflich, aber bestimmt zu verstehen geben, dass er aus seinem Zelt verduften sollte, als er es hörte.

Ein leises, niedliches Brummen.

Ben schnarchte.

Er war tatsächlich eingeschlafen.

Vor nicht einmal zehn Minuten war er noch total panisch in Alexeis Zelt gestürzt, und jetzt schlief er tief und fest, hatte sich die Hälfte der Ein-Personen-Isomatte erschlichen und den Arm um Alexei geschlungen, als gehörte er genau dorthin, und Alexei war stinksauer und angeturnt und viel zu durcheinander und erschöpft für so etwas.

Trotzdem sollte er Ben rausschmeißen. Ihn aufwecken und auffordern, zurück in sein eigenes Zelt zu gehen. Denn ganz ehrlich, Alexei passte ja *allein schon kaum* in dieses Zelt.

Aber das tat er nicht.

Er kniff nur die Augen fest zusammen. Bens Atem strömte ihm weiterhin warm in den Nacken, inzwischen gleichmäßiger und schwerer, und das Verlangen, das Ben in ihm auslöste, war intensiv und nicht zu leugnen. Schon so lange hatte Alexei sich gewünscht, in den Armen eines Mannes wie Ben zu liegen, in denen er sich geborgen fühlen durfte, so kräftig umschlungen von verlässlichen und anständigen Armen. Vielleicht konnte er sich eine Nacht lang diese Geborgenheit erschleichen. Es war ja nicht seine Idee gewesen. Er tat nichts Unrechtes.

Richtig fühlte es sich jedoch trotzdem nicht an. Alles daran war zugleich wunderbar und furchtbar, denn das Gewicht von Bens Arm um ihn herum fühlte sich realer an als je etwas zuvor, doch nichts davon beruhte auf Einvernehmlichkeit. Er kniff die Augen noch fester zusammen, um die plötzlich aufwallenden Tränen zurückzuhalten.

Fokussierte sich auf einfache Dinge, die er verstand.

Vögel beim Fliegen.

Eine ordentlich formatierte Tabellenkalkulation.

Tonleitern auf einem Klavier.

Einen friedlichen Wald voller Moos im Nordwesten.

Seidige blonde Haare zu flechten – drüber, drunter und wieder drüber.

Und schließlich fiel er in einen unruhigen Schlaf.

Als Alexei am nächsten Morgen aufwachte, stellte er als Erstes fest, dass ihm kalt war.

Einen Wimpernschlag später wurde ihm bewusst, dass sein Schlafsack, in dem er eigentlich mit dem ganzen Körper stecken sollte, offen und schief über seiner Brust lag.

Ihm fiel ein, dass der Schlafsack deshalb so falsch lag, weil Ben letzte Nacht in sein Zelt gestürzt war.

Jetzt begriff er auch, dass er fror, weil Ben nicht mehr da war.

Er suchte nach einem passenden Wort, um auszudrücken, was er in diesem Moment empfand. Letzte Nacht hatten sich die Schimpfwörter doch auch wie von Zauberhand in seinem Kopf manifestiert, als Ben Caravalho so schockierend plötzlich in seine Intimsphäre eingedrungen war.

Alles, was ihm jetzt einfiel, war *Arschgesicht*. So hatte Alina ihn als Kind immer genannt, wenn sie ihn richtig auf die Palme bringen wollte. Alexei war kalt, und er war wieder erregt, und es gab absolut nichts, was er dagegen tun konnte, und Ben war ein totales Arschgesicht.

Sobald sich sein Schwanz beruhigt hätte, würde er aus dem Zelt stürmen und dieses totale Arschgesicht zur Rede stellen und ihm sagen, dass … Ja, was denn eigentlich?

Alexei hatte keine Ahnung.

Er rappelte sich in eine sitzende Position hoch. Fuhr sich mit der Hand durch die Haare und den immer länger werdenden Bart.

Es war einfach so, dass … Alexei sich so sehr nach dieser Illusion von letzter Nacht sehnte – nach einem sanften

Arm, der sich beim Einschlafen um ihn legte. Er wünschte es sich schon so lange. Schon vor Ben, schon bevor er sich bei seinen Eltern geoutet hatte, sogar bevor er seine eigene Identität vollständig akzeptiert hatte.

Wenn auch auf eine verkorkste Art, so hatte er es doch letzte Nacht bekommen.

Und trotzdem – *trotzdem* – war Alexei allein aufgewacht.

Bislang bestand sein Sexualleben bloß aus vier anonymen Online-Matches in den letzten zwei Jahren.

Im echten Leben war er nie in der Lage gewesen, sich einem Menschen zu nähern, zu dem er sich hingezogen fühlte, nicht einmal, als er zu Hause ausgezogen war, nicht einmal während des Studiums. Vor zwei Jahren war er seines eigenen Begehrens jedoch überdrüssig geworden.

Er betrachtete es als Experiment. Datenerhebung. Denn Daten verstand Alexei.

Als aus seinem ersten Wisch nach rechts ein echtes Date wurde, war er so nervös gewesen, dass er sich übergeben musste.

Jedes seiner vier Dates hatte zu irgendeiner Form von Sex geführt. Manchmal hatte Alexeis Unerfahrenheit zu peinlichen Situationen geführt. Die meisten Männer waren allerdings ziemlich nett gewesen.

Nur einer war … nicht so höflich. Nicht so nett.

Aber jede Begegnung diente in gewisser Weise ihrem Zweck. Sie bestätigten, was Alexei im Grunde seines Herzens bereits wusste. Aber … es war trotzdem gut, Daten zu gewinnen.

Nicht, dass die Daten jemals zu weiteren Dates führten.

Aus keiner Erhebung war je mehr als eine kurze Kuscheleinheit entstanden. Und obwohl Alexei die Vorfreude auf jedes dieser vier Male genossen hatte, hinterließ der Abgang immer eine Leere in ihm.

Das bedächtige Anziehen der Klamotten. Die peinliche Verabschiedung. Wenn er am nächsten Morgen aufwachte, erinnerten seine Muskeln ihn an die Ereignisse der vergangenen Nacht, während die Einsamkeit auf seinem Kissen ihn daran erinnerte, dass nichts davon von Bedeutung gewesen war.

Er hatte es gehasst. Jedes. Einzelne. Mal.

Und jetzt wusste er auch, wie es sich anfühlte, wenn er nicht im heimischen Schlafzimmer war, sondern in einem Zelt in der Wildnis. Mit jemandem, den er wirklich kannte – denn verdammt, er *kannte* Ben, seine Herzlichkeit, seine Neugierde und seine Ängste – und der kein wahlloses Online-Match war. Vielleicht sollte es gar keine Rolle spielen, weil Ben nicht auf Männer stand und sie nur Freunde waren und einfach darüber lachen konnten, denn Alexei wusste, das sollten sie. Er dürfte das Ganze nicht einmal mit den anderen Dates in einen Topf werfen. Das hier war etwas völlig anderes. Sie waren Freunde, und es war ein Versehen gewesen. Genau, sicher war die ganze letzte Nacht nur ein Versehen gewesen.

Doch je mehr er versuchte, es wegzuinterpretieren, desto mehr schien es ihn zu treffen, dass er heute Morgen allein aufgewacht war.

Vor dem Zelt war es still. Alexeis Wut verblasste zu einer erdrückenden Schwere. Trotz seiner verworrenen Gefühle war ihm klar, dass Ben nicht wirklich ein Arschgesicht war, nicht mal ein kleines.

Während die Stille draußen anhielt, packte Alexei plötzlich die Angst, dass Ben womöglich weg war. *So richtig* weg.

Als wäre es ihm so unangenehm gewesen, die ganze Nacht über Löffelchen mit Alexei gekuschelt zu haben, dass er früh zusammengepackt hatte und abgehauen war.

Was … Alexei ja auch gewollt hatte. Er hatte nie vorgehabt, sich an den Pakt zu halten, oder? Er hatte gewollt, dass Ben verschwindet, damit er sich wieder darauf konzentrieren konnte, an Alexei 2.0 zu arbeiten und sich intensiv von seiner Lieblingsküste zu verabschieden. Aber …

Er schlug die Zeltöffnung zurück.

Ben saß im Schneidersitz auf dem Boden, die Kapuze seines Sweatshirts über dem Kopf, seine nackten Zehen ragten aus den Campsandalen. Er starrte in seinen Becher mit Instantkaffee. *Gott sei Dank*, dachte Alexei und seufzte innerlich auf.

Als er raschelnd aus dem Zelt krabbelte, sah Ben hoch.

Warum gab es absolut keine elegante Methode, sich aus einem Zelt zu befreien?

Nur den Bruchteil einer Sekunde lang erhaschte er einen Blick auf Bens Miene. Sie wirkte finster, die vollen Lippen waren zu einem schmalen Strich verengt. Demnach war ihm wegen letzter Nacht ebenfalls nicht zum Lachen zumute. Verflixt.

Prompt entschuldigte sich Alexei, um hinter einem tristen Gestrüpp pinkeln zu gehen.

Er konnte es kaum erwarten, wieder richtige Bäume zu sehen. Was würde er jetzt für einen massiven Mammutbaum geben.

Als er zum Lagerplatz zurückkehrte, hatte sich Ben noch immer nicht bewegt.

»Hey.«

Diese eine Silbe aus Bens Mund klang unnatürlich laut, auch wenn Alexei sich darüber im Klaren war, dass er sie eigentlich eher leise gesagt hatte. Sie brachte ihn von dem Plan ab, den er sich fest vorgenommen hatte: sofort zurück in sein Zelt zu verschwinden, sich umzuziehen, für den Tag fertig zu machen und kein Wort über die letzte Nacht zu verlieren.

Er riss sich zusammen und drehte sich zu Ben um.

Der immer noch den Kaffeebecher umklammerte.

»Pass auf, ich habe da diese merkwürdige Eigenart.« Ben hielt inne und holte tief Luft. »Manchmal, wenn ich so richtig gestresst bin, dann … schlafe ich ein.«

Alexei brauchte eine Weile, um das zu verarbeiten. Vermutlich erklärte das die letzte Nacht. Falls es überhaupt stimmte, falls es so etwas überhaupt gab.

Schnell versuchte Ben, das Schweigen zu überbrücken.

»Frag Julie oder meinen alten Mitbewohner Khalil oder so ziemlich alle aus meiner Familie. In der Highschool hab ich die Erfahrung gemacht, dass ich nicht bis auf den letzten Drücker für einen Test büffeln konnte, weil mir jedes Mal die Lichter ausgingen, sobald ich ein Buch aufgeschlagen habe. Während der Pflegeausbildung hab ich *viel* geschlafen. An *vielen* seltsamen Orten. Jetzt, wo ich drüber nachdenke, wundert es mich total, dass ich auf dem Fuller Ridge nicht eingeschlafen bin. Das ist echt eine äußerst unangenehme Macke.«

Während Ben redete, schweifte sein Blick ab und fixierte irgendeinen Punkt am Horizont. Er schaute nur ganz kurz zu Alexei zurück, bevor er peinlich berührt einen Schluck trank.

»Bist du sauer auf mich? Du siehst aus, als wärst du sauer auf mich. Und das könnte ich auch verstehen. Hab ja deine Privatsphäre ziemlich verletzt, Lex. Das tut mir leid.«

Alexei wischte sich übers Gesicht und versuchte, die

Spuren von dem wegzuwischen, was immer er da unabsichtlich gezeigt hatte.

»Nein«, erwiderte er schließlich. Denn das war die einfachste Antwort. Außerdem war er wirklich nicht sauer auf Ben. Er war von sich selbst frustriert. Weil er so erleichtert war, dass Ben nicht abgehauen war. Weil er überhaupt erst zugestimmt hatte, mit Ben zu wandern.

»Also … alles in Ordnung zwischen uns?«

»Jap, alles in Ordnung.«

Alexei ließ die Hand sinken. Erleichtert sackten Bens Schultern nach vorne.

Die darauffolgende Stille fühlte sich immer noch befremdlich an, drückend. Mehrmals öffnete Ben den Mund, als wollte er noch etwas loswerden, doch er tat es nicht.

Da schoss Alexei ein Gedanke durch den Kopf. Eine Lösung, die ihn sofort beruhigte.

Sie würden *Die schwarze Stadt* zu Ende lesen.

Sie würden *Die schwarze Stadt* zu Ende lesen, und dann würde Alexei Ben alles offenbaren. Dass er sich zu sehr zu ihm hingezogen fühlte, um weiter mit ihm zu hiken, dass er Zeit für sich brauchte, dass er eine wunderbare Zeit gehabt hatte und ihm dankbar war. Ben würde es verstehen, das spürte Alexei. Und Ben würde keine Probleme haben, andere Leute zum Wandern zu finden, auch das wusste er.

Er atmete aus und fühlte sich unendlich viel besser. Dann trat er näher an sein Zelt heran. Es war Zeit, aufzubrechen, den Tag zu beginnen und weiterzuwandern. Ihnen beiden würde es besser gehen, sobald sie wieder wanderten, so viel stand fest.

Das war das Schöne am Trail. Man musste nur laufen, und wie beim Beten fing man an zu heilen.

Einige Meter hinter der höchsten Zeltstange fiel ihm etwas ins Auge.

»Da drüben.« Er deutete mit dem Kinn in die Richtung. Ein Ruf war nicht zu hören, auch sonst kein Gesang, aber die Bewegungsmuster waren unverkennbar. Bemerkenswert.

»Roadrunner.«

Bevor Alexei zurück ins Zelt schlüpfte, sah er, wie Ben den Kopf drehte und ein sanftes Lächeln über seine Lippen huschte. Wie ein frischer Atemzug, nachdem man den Kopf zu lange unter Wasser gehalten hatte.

KAPITEL NEUN

»Lex, die Frage ist doch …« Bens Rucksack landete dumpf auf dem Motelboden. »Was zuerst? Bett oder Paket?«

Alexei starrte das Vorratspaket an, das er auf sein Bett hatte fallen lassen, und stemmte die Hände in die Hüften. Sein Name stand in sauberen, fetten Druckbuchstaben – in seiner eigenen Handschrift – darauf und war das Ordentlichste, das Ben je gesehen hatte. Er versuchte ganz ernsthaft, davon nicht angeturnt zu sein.

So oder so brauchte Alexei viel zu lange. Während er noch grübelte, traf Ben eine Entscheidung. Stellte sein ungeöffnetes Paket auf den Tisch in der Ecke und schwang sich dann mit Anlauf rückwärts auf die Matratze. Mit einem dramatischen Seufzer schloss er die Augen und streckte die Arme aus.

Vier Tage und siebenundfünfzig Meilen waren seit Bens und Alexeis Beinahebegegnung mit dem Kojoten vergangen. Endlich hatten sie Big Bear City erreicht, ihr Lager für den nächsten Nulltag. Ein Nulltag mit echten Betten. Einem eigenen Bad. Und einer ratternden Klimaanlage am Fenster.

So herrlich, dass Ben beinahe vergessen konnte, dass er es fast vergeigt hatte.

Am liebsten wäre er im Erdboden versunken, aus einer Menge unterschiedlicher Gründe, als er mitten in dieser Nacht aufgewacht war, die Arme um Alexei geschlungen.

Seitdem versuchte er, den Schaden zu begrenzen, indem er Alexei an jeder Erinnerung teilhaben ließ, in der er an unangemessenen Orten und zu den unpassendsten Zeiten eingeschlafen war.

»Als ich im ersten Jahr an der Highschool war und Tiago im letzten, hat sein Basketball-Team es in die regionalen Meisterschaften geschafft«, hatte er erzählt, als sie vorsichtig sandige Serpentinen im Hatcher Canon hinabgestiefelt waren. »Am Ende gab es eine Verlängerung mit Freiwürfen, weil das andere Team mit einem Pfiff von einem der Schiris nicht einverstanden war. Die Eltern haben auf der Tribüne angefangen, sich zu streiten. Ma hat richtig rumgeschrien.«

Er war weitergelaufen und über einen Baumstamm gestiegen.

»Ich bin sofort eingeschlafen. Hab Tiagos Siegestreffer verpennt. Das hält er mir bis heute vor.«

»Schon gut, ich glaube dir«, hatte Alexei gesagt. Ben glaubte ihm, dass er ihm glaubte. Aber er hörte auch das Vergnügen in seiner Stimme, das Lächeln, das Alexei hoffentlich unter seinem Bart mit sich herumtrug. Also erzählte er noch eine Geschichte.

»Abschlussball«, setzte er an. »Mein Schwarm, bei dem ich mir nie eine Chance ausgerechnet hatte, hat gefragt, ob wir tanzen, und mir dann was total Versautes ins Ohr geflüstert. Ich bin zur Wand gelaufen, an der Julie stand. Und auf dem Boden zusammengeklappt.«

Und dann passierte es, genau wie Ben es sich erhofft hatte. Alexei lachte.

»Okay. Ich weiß wirklich nicht, ob ich das glauben soll.«

»Ich schwöre bei Gott. Frag Julie, wenn wir das nächste Mal Empfang haben.«

Sie wanderten schweigend über den staubigen Trail. Die Landschaft veränderte sich langsam, aber sicher von der offenen, weiten Wüste um die I-10 zu dem waldigeren, bergigen Gelände zwischen dem San Gorgonio und dem Onyx Peak.

»Ich war nie beim Abschlussball«, sagte Alexei ein paar Minuten später. »Oder bei irgendeinem anderen Schulball.«

Ben versuchte, ihn sich vorzustellen. Einen etwas schlaksigeren Alexei mit Hemd und Khakis, der steif neben der Tanzfläche stand. Am liebsten würde Ben zu diesem Jungen rübergehen und ihn in den Arm nehmen.

»Wolltest du denn?«

Mehr stille Schritte, während Alexei über seine Antwort grübelte.

»Weiß nicht«, sagte er irgendwann leise.

Sie redeten nicht weiter, bis Alexei den Ruf eines Berghüttensängers erkannte.

Die Berge waren in den letzten zwei Tagen von Vogelgesang erfüllt gewesen, während der Trail sie auf dem Weg nach Big Bear City wieder in den San Bernardino National Forest geführt hatte. Ben konnte beinahe spüren, wie die Spannung von Alexei abfiel, je dichter die Bäume standen. Die Schatten der Weißtannen und Jeffrey-Kiefern waren ein wahrer Segen.

Abends begleiteten Ben und Alexei Alanna dabei, wie sie den grausamen und gemeinen Ralon besiegte, alle in der schwarzen Stadt mit ihrem Durchhaltevermögen beeindruckte und zum ersten Mal aus dem tiefen Quell ihrer Magie schöpfte.

Und jeden Abend gab Ben vor, dass ihm Alannas Schicksal dabei genauso wichtig war wie der Klang von Alexeis Stimme oder der Tonlagenwechsel, wenn er zu besonders spannenden Stellen kam. Bei jedem Kapitel tat er so, als würde ihm das Herz nicht in der Brust schnurren wie eine zufriedene Katze.

Sie hatten Big Bear City heute Morgen rechtzeitig erreicht, um es noch zur Post zu schaffen und ihre Vorratspakete abzuholen. Nichts war vor der Wanderung so zeitaufwendig gewesen wie die Vorbereitung dieser Pakete. Neues Essen, neue Notfallausrüstung. Das alles musste vorher zusammengestellt und verschickt werden, weil man auf dem Trail nie sicher sein konnte, wann man den nächsten Supermarkt fand.

Aber jetzt stand ihnen wohl ein guter Nulltag bevor. Es war wirklich befriedigend, wenn wieder mal ein Vorratspaket in der Post wartete. Da konnte man seinem Vergangenheits-Ich stolz sagen: *Sieh uns nur an. Wir haben's zum nächsten geschafft.*

Ben und Alexei hatten sich ihre Pakete unter die Arme geklemmt und sich einen Raum in diesem kleinen Bergstadtmotel gesichert. Wenn man es denn so nennen konnte. Eigentlich war es eher eine große Hütte, in der ein stattlicher Mann namens Mo ein paar Zimmer vermietete. Die Einrichtung schien noch ein Überbleibsel aus den Siebzigern zu sein – holzvertäfelte Wände und schwere Vorhänge aus Tartan. Die Sockel der Nachttischlampen waren aus knorrigem Holz, das jemand zu Bären, Streifenhörnchen oder Hirschen geschnitzt hatte. Ein kleiner, kompakter Fernseher, der eher in ein Technikmuseum gehörte, stand auf der Kommode, und ein vergilbter, handbeschriebener Zettel klebte an der Seite: *DVD-Ausgabe an der Rezeption.*

Die beiden Doppelbetten hingen in der Mitte ziemlich durch, die Steppdecken passten zu den Vorhängen, waren aber aus kratzigem, abgegriffenem Polyester.

Ben erinnerte sich nicht, wann er das letzte Mal so glücklich gewesen war.

Sie würden die kommenden vierundzwanzig Stunden in dieser schäbigen Kleinstadt verbringen, sich ausruhen, Wäsche waschen und alles aus ihren Vorratspaketen in ihre Rucksäcke packen.

Aber zuerst würden sie duschen und dann zu dem Mexikaner gehen, den sie auf dem Weg hierher gesehen hatten.

Ben wälzte sich mühsam vom Bett. »Okay, ich springe vorm Essen noch unter die Dusche, sonst schlafe ich hier gleich ein. Und dann stinkt das Bett die ganze Nacht nach Hiker Trash.«

Alexei saß im Schneidersitz auf der anderen Matratze und arbeitete sich methodisch durch sein Paket. Er war voll auf seine Aufgabe konzentriert und nickte bloß abwesend, während Ben seinen Kulturbeutel packte und den Raum verließ.

Als die ersten Wasserstrahlen auf seine Haut trafen, stieß er ein wohliges Stöhnen aus. Gleich danach fragte er sich, ob der Laut wohl durch die Wände zu Alexei durchgedrungen war. Aber Mann, er hatte seit Warner Springs nicht mehr geduscht, und es fühlte sich so verdammt gut an. Als er aus dem Bad kam, frisch von Kopf bis Fuß, mit glatt rasiertem Gesicht und geschnittenen Nägeln, fühlte er sich wie ein neuer Mensch.

Und morgen, wenn sie einen Ort gefunden hatten, an dem sie ihre vom Trail versauten und durchgeschwitzten Klamotten waschen konnten, hatte er sogar die Aussicht auf saubere Unterwäsche. Was für ein Luxus!

Alexei hielt ein Snickers in der Hand und starrte Ben vom Bett aus an.

»Fühlt sich richtig gut an.« Ben grinste und fuhr sich mit der Hand übers Gesicht. »Ich liebe es, in der Stadt zu sein.«

Dann warf er sich wieder auf sein Bett, die Matratze ächzte protestierend. Er schloss die Augen und fächerte die feuchten Haare über das Kissen.

Nach etwa einer Minute fühlte sich die Stille im Zimmer auf einmal seltsam an. Irgendwie war es *zu* still. Ben öffnete ein Auge und spähte rüber zu Alexei, der ihn immer noch mit offenem Mund anstarrte.

»Lex«, meinte er ruhig. »Gehst du jetzt auch duschen? Ich will nicht drängeln oder so, aber die Tacos warten.«

»Stimmt.« Blinzelnd wandte Alexei sich ab, schnappte seinen eigenen Kulturbeutel und stürmte ins Bad.

Ben stieß einen langsamen, tiefen Seufzer aus und starrte an die Decke.

Die Sache mit Alexei war … Man konnte ihm alles ziemlich offensichtlich ansehen, und Ben war sich nicht sicher, ob Alexei das überhaupt wusste. Ob ihm zum Beispiel bewusst war, wie oft er ihn anstarrte, ganz besonders seinen Mund, und immer ein paar Sekunden zu lang.

Man konnte ihm auch sehr deutlich ansehen, wenn er sich unwohl fühlte. Wie er dann die Schultern anspannte und sein Notizbuch herauszog, um der Welt für eine Weile zu entfliehen. Man sah ihm deutlich an, wenn er müde und mies drauf war. Wenn er albern war und sich mehr nach Lachen fühlte. Und wenn er wegen irgendetwas aufgeregt war, konnte man förmlich zusehen, wie die Mauern, die ihn sonst umgaben, wie von Zauberhand zerbröselten.

Alexeis Unvermögen, seine Gefühle zu verstecken, war eine der Sachen, die Ben an ihm am meisten liebte. Er hatte in seinem Leben schon viel zu viel Zeit mit Menschen verbracht, die vorgaben, das Eine zu sein, nur um sich dann doch als das Andere zu erweisen. Alexeis Ehrlichkeit war erfrischend.

Augenblick mal, meldete sich eine Stimme in seinem Kopf zu Wort. *Hast du gerade gesagt, du* liebst …?

»Klappe«, knurrte Ben laut. Zu sich selbst.

Und vergrub das Gesicht im Kissen.

Ben liebte viele Menschen. Er liebte seine Freunde. Und Alexei war ein Freund.

Ein Freund, der ihm Fantasyromane vorlas und ihm mindestens drei Mal das Leben gerettet hatte. Ein Freund, der ihm eine Menge über Vögel beibrachte. Ein Freund mit anziehenden Baumstammschenkeln. Ein Freund mit Augen, die Ben bei jedem Blick dahinschmelzen ließen, so ernst und gütig. Ein Freund mit einem wuscheligen blonden Bart, der sich bestimmt unglaublich gut anfühlte an Bens …

Stopp. *Keine schlechten Entscheidungen.*

Vor zehn Minuten war er noch so glücklich gewesen. Dann hatte Alexei ihm zu lange auf den Mund gestarrt, und jetzt fühlte er sich … so.

Vielleicht war das hier von Anfang an die schlechteste Entscheidung gewesen. Mit Alexei zu wandern, obwohl Ben doch wusste – wenn er ehrlich zu sich selbst war –, dass es keine Sekunde gegeben hatte, in der er ihn nicht gewollt hatte.

Ihm hätte klar sein müssen, dass er das nicht würde ignorieren können.

Doch es fühlte sich nicht richtig an, Alexei auf diese Weise zu wollen. Es war nicht das, was Alexei gerade brauchte. Und im Moment lief es doch so gut zwischen ihnen. Gott, sie waren so tolle Hiking-Partner. Niemand, der so etwas nicht am eigenen Leib erfahren hatte, würde das verstehen, aber diese Partnerschaft war so besonders und ganz anders als alles, was er bisher erlebt hatte. Das aufzugeben würde sich anfühlen, als würde er den PCT aufgeben.

Außerdem: Wohin würde es überhaupt führen, sich ernsthaft in Alexei zu verlieben? Er ließ Ben zwar immer mal hinter die eine oder andere Mauer blicken, aber er hatte weiß Gott viele davon. Diesen Weg war Ben schon mal gegangen, und zwar mit sehr gemischten Ergebnissen. Alexei hatte ein paar komplizierte Dinge zu verarbeiten. Und er lebte sehr weit von Nashville entfernt.

Aus der Dusche kam ein Geräusch. Vielleicht hatte Alexei etwas fallen gelassen.

Toll, jetzt stellte Ben sich Alexei in der Dusche vor und …

Shit. Shit, okay. Die schwierigen Dinge waren Ben noch nie leichtgefallen – in der Schule gut sein, einen echten Job finden oder Nein zu Männern sagen, die schlecht für ihn waren –, aber er versuchte wirklich, besser im Erwachsensein zu werden. Sich von Alexei zu trennen, würde verdammt schwierig werden, aber vielleicht musste es sein, weil es das Beste für sie beide war. Vielleicht sollten sie miteinander reden. Vielleicht sollte Ben endlich mal ehrlicher sein. Zu sich selbst, aber auch zu Alexei.

Allerdings … hatte er Alexei zu diesem Pakt gedrängt, die Wüste zusammen zu durchqueren.

Was würde Alexei tun, wenn er wieder auf sich allein gestellt war? Weiter an seiner Alexei-2.0-Liste schreiben, die Ben furchtbar wütend machte, obwohl er sie immer noch nicht richtig verstand? Wer würde dann dafür sorgen, dass er ab und an mal lächelte?

Hatte Ben genug getan? Um Alexei zu zeigen, dass die

Welt anständig war? Dass er Freundschaft und Vertrauen verdiente, genau so, wie er war?

Dieses Mal hörte er die Stimme seiner Mutter: *Dafür bist nicht du verantwortlich, Bento.*

Sein Handy vibrierte auf dem Boden, wo es zum Laden lag. Doch er ließ es vibrieren und presste sich das Kissen an die Brust.

Alexei kam aus dem Bad. Seine Haut war vom Abtrocknen ganz rosa, sein normalerweise ordentliches Haar stand in alle Richtungen ab, weil er es mit dem Motelhandtuch gerubbelt hatte. Bens ganzer Körper schmerzte vor Sehnsucht.

»Du hattest recht«, sagte Alexei mit einem schüchternen Lächeln. »Fühlt sich gut an.«

Sofort blitzten die Bilder von letzter Nacht wieder in Bens Kopf auf.

Alexei hatte seine Karten studiert, wie er es jeden Abend tat, bevor er in sein Notizbuch geschrieben und dann *Die schwarze Stadt* aufgeschlagen hatte. Zögerlich, aber mit einem stolzen Lächeln, hatte er verkündet, dass er schon hundert Meilen gewandert war.

Hundert Meilen durch die Wüste. Durch eine Landschaft, die ihm eine Heidenangst einjagte.

Ben wusste nicht, wie er mit seinen Gefühlen umgehen sollte. Mit dem Verlangen, das ihn zu ersticken drohte.

Doch er wusste, dass Alexei es verdient hatte, einen Abend in Big Bear City zu feiern.

Vielleicht würde er morgen herausfinden, was er tun sollte.

Vielleicht konnten sie jetzt erst mal beide den wohlverdienten Abend in der Stadt genießen.

Das mexikanische Restaurant war, wie das Motel, klein und holzvertäfelt. An den Wänden hingen Lichterketten und Papel Picado. Ben und Alexei setzten sich an einen Tisch mitten im Raum und schlugen die laminierten Speisekarten auf.

Vom Motel aus hierherzulaufen, hatte sich seltsam angefühlt, so leicht, ohne das erdrückende Gewicht ihrer Rucksäcke. Hoffentlich würde sich Bens Herz bald auch wieder so anfühlen.

Eine Kellnerin mit glatten braunen Haaren stellte eiskaltes Wasser in Plastikbechern auf den Tisch und fragte nach ihrer Getränkebestellung. Schnell suchte Ben auf der Karte nach den Bieroptionen.

»Ein Pacifico, bitte.«

»Für mich nur Wasser, danke«, meinte Alexei.

»Trinkst du keinen Alkohol?«, wollte Ben wissen, sobald die Kellnerin weg war. »Ich hoffe, die Frage ist okay. Ist auch in Ordnung, falls nicht. Ich will bloß nicht, dass du dich unwohl fühlst, wenn ich trinke.«

Alexei nippte am Wasser.

»Meine Familie hält es für eine Sünde. Tja, darum gab es für mich früher auch keine Saufpartys.«

Bens Mundwinkel zuckten. Es war wahrscheinlich ein gutes Zeichen, dass Alexei versuchte, Scherze über seine Familie zu machen.

»Aber trink ruhig.« Er zuckte mit den Schultern. »Ich habe das mit dem Bier mal probiert, seit ich alleine unterwegs bin – du weißt ja, in Portland ist das eine große Sache. Aber für mich ist das nichts.«

»Ja, Bier ist auch nicht für jeden was. Hast du denn mal was anderes probiert?«

»Ein paar stärkere Sachen. Whiskey und so.« Alexei verzog das Gesicht. Als hätte er mit Whiskey schlechte Erfahrungen gemacht. Was vermutlich stimmte.

»Verstehe. Hast du denn jemals …« Ben schlug die Karte wieder auf und deutete auf die bunten Drinks, die es dort gab. »Eine Big Bear City Margarita probiert?«

Alexei runzelte die Stirn. »Machst du dich über mich lustig?«

Bens Lachen erstarb. »Was?«

»Weil … Du weißt schon.« Alexei trank noch einen Schluck Wasser, die Bewegung fahrig, seine Schultern wieder angespannt. »Weil schwule Männer Margaritas mögen. Oder so.«

Oh, Mann. Ben verkniff sich ein Seufzen. Der arme Kerl.

»Lex.« Er verlieh seiner Stimme so viel Ernsthaftigkeit wie möglich, damit klar war, dass er sich nicht über Alexei lustig machte, ob über seine Sexualität oder seine Beziehung zu Alkohol. »Jeder mit Geschmacksnerven mag Margaritas.«

»Du hast keine bestellt«, widersprach Alexei sofort dickköpfig, und Ben grinste.

»Die Nacht ist noch jung, mein Freund.« Er lehnte sich im Stuhl zurück. »Wir sind nur eine Viertelmeile vom Motel entfernt und müssen morgen nirgendwohin. Das«, er hob die Bierflasche hoch, die die Kellnerin gerade gebracht hatte, »ist nur ein Appetizer.«

Alexei sah ihn noch eine Sekunde lang zweifelnd an, dann senkte er den Blick auf die Karte und blätterte zur letzten Seite.

»Egal, tut mir leid, Lex. Trink, was du willst. Aber …« Ben schüttelte den Kopf. Diese Unterhaltung lief wirklich nicht so wie geplant. »Du bist in Big Bear City und kennst hier niemanden außer mir. Die Welt liegt dir zu Füßen.« Ben blätterte durch seine eigene Karte. »Lehn dich gegen das Patriarchat auf und genieß eine Margarita, wenn du willst.«

Als die Kellnerin wiederkam, bestellte Ben einen überbackenen Burrito. Alexei nahm Enchiladas.

Dann entstand eine unangenehme Pause. Ben blickte über den Tisch.

Alexei starrte immer noch mit gerunzelter Stirn in die Karte.

»Ich weiß nicht, welche Margarita ich nehmen soll«, murmelte er. »Das hier ist wie die Cheesecake Factory für Tequila.«

Ben entfuhr ein überraschtes Lachen. Schnell hielt er sich die Hand vor den Mund und wandte sich zur Kellnerin.

»Dieser feine Herr nimmt eine Pfirsich-Margarita, geschüttelt. Mit Zuckerrand.«

Als sie weg war, bedachte Alexei Ben mit einem bedrohlichen Blick. Vielleicht war es auch eher ein Schmollen. So oder so kannte Ben diesen Blick noch nicht, und er brachte seine Haut zum Kribbeln.

»Ich mag ja aus einer prüden Familie kommen, aber selbst ich weiß, dass man Margarita mit Salz trinkt.«

Ben zuckte grinsend mit den Schultern. »Mit Zucker wird es dir besser schmecken.«

Er wusste, wie gern Alexei Süßes mochte. Das Einzige, auf das er sich beim Wandern wirklich freute, war sein Vorrat an Gummibärchen.

Alexei blickte mürrisch drein. Oder versuchte es zumindest. Die Winkel seines sehr ernsten Mundes zuckten.

»Na ja«, nuschelte er und fummelte an seiner Serviette herum. »Wer hat auch schon gerne so viel Salz im Getränk?«

Ben lachte.

»Ich hab dich nicht für einen Cheesecake-Factory-Fan gehalten.«

»Da ist einer in einem Vorort von Portland. Eine ganze Ecke von Vancouver weg, aber zu besonderen Anlässen sind wir manchmal hingefahren. Zu meinem sechzehnten Geburtstag zum Beispiel oder um meinen Highschool-Abschluss zu feiern.« Alexei zuckte mit den Schultern. »Cheesecake ist toll.«

Ben hätte alles gegeben, um zu erfahren, was Alexei Lebedev in der Cheesecake Factory bestellte, doch die Ankunft der geschüttelten Pfirsichmargarita kam ihm dazwischen.

Ben konnte nicht anders. Er stützte das Kinn auf die Hand und beobachtete, wie Alexei seinen ersten Schluck nahm.

»Lass das«, mahnte Alexei ihn und griff nach den kostenlosen Chips mit Salsa, die die Kellnerin ihnen hingestellt hatte.

»Dann sag schon.«

»Schmeckt gut. Zufrieden?«

Ben streckte die Hand aus und griff nach dem schweren Glas.

»Hey!«

Mit einem lauten Schlürfer probierte Ben.

»Ach, *komm schon*«, schrie er förmlich. Mit der Zunge fuhr er am Glasrand entlang über den Zucker. »Das schmeckt einfach fantastisch.«

Bevor Alexei etwas erwidern konnte, piepte Bens Handy auf dem Tisch. Er schielte aufs Display und drehte es um.

»Julie?«, fragte Alexei.

»Tiago.« Sein Bruder schrieb ihm immer irgendwelchen Mist. Gerade war es: weißte noch wie schlecht du früher in Minecraft warst lol

Alexei drehte das Margaritaglas zwischen den Fingern. »Du sprichst nicht oft von Tiago.«

Ben zog die Brauen hoch. Wahrscheinlich stimmte das. Nicht, dass er und Tiago sich nicht nahestanden. Er sprach einfach viel häufiger mit Carolina – und sorgte sich viel mehr um sie.

»Erzähl mir was von ihm«, verlangte Alexei. Lustig, fast genau so hatte Ben ihn auch gebeten, ihm von Alina zu erzählen. Und etwas daran – dass dieses Mal Alexei ihn drängte, mehr preiszugeben, nicht um ihn vom Trail abzulenken, sondern einfach, weil er es hören wollte – ließ Bens Herz erneut höherschlagen. Er war nur nicht sicher, ob aus Wertschätzung oder als Warnung.

»Tiago hat Sport schon immer geliebt«, fing er schließlich an. »Darum hatten er und Julie direkt einen guten Draht zueinander, weil sie auch ein Basketballstar war. Sie haben bei uns zu Hause immer Körbe geworfen und Spiele der University of Tennessee geguckt.« Ben trank einen großen Schluck Bier, bevor er weitersprach. »Jetzt ist er Sportjournalist. Und … er ist wirklich gut?«

Das sollte eigentlich keine Frage sein. War es aber.

Alexei lächelte. »Du klingst überrascht.«

»Nein, es ist nur …« Ben kratzte sich am Hinterkopf. Dort kribbelte das Schamgefühl. »Natürlich hat er viel Ahnung von Sport, nur war er auch immer irgendwie so ein Clown. Ich wusste nicht, dass er schreiben kann. Aber ich lese all seine Kolumnen, und die sind …« Er rutschte auf seinem Stuhl herum. »Also, Sport interessiert mich nicht großartig, aber er gibt einem das Gefühl, dass es wichtig ist. Egal was – ein Highschool-Volleyballspiel oder die Titans beim Super Bowl. Echt beeindruckend.«

Es *war* beeindruckend. Und Ben war verdammt stolz auf Tiago.

Und es war wirklich absolut in Ordnung, dass Bens Klassenclown von Bruder sich als viel cleverer und erfolgreicher entpuppt hatte, als Ben es jemals sein würde.

Alexei musterte ihn. Als könnten diese sommerblauen Augen direkt in Bens kindische Unsicherheiten hineinblicken. Irgendwie demütigend.

Zum Glück wurde er von der Kellnerin gerettet, die ihnen das Essen brachte.

Alexei löste den Blickkontakt und bestellte eine zweite Margarita.

»Jetzt nehme ich auch eine davon«, sagte Ben, bevor die Frau wieder verschwand. »Aber, ähm, eine klassische. On the rocks.«

»Mit Salz«, schob Alexei noch hinterher. Ben grinste verlegen.

»Aber gern.« Sie lächelte breit.

»Und was ist mit dir?« Ben griff nach seiner Gabel. Er war mehr als bereit, das Gespräch wieder auf Alexei zu lenken. Weg von Tiago, der seine Zwanziger dazu genutzt hatte, sich eine respektable Karriere aufzubauen, anstatt in Cafés zu jobben und Leute zu daten, die ihm bloß das Herz brachen. »Du machst was Kaufmännisches, richtig? Oder waren es Finanzen? Hast du zumindest. Sorry, hab kurz vergessen, dass du ja entlassen wurdest.«

»Ach, schon gut. Ich bin Datenanalyst. Was eigentlich nur ein Oberbegriff ist. Nach meinem Abschluss an der UW hab ich in einer Firma namens Atlas Athletic gearbeitet, bis ich, wie du schon sagtest, vor ein paar Monaten entlassen wurde. Was okay war. Ich habe gern dort gearbeitet, aber jetzt freue ich mich auch ein bisschen auf was Neues.«

»Gefällt es dir denn? Datenanalyse?«

»Ja«, antwortete Alexei. »Ich habe viele Berichte geschrieben. Und Empfehlungen. Bin ein echter Tabellenexperte.«

Ben schmunzelte.

»Hast du dann einen Abschluss in Mathe gemacht? Oder Betriebswirtschaft?«

»Eigentlich Statistik.«

Oh. Okay, das ergab Sinn. So penibel, wie Alexei sich alles notierte oder wie er jeden Abend die Karten studierte. Natürlich war er klug. Wahrscheinlich sogar ein Genie.

Die Kellnerin brachte die Margaritas, und Ben nahm direkt einen großen Schluck. Sein Gehirn nervte echt.

»Im Nebenfach hätte ich aber eigentlich noch Informatik studieren sollen«, sinnierte Alexei, als die Kellnerin sie wieder verließ. »Mein erstes Jahr in der Firma war im Prinzip ein Crashkurs in Coding, so wenig Ahnung hatte ich davon.«

»Oje.« Ben stellte das Glas ab und schaufelte sich den Mund mit Essen voll, um zu verbergen, wie wenig er zu einer Unterhaltung über Coding beitragen konnte.

»Tut mir leid«, meinte Alexei nach einem Moment Stille. »Ich bin … echt furchtbar langweilig.«

Fast hätte Ben sich an seinem Burrito verschluckt.

»Glaub mir, Lex«, presste er hervor, »du bist alles andere als langweilig.«

Er holte tief Luft. Erinnerte sich daran, wie Alexei in die Sterne geschaut und ihm von seinen Eltern erzählt hatte.

Selbst wenn sich das bald ändern würde, gerade waren die beiden noch eine Trail-Familie. Also konnte Ben sich auch verletzlich zeigen.

»Ich war nicht auf dem College.«

Logisch betrachtet wusste Ben, dass es okay war, nicht aufs College zu gehen. Er hatte viele Freunde, wie Khalil, die eine Ausbildung gemacht oder sich direkt ins Berufsleben gestürzt hatten.

Der Unterschied war, dass Ben nie einen Plan gehabt hatte. Nicht für seine Karriere und auch nicht fürs Leben. Um aufs College zu gehen, war er nicht schlau genug, und dann war er noch ein Jahrzehnt damit beschäftigt gewesen, ein Vollpfosten zu sein. Manchmal fragte er sich, wie seine Zwanziger ausgesehen hätten, wenn er hingegangen wäre.

Alexei runzelte die Brauen.

»Aber … müssen Pflegekräfte nicht auch aufs College?«

»Doch, schon.« Ben fuhr sich nervös durch die Haare. »Also, ich war schon auf dem College. Aber nicht direkt nach der Highschool. Ich war nicht so der Musterschüler, und dann hab ich ne Weile nur … rumgegammelt. Nichts gemacht, nur Zeit verschwendet. Bis meine Tante krank wurde und ich plötzlich so oft bei Ärzt*innen und in Pflegeheimen war, dass ich über Krankenpflege nachgedacht hab. Also hab ich mich zwar dafür entschieden, hatte aber noch immer nicht die entsprechende Bildung oder das Geld für eine vierjährige Pflegeausbildung.« Unterm Tisch wackelte er mit dem Knie. »Ich bin dann zur Nashville State gegangen, diesem Community College, und ehrlich gesagt war es ein Wunder, dass die mich überhaupt genommen haben. Da kommt nämlich auch nicht jeder rein. Na ja, hab jedenfalls nur einen Associate Degree. Die meisten ausgebildeten Pflegekräfte haben heutzutage einen Bachelor. Scheiße, viele sogar einen Master.«

Ben trank weiter von seiner Margarita.

»Aber die Prüfung hast du doch bestanden, oder?« Alexei hatte die Brauen zusammengezogen, die kleine Falte auf seiner Stirn war tiefer als jemals zuvor.

»Die staatliche Abschlussprüfung.« Ihm entfuhr ein Riesenseufzer. Obwohl er sie hinter sich hatte, stresste der Gedanke ihn noch immer. »Ja. Zum Glück, wenn auch nur mit Hängen und Würgen.«

»Aber sonst brauchst du nichts? Um Krankenpfleger zu sein?«

»Technisch gesehen nicht, bis auf irgendeinen Abschluss. Aber Lex ...« Ben stützte sich auf die Unterarme. »In meinem ganzen Leben musste ich noch nie so hart arbeiten wie in dieser Ausbildung. Pharmakologie hab ich beinahe nicht bestanden. Bei den Quali-Kursen vor der Ausbildung musste ich Anatomie und Physiologie zweimal machen. Was, wenn ...« Ben hielt inne. Dann sprach er es doch aus: »Was, wenn ich darin nicht mal *gut* bin?«

»So eine gequirlte Kacke«, stieß Alexei sofort aus.

So entschieden, dass Ben überrascht die Augen aufriss und sein Gedankenkarussell zum Stehen kam.

Dann prustete er los. Und einen Moment später stimmte Alexei mit ein.

»Wow«, sagte Ben, während die Anspannung aus ihm heraussickerte. »Schöner Fluch, Lex.«

»Danke.«

Alexei nippte an seinem Glas, seine Wangen liefen rosa an. Aber er lächelte.

»Als du mir erzählt hast, dass du Krankenpfleger werden

willst …« Er stellte die Margarita wieder auf den Tisch. »Als wir diesen alten Kerl getroffen haben, Stepptänzer oder wie auch immer, warst du so leidenschaftlich und eloquent. Du kannst besser mit Menschen umgehen als jeder andere, den ich bisher getroffen habe. Es ist richtig magisch, wie sich alle in deiner Gegenwart direkt wohlfühlen.«

Alexei machte eine lustige Wellenbewegung mit den Armen, die Ben noch nie an ihm gesehen hatte. Generell hatte er noch nie gesehen, dass Alexei so lebhaft über etwas sprach. Nicht mal über Vögel.

Dieses Essen lief bisher völlig anders, als er erwartet hatte. Ohne dass er es merkte, hielt er die Luft an. *Es ist richtig magisch*, wiederholte er in Gedanken.

»Wen interessieren deine Prüfungsergebnisse?«, sprach Alexei weiter. Jetzt klang er fast wütend. Trotzig. »Wenn ich oder jemand Geliebtes krank wäre oder Schmerzen hätte, dann ist mir doch egal, ob die Pflegekraft einen Masterabschluss hat oder nicht. Dann bräuchte ich einfach jemanden … wie dich.«

Er ließ die Hände auf den Tisch fallen. Und den Blick auf seinen Teller.

Ben hatte über die Jahre schon viele seltsame Gefühle empfunden, vor allem in Bezug auf attraktive Männer.

Aber er war ziemlich sicher, dass er in seinem ganzen Leben noch nie so viel Liebe empfunden hatte wie in diesem Augenblick.

Eine ganze Weile lang wusste er nicht, was er sagen sollte. Irgendwann nahm er die Gabel wieder vom Tisch und führte sie zu seinem einsamen Burrito.

»Danke, Lex«, sagte er leise zum Teller. Und dann, nach einer weiteren Sekunde: »Tut mir leid. Anscheinend vertrage ich auf dem PCT plötzlich nichts mehr. Normalerweise werde ich von Alkohol nicht so wehleidig. Keine Ahnung, was da gerade los ist.«

»Entspann dich, Ben«, erwiderte Alexei locker und leicht und ganz und gar beruhigend. »Alles total entspannt.«

KAPITEL ZEHN

Als sie ihre Teller leer gegessen hatten, breitete sich zwischen Ben und Alexei das gleiche Schweigen aus, das sie auch häufig beim Wandern begleitete.

Doch Alexei merkte, dass er diese Stille hier nicht wollte, in diesem fröhlichen Restaurant, in dem das köstliche Essen so vollmundig und würzig schmeckte. Nicht, wenn Alexei endlich hungrig genug war, um es richtig zu genießen, und Ben Caravalho so offen und unsicher und wunderschön.

In Wahrheit hatte Alexei kurz vor Big Bear City eine gewisse Melancholie gepackt, seit ihm am Tag zuvor klar geworden war, dass sie *Die schwarze Stadt* hier locker zu Ende lesen konnten.

Hier würde er sich verabschieden.

Es fühlte sich richtig an, wenn auch bittersüß. Morgen, während des Nulltags, würde Alexei alles ins Reine bringen. Er hing wirklich zu sehr an Ben, und zwar auf eine Art, die ihm langsam Sorgen bereitete. In der Stadt würde es andere Wandernde geben, mit denen Ben sich zusammenschließen konnte, neue Trail-Familien, die ihm Gesellschaft leisten würden. Und Alexei würde zu seinem ursprünglichen Plan zurückkehren.

Heute Abend jedoch, als er sich dem süßen Alkohol und dem gehaltvollen Essen hingab, als er Ben zuhörte, der neue, überraschende Enthüllungen preisgab, lief ihm ein prickelnder, befreiender Schauer den Rücken hinab. Lag das vielleicht am Tequila? Und nach und nach verflüchtigte sich auch die Melancholie und wurde durch ein seltsames Kribbeln unter seiner Haut ersetzt. Es war ein anderes als jenes, das ihn normalerweise dazu brachte, sich verstecken zu wollen. Dieses Kribbeln fühlte sich an, als würden sich seine grauen Zellen erweitern und neues Terrain erkunden. Als könnte er den Mund aufmachen und einfach jede Frage stellen, die ihm in den Sinn kam, und es wäre in Ordnung.

Eine weitere von Bens Erzählungen weckte etwas verzögert, aber dafür umso dringlicher sein Interesse.

»Du meintest eben, du hattest eine kranke Tante? Deshalb wolltest du Krankenpfleger werden?«

Sobald die Frage in der Luft hing, erkannte Alexei, dass dies wahrscheinlich nicht der richtige Auftakt für ein fröhliches Gespräch war.

Erstaunlicherweise schien sich Ben jedoch leicht zu entspannen.

»Jap. Alzheimer. Das liegt bei mir in der Familie – meine Großmutter, die Mutter meiner Ma, ist daran gestorben, bevor ich geboren wurde. Bei meiner Tante haben sich die ersten Anzeichen vor etwa fünf Jahren gezeigt. Ihr Mann hat sie vor langer Zeit verlassen, und ihr einziges Kind, meine Cousine Alice, wohnt inzwischen in Chattanooga und ist mit ihrer eigenen Familie beschäftigt. Abgesehen von meiner Mutter war meine Tante also ziemlich allein. Alice hat sich deswegen sehr gestresst, weil sie nicht oft genug da war. Aber ich war da, also« – Ben zuckte mit den Schultern – »hab ich geholfen.«

Er tippte mit den Zinken seiner Gabel auf den leeren Teller.

»Furchtbar. Echt eine verdammt furchtbare Krankheit. Ich hab eine Scheißangst davor, dass mir das eines Tages auch mal passiert. Aber all ihre Ärzt*innen und Pflegekräfte waren unglaublich. Sie sind ruhig und mitfühlend geblieben, selbst wenn sie in Rage geriet. Ich bin mir immer noch nicht sicher, ob ich Vollzeit in einer Einrichtung für Demenzkranke arbeiten könnte, denn das ist … ziemlich hart. Aber es hat mir geholfen, während meiner Praxiszeit die andere Seite zu sehen – die, auf der man tatsächlich helfen kann und nicht nur rumsitzt und abwartet, während jemand immer kränker wird. Kennst du das?«

Alexei wollte antworten: *Nein. Aber du bist unglaublich.*

Stattdessen kam nach kurzem Zögern etwas anderes aus seinem Mund: »Das ist was, worüber ich mir bei meinen Eltern auch Sorgen mache.«

Ben sah überrascht auf.

»Gibt es in deiner Familie auch Alzheimer?«

»N…nein, ich …« Warum hatte er ausgerechnet seine Eltern erwähnt? »Nur … falls sie mal krank werden, ganz allgemein. Oder wenn ihnen etwas zustößt. Es ist ein komisches Gefühl, dass … ich es vielleicht nicht erfahre.«

»Oh«, sagte Ben leise. »Das ist schlimm, Lex.«

»Ich meine …« Alexei verzog das Gesicht. »Das klang jetzt ein bisschen dramatisch. Tut mir leid. Wahrscheinlich erfahre ich es doch, weil Alina mir Bescheid gibt. Aber … wenn sie aus irgendeinem Grund ins Krankenhaus kämen … würden sie dann wollen, dass ich sie besuche?«

Ben schwieg einen Moment lang und ließ sein inzwischen leeres Margaritaglas auf dem Tisch kreisen.

»Würdest du sie denn besuchen wollen?«, fragte er vorsichtig.

»Natürlich«, antwortete Alexei prompt.

Ben nickte nur, und Alexei war dankbar.

Wäre er in einer anderen Familie, in einer anderen Welt aufgewachsen, wäre die ganze Angelegenheit vielleicht einfacher. Aber ihm war sein ganzes Leben lang eingebläut worden, dass nur zwei Dinge wichtig waren: die Familie und der Glaube. Ohne sie war er ein Schiff, das ziellos auf hoher See umhertrieb. Dabei mochte Alexei Beständigkeit. Er versuchte, hoffnungsvoll in die Zukunft und auf seine neuen Pläne zu blicken. Aber tief in seinem Inneren wollte er diese unruhigen Gewässer einfach nicht befahren.

Natürlich verstand Ben nicht, wieso er sich nicht dazu durchringen konnte, seine Eltern zu hassen. Vielleicht würde es nie jemand verstehen, weil es ein falsches Gefühl war. Im Augenblick war Alexei sich ja nicht mal sicher, ob er überhaupt irgendetwas richtig fühlen konnte.

»Tut mir leid«, meinte er. »Damit habe ich die Stimmung wohl ziemlich runtergezogen.«

Ben schüttelte den Kopf. »Quatsch, Lex. Schließlich hab ich so spaßige Themen wie die Unsicherheit über meine berufliche Zukunft und die Freuden von Alzheimer angeschnitten, also sind wir wohl quitt.« Er schob seinen leeren Teller beiseite. »Okay, keine Familiengeschichten mehr. Willst du noch einen Drink ausprobieren? Oder möchtest du lieber schon gehen?«

Eine Gruppe lauter und überdrehter Teenager betrat das Restaurant.

»Noch einen Drink«, hörte Alexei sich selbst sagen.

»Etwas Neues? Mit Margaritas kennst du dich ja mittlerweile aus.«

Alexei zuckte mit den Schultern. Sein Körper fühlte sich leicht und federnd an. *Bitte zuck immer so mit uns, das macht Spaß*, spürte er seine Schultern fordern.

»Hey, Izzy?«, rief Ben der Kellnerin zu, die gerade vorbeikam. Denn natürlich erinnerte Ben sich an ihren Namen. »Meinst du, der Barkeeper könnte uns einen Malibu Bay Breeze machen?«

Izzy nickte grinsend und ging weiter.

»Was ist ein Malibu Bay Breeze?«

»Sommer, Sonnenschein und Glück. Und Rum.«

Und als Izzy ihm den Drink servierte, musste Alexei zugeben, dass Ben wieder einmal absolut richtiglag.

»Wow«, sagte er.

Ben stieß ein Lachen aus, ebenso fröhlich wie die spritzige, süße Flüssigkeit, die Alexeis Zunge umspielte. Es spülte auch den letzten Rest Anspannung vom Tisch, vertrieb Alexeis Eltern, Alzheimer sowie Schulabschlüsse und ersetzte sie durch den Geschmack von Ananas und Cranberry und die süße Lücke zwischen Bens Zähnen.

»Freut mich, dass es dir schmeckt. Obwohl ich dir danach offiziell den Hahn abdrehe – drei Cocktails sind genug, wenn du morgen den Nulltag nicht mit einem fetten Kater verbringen willst.«

Alexei hätte am liebsten widersprochen. Mit Ben den restlichen Abend lang bunte Cocktails zu probieren, von denen er noch nie zuvor gehört hatte, klang für ihn wie ein richtig guter Plan.

»Ich frage mich, ob wir nicht an die Bar gehen und den Tisch frei machen sollten«, überlegte Ben. Das Restaurant hatte sich mittlerweile gefüllt, und an der Tür warteten bereits die nächsten Gäste. Ben winkte Izzy herüber, und schon bald waren ihre Teller abgeräumt, und sie erhoben sich. Erst als Alexei stand – auf denselben zwei Beinen, die sich nach über hundert Meilen Wanderung eigentlich solide anfühlen sollten, aber jetzt stattdessen seltsam wackelig waren –, wurde ihm die Wirkung von Tequila und Rum richtig bewusst.

»Huch«, murmelte er vor sich hin und blieb einen Moment lang stehen, um dem Kribbeln in seinem Schädel nachzuspüren, bis Ben ihm einen wohl wissenden, energischen Klaps auf die Schulter gab. Alexei dachte gar nicht daran, sich zu schämen – er fühlte sich gut, nahm seine Wünsche ernst und probierte neue Dinge aus, war auf dem besten Weg zu Alexei 2.0. Kein Grund also, sich zu schämen. Darum schnappte er sich seinen Malibu Bay Breeze und ließ sich auf den braunen Lederhocker neben Ben in der hinteren Ecke des Lokals plumpsen. Er drehte die Hüften und ließ den Hocker hin- und herwirbeln, vor und zurück.

Spaß.

Hocker machten Spaß.

»Kann doch nicht sein«, stöhnte Ben und holte sein summendes Telefon aus der Tasche. »Ich schwöre dir, es ist, als hätte sie *gehört*, dass ich ›keine Familiengeschichten mehr‹ gesagt hab, und jetzt will sie sich an mir rächen.«

»Ma?« Alexei lächelte, fühlte sich schwerelos. Er liebte es, das zu sagen. Es zwickte nicht immer, wenn Ben von ihr sprach. *Ma.* So ein herzliches Wort, so viel Liebe in zwei kleinen Buchstaben.

»Jap.« Ben zog eine Grimasse. »Ich mach's kurz, versprochen.«

Alexei lachte. »Ach, ist doch egal. Sprich ruhig eine Stunde mit ihr, macht mir gar nichts aus.«

Ben hielt sich das Handy an die Wange. Seine glatte, frisch rasierte Wange, die leicht von seinen offenen Haaren verdeckt wurde.

Während er telefonierte, schaute Alexei nach vorne. Starrte auf die Schnapsflaschen an der Wand und das Glitzern der Weihnachtsbeleuchtung, die unordentlich darüber baumelte. Abwesend knabberte er Chips aus einer Schüssel, die Izzy ihnen hingestellt hatte, und sein Verstand hing auf eine dunstige, angenehm leere Art in der Schwebe.

Bis er nach einer nicht definierbaren Zahl von Minuten hörte, wie Ben seinen Namen sagte.

Er drehte sich um und bemerkte, dass Ben ihn ansah, eine Hand über dem Telefon, den Mund halb zu einem Lachen, halb zu einer Grimasse verzogen.

»Sie will mit dir sprechen.«

»Mit mir?«

»Du kannst auch Nein sagen.«

Doch seltsamerweise wollte Alexei gern mit Ma sprechen.

Heute Abend hatte er so viel über Ben gelernt. Es fühlte sich wie ein passendes letztes Puzzlestück an, mit Ma sprechen zu können.

»Nein, schon gut. Ich sage ihr Hallo.«

Ben musterte ihn kurz mit einer skeptisch hochgezogenen Augenbraue, bevor er die Hand vom Mikrofon nahm. »Okay, Ma, eine Sekunde. Und sei nett.«

Er reichte ihm das Handy.

»Sag ihr einfach, dass du auf mich aufpasst, oder so, dann ist sie beruhigt.«

Alexei hielt das Telefon einen Moment lang in der Hand, bevor er es sich ans Ohr führte.

Sag ihr einfach, dass du auf mich aufpasst.

Die Weihnachtslichter spiegelten sich im Glas seines Malibu Bay Breeze wie ein verzerrter Regenbogen, und Alexei dachte an Schnee und Kojoten und daran, dass er es mochte, wenn Ben bei besonders schwierigen Abschnitten des Trails vorausging, damit Alexei hinter ihm bleiben und aufpassen konnte, dass er nicht stürzte.

»Hallo, Mrs. Caravalho.«

Schallendes Gelächter durchdrang sein Trommelfell. Völlig anders, als er erwartet hatte. Erst als er die hohe und fröhliche Stimme von Bens Mutter hörte, wurde ihm klar, dass er sie sich tiefer und dröhnender vorgestellt hatte, so, wie man es von jemandem mit einer kräftigen Umarmung vermuten würde.

»Wie höflich! Bitte, nenn mich Iris. Oder wenn du es wie meine Kinder in der Schule machen willst, Miss C.«

»Ähm. Okay. Miss C.«

Wieder schallendes Gelächter.

»Ich wollte bloß mal mit dem jungen Mann sprechen, der meinem Sohn da draußen Gesellschaft leistet, damit ich weiß, dass Ben gut aufgehoben ist.«

»Ja, Ma'am …«

»Herrje, nenn mich *auf keinen Fall* Ma'am.«

»Äh, in Ordnung.« Alexei sah zu Ben hinüber, der das Gesicht halb hinter einer Hand verborgen hielt und ihn immer noch teils besorgt, teils belustigt beobachtete. »Ja, nein, Miss C, keine Sorge, ich kümmere mich darum, dass Ihr Benjamin wohlauf ist.«

Ihm war nicht ganz klar, was ihn dazu gebracht hatte, *Ihr Benjamin* zu sagen. Vermutlich hatte er den unbewussten Drang verspürt, Bens Namen zu verlängern, um ihm dasselbe Gefühl zu vermitteln, das er empfand, wenn Ben seinen eigenen abkürzte.

Doch kaum hatte er ihn ausgesprochen, bemerkte er, dass das offenbar ein Fehler gewesen war. Denn Iris schnalzte laut mit der Zunge, und Ben riss die Augen auf. Er fuchtelte wild mit den Händen, schüttelte den Kopf, und seine Körpersprache schrie: *Abbruch! Abbruch!*

»Alexei, mein Lieber, gib mir doch bitte meinen geschätzten Sohn wieder, ja?«

»Äh, sicher, natürlich. Ähm, war nett, mit Ihnen zu reden, Miss C.«

Wie eine heiße Kartoffel warf er Ben das Smartphone entgegen, ohne zu wissen, was gerade vor sich ging. Trotzdem überkam ihn das seltsame Bedürfnis, zu kichern.

»*Ma*, ich …«, begann Ben und fuhr sich mit einer Hand über die Augen. Das laute, schnelle Rattern, mit dem Iris ihm ins Wort fiel, war nicht zu überhören.

Und dann geschah etwas so Außergewöhnliches, dass Alexei das Lachen im Halse stecken blieb.

Ben unterhielt sich mit seiner Mutter in einer anderen Sprache. Alexei brauchte ein paar Sekunden, um sich zu erinnern, welche es war. Portugiesisch. Ben hatte gesagt, seine Familie sei portugiesisch.

Aus irgendeinem Grund hatte er nicht damit gerechnet, dass Ben die Sprache beherrschte, zumindest nicht so fließend.

Er selbst hatte in der Schule Spanisch gelernt und war ziemlich gut darin gewesen, denn eigentlich war eine Missionsreise nach Mittelamerika für ihn vorgesehen gewesen. Bis er im letzten Highschool-Jahr durch einen Reddit-Thread erkannt hatte, dass er sich bei der Missionsarbeit seinen schlimmsten Ängsten würde stellen müssen. Denn außerhalb der kirchlichen Jugendgruppe sprach Alexei nur ungern über seinen Glauben. Es war etwas Persönliches, nichts, was er vermarkten wollte, wie diese Typen, die versuchten, Menschen an der Haustür von einem Wechsel des Kabelanbieters zu überzeugen.

Also hatte er seine Eltern überredet, die Reise bis nach dem College aufzuschieben. Und danach hatte er immer wieder versprochen, sie bald anzutreten, obwohl er genau wusste, dass er das niemals tun würde. Aber was bedeutete schon eine weitere Lüge gegenüber seinen Eltern?

Das Gute daran war, dass er Spanisch nach wie vor mochte. Und so bildete Alexei sich ein, hier und da ein paar Wörter von Bens Portugiesisch zu entschlüsseln, auch wenn es eher so war, als würde man ein Gespräch durch eine Käsereibe hindurch verstehen wollen, ganz grob und voller Löcher. Noch nie hatte Alexei etwas so Wunderbares gehört. Als wären die Worte gehaltvoller, ihre Kanten runder, ihre Linien geschwungener als alles, was ihm je zu Ohren gekommen war.

Ben bemerkte seinen Blick und verdrehte die Augen.

Am liebsten hätte Alexei seinen Mund auf Bens gedrückt und jede offene Silbe genüsslich verschlungen.

Als Ben schließlich wieder auf Englisch umschaltete, war Alexei bereits so benebelt, dass er dem Gespräch dennoch nicht folgen konnte.

»Du hast meiner Mutter gerade den Tag versüßt«, meinte Ben, als er den Anruf schließlich beendete.

Alexei schluckte, die Zunge lag ihm schwer im Mund. *Reiß dich zusammen, Lebedev.*

»Wie denn das?«

»Mein Name ist Benedito, nicht Benjamin.«

Die Art, wie er es aussprach … *Be-ne-dschi-tu*. Alexei bekam kaum mehr genug Luft.

»Tut mir echt leid. Das wusste ich nicht.«

Ben lachte.

»Natürlich wusstest du das nicht! Woher zum Teufel solltest du das auch wissen? Aber dass ich dir nicht direkt erzählt habe, dass mein Name *Benedito* ist, beweist allerdings angeblich, wie wenig Respekt ich vor unserer Kultur habe, und hat ihr die perfekte Gelegenheit geliefert, die portugiesische Mutter raushängen zu lassen, von daher gute Arbeit. Sie steht auf diesen Scheiß.«

»Äh.« Alexeis Gehirn verlor zunehmend die Fähigkeit, zusammenhängende Sätze zu bilden.

»Und du hast sie Miss C genannt!«, rief Ben. »Voll süß! Mann, das hat ihr bestimmt gefallen.«

»Na ja. Ich hätte sie ja wohl schlecht *Iris* nennen können«, brachte Alexei heraus.

Ben lachte erneut und führte sich ein frisch gezapftes Bier an die Lippen.

»Warum nicht?«

»Es ist so ein schöner Name«, sagte Alexei. »Er fühlte sich … zu vertraut an.«

Ben schenkte ihm ein leicht verwirrtes Schmunzeln, und Alexei hielt den Mund.

Nur um ihn gleich darauf wieder zu öffnen.

»Sie meinte, die Kinder in der Schule würden sie so nennen. Ist sie Lehrerin?«

Ben schüttelte den Kopf.

»Sekretärin. An meiner alten Highschool. Genauer gesagt Chefsekretärin. Oder wie sie selbst es nicht ganz so bescheiden ausdrückt: ›Der einzige Mensch, der wirklich weiß, was in diesem gottverdammten Laden vor sich geht.‹«

Alexei lächelte. »Ich wette, das stimmt.«

»Tut es. Miss C kennen sie alle.« Ben grinste liebevoll ins Leere. »Sie hat angekündigt, nach Carolinas Abschluss dieses Jahr in den Ruhestand zu gehen, aber warten wir mal ab. Ohne sie wäre die Schule nicht mehr dieselbe. Natürlich hat sie sich den Ruhestand verdient, aber es macht mich ein bisschen traurig. Dass all die Kinder, die demnächst an die East High kommen, sie nicht mehr kennenlernen.«

Alexei hätte zu gern gewusst, wie sie aussah, damit er sich die Details besser vorstellen konnte. Ein vages Bild hatte er aber auch so im Kopf, von einem wuseligen Highschool-Sekretariat, das Iris mit ihrer Energie erfüllte.

Ben knibbelte am Etikett seiner Bierflasche.

»Ich mache es ihr zwar nicht immer leicht, aber ich bin froh, dass sie uns Portugiesisch beigebracht hat. Auch wenn das nur zum Einsatz kommt, wenn sie uns anschnauzt. So haben sie und mein Vater sich ineinander verliebt, heißt es zumindest.«

Gebannt hielt Alexei den Atem an. Über seine eigenen Eltern wusste er nur, dass sie sich in der Kirche kennengelernt hatten.

»Ich weiß, ich hab versprochen, keine deprimierenden Geschichten mehr zu erzählen, aber dass meine Grandma an Alzheimer gestorben ist, hab ich ja eben schon erwähnt. Mein Dad kam also eines Tages ins Sekretariat der Schule, um sich als Busfahrer zu bewerben, ungefähr zur gleichen Zeit, als es meiner Grandma, Mas Mutter, schon ziemlich schlecht ging. Sie hatte ihre Sprache verloren. Ma meinte, das ging alles furchtbar schnell. An einem Tag konnte sie sich noch unterhalten, am nächsten schon nicht mehr. Meine Grandma war Portugiesisch-Amerikanerin in zweiter Generation und kannte die Sprache ziemlich gut von ihren Eltern. Meine Ma und ihre Geschwister haben sie allerdings nie richtig gelernt. Nur ein paar Brocken hier und da.«

Ben trank einen großen Schluck Pacifico.

»Als mein Dad dann das Büro betrat und sie den Namen Caravalho hörte, fragte sie ihn, ob er Portugiesisch spricht. Und als er das bejahte, beschloss sie kurzerhand, es richtig zu lernen, um sich ihrer Mutter näher zu fühlen, die von Tag zu Tag mehr verschwand. Und meine Ma ist … eben meine Ma. Also hat sie Dad natürlich auf der Stelle überzeugt, es ihr beizubringen, obwohl sie sich kaum kannten.« Ben zuckte mit den Schultern. »Der Rest ist, wie man so schön sagt, Geschichte.«

Eine romantischere Lovestory hatte Alexei mit Sicherheit noch nie gehört.

Er wollte mehr. Sein Malibu Bay Breeze war schon lange leer, und auch Ben hatte sein zweites Pacifico fast ausgetrunken, doch Alexei wollte die Bar noch nicht verlassen. Er wollte mehr Geschichten. Mehr von was auch immer das hier war.

Nach einer kleinen Pause sagte er daher: »Meine Eltern haben Alina und mich als Kinder eine Zeit lang auf eine russische Schule geschickt.«

»Ach ja?« Ben drehte sich zu ihm um. »Und wie muss ich mir eine russische Schule vorstellen?«

»Sie war mit meiner Kirche gekoppelt, von daher … ein bisschen Kirchenkram. Manchmal auch ein bisschen Schulkram – Mathe-Nachhilfe und so. Aber hauptsächlich Sprache.«

»Also sprichst du Russisch?«

»Ja. Überwiegend, weil wir es zu Hause gesprochen haben. Alina und ich haben die russische Schule gehasst.« Alexei grinste, als er sich erinnerte. »Samstags mussten wir immer den ganzen Tag hin, und es war stinklangweilig. Eigentlich war es dann gar nicht so schwer, meine Mom davon zu überzeugen, dass wir nicht mehr hingehen mussten. Meinem Dad hat das zwar nicht gefallen, aber ich glaube, Mom hatte schon immer ein kompliziertes Verhältnis zu Russland. Ich meine, wir haben alle ein kompliziertes Verhältnis zu Russland, aber Dad ist aus der ersten Generation. Er ist mit sechs Jahren hierhergezogen. Er ist also eher …« Alexei wedelte mit der Hand, als könnte er mit dieser Geste seinen Vater zusammenfassen. »Wie auch immer, man hatte einfach auf die russische Schule zu gehen. Als Alina und ich uns dann darüber aufregten, schob meine Mom es im Bekanntenkreis darauf, dass wir rebellisch wären. Aber wenn ich überlege, wie hartnäckig sie immer an den Dingen festhielt, an die sie wirklich glaubt, hat es ihr wohl nicht besonders viel ausgemacht.«

»Wie rebellisch von dir und deiner Schwester! Ihr wolltet als Kinder die Samstage für euch haben.«

»Genau.« Alexei grinste in sein leeres Glas. Er wusste, dass Ben ihn nur aufzog. Aber damals hatte es sich ziemlich rebellisch angefühlt.

»Alles klar«, sagte Ben grinsend. »Sag mal was auf Russisch.«

Alexei starrte auf die dunkle Theke und zögerte.

Es würde nicht so sexy und romantisch klingen wie Bens Portugiesisch.

Ein paar Augenblicke später öffnete er den Mund und sagte: *»Mne nravitsya tvoye litso.«*

Sofort ließ er den Kopf auf den Tresen fallen und fing an zu lachen, bevor Ben fragen konnte, was das bedeutete, denn Alexei kam sich so lächerlich, ja geradezu bescheuert vor, dass er zu Ben Caravalho gerade auf Russisch gesagt hatte, dass ihm sein Gesicht gefiel, und das in einem mexikanischen Restaurant mitten im Nirgendwo in Kalifornien.

Sein Lachen wurde schließlich zu einem hicksenden Kichern, als er die Stirn auf der leicht schäbigen Theke ablegte, und Gott bewahre, in diesem Moment fühlte Alexei nichts weiter als ein schwindelerregendes Glücksgefühl.

Ben stimmte mit lautem Gelächter in sein Kichern ein, und Alexei sah zu ihm hinüber.

»Du warst vorhin zu nett zu mir, als dass ich es so richtig hätte verarbeiten können«, sagte Ben lachend, »aber mir fällt gerade ein, wie du Steppenläufer *Stepptänzer* genannt hast.«

Alexei lachte noch lauter.

Er lachte, bis ihm der Bauch wehtat, und Ben klopfte ihm auf den Rücken.

»Alles klar, Lex. Also das« – Ben kritzelte seine Unterschrift auf die Rechnung, bevor er von seinem Hocker glitt – »ist das Zeichen, dass wir genug Margaritas und Rum hatten. Jetzt lass uns zwölf Stunden lang schlafen.«

KAPITEL ELF

Als sie wieder die frische Luft von Big Bear City atmeten und durch die frühe Abenddämmerung zurück zum Motel schlenderten, fühlte Alexei sich so gut wie seit Langem nicht mehr. Vielleicht fühlte er sich sogar so gut wie in seinem ganzen Leben noch nie.

Dieser *Ort*. Dieser Trail, dieser Bundesstaat, diese Welt waren so absolut *atemberaubend*, boten so viel mehr, als man sich vorstellen konnte, Gipfel und Täler und vor allem *so viel* Sand, dass Alexei beinahe schon Sympathie für die Wüste entwickelte. Und jeden Tag näherten sie sich dem Nordwesten, dem Moos, den Farnen, den Mammutbäumen, den Waldlilien, den Rosen und den Bananenschnecken, und er konnte es kaum erwarten, all das wiederzusehen. Für ihn ergab in der Natur alles einen Sinn, vom Grundgestein über die Ozeane bis hin zum Himmel voller Vögel, und ihr Respekt zu zollen, war momentan Alexeis einzig wirkliche Verantwortung auf dieser Welt. Ein Glücksmoment, ein wahr gewordener Segen. Inzwischen fühlte sich sein Körper stärker an. Er konnte es kaum erwarten, auf den Trail zurückzukehren.

Erst ein paar Minuten waren verstrichen, als sie an einem Schotterparkplatz voller Wandernder vorbeikamen. Dort hatte sich eine Menge um einen Mann versammelt, der auf einem Picknicktisch vor einem geschlossenen Café saß und auf einer Gitarre klimperte.

Abrupt blieb Alexei stehen.

»Ich kann Gitarre spielen«, erklärte er. »Wusstest du das?«

Bens Mundwinkel zuckten. »Nein, wusste ich nicht.«

»Am Klavier bin ich allerdings besser.«

Bens Lächeln wurde breiter. »Natürlich.«

Sie lauschten dem Mann noch eine Weile, der gerade einen alten Dispatch-Song spielte.

»Ich würde dich gerne mal spielen hören«, meinte Ben.

»Glaubst du, der Typ würde mir die ausleihen?« Wenn Ben ihn spielen hören wollte, dann würde er ihn auch spielen hören.

Er sah ihn belustigt an. »Ist das dein Ernst, Lex?«

Zehn Sekunden später hatte der schmuddelige Kerl sein Lied beendet. Alexei trat vor und räusperte sich.

»Hey.« Die Menge drehte sich zu ihm um. »Mein Freund glaubt nicht, dass ich spielen kann.« Er deutete auf die Gitarre. »Darf ich mir die mal für einen Song ausleihen?«

Der Gitarrist schaute auf.

»Wandert ihr den PCT?«

Alexei nickte. »Ja.«

»Dann na klar, Mann.«

Während Alexei sich den Gurt um die Schulter legte und ein paar Akkorde zupfte, um seine Finger wieder mit dem Instrument vertraut zu machen, spähte er zu Ben.

»Ehrlich gesagt habe ich keine Ahnung, ob das ein cooles Lied ist oder nicht«, wisperte Alexei nur ihm zu. »Aber wie du weißt, hatte ich nicht besonders viele Berührungspunkte mit Popkultur, also …«

Ohne weitere Umschweife stimmte Alexei »Wonderwall« an.

Es war fast schon komisch, wie wenig aufgeregt er war, selbst als er den Mund öffnete, um die erste Strophe zu singen. Er fühlte sich gut. Er fühlte sich *wirklich* gut.

Dass er seit Monaten keine Gitarre mehr angerührt hatte, spielte keine Rolle. Dieses Lied hatte er schon eine Million Mal geübt, heimlich in seinem alten Zimmer, obwohl er eigentlich nur Kirchenlieder lernen durfte. Er wusste noch jede einzelne Note auswendig. Er wusste sie so genau, wie er wusste, dass sich gerade die Haut um Bens Augen kräuselte.

Beim Singen ließ er den Blick zu Ben wandern, um genau das bestätigt zu sehen. Der Alkohol – es musste der Alkohol sein – wirkte noch immer stark genug in seinem Körper, dass es ihm sogar gelang, für ein oder zwei Zeilen Augenkontakt zu halten, während er davon sang, dass er jemandem etwas sagen wollte, aber nicht wusste, wie. Dann blickte er wieder auf die Gitarre und seine Finger auf den Saiten und erinnerte sich instinktiv an die nächsten Töne.

In der Pause nach dem ersten Refrain, als vor der zweiten Strophe ein Moment der Stille in der Luft hing, rief einer der Typen: »Fuck ja, Mann!« Alexei betrachtete die Menge und stellte überrascht fest, dass sie immer noch alle da waren. Sie sahen ihn an. Nickten im Takt. Lächelten.

Nie zuvor hatte Alexei sich schwuler gefühlt als beim Spielen dieses Lieds, das er für Ben sang. Und im selben Moment hatte er irgendwie die Gunst der Typen gewonnen.

Was für eine verrückte, wilde Welt.

Er richtete die Aufmerksamkeit wieder auf seine Finger an den Saiten und konzentrierte sich auf die Zeile, die er sich selbst als einsamer Teenager immer am häufigsten vorgesungen hatte: die Zeile, in der es darum ging, zu erkennen, was man nicht tun sollte.

Natürlich war Alexei das schon immer klar gewesen.

Doch hier stand er nun, umkreist von Menschen mitten in Kalifornien, und tat es trotzdem.

Er schlug den letzten Akkord an. Während der Himmel um sie herum dunkler wurde, schallte er über den Parkplatz und hallte dort klangvoll und perfekt nach, bevor der Ton verstummte und die Menge begeistert Beifall klatschte.

Alexei löste den Gurt und reichte die Gitarre dankbar nickend an ihren rechtmäßigen Besitzer zurück.

»Wollt ihr noch ein bisschen weiterspielen?«, fragte der mit einem Lächeln.

»Nein, schon gut. Nochmals danke.« Mit einem kurzen Winken wandte Alexei sich zum Gehen. Er hörte, wie Ben ihm folgte.

Das Lied hatte einen Teil von ihm zum Vorschein gebracht, den er so leicht vergaß, wenn sich alles andere zu schwer anfühlte. Der Teil, der Musik liebte, Streicher, Akkorde und Tasten. Gefühle durch Musik auszudrücken, war einfach. Es wurde akzeptiert. Bewundert. Und Alexei fiel es schwer, etwas auszudrücken, ohne es in eine Melodie zu verpacken, aber zumindest das erlaubte er sich.

Das hatte er sich immer erlaubt. Schon als Kind hatte er »Wonderwall« gelernt, auch wenn er genau wusste, dass er es nicht mögen durfte.

Er hatte seine Gitarre behalten und dann als Erwachsener nach rechts gewischt, auch wenn es ihm schwergefallen war. Er hatte sich seinen Eltern gegenüber geoutet und ihnen den Rücken gekehrt, anstatt um Vergebung zu bitten. Heute Abend hatte er eine Margarita probiert, nicht weil Ben ihn dazu gedrängt hatte, sondern einfach, weil er zugelassen hatte, es zu wollen.

Schweigend liefen sie zurück zum Motel, und Alexei überkam einmal mehr dieses ungewohnte Gefühl, stolz auf sich zu sein.

»Ich hab dir übrigens geglaubt«, erklärte Ben.

»Hm?«

»Du hast dem Typen gesagt, ich würde dir nicht glauben, dass du spielen kannst.«

»Oh, richtig. Na ja, ich musste mir einen Grund einfallen lassen, damit er mir die Gitarre leiht.«

»Du steckst voller Überraschungen, Lex.«

Alexei lächelte nur.

Ben betrat ihr Zimmer zuerst. Er setzte sich auf die Kante seines Betts und fuhr sich mit einer Hand durch die Haare.

Ohne nachzudenken, ließ Alexei sich neben ihn plumpsen.

Dann stieß er ein leises Lachen aus.

»Oh«, sagte er. »Das ist ja gar nicht meins.«

Er war es einfach gewohnt, immer in Bens Nähe zu sein. Selbst wenn sie schliefen, spürte Alexei seine Anwesenheit nur wenige Meter entfernt. Er wusste, dass er sich bald von ihm verabschieden sollte. Aber heute Abend fiel es ihm echt schwer, sich vor der Wahrheit zu verstecken. Und die Wahrheit lautete, dass Alexei Lichtjahre davon entfernt war, zu wissen, wie ein Leben ohne Ben Caravalho aussehen sollte.

Er bewegte sich nicht von Bens Bett. Das würde er schon noch, gleich. Aber hier und jetzt fühlte er sich wohl.

Ben wandte ihm den Kopf zu.

Alexei erwiderte den Blick und lächelte ihn direkt an, immer noch ein wenig beseelt von der »Wonderwall«-Euphorie.

»Hi.«

»Mein Gott.« Ben schüttelte den Kopf, sah zu Boden, rieb sich mit der Hand übers Gesicht und stieß ein kleines, fast traurig klingendes Lachen aus. »War ja klar, dass du verdammt noch mal der süßeste Betrunkene überhaupt sein musst.«

»Bin ich das?«

Erneut sah Ben ihn an, und Alexei war sich nicht sicher, ob er ihn jemals so ernst erlebt hatte. Dann ging es ganz schnell: Bens Pupillen wurden eine Spur dunkler, und sein Kiefer zuckte. Es herrschte eine seltsame Stille, die sich schwer und zugleich leicht anfühlte, dann streckte Ben die Finger aus und fuhr Alexei mit den Knöcheln über die Wange.

»Ja«, flüsterte er.

Ben berührte ihn.

Dieses Mal war Alexei dabei sogar wach.

Und er fühlte sich gar nicht seltsam.

In diesem Moment fühlte er sich einfach wie Lex.

»Darf ich dich küssen?« Die Worte sprudelten einfach so aus ihm heraus.

Die Frage schien laut, aber unsichtbar in der Luft zu tanzen, und Alexei unterdrückte ein Keuchen. Er konnte Bens Miene nicht deuten, zu stark dröhnte ihm das Herz in den Ohren und vernebelte alle anderen Sinne. Der Geist der Demütigung lauerte hinter den Kulissen und wartete darauf, ihn zu überwältigen, sobald das Adrenalin dieser Nacht verflogen wäre.

Es dauerte einen Moment, bevor sein Gehirn registrierte, dass Ben etwas sagte.

»Was?«, platzte er heraus.

Ben biss sich auf die Lippe. »Ich habe Ja gesagt.«

Alexei blinzelte.

»Was?«, fragte er erneut.

Endlich brach Bens ernster Ausdruck ein wenig auf, und er schmunzelte, woraufhin Alexei erleichtert ausatmete. Wenn Ben lächelte, fühlte er sich immer besser.

»Ja«, wiederholte er dieses Mal lauter.

»Aber …« Alexei stutzte und runzelte die Stirn. Weil, Moment mal. Aber …

Ben beugte sich vor und küsste ihn auf den Mund.

Es war ein ruhiger, fast zeitloser Moment, nur Bens volle und sanfte Lippen auf seinen. Alexeis Verstand gab sich geschlagen und schaltete ab. Ließ es einfach geschehen. Speicherte das Gefühl von Bens Lippen im Gedächtnis.

Und dann gab Ben ein leises Geräusch von sich, eine Mischung aus Keuchen und Seufzen, schob die Hände nach vorne, streichelte mit den Daumen Alexeis Wangenknochen, und, *oh Gott*, jetzt küsste er ihn wieder. Und zwar *so richtig*. Ben roch so gut, nach Kiefern und dem Zitronengras des Motelshampoos, nach Zucker und Tequila, und unter all dem dieser unverwechselbare Trail-Geruch, nach Schmutz, Schweiß und Haut, und Alexei ließ sich fallen, fallen, fallen.

Er legte Ben eine Hand auf die Hüfte und strich über den Saum seines absurd großen Sweatshirts, das er auf dem Rückweg vom Restaurant übergeworfen hatte – genau das, was er auch im Camp trug, um sich warm zu halten. Ben war gänzlich weich und beruhigend, wie eigentlich immer, aber jetzt, wo er buchstäblich zum Greifen nah war, fühlte sich alles an ihm doppelt schön und besonders an: weiche Baumwolle und Lagerfeuer, die wohltuende Wärme von heißer Schokolade und Frühlingssonne. Ben war Moos und Mammutbäume, alles, was Alexei Zuhause nannte.

Und als Bens Zunge seine Lippen berührte, öffnete Alexei sich ihr hilflos. Alexeis Unterleib reagierte sofort heiß und heftig auf das erste Zusammentreffen ihrer Zungen. Er unterdrückte ein Stöhnen und tat das Einzige, das ihm in den Sinn kam und was er schon seit ihrer ersten Begegnung hatte tun wollen. Er legte Ben die Fingerspitzen in den Nacken und ließ sie bedächtig nach oben wandern. Dann schob er beide Hände in das geschmeidige, kitzelnde Haar, und wie aus Reflex ballte er eine Faust und zog daran.

Ben löste sich von ihm und keuchte. Dieser Laut, diese unverhüllte Offenheit, elektrisierte Alexei so sehr, dass es ihn nicht mal kümmerte, dass dieses Keuchen vielleicht von Schmerzen herrührte. Aber so, wie Ben ihn ansah, so schwer, wie er atmete – selbst wenn es wehgetan hatte, schien es ihm nichts auszumachen. Zu wissen, dass er für Bens momentanen Zustand verantwortlich war, machte ihn schwindelig. Alexei wollte mehr, ganz einfach. Er wollte zusehen, wie Mr. Hundert-Prozent-gechillt aus der Fassung geriet. Und er wollte der Grund dafür sein.

Nach einer Reihe unbeholfener Verrenkungen, bei denen Münder gegen Kinnladen, Ellbogen gegen Hüften stießen und Schuhe abgestreift wurden, rutschten die beiden auf dem Bett weiter nach hinten, bis Ben mit dem Kopf auf dem Kissen lag und Alexei sich schließlich komplett über ihn beugte.

»Warte«, wisperte Ben, als Alexei den Mund über sein Kinn und zum Hals hinabwandern ließ. »Fuck.« Ben stöhnte, als Alexei die empfindliche Haut hinter seinem Ohr erreichte. »Warte«, sagte er noch einmal, und dieses Mal registrierte Alexei es tatsächlich. Er hob den Kopf und stützte sich auf einen Ellbogen.

»Ja?«, fragte er ein wenig atemlos. Sollte Ben ihn bitten aufzuhören, würde er das natürlich respektieren. Allerdings würde es ihn wahrscheinlich auch umbringen. Aber er würde versuchen, seinen Tod voller Demut zu akzeptieren.

»Bist du immer noch betrunken? Muss ja eigentlich. Ich will nicht …«

»Nein«, unterbrach Alexei ihn. »Bin ich nicht.«

Und es fühlte sich nach der Wahrheit an. Der unbekümmerte Schwips, der ihn vorhin in der Bar übermannt hatte, war auf dem Heimweg abgeklungen. Als Alexei sich auf die Akkorde hatte konzentrieren müssen, auf die Fingerbewegungen entlang der Gitarrensaiten, auf den Songtext, war sein Körper wieder zur Ruhe gekommen. Im Moment fühlte sich sein Kopf so an wie das Wasser des Crater Lake in Oregon: glitzernd und kristallklar.

»Mir geht es gut«, versicherte er darum erneut, als Ben ihn weiterhin skeptisch musterte. »Versprochen.«

Ben betrachtete ihn noch eine Sekunde länger, dann entschied er sich anscheinend, ihm zu glauben. Denn plötzlich waren Bens Hände – Gott, seine Hände waren einfach … *überall*, seine Lippen klebten wieder fest auf Alexeis. Er selbst ließ sich tiefer nach unten sinken und schmiegte sich an Bens Körper, Brust an Brust, schob einen Oberschenkel zwischen Bens Beine und …

Trotz Bens einladenden Küssen und seinen energischen Händen kam Alexei das alles immer noch ein wenig unwirklich vor.

Vor allem aber war es aufregend. Geradezu überirdisch.

Und er konnte keine einzige überirdische Sekunde mit Ben mehr ertragen, während seine Ellbogen über diese furchtbar kratzige Steppdecke schleiften.

Mit einem genervten Knurren setzte er sich auf und zerrte an der Decke unter Ben, bis dieser verstand, was los war. Er richtete sich auf, damit Alexei ihm den Albtraum aus Polyester unter dem Körper wegziehen konnte. Mit einer einzigen fließenden Bewegung schleuderte er das gute Stück auf den Boden.

»Whoa.«

Alexei erstarrte, als ihm auffiel, dass Ben ihn beobachtete, sich auf die Unterarme stützte und amüsiert grinste.

»Was denn?«, fragte er. »Das Teil war schrecklich.«

»Stimmt. Du bist einfach … intensiv.«

Abermals erstarrte Alexei. Vermutlich fühlte er sich tatsächlich ein bisschen intensiv. An einem normalen Tag war das nichts Ungewöhnliches, aber diese Situation war nicht normal. Gerade fühlte sich Alexei so ganz anders.

»Mir gefällt das«, stellte Ben auf Alexeis Zögern hin klar. Und dann begann er, ihm das Hemd aufzuknöpfen.

Alexei sah an sich herunter, beobachtete Ben dabei und fragte sich, warum das alles so unglaublich viel besser war als jedes seiner anderen Dates. Jedes Mal, wenn Bens Fingerknöchel seine Haut streiften, kribbelte das Adrenalin bis tief in seinen Knochen.

Ob das wohl am Trail lag? Denn noch nie in seinem Leben, nicht einmal zu seinen Crosslaufzeiten, nicht einmal in all den Stunden, die er die letzten Jahre über im Fitnessstudio verbracht hatte, war sich Alexei seines eigenen Körpers derart bewusst gewesen.

Jede Sekunde auf dem Trail drehte sich um seinen Körper.

Blasen. Bisse, Kratzer.

Verspannte Muskeln, überanstrengte Bänder.

Sonnenverbrannte Haut.

Vielleicht war es diese übersteigerte Wahrnehmung all seiner Körperteile, die dazu führte, dass sich jedes Streicheln von Bens Fingern, jedes Flüstern von seinen Lippen anfühlte, als stünde Alexei in Flammen.

Vielleicht hatte es aber auch gar nichts damit zu tun.

Vielleicht lag es einfach daran, dass es Ben war.

Der so aufmerksam auf die kleinsten Details achtete.

Ben, der Alexei das Hemd von den Schultern streifte, dessen Handflächen wieder über Alexeis Brust, seinen Bauch und die Seiten glitten.

»Verdammt«, flüsterte Ben zittrig. »Lex.«

Alexei schloss die Augen, unfähig, mitanzusehen, wie Ben ihn bewunderte. Alexei wusste ja … wie er aussah. Er kannte die Konturen seines Oberkörpers. Zwar hatten die Wochen des Wanderns seinen Körper verändert, ihn anders geformt als all die gezielten Übungen im Fitnessstudio, aber er wusste trotzdem genau, was Ben sah. Er hatte seinen Körper schon immer gern bis zur Erschöpfung verausgabt, egal mit welcher Methode. Es waren einfache, verständliche Übungen, mit denen man die Muskeln und die Lunge trainierte. Beim Training konnte er sich konzentrieren, ruhig, gleichmäßig und produktiv. In den letzten sechs Monaten war das Fitnessstudio der einzige Ort gewesen, an dem er sich nicht traurig fühlte.

Das war nicht wirklich erstrebenswert, zumindest nicht in Alexeis Augen. Dass seine Schultern durchtrainiert waren, weil die Endorphine, die beim Sport durch seinen Körper rasten, einem Glücksgefühl oft am nächsten kamen, war nichts, womit man prahlen konnte. Oder dass er definierte Bauchmuskeln hatte, weil er einsam war.

Denn die Endorphine verpufften jedes Mal.

Bens sanfte Berührung auf seiner Haut wurde ihm schlagartig zu viel. Alexei öffnete die Augen und zupfte an Bens Sweatshirt, damit er nicht als Einziger halb nackt dalag. Ben zog das Sweatshirt und das T-Shirt darunter aus und legte sich wieder aufs Kissen. Alexei musterte ihn eingehend, seinen schlanken Körper und die aufgeschlossene, geduldige Miene.

Er merkte, dass er Gefahr lief, sich zu viele Gedanken zu machen, über all die Nächte, die er im Fitnessstudio verbracht hatte, weil er nirgendwo anders hinkonnte, über das Nach-rechts-Wischen, das ihn stets leer und einsam zurückgelassen hatte, über die überwältigende Unverhofftheit dieses Mannes unter ihm. Er fürchtete, dass all die Türen, die sich in ihm geöffnet hatten, bald wieder zufallen würden, und sein Herz pochte ihm nervös in der Brust.

»Sag etwas auf Portugiesisch«, hörte er sich verlangen.

Ben lächelte. Und tat es.

Erneut streckte er beide Arme nach oben, legte die Hände diesmal fester auf Alexeis Haut und wanderte mit den Fingerspitzen über seinen Rücken und die Arme hinunter, während ihm sinnliche Laute über die Lippen strömten, kräftige Konsonanten und lange Vokale, und Alexei schloss abermals die Augen, ließ die Sprache und die Berührung über sich hinwegfließen, bis Bens Worte versiegten.

Alexei schlug die Augen wieder auf, und sein Herzschlag beruhigte sich. Er hatte keine Ahnung, was Ben gesagt hatte. Eigentlich war es ihm auch ziemlich egal. Während er diese bildschöne, bilinguale Perfektion von Mann anschaute, fiel es ihm schwer zu glauben, dass Ben sich selbst nicht für intelligent genug oder gut genug hielt. Nie zuvor war Alexei einem wertvolleren Menschen begegnet. Er würde der beste Krankenpfleger werden, den die Welt je gesehen hatte.

Alexei beugte sich zu ihm hinunter und küsste ihn, drängte sich in seinen warmen Mund und stöhnte auf, als Bens nackter Bauch seinen berührte und sich sein Herz wieder vollkommen öffnete. Ungeduldig zerrte er an Bens Boxershorts, dann an seiner eigenen, bis alles weg war – nur noch Haut auf Haut, Muskel auf Muskel, und jede Empfindung wummerte wie ein Trommelschlag in Alexeis Brust: *rich-tig, rich-tig, rich-tig*.

Sie drückten sich aneinander, kämpften darum, sich irgendwie näherzukommen, mehr zu berühren, mehr zu spüren, jede Bewegung ihrer Oberkörper erzeugte Reibung. Ben fuhr mit den Händen Alexeis Rücken hinunter, umschloss seinen Hintern, packte seine Hüften.

»Fuck«, keuchte er zwischen zwei Küssen. »Verdammt, Lex, du fühlst dich so gut an.«

Alexei antwortete mit einem Stöhnen und drückte den Mund auf Bens Schlüsselbein. Er hielt Bens Fluchen, sein atemloses Anfeuern und dieses ziellose Trockenbumsen nicht mehr aus. Er war im Begriff, sich zu verlieren, bevor er zu dem kam, was er wirklich wollte. Und für einen wilden Augenblick hätte er es beinahe laut ausgesprochen.

Nein, er konnte es nicht. So weit war er noch nicht. Doch er sagte es zu sich selbst, als er sich mit beiden Händen auf dem Bett erdete, sich von Ben löste und auf seinen eigenen Mund fokussierte, der sich einen Weg entlang dessen Brust bahnte, und auch das war revolutionär.

Ich will, dass der Sog dich mitreißt. Ich will dich in meinem Mund spüren.

Ich will dir ins Gesicht gucken, wenn du kommst.

Als er Bens Hüfte erreichte, hielt Alexei jedoch inne.

Nicht, weil Bens Schwanz nur wenige Zentimeter von seinem Gesicht entfernt war. Dessen war Alexei sich durchaus sehr bewusst. Nein, es war die Comicfigur auf Bens Oberschenkel, kurz bevor der Muskel in die Hüfte überging. Alexei strich mit dem Finger über die verblasste Tinte. Das Männchen war klein und trug einen Hut über den spitzen Ohren. Es zwinkerte Alexei zu und deutete mit Pistolenfingern in seine Richtung.

»Was ist das?«

Ben sah nach unten. »Oh, Mist.« Erschrocken warf er den Kopf zurück aufs Kissen und atmete schwer ein. »Du hast Link entdeckt.«

»Link?« Alexei blickte ihn fragend an.

»Du weißt schon, aus *The Legend of Zelda*?« Ben schluckte und schüttelte den Kopf. »Als Kind hab ich dieses Videospiel ständig gespielt. Ich war zwar schlecht in der Schule, aber, äh, irgendwie ein Nerd.«

Alexei konnte nicht aufhören, mit dem Finger darüberzustreichen, und seine Lust war vor Überraschung wie erstarrt. Es war so … komisch. Und süß. Eben einfach … typisch Ben.

»Wie auch immer, eigentlich ist Tiago schuld dran. Der Wichser hat es mir tatsächlich mit achtzehn aufgeschwatzt, anstatt mir zu verklickern, dass das echt keine gute Idee ist, wie es jeder anständige große Bruder hätte tun sollen.«

»Ich habe noch nie ein Videospiel gespielt«, erklärte Alexei abwesend und hauchte Link einen schüchternen Kuss auf die Ohren. Über ein Tattoo hatte er noch nicht einmal nachgedacht. Leviticus ließ da wenig Spielraum.

»Wirklich? Noch nie? Ich meine, nein, schon gut, das leuchtet mir ein.«

Im Laufe der Jahre hatte er anderen Leuten beim Videospielen zugeschaut, und einige seiner D&D-Freund*innen waren überzeugt, dass Alexei diese Spiele gefallen würden. Aber selbst der Einstieg in die Welt der Tabletop- und Rollenspiele war für ihn eine Herausforderung gewesen.

Vielleicht würde er *The Legend of Zelda* ja auf die Liste setzen. Vielleicht könnte Alexei 2.0 das Spiel ausprobieren und dabei an Ben denken.

»Ich frage mich nur«, murmelte Ben und fuhr Alexei mit einer Hand durch die Haare, »womit du dich als Teenager beschäftigt hast, so ganz ohne Fernseher oder Videospiele.«

»Ich habe viel gelesen.«

»Oh, klar. Stimmt. Tut mir leid, das hattest du mir ja erzählt.«

»Und, na, du weißt schon.« Endlich riss Alexei den Blick von Bens albernem, faszinierendem Tattoo los und strich mit einer Hand über seinen anderen Oberschenkel. »Ich habe mir oft einen runtergeholt und mich dabei selbst gehasst.«

»Lex.« Bens Hand auf seinem Kopf erstarrte.

Das *Lex* motivierte Alexei dazu, zum Wesentlichen überzugehen. Denn jetzt war nicht der richtige Zeitpunkt für so etwas.

Jetzt war es an der Zeit, Bens Schwanzansatz zu küssen. Langsam ließ er die Zunge glatt und kräftig an Bens Länge hinaufgleiten und genoss sein Erschaudern. An der Spitze verweilte er einen Moment und züngelte daran, während er mit den Fingern über Bens Innenschenkel tänzelte, an seinen Eiern herumspielte und aufmerksam Bens Atmung verfolgte, die Zuckungen seines Körpers, das Festkrallen seiner Finger in Alexeis Haaren, ein wenig unbeherrscht und wunderbar.

Bisher hatte er das nur ein paarmal ausprobiert, aber für Ben wollte er es richtig machen. Wenn er den Geräuschen glaubte, die Ben von sich gab, schlug er sich bisher ganz gut. Das ermutigte ihn, weiterzumachen.

Er holte tief Luft und nahm so viel von Ben in den Mund auf, wie er konnte.

»*Heiliger Herr im Himmel*, Lex. Oh, verflucht, das hätte ich wohl nicht sagen sollen. Gottes Namen in Verruf bringen. Tut mir echt leid. Ich … Oh, verdammt, fühlt sich das gut an.«

Alexei unterbrach den Blowjob kurz, um zu lachen, woraufhin Ben wimmerte und sein Herz ein Glücksgefühl durchzuckte. Bald darauf verlor er sich im Schwall der Flüche, die Ben ausstieß, dem Rhythmus von Bens Hüften und seinen eigenen Muskeln, die angespannt erzitterten.

Bens Atem ging schneller und heftiger, sein Unterkörper löste sich vom Bett, und er drängte sich ohne Scheu immer schneller und tiefer in Alexeis Mund. Alexei schob eine Hand um seinen Hintern, packte zu und stabilisierte die Bewegungen, spürte, wie sich vor Erregung Bens Oberschenkel anspannten und wie Ben sich mit Nachdruck an seinen Schultern festklammerte. Was für ein Geschenk, jemandem Vergnügen zu bereiten, zu lernen, wie der Körper auf jede Art von Berührung reagierte. Geradezu überwältigend. Als Ben kam, konnte Alexei zwar sein Gesicht nicht so genau beobachten wie erhofft, doch er hörte den heiseren Aufschrei, und auch das war wie ein Wunder.

Sanft drückte er ihm einen Kuss auf die Seite, während er

nach oben rutschte und sich zufrieden neben ihn fallen ließ. Ben hatte die Unterarme über der Stirn verschränkt und die Augen geschlossen, sein Brustkorb hob und senkte sich. Mit einer Hand strich Alexei über die weichen Härchen, spürte Bens Herz darunter und erkundete die physische Erscheinung des Mannes neben ihm. Ihre Körper zeigten beide eine kräftige Hiker-Bräune: Nacken, Gesicht, Hände und Waden waren von der Sonne dunkel getönt, der Rest von ihnen dagegen war bleich wie der Winter. Nun, Alexei war noch winterblasser als Ben, denn Ben war …

Abrupt wurden seine Gedanken unterbrochen, als Ben sich auf ihn warf und ihn mit dem Rücken gegen die Matratze presste, während er ihm die Unterarme um seine Schultern schlang.

»Ich bin dran«, meinte er.

»Oh«, erwiderte Alexei verblüfft. Und dann: »Du musst nicht …«

»Schluss jetzt.« Während die Worte aggressiv klangen, war der Kuss, den Ben ihm auf die Lippen drückte, sanft und versöhnlich. »Ich will aber.«

Alexei schluckte schwer. Eine berauschende Vorfreude überkam ihn und brachte alle seine Schaltkreise durcheinander. Er war doch schon so zufrieden gewesen. Er hatte geglaubt …

Aber dann sah er Ben ins Gesicht und musste lachen. Denn Ben wirkte ein bisschen neben der Spur. Sein Blick war nicht fokussiert, und er schnappte nach Luft.

»Du könntest dir auch noch eine Minute Zeit lassen«, schlug Alexei vor und fuhr ihm durchs Haar. An der Kopfhaut war es noch feucht, aber zwischen den Fingern fühlte es sich leicht und sauber an. Selbst nach dem, was sie gerade getan hatten, konnte er noch immer nicht so recht glauben, dass Ben es ihn anfassen ließ.

»Nein«, sagte Ben und griff mit einer Hand zwischen ihnen hinunter, packte Alexeis Schwanz, »ich glaube nicht, dass ich das kann.«

Alexei stockte der Atem. »Nicht …«

Sofort ließ Ben los.

»Sorry.« Er runzelte die Stirn. »Ich hätte nicht davon ausgehen sollen, dass … Ich hätte fragen sollen …«

»Nein, es ist …« Alexei schloss die Augen. Wie sollte man erklären, dass man noch nie im Leben so erregt gewesen war? »Ich bin buchstäblich kurz davor, zu explodieren.«

»Oh.« Ben atmete erleichtert aus. Er beugte sich wieder herunter und legte seine Stirn an Alexeis, sodass sich ihre Nasen berührten. »Na schön.«

Einen Augenblick lang verharrten sie so, und Alexei öffnete die Augen, um Bens Wimpern, die hellen Sommersprossen auf seinen Wangen und seine geöffneten Lippen zu bewundern.

Als Ben sich wieder bewegte, ging er langsamer und bedächtiger vor, begann an Alexeis Hals und wanderte seine Brust entlang. Alexei ließ den Kopf zurück aufs Kissen sinken. In diesem Zwischenreich gab es kein Falsch oder Richtig: keine Sünde, keine Schuld, keinen Schmerz. Nur Bens Hände, seinen Mund, so zärtlich und aufmerksam, und das Gefühl, das sie in Alexei auslösten, als bestünde er aus Feuerwerk: heiße, pulsierende Farbausbrüche.

Alexei versuchte, es so lange wie möglich auszuhalten, das tat er wirklich, aber verflixt noch mal, Ben machte das *echt* gut. Seine Haare kitzelten ihn an den Oberschenkeln. Es war kaum zu glauben, dass Ben … dass Ben ihm … Oh

Gott, Ben entfachte in ihm solche Gefühle der Lust. Es war, als würde man auf die Kante eines Wasserfalls zugehen, während das donnernde Tosen immer näher kam, bis man schließlich so dicht dran war, dass man in den Abgrund blicken konnte und es schien, als würde die ganze Welt über die Klippe stürzen.

Er krallte sich ins Laken, dann erreichte er völlig erschöpft den Höhepunkt, und Sterne tanzten hinter seinen Augenlidern. Als er schließlich die Augen wieder aufschlug, lag Ben immer noch zwischen seinen Beinen und küsste erst die Innenseite seines Oberschenkels, dann seinen Hüftknochen.

Das war der entscheidende Moment. Das war genau der Punkt, an dem sich normalerweise die Leere in ihm ausbreitete, fast im selben Augenblick, in dem der Orgasmus abebbte und alles, was sich in den Sekunden davor so schön und gewaltig angefühlt hatte, von Scham und Unbehagen überschattet wurde. Alexei hatte nie herausgefunden, wie er sich in dieser Situation am besten verhielt, wie er die unbändigen Empfindungen seines Körpers mit seinem Verstand in Einklang bringen konnte.

Aber jetzt, hier, drehte Ben, der kleiner war als er, Alexeis kraftlosen Körper auf die Seite. Schlang einen Arm um ihn und hielt ihn ganz fest, übernahm die Kontrolle und gab ihm alles, was er sich je gewünscht hatte: den Raum, den sein Körper brauchte, um all das zu verarbeiten, um darin zu ruhen. Alexei tastete nach Bens Hand. Als er sie fand, führte er sie sich an den Mund und küsste die Innenseite, bevor er seine Finger mit Bens verwob und sie wieder an sich presste.

Er spürte, wie Ben seine Schulter küsste.

Er wusste, er würde nicht alleine aufwachen.

Alexeis Brust schwoll breiter an als je zuvor, eine völlig neue Dimension in ihm selbst. Groß genug für Freude.

Und groß genug, dass ein einzelner Splitter aus Unbehagen und Angst sich stechend bemerkbar machte und sich in seinem Herz niederließ. Er setzte sich dort fest, klein, aber hartnäckig, bis Alexeis Körper schließlich die Oberhand gewann und er einschlief.

KAPITEL ZWÖLF

Ben wachte langsam auf, als steckte er immer noch in einem Traum. Sonnenstrahlen fielen durch die hauchdünnen Vorhänge und wärmten ihm das Gesicht. Auf der weichen Matratze war jeder Muskel seines Körpers entspannt.

Ein Hoch auf Betten.

Ganz gemütlich streckte er sich und drehte sich im Halbschlaf um.

Dann sah er Alexei.

Der am Matratzenrand hockte, sich auf einen Arm stützte und den anderen ausstreckte, als wollte er nach Ben greifen oder sich auf den Startschuss vorbereiten. Die Augen hatte er weit aufgerissen, und es lag etwas Wildes darin: das schönste und verängstigtste Blau, das er je gesehen hatte.

Plötzlich stürzten die Details von letzter Nacht wieder auf ihn ein und weckten ihn vollends auf.

»Lex …« Ben streckte ebenfalls die Hand aus, doch Alexei war schon aus seiner Starre erwacht. Er riss den Arm zurück und blinzelte heftig.

Bens Herz, das bis eben noch so wunderbar verschlafen und zufrieden gewesen war, schlug ihm jetzt wie eine Faust gegen die Rippen.

Alexei torkelte aus dem Bett und fuhr sich mit der Hand durch die zerzausten Haare. Er ging auf den Stuhl an der Wand zu, wo seine Unterhose hing, und streifte sie über. Ben blieb nichts anderes übrig, als ihn zu beobachten und sich zu erinnern. An Alexeis Körper über ihm und unter seinem Mund. Der schönste Körper, den Ben je zu Gesicht bekommen hatte. Und nicht nur wegen der Muskeln oder wegen … allem, sondern weil er Lex gehörte, diesem starken, gütigen, faszinierenden Wesen.

Der gerade ins Bad gesaust war und ohne einen Blick zurück die Tür zugeknallt hatte.

Oh nein.

Ben setzte sich umständlich auf und vergrub den Kopf in den Händen.

Er hatte sich doch vorgenommen, das nicht zu tun. Immer und immer wieder. Und direkt bei der ersten Gelegenheit …

Oh Mann, dabei hatte es sich so gut angefühlt. Besser, als er es sich hätte vorstellen können. Und er hatte sich viel vorgestellt – auch wenn er fest entschlossen gewesen war, das nicht zu tun.

Jetzt flippte Alexei völlig aus.

Okay. Sie konnten noch drüber reden. Die Sache klären. Ben hatte zwar gedacht, er könnte das mit Alexei irgendwann einfach abhaken, aber ganz offensichtlich machte er sich da nur selbst etwas vor.

Alexei kam wieder aus dem Bad, den gepackten Kulturbeutel in der Hand.

Er holte seinen Rucksack aus der Ecke und hievte ihn auf sein immer noch gemachtes Bett. Hob sein Hemd vom Boden auf und zog es über die Schultern, knöpfte es vor seiner wunderschönen Brust zu.

Nicht ein einziges Mal sah er Ben dabei an.

Alexei verließ ihn.

Das spürte Ben genau. Und es verschlug ihm die Sprache. Doch er musste etwas sagen. Es wenigstens versuchen.

»Lex. Hör zu. Letzte Nacht war …«

»Entspann dich, Ben.« Alexei zog sich Shorts an. »Alles total entspannt.«

Das hatte er gestern Abend im Restaurant auch gesagt, aber da war es noch lustig gewesen. Ein Satz, den Ben ihn noch nie hatte sagen hören und der gepasst hatte, als er ihn damit trösten wollte. Jetzt klang er nur falsch, als hätte Alexei sich in eine Art hohle Phrasen spuckenden Roboter verwandelt.

»Alles total entspannt?«, wiederholte Ben irritiert. Auch weil diese Antwort nicht mal Sinn ergab.

»Ja, alles entspannt.«

Ben starrte auf Alexeis Rücken, als der sich umdrehte und seine Trail-Schuhe aufhob.

»Alexei«, setzte Ben sanft an. »Nichts ist entspannt. Es tut mir leid, wenn ich …«

»Ich würde lieber nicht darüber reden.« Er ließ sich auf den Stuhl fallen, auf dem seine Unterhose gelegen hatte, und zog seine Socken auseinander. »Tut mir leid. Ich wollte das eigentlich irgendwie anders ansprechen, aber ich denke, ich möchte so schnell wie möglich zurück auf den Trail.« Er beugte sich nach vorn und schlüpfte in die Schuhe. »Alleine«, fügte er zum Boden gerichtet hinzu.

Als wüsste Ben das nicht längst. Als wäre das nicht offensichtlich.

Trotzdem zuckte Ben zusammen.

»Alexei«, setzte er noch einmal an. Aber es klang wieder so zittrig und unsicher, als würde er jeden Moment in Tränen ausbrechen. Was vermutlich auch passieren würde, selbst wenn es überhaupt nicht half. Er räusperte sich. »Lex, wenn du nicht länger mit mir wandern willst, ist das okay.

Obwohl ich es wirklich schön fände, wenn du mir erst mal zuhörst. Aber so oder so ist das eine schlechte Idee. Du brauchst einen ganzen Nulltag. Wir hatten zwar gestern einen relativ ruhigen Wandertag, aber dein Körper braucht …«

»Ben.« Alexei streckte eine Hand aus, als wollte er ihn mit vollem Körpereinsatz vom Weitersprechen abhalten. Verständlich. Ben bereute ja selbst, dass ihm die Worte *dein Körper* aus dem Mund gepurzelt waren. »Ich weiß, was du sagen willst. Aber mir geht's gut. Nur hinke ich bei meinem Meilenziel sowieso schon hinterher und muss das langsam mal aufholen, wenn ich es noch vor dem Schnee nach Kanada schaffen will.«

Er stand auf und sah sich schnell im Zimmer um, ob er beim Packen etwas übersehen hatte.

Bloß in Bens Richtung sah er nicht. Er hatte ihm immer noch nicht in die Augen gesehen.

»Komm schon, Lex.« Das klang selbst in seinen Ohren schwach und abgeschlagen. »Willst du nicht wenigstens bleiben, bis wir Wäsche gewaschen haben?«

»Alles gut, es macht mich nur nervös, wenn ich hier den ganzen Tag rumhänge.«

Sie beide wussten, das war eine Lüge. Beim letzten Nulltag war Ben derjenige gewesen, der nervös geworden war und sich gelangweilt hatte. Alexei hatte sich deutlich entspannt. Und er war es auch gewesen, der Ben durch das Vorlesen beruhigt hatte.

Oh. Ben schluckte.

Jetzt würde er gar nicht erfahren, wie es mit Alanna weiterging.

»Wenn es das ist, was … du willst«, brachte er heraus.

»Ist es.«

Er klang so überzeugt. Und das war er, ganz bestimmt.

Alexei war lieber allein. Ben hatte es schon immer gewusst. Vielleicht hatte er es bloß bisher nicht wirklich respektiert.

Er wandte sich zum Fenster um und hörte zu, wie Alexei den Rucksack aufsetzte. Wie der Stoff raschelte, als er ihn auf den Hüften zurechtrückte, und wie die Gurte zuschnappten. Wie die Trekkingstöcke mit einem leisen *Klong* gegeneinanderstießen.

Und wie es dann kurz still wurde.

»Ben?«

Er schloss die Augen. Endlich klang Alexei wieder wie er selbst, die Stimme sanft und etwas zögerlich. Und das trieb ihn beinahe an den Rand des Zusammenbruchs.

»Ja?«

Noch ein Moment Stille.

»Danke.« Wieder raschelte Alexeis Rucksack. »Dass du mit mir gewandert bist.«

Ben nickte, weil der Kloß in seinem Hals das Sprechen unmöglich machte.

Er wartete, bis die Tür ins Schloss fiel.

Und dann fiel er aufs Kissen. Die Matratze fühlte sich auf einmal irgendwie schlaff an. Viel zu weich.

Aber er schlief ohnehin augenblicklich ein.

Als Ben das nächste Mal aufwachte, stand die Sonne viel höher am Himmel, seine Muskeln waren viel verspannter als zuvor, und er musste echt dringend pinkeln.

Als dieser Drang ihn letztendlich aus dem Bett trieb, tigerte er mit den Händen in den Haaren durchs Zimmer. Er sollte sich einen Waschsalon suchen, auf der Stelle. Er sollte noch mal duschen. Er sollte endlich sein Vorratspaket aufmachen.

Stattdessen setzte er sich aufs Bett und rief Julie an.

»Ist was passiert?«, fragte sie außer Atem, als sie beim dritten Klingeln dranging. »Hast du dich verletzt? Hat dich ein Bär angegriffen? Scheiße. Eine Klapperschlange?«

»Julie.« Der Klang ihrer Stimme brachte ihn fast zum Weinen. »Mir geht's gut.«

Ein frustriertes Seufzen. »Warum zum Teufel rufst du mich dann an, Caravalho? Du weißt doch, was echte Anrufe bedeuten. Entweder hat das Finanzamt sehr begründete Zweifel bezüglich meiner Steuererklärung, oder jemand sehr Wichtiges ist gestorben.«

»Ich hab's verkackt, Julie.« Er rieb sich mit der Hand über die Stirn. »Ich wollte deine Stimme hören. Vielleicht auch ein bisschen heulen. Keine Ahnung.«

»Oh.« Augenblicklich wurde ihre Stimme sanfter. Ben hörte ein Rascheln. »Okay, Moment.«

»Warte, bist du auf der Arbeit? Tut mir leid. Ich hab echt keinen Schimmer, welcher Tag heute ist. Ich kann auch später noch mal anrufen.«

»Es ist Dienstag, ganz objektiv gesehen der schlimmste Tag der Woche, darum ist das Beste daran, dass ich rausgehen und mit dir reden kann. Also halt die Klappe.«

Noch mehr Rascheln. Ein leises *Wusch*, bestimmt das Zufallen einer Tür. Dann Stille.

»Also, wie hast du's verkackt? Ich schätze, entweder hast du dir ein Bein gebrochen, oder da war irgendwas mit der Sahneschnitte aus all deinen Insta-Fotos.«

»Sicher, dass ich nicht störe? Ich mache einen Nulltag und

bleibe die ganze Zeit hier. Wir können wirklich auch später telefonieren.«

Julie schnaubte. »Alter, echt jetzt. Lorraine hat heute Morgen ne richtige Arschloch-Mail geschickt, über die ich mich schon seit zwei Stunden aufrege. Ich flehe dich an, lenk mich ab.«

»Oh Mann, scheiß auf Lorraine.«

»Genau. Also, was hat der Boy angestellt?«

»Und wenn ich dir jetzt erzähle, dass ich mir echt das Bein gebrochen hab?«

»Dann wär ich ziemlich sauer, weil du vorhin gesagt hast, dir ginge es gut. Spuck's aus, Ben. Sag mir, was los ist.«

Er seufzte.

»Na gut. Also. Ich hab mit ihm geschlafen.«

»Offensichtlich«, meinte Julie. »Ich bin schon die ganze Zeit davon ausgegangen, dass du mit ihm schläfst.«

»Nein, nein. Wir waren nur Freunde. Hiking-Partner.«

Stille. Ben sah genau vor sich, wie Julie in irgendeiner Besenkammer hockte und angestrengt nachdachte, was sie Nettes dazu sagen könnte.

»Ist das so?«, spuckte sie endlich aus.

»Ja!«

»Wir sprechen von dem Kerl, von dem du vor drei Tagen ein Foto gepostet hast. Nur die eine Gesichtshälfte, während er in den Sonnenuntergang guckt. Das Bild ohne Caption? Den Kerl hast du da noch nicht geknallt?«

Wieder seufzte Ben. »Er macht grad ne Menge Scheiß durch. Seine Eltern haben ihn verstoßen, Julie. Weil er schwul ist. Und er ist auf dem Trail, um das zu verarbeiten.«

»Kacke«, murmelte sie.

»Genau.« Kurz überkamen ihn Schuldgefühle, weil er Alexeis Geheimnis ausplauderte, aber trotzdem erzählte er Julie alles. Außerdem war er von heute Morgen immer noch durcheinander, und es fehlte ihm so sehr, jemanden zum Reden zu haben. »Seit ich ihn das erste Mal getroffen habe, ich weiß auch nicht … Ich schätze, ich hab seitdem nur drauf gewartet, dass er mich verlässt, obwohl wir diesen Pakt geschlossen haben …«

»Was denn für einen *Pakt*?«

»Na ja. Dass wir zusammen durch die Wüste wandern. Er hat Angst vor der Wüste.«

»Oh nein. Ach, das bricht mir ja mein dummes kleines Herz. Erzähl weiter.«

»Okay …« Plötzlich hatte er das Gefühl, er könnte den Wochen mit Alexei gar nicht gerecht werden. »Im Grunde sind wir gestern in diese Stadt gekommen, Big Bear City, und waren dann beim Mexikaner. Und …«

Ben schluckte.

»Und es war toll. Irgendwie hab ich ihm einen Schwall Wortkotze entgegengeschleudert, aber es war schön, und … und wir haben getrunken. Nur dass Alexei eigentlich nicht trinkt, weil er superreligiös erzogen wurde. Und vielleicht hab ich ihn irgendwie ein bisschen gedrängt? Ach scheiße. Aber er hatte es wirklich schwer in letzter Zeit, und ich war echt stolz auf ihn und wollte, dass er sich entspannt und mal ein bisschen Spaß hat und … Oh nein, Julie. Ich bin so ein Kerl, vor dem sie alle in diesen Drogenpräventions-Videos warnen.«

»Ben.«

»Ist doch so! Ich bin ein schlechter Einfluss. Ein Drogendealer!«

»Moment mal, habt ihr echt auch Drogen genommen?«

»Alkohol ist eine Droge.«

Julie seufzte nur. »Und dann habt ihr gevögelt.«

»Ja. Also, eigentlich nicht. Verdammt.« Ben ließ sich aufs Bett fallen. »Erst sind wir zum Motel zurückgegangen und an dieser Gruppe Musiker auf einem Parkplatz vorbeigekommen, und dann nimmt Alexei einfach die Gitarre von dem einen und spielt ›Wonderwall‹.«

»Red doch keinen Scheiß.« Julie lachte.

»Ich weiß, oder?« Er zog die Beine an und konnte ein Seufzen nicht unterdrücken. »Das war so … so untypisch für ihn und so verträumt, und irgendwie kann er echt singen. Und er hat mich angeguckt, und, argh …«

»Mein armer kleiner Bennybär«, säuselte Julie.

»Ich weiß.« Das nächste Seufzen. »Ja, und dann haben wir gevögelt.«

»Offensichtlich.«

»Offensichtlich.«

»Und war es schlecht oder so?«

»Es war *unglaublich*.«

»Eklig.«

»Dann frag doch nicht.«

»Und danach? Ich warte immer noch auf den Verkackt-Teil.«

Ben runzelte die Brauen.

»Hast du nicht zugehört? Ich hab einen unschuldigen, süßen Mann mit Alkohol verführt und ihm einen geblasen, obwohl ich genau wusste, dass es das Letzte ist, was er emotional gesehen gerade gebrauchen kann.«

»*Eklig*, du weißt, wie sehr ich Details hasse …«

»Du liebst Details.«

»Aber warum sind ein bisschen Spaß und ein Blowjob nicht das, was er gerade braucht? Klingt, als bräuchte er ganz genau das.«

Ben schloss die Augen.

»Anscheinend nicht. Wenn doch, wäre er heute Morgen wohl kaum direkt nach dem Aufwachen abgehauen.«

»Oh.« Ben konnte Julies Stirnrunzeln beinahe hören. »Und du hast ihn gehen lassen?«

»Klar. Weil es das Richtige war.«

Julie schwieg für einen Moment.

»Hm, das ist echt kacke.«

»Ja. Ohne ihn zu wandern, wird richtig einsam. Mit ihm hab ich mich sicherer gefühlt, weißt du? Und er wusste diese ganzen Sachen über Vögel und …«

»Ich kann echt nicht glauben, dass du ihn hast gehen lassen!«

»Er war wirklich fest entschlossen, Jules. Ich schätze, er braucht etwas Zeit für sich, um einen klaren Kopf zu kriegen. Außerdem …«

»Stopp, tut mir leid, aber er guckt dich an wie auf den Insta-Bildern und singt sogar für dich, und dann haut er einfach ab?«

»Julie.«

»Nein, schon klar, er braucht Zeit für sich und zum Traurigsein, aber …« Sie seufzte schwer. »Verdammt noch mal, Ben. Ich will doch nur, dass dir das nicht immer wieder passiert.«

Ein Loch tat sich in Bens Brust auf.

»Ich weiß«, flüsterte er und versuchte dabei vergeblich, nicht erbärmlich zu klingen. »Ich doch auch. Was das angeht, hab ich auch verkackt. Ich hätte erst gar nicht mit ihm wandern sollen. Weil ich ihn vom ersten Augenblick an mochte. Ich hab mir schon vor gestern Abend immer wieder vorgenommen, mich von ihm zu verabschieden. Aber ich …« Er kniff die Augen zusammen. »Was, wenn ich nie erwachsen werde?«

»Warte. Was meinst du damit?«

»Die letzten zehn Jahre hab ich nur schlechte Entscheidungen getroffen, und ich bin doch überhaupt nur hier, um damit aufzuhören. Und was mach ich hier wortwörtlich als Erstes?«

Na gut, vielleicht nicht wortwörtlich. Immerhin war er schon hundertfünfzig Meilen gewandert, bevor er Alexei getroffen hatte. Vielleicht konnte er auf diese hundertfünfzig Meilen weiterhin stolz sein, weil er sie durchgehalten hatte, ohne sich einem Typen an den Hals zu werfen.

»Ben.« Julie holte tief Luft. »Okay. Kann ich jetzt mal ehrlich zu dir sein?«

Ben prustete. »Du bist zu allen immer ehrlich.«

Es entstand eine etwas zu lange Pause.

»Nicht immer«, murmelte sie.

»Okay.« Ohne dass er es verhindern konnte, zog er vorsorglich eine Verteidigungsmauer hoch. »Dann schieß los.«

»Ich mache mir Sorgen um dich. Und das schon seit einer ganzen Weile.« Bevor Ben etwas erwidern konnte, fügte sie hinzu: »Vor allem seit Robbie.«

Ben sog scharf die Luft ein. Verdammt. Da datest du *ein Mal* einen kontrollsüchtigen Pisser, der dich ein Jahr lang von allen isoliert, und deine beste Freundin reitet immer wieder drauf rum.

»Aber es geht nicht nur um Robbie«, fuhr Julie fort. »Du warst schon immer viel zu hart zu dir. Redest ständig von diesen ›schlechten Entscheidungen‹.« Jetzt klang sie richtig wütend, und die Anführungszeichen, die sie in die Luft malte, waren ebenfalls deutlich zu hören. »Du solltest viel mehr an dich selbst glauben. Keine Ahnung, warum du das nicht machst, du bist nämlich verdammt großartig. Darum pisst mich das auch meistens echt an.«

Zum Glück. Ben konnte besser damit umgehen, wenn sie ihn anschrie, als wenn sie in diesem sanften, mitleidigen Ton mit ihm sprach, der so gar nicht zu ihr passte.

»Du hast die Ausbildung zum Krankenpfleger gerockt und dich vorher um Tante Birdie gekümmert. Jetzt machst du diese unglaubliche Reise, die bloß 0,2 Prozent der Menschheit überhaupt in Betracht ziehen würde, und du machst dir immer noch Sorgen, dass du vielleicht nicht erwachsen genug bist? Was zur Hölle?«

Ben rollte sich auf der Matratze zu einem kleinen Ball zusammen. Das Bedürfnis hatte er oft, wenn in Gesprächen auf einmal der Name *Robbie* fiel.

»Und wenn ich jetzt so drüber nachdenke … Ist Birdie nicht krank geworden, direkt nachdem du Robbie verlassen hast?« Jetzt wurde Julies Stimme wieder sanft. »Ben, ich glaube, du hast dir seit Robbie nicht einen Moment Zeit genommen, um mal durchzuatmen.«

»Ich atme ganz wunderbar«, widersprach Ben. »Auf dem PCT macht man nichts anderes. Nur wandern und atmen.«

»Ja. Klar, nein, das ist gut.« Julie holte erneut tief Luft. »Egal, ich glaube, du hast dich ziemlich lange mit beschissenen Leuten umgeben, die deinen Glauben nur bestärkt haben, dass du nicht genug wärst. Aber die Sache ist …«

Noch ein frustriertes Schnauben.

»Du triffst nicht nur schlechte Entscheidungen. Du öffnest jedem dein Herz, was natürlich nicht immer die *ver-*

nünftigste Entscheidung ist, aber ganz sicher nichts, wofür du dich schämen musst. Schlechte Entscheidungen treffen hier nur die, die dein Herz nicht mit dem angemessenen Respekt behandeln. Verstehst du das?«

Ben starrte mit brennenden Augen aus dem Fenster. Er wollte es verstehen. Wusste, dass Julie nett sein wollte. Trotzdem schämte er sich immer noch fürchterlich für das alles. Dafür, dass er so lang bei Robbie geblieben war. Dass Julie jetzt beschwichtigend auf ihn einreden musste, obwohl er mit großen Schritten auf die dreißig zuging und inzwischen dazu in der Lage sein sollte, seinen Scheiß allein auf die Reihe zu kriegen.

Trotzdem, selbst wenn nicht *alles* Vergangene seine Schuld war, blieb ein Muster immer noch ein Muster. Für einen Teil seiner Fehler war er nun mal selbst verantwortlich.

»Sie waren aber nicht alle scheiße«, brachte er nach einer langen Pause heraus. »Hugh war nett.«

Ein schwacher Trost und gerade völlig unerheblich, klar, aber auf einmal war Ben völlig erschöpft und wusste nicht, was er sonst sagen sollte.

»War er«, stimmte Julie ihm zu. »Bis er wollte, dass du was tust, was du nicht tun wolltest.«

Hugh war Robbies Nachfolger gewesen. Ben hatte Hugh für eine gute Entscheidung gehalten. Einer der letzten Männer, auf die er sich vor der Ausbildung einigermaßen ernsthaft eingelassen hatte. Aber dann, nach ein paar Monaten, wollte Hugh, dass sie die Beziehung öffneten. Was sich zu der Zeit beinahe unwirklich anfühlte, weil Robbie es nicht mal hatte ertragen können, wenn Ben sich mit Freunden traf. Ben wollte sich mit der Vorstellung anfreunden, aber wenn er ehrlich war, wusste er nicht, was er davon hielt. Er war sowieso schon völlig durcheinander und hatte Probleme, im College mitzukommen, und es war einfach zu viel.

Am Ende hatte es keine Rolle gespielt. Denn als er beschlossen hatte, Hugh zu sagen, dass er das nicht konnte, hatte der sich schon komplett auf den Kerl eingelassen, den er in die Beziehung hatte holen wollen.

Aber während der Beziehung war er wirklich nett gewesen. Und heiß.

Möglicherweise stalkte Ben ihn manchmal immer noch auf Instagram.

»Und dieser Typ«, drängte Julie nach einer weiteren langen Pause. »Alexei. Ist er denn nett? Glaubt er an dich? Behandelt er dich mit Respekt und Güte und als wärst du perfekt, genau so, wie du bist? Gibt er dir das Gefühl, dass du alles schaffen kannst?«

Da musste Ben lachen. »Seit wann bist du denn so eine Romantikerin?«

Julie hatte noch nie eine Beziehung gehabt. Nicht, seit Ben sie in der vierten Klasse kennengelernt hatte. Darum war es irgendwie witzig, dass sie jetzt so hartnäckig war.

»Halt die Klappe, Caravalho.« Oh, gut, da war die wütende Julie wieder. »Ich mein's todernst. Tut er das?«

Bens Lachen erstarb. Er sollte es ebenfalls ernst nehmen.

Also dachte er an Alexei im Restaurant. Wie er über Ben und die Krankenpflege gesprochen hatte und dass er gut mit Menschen umging. Wie er gesagt hatte: *Es ist richtig magisch*.

Da fing Ben an zu weinen.

Vielleicht weinte er auch schon eine ganze Weile.

»Du musst nicht sofort antworten, wenn du noch keine Antworten hast. Wenn er all das allerdings nicht tut, dann lass ihn gehen, Ben. *Lass ihn gehen*«, betonte Julie. »Du kannst das. Rock den Trail alleine. Ich weiß, dass du das schaffst. Aber …« Eine kleine Pause. »Auf den Bildern, die du in letzter Zeit postest, siehst du glücklich aus. So richtig glücklich. Und, Ben?« Wieder diese sanfte, Julie-untypische Stimme. »Es ist keine schlechte Entscheidung, glücklich zu sein.«

Er biss sich auf die Lippe.

»Nicht mal, wenn er in Portland lebt?«, erlaubte er sich zu fragen. »Nicht mal, wenn er entscheidet, dass er nach dem Trail nicht mit mir zusammen sein will? Sollte er das momentan überhaupt wollen.«

Julie seufzte.

»Diese Fragen könnt nur ihr beide beantworten. Aber ich finde, es wäre schon wichtig, dass ihr euch die Zeit nehmt, darüber nachzudenken.«

Vielleicht hatte sie recht.

Doch Ben spürte, dass er sich in Gedanken bereits damit abfand, dass er Alexei Lebedev womöglich nie wiedersah. Alexei war wieder auf dem Trail. Ben hatte es noch nicht mal aus dem Bett geschafft. Alexei war stark und wanderte jetzt wahrscheinlich sogar noch schneller. Er war bestimmt schon meilenweit weg, sobald Ben es zurück auf den Trail schaffte. Falls er es überhaupt schaffte. Vielleicht würde er auch einfach für immer hier in Big Bear City bleiben. Bei Mo einziehen. Mo machte einen netten Eindruck.

Im Grunde genommen war Alexei bloß noch ein vertrauter Schmerz in der Brust. Ben kam sich albern vor, dass er Julie überhaupt all diese Fragen gestellt hatte. Wenn Alexei mit ihm zusammen sein wollte, wäre er doch hier.

»Du fehlst mir so sehr, Julie.«

»Du mir auch.«

»Knuddelst du Delilah mal für mich?«

»Darauf kannst du deinen Arsch verwetten.«

»Das Wandern ist wirklich anstrengend«, flüsterte Ben. »Ich glaube, manchmal stelle ich mich echt schlecht an.«

»Wie viele Meilen hast du schon geschafft?«

»Zweihundertfünfzig.«

»Tja, Caravalho, wenn du heute aufhörst, bist du immer noch zweihundertfünfzig Meilen mehr vom Pacific Crest Trail gewandert als irgendwer sonst, den ich kenne.«

Ben schmunzelte. »Willst du über Lorraines Mail sprechen?« Er fühlte sich schlecht, weil er dieses Gespräch so vereinnahmte.

»Bloß nicht.«

»Ich muss zum Waschsalon.« Keine Ahnung, warum er immer noch flüsterte. »Und meinen Rucksack neu packen.«

»Und ich muss zu ein paar langweiligen Meetings. Aber Ben? Es tat echt gut, deine Stimme zu hören.«

Wieder lächelte er.

»Hol dir den Kerl, wenn du willst. Aber denk zuerst an dich selbst, okay?«

»Okay. Ich hab dich lieb, Jules. Danke.«

»Gerne. Schick mir weiter Bilder von abgefahrenem Scheiß.«

Damit legte sie auf.

Langsam sammelte Ben sich. Er würde wohl nicht mit Mo zusammenziehen. Er wusste ja schon, was für eine Schererei es war, mit einem Mann zusammenzuziehen. Also duschte er erneut. Putzte sich die Zähne. Machte das Vorratspaket auf. Schmiss seine dreckigen Klamotten in einen Beutel, um sie darin durch die Stadt zu befördern. Spülte den Wasserfilter aus. Lud alle Geräte, die aufgeladen werden mussten. Schrieb allen, denen er schreiben musste.

Erst später, auf seiner letzten Runde durch das Zimmer, bemerkte Ben Alexeis leeres Vorratspaket, zusammengedrückt und ordentlich hinter das Bett geklemmt.

Er beugte sich vor und zog es heraus. Starrte auf die Rücksendeadresse in Portland, Oregon. Die Straße, in der Alexei lebte, wenn er nicht den Trail wanderte.

In Bens Vorstellung war Portland voller Hipster und queerer Menschen gewesen. Er hatte schon immer mal dorthin gewollt. Es war komisch, sich jemanden wie Alexei dort vorzustellen – einen ernsten, ruhigen Datenanalysten zwischen all den Tattoos und gefärbten Haaren.

Mit dem Handy schoss Ben ein Foto von der Adresse, bevor er das Paket wieder zurück hinters Bett schob.

KAPITEL DREIZEHN

Wandern war die Hölle.

Alexei verstand nicht, warum überhaupt jemand wanderte.

Ein lockerer Spaziergang durch den Wald? Sicher. Aber Wandern? Tag für Tag fünfzig Pfund auf dem Rücken durch die Wildnis schleppen, während die Zivilisation eigentlich nur einen Abzweig entfernt ist? Den eigenen Müll im dreckigen Plastikbeutel mitnehmen? Den halben Tag mit der Suche nach Trinkwasser verbringen? Sonnenbrand kriegen, egal, wie oft man die schmierige Creme neu aufträgt? Und nicht zu vergessen, die ständigen, aufdringlichen, nervigen Käfer! Jeden verdammten Tag!

Warum? *Warum?*

Außerdem fühlte Alexei sich hundsmiserabel. Schon nach weniger als vierundzwanzig Stunden Trail-Pause schien sein Körper vergessen zu haben, wie man wanderte. Er hatte Kopfschmerzen. Wieder keinen Appetit. Und sein frisch aufgestockter Rucksack wog gefühlt eine Tonne.

Seit er zurück auf dem Trail war, gab es endlich wieder Bäume und eine wunderschöne Aussicht, und Alexei hätte diesen Tag vermutlich geliebt. Vorher.

Nach drei wadenkrampfenden, todlangweiligen Meilen durch die Stadt zwang er sich noch zwei weitere Meilen bergauf bis nach Bertha Peak, bevor er Rast machte. Es war der perfekte Ort für eine Pause, mit ungehindertem Blick auf den Big Bear Lake. Er starrte auf das funkelnde blaue

Wasser hinab. Schob sich einen Müsliriegel in den Mund. Der furchtbar schmeckte.

Weiter den Hügel hinab erklang ein Trillern, gefolgt von einer Reihe langer, klarer Töne. Ganz automatisch verharrte Alexei. Das mochte er am Vogelbeobachten am liebsten. Dass man vollkommen still sein musste.

Nach ein paar Minuten war er sich sicher. Rainammer.

Fast hätte er den Mund geöffnet. Sich zu Ben umgedreht, um ihm das zu sagen. Aber dann fiel es ihm wieder ein.

Also wanderte er weiter.

Eine Meile später wäre er beinahe an einer kleinen Frau vorbeigelaufen, die im Dreck saß und sich über einen großen Zeichenblock beugte.

Abrupt blieb er stehen.

»Ruby.«

Sie hob den Blick. Sie trug dasselbe Outfit wie bei ihrer ersten Begegnung: eine schwarze Lycra-Radlerhose, ein Racerback-Tanktop und knallpinke Socken.

»Alexei.«

Dass sie sich an seinen Namen erinnerte …

Schwerfällig ließ er sich neben sie plumpsen, der Rucksack landete vor seinen Füßen.

»Diesmal bist du alleine«, stellte sie fest und widmete sich wieder ihrer Zeichnung.

»Ja.« Er nahm einen zittrigen Atemzug. Drückte sich die Handflächen auf die Augen und betrachtete die verschwommenen weißen Wirbel in der Dunkelheit hinter seinen Lidern. Die Kopfschmerzen ließen allmählich nach, aber sein Magen wurde immer schlimmer. Er fühlte sich schwindelig, völlig aus dem Gleichgewicht.

Ben hatte recht, natürlich. Alexeis Körper war erschöpft.

Er brauchte einen Nulltag. Und er wünschte wirklich, er hätte Wäsche gewaschen.

»Willst du drüber reden?«, fragte Ruby, ohne die geschmeidigen Bewegungen ihrer Zeichenhand zu unterbrechen.

»Ja.« Alexei ließ die Hände in den Schoß fallen. »Aber ich weiß nicht, wie. Also ... nein.«

Einen Moment lang herrschte Schweigen.

»Scheint ja was Schwerwiegendes zu sein«, meinte Ruby endlich.

»Ja. Ja, ist es.«

Und dann steckte er den Kopf zwischen die Knie und fing an zu weinen.

Okay. Ben war vielleicht schwul. Oder bi. Oder so.

Aber – als Alexei neben ihm aufgewacht war und sich wieder an alles erinnert hatte ...

... war sein erster Gedanke gewesen, dass er es vielleicht doch nicht war.

Denn Ben hätte ihm in so vielen Situationen sagen können, dass er auf Männer stand. In so, so vielen. Alexei wusste, dass Heteros gerne mal herumexperimentierten. Schwul bis zur Zeugnisvergabe, oder so. Den Großteil seiner Zeit an der University of Washington hatte Alexei im Schlafsaal verbracht, oder in der Bibliothek oder der Kapelle. Am College neue Freundschaften zu schließen, hatte sich leider als genauso schwierig entpuppt, wie er befürchtet hatte. Darum hatte er auch nicht sonderlich viel praktische Erfahrung. Trotzdem, er hatte davon gehört. Und vielleicht waren manche Typen auf dem PCT ja »schwul bis Kanada«.

Auch wenn das für Alexei keinen Sinn ergab. Aber für ihn ergaben viele Dinge auf dieser Welt keinen Sinn.

Vielleicht hatte Ben auch bloß Mitleid mit ihm. Der arme verstoßene, schwule Junge. Vielleicht hatte Ben nur nett sein wollen. Und vielleicht war er das auch.

Aber Alexei kam sich so dumm vor. Wäre er doch nur anders! Er wünschte, er hätte Ben heute Morgen gegen die Schulter stupsen können. Er wünschte, sie hätten einfach Witze reißen und trotzdem noch ihren Nulltag zusammen verbringen können.

Oder … Okay, rückblickend wünschte er, er wäre einfach ruhig genug geblieben, um mit Ben darüber reden zu können. Um ihn die Sache aufklären zu lassen.

Doch Alexei wusste genau: Er hätte es nicht ertragen, wenn Ben gesagt hätte, dass letzte Nacht bloß Spaß gewesen war.

Denn für ihn selbst war es nicht bloß Spaß gewesen. Es hatte ihm alles bedeutet.

Er würde noch sehr, sehr lange an diese Nacht zurückdenken.

Letztendlich hatte er bekommen, was er wollte. Der Abschied war zwar viel abrupter und unangenehmer ausgefallen als in seiner Vorstellung, aber jetzt war er hier. Wieder allein.

Irgendwann versiegten seine Tränen. Er hob den Kopf. Wühlte im Rucksack nach Taschentüchern.

»Entschuldige«, sagte er zu Ruby, als er sich wieder gesammelt hatte.

Sie zuckte mit den Schultern und wechselte den Stift.

»Kein Problem. Manchmal hat man's eben schwer.«

»Ja«, hauchte Alexei. »Wohl wahr.« Er drehte sich zu ihr um. »Was malst du da?«

Ruby hob den Zeichenblock an. »Kaktusfeige.«

»Ah. Stimmt, ziemlich eindeutig.« Hätte er vor der Frage

einen Blick auf ihren Block geworfen, hätte er die violetten Tupfen gesehen, die sie gerade nach und nach an den charakteristischen, essbaren Kaktus zeichnete.

»Hast du davon schon welche zu Gesicht bekommen?«, fragte sie.

»Ein paar.«

»Die sind der Hammer, oder?«

Alexei lachte. Er konnte kaum glauben, dass sie mit ihm sprach, als wäre alles völlig normal, nachdem er sich ihr so aufgedrängt und dann Rotz und Wasser geheult hatte. Aber er stimmte ihr zu. »Ja, sind sie echt.« Und dann, als er sich umsah: »Es ist wirklich unglaublich, dass all das hier überhaupt existiert.«

Endlich sah auch Ruby auf und schaute sich um.

»Stimmt.«

Sie trommelte mit dem Stiftende auf ihren Zeichenblock. Einen Moment später sammelte sie ihre Sachen zusammen.

»Wollen wir ne Weile gemeinsam wandern?«

Überrascht sah Alexei sie an. Er hatte noch genau im Kopf, wie sie gemeint hatte, sie sei eher eine Einzelkämpferin. Dadurch hatte er sich direkt mit ihr verbunden gefühlt.

»Ich würd nicht fragen, wenn ich's nicht wollen würde«, schob sie hinterher, als er nicht antwortete. »Aber wenn du lieber alleine sein willst, versteh ich das auch.«

Jetzt war ihm schon wieder nach Heulen zumute. Schnell rappelte er sich auf.

»Ich würde gerne eine Weile mit dir wandern.«

Falls sie mitbekam, dass er über den Tag hinweg noch ein paarmal schniefte, dann behielt sie es für sich.

An diesem Abend machten sie in der Nähe der Küste von Holocomb Creek Rast. Sie hatten einen hügeligen, aussichtsreichen Tag hinter sich, und Alexei war erleichtert, dass sie sich jetzt an diesem ruhigen, ebenen Ort zwischen Salbeisträuchern ausruhen konnten.

Vermutlich würde er nicht ewig mit Ruby wandern, und das war auch völlig in Ordnung. Dennoch war er froh, dass sie sich heute getroffen hatten. Mit Ruby zu wandern, hatte geholfen.

»Wo kommst du her?«, fragte er sie, während sie ihr Abendessen kochten. Er wusste, dass Ruby kein Interesse an einer Trail-Familie hatte. Dass es anders ablaufen würde als zwischen ihm und Ben. Trotzdem wollte er ein bisschen mehr über sie erfahren.

»Queens.«

»Also New York?«

»Dem einzig Wahren. Und du?«

»Ursprünglich Washington State.«

Er wartete einen Augenblick, bevor er hinzufügte: »Ich überlege, nach dem Wandern an die Ostküste zu ziehen. Aber wahrscheinlich nicht nach New York.« Er strich sich über den Bart. »Nach Boston vielleicht.«

Ruby stieß ein kleines *Hm* aus. »Große Veränderung.«

Alexei holte tief Luft und atmete langsam aus. Das war das erste Mal, dass er so explizit von seinen Umzugsplänen erzählte. Ein richtiges Ziel benannte. Und als Ruby die Realität laut aussprach – *große Veränderung* –, bekam er plötzlich wieder mehr Angst. »Ja, große Veränderung.«

Ruby streckte die braunen Beine aus.

»New York ist besser«, bemerkte sie. »Nur, du weißt schon, das muss für dich nicht auch so sein.«

»Ich war in beiden Städten noch nicht«, gab Alexei zu. »Aber keine Ahnung.« Er lächelte für sich selbst. »Ich wollte immer schon zum Harvard Square.«

»Ja, das glaub ich. Du bist ein weißer Mann. Boston wird gut zu dir passen.«

Alexei nestelte an seinem Herd. »Ich bin ein schwuler weißer Mann.« Denn wenn er heute Abend *Noch mal geoutet* in sein Notizbuch schreiben konnte, gab es wenigstens einen Punkt, auf den er stolz sein konnte.

»Verstehe«, meinte Ruby. »Wie gesagt, Boston wird gut zu dir passen.«

Als Alexei lachte, wurde sein Herz ein winziges bisschen leichter.

»Ich bin noch nicht bereit, schon wieder nach Woodside zurückzufahren«, sagte Ruby einen Moment später. »Aber für eine Portion Pancit Molo oder Kare-Kare würd ich jetzt echt töten.«

Alexei sah zu ihr herüber und zog die Brauen hoch.

»Philippinisches Essen«, erklärte sie. »Pinoy-Kram.« Sie seufzte. »Ich hab dieses ganze Trail-Essen so satt. Es hängt mir langsam echt zum Hals raus.«

Darüber musste Alexei grinsen. »Versteh ich.« Er zog die Knie an und schlang die Arme um die Schienbeine, während seine Ramen köchelten. »Das Einzige, auf das ich hier wirklich Appetit habe, sind Gummibärchen.«

Er lachte über sich selbst, weil er so kindisch klang.

Und schlagartig vermisste er Alina so sehr, dass es richtig wehtat. Sie liebte Süßigkeiten fast noch mehr als er. In ihrem Elternhaus war neben Koffein und Alkohol auch Industriezucker immer streng verboten gewesen. Doch Alina war eine Meisterin darin gewesen, Naschereien ins Haus zu schmuggeln, die sie Kindern in der Schule stibitzt hatte. Ihre Beute hatte sie in der hintersten Ecke ihres Schrankes in einer Kiste versteckt.

Letztens erst war sie für ihren Job als Anwaltsgehilfin aus Vancouver weg und in eine neue Wohnung in Portland gezogen. Er hatte sie noch nicht gesehen, diese neue Wohnung, und sie lag auch in einer anderen Gegend als seine, ganz im Norden. Aber in den letzten Monaten waren Alinas Dekorationspläne das einzig sichere Thema gewesen, über das sie sich hatten unterhalten können. Wie ihre Küchenschränke wohl jetzt aussahen? Ob sie vor Schokolade und Keksen nur so überquollen?

»Du bist echt süß, Alexei«, meinte Ruby. Nicht mit einer Flirtstimme. Er konnte sich nicht vorstellen, dass Ruby irgendetwas mit einer Flirtstimme sagte. Trotzdem wurden seine Ohren ganz heiß. Verlegen wühlte er mit der Schuhspitze im Dreck.

»Danke.« Dann aß er seine Ramen. Dachte darüber nach, wie weit weg New York sich anfühlte. Wie weit weg sich alles anfühlte. Portland und Vancouver und Boston und alles, was keine Wüste war.

Dann fragte er Ruby: »Warum bist du hier? Auf dem PCT?«

Sie schwieg eine ganze Weile lang. Aber irgendwann antwortete sie: »Musste mal ein bisschen alleine sein.«

Alexei nickte. Legte das Kinn auf die Knie.

Er rechnete schon damit, dass sie mehr dazu nicht sagen würde. Doch eine Minute später sprach sie weiter.

»Und …« Sie kratzte sich am Hals. »Ich bin hier, um auf meinen Körper zu hören.« Eine kurze Pause. »Und zu malen.«

Das klang nach ziemlich guten Gründen.

»Danke noch mal«, sagte er nach der nächsten längeren Pause. »Dass du mich ein kleines Stück mit dir wandern lässt.«

Ruby zuckte mit den Schultern.

»Manchmal muss man alleine sein, und manchmal sollte man das nicht. Heute hast du gewirkt, als wär's die zweite Variante.«

Alexei holte tief Luft und spürte, wie die Wüstenluft ihm die Lungen füllte. »Stimmt.«

Kurz danach packte Ruby ihre Stifte ein, und Alexei sprach sein Abendgebet.

Es dauerte noch lange, bis er einschlief.

Am nächsten Morgen verschlief Alexei aus Versehen. Nachdem er schließlich aus dem Zelt gekrochen war, stand die Sonne bereits höher am Himmel, als ihm das für den Start seiner Wandertage lieb war, und ihn beschlich ein mulmiges Gefühl. Ruby saß auf dem Boden, die Stifte wieder um sich verteilt.

Er war froh, sie zu sehen.

Doch der Geruch von Bens Instantkaffee fehlte ihm.

»Morgen«, sagte sie.

Alexei rieb sich das Gesicht und bemühte sich, wach zu werden. »Tut mir leid, falls du auf mich gewartet hast.«

»Ach, heute gehe ich eh nirgendwohin.«

»Nulltag?«

Ruby beugte sich dichter über ihr Blatt. »Mir ist heute einfach nicht nach Laufen.« Sie sah zu ihm auf. »Ich höre auf meinen Körper, schon vergessen?«

Alexei stopfte die Hände in die Taschen. »Stimmt. Du ziehst es also nicht bis Kanada durch?«

»Nein. Ich steige ein und aus, wo ich Lust habe. Ich liebe diesen Trail, aber der menschliche Körper ist nicht dafür geschaffen, zweitausendsechshundert Meilen am Stück zu laufen. Das ist dir doch klar, oder?«

Alexei lächelte. Er bewunderte Ruby so sehr. »Ist mir klar.« Er zuckte mit den Schultern. »Trotzdem treffen wir manchmal seltsame Entscheidungen.«

Sie stimmte zu und neigte den Kopf wieder über den Zeichenblock. »So ist das wohl.«

Alexei rüstete sich für den Tag. Er baute sein Zelt ab und packte die Ausrüstung zusammen. Gerade hatte er den Brustgurt seines Rucksacks zugeschnallt, als Ruby wieder das Wort ergriff und ihm die Frage zurückspielte, die er ihr gestern Abend gestellt hatte.

»Warum bist du hier, Alexei? Auf dem PCT?«

Er lehnte sich auf seinen Stöcken nach vorne, um zu testen, wie seine Beine sich heute anfühlten.

»Um mich zu verabschieden«, antwortete er.

Ruby schwieg, bis sie irgendwann fragte: »Fühlst du dich denn dazu schon bereit?«

Er schüttelte den Kopf.

»Nein«, erwiderte er ehrlich. Ruby gegenüber kam ihm die Wahrheit leicht über die Lippen.

»Tja.« Sie tippte sich mit dem Bleistift ans Kinn. »Du hast ja noch über zweitausend Meilen Zeit.«

Alexei lächelte sie an. »Zum Glück.« Er wickelte sich die Riemen seiner Stöcke um die Handgelenke und warf einen letzten anerkennenden Blick auf Rubys Zeichenblock.

Dann verabschiedete er sich von ihr und ihren Bildern und marschierte weiter in Richtung Kanada.

Es war später Vormittag, und Alexei hatte bereits viele kräftezehrende Meilen auf teils felsigem, teils sandigem Terrain hinter sich, als es ein weiteres unerwartetes Wiedersehen gab.

Unter einer weißen Erle machte eine Gruppe Wanderer Rast.

In Alexeis Gedächtnis flackerte plötzlich etwas auf, als er sie in der Ferne erblickte und ihre Stimmen vom Wind zu ihm herübergetragen wurden.

Bevor er weiter darüber nachdenken konnte, reagierte sein Körper, und er rannte, so schnell es das Gewicht seines Rucksacks zuließ, in ihre Richtung.

»Hey«, keuchte er und nickte ihnen zu. Die Worte flogen ihm förmlich aus dem Mund. »Hi, hey. Habt ihr Ben gesehen?«

Die Unterhaltung der Gruppe verstummte. Alle schauten gleichzeitig zu ihm hoch und blinzelten in die Sonne.

Der Rothaarige erkannte ihn zuerst. Bloß konnte Alexei sich nicht mehr an seinen Namen erinnern. Es kam ihm wie Jahre vor, seit er ihnen begegnet war.

»Hey! Du bist der Typ aus Idyllwild!« Rotschopfs Augen begannen zu strahlen. »Der ruhige Typ, bei dem Ben geblieben ist!«

»Oh, krass!«, meinte Faraj. »Wie läuft's denn so?«

»Ähm. Gut.«

Nach einer langen Pause, in der sich Alexeis Unsicherheit wieder bemerkbar machte, lief er rot an. Und wünschte sich sehnlichst, er könnte im Erdboden versinken.

Bloß hatte er bei ihrem Anblick eine unwillkürliche Verbindung zu Ben gespürt.

Und er vermisste Ben so sehr.

Faraj räusperte sich.

»Ben haben wir nicht mehr gesehen, seit wir ihn in Idyllwild bei dir zurückgelassen haben.«

Alexeis Kehle war wie zugeschnürt. »Natürlich. Sorry.«

Natürlich hatten sie Ben nicht gesehen. Soweit er wusste, war Ben vielleicht sogar noch in Big Bear City. Was zum Teufel hatte er sich nur gedacht?

»Ich hab angenommen, ihr beide wärt zusammen weitergewandert«, meldete sich Faraj nach einer erneuten peinlichen Stille zu Wort.

»Stimmt.« Alexei zog sich das Bandana vom Kopf und wischte sich den Schweiß von der Stirn. Er versuchte, diese unlogische Begegnung zu erklären. »Wir wurden vor ein paar Tagen getrennt. Ich dachte, falls ihr ihn gesehen hättet ... Ich wollte nur sichergehen, dass es ihm noch gut geht.«

Und kaum hatte er es ausgesprochen – oh nein. Plötzlich stellte er sich vor, wie Ben stolperte, sich den Knöchel verstauchte oder einen Knochen brach, und das ohne Alexeis GPS-Notrufsender oder verlässlichen Handyempfang. Oh Gott!

Dabei hatte er es Ma doch versprochen. Dass er auf Ben aufpassen würde.

Aber bestimmt war Ben in Sicherheit. Wahrscheinlich hatte er schon eine andere Wandergruppe in Big Bear City kennengelernt – vielleicht die Leute vom Parkplatz, die mit der Gitarre, falls sie noch da waren ... und bestimmt hatte irgendwer von ihnen auch ein GPS-Notfallgerät. Ben ging es gut. Ben ging es hundertpro, vermutlich, total gut.

»Alles in Ordnung, Kumpel?«

Erschrocken fiel Alexei auf, dass er ja immer noch bei den Idyllwild-Typen stand.

»Ähm. Ja. Tut mir echt leid, dass ich euch gestört habe. Ich werde dann mal …« Er wollte einen Schritt zurückgehen, aber ein Typ, den er ganz vage erkannte, unterbrach ihn.

»Hast du seine Nummer?«, fragte der Unbekannte. »In der Nähe der Deep Creek Bridge gibt es einen Knotenpunkt. Vielleicht hast du da ja Empfang.«

»Ich habe kein Handy«, gab Alexei zu. »Ist schon okay. Macht euch keine Sorgen. War nett, euch alle wiederzusehen.« Er trat noch einen Schritt zurück.

»Hey, warte mal!« Faraj stand auf. »Wir machen uns auch gleich auf den Weg. Willst du mit uns wandern? Wir treffen Ben mit Sicherheit irgendwann.«

»Oh, äh, nein, schon gut. Ich werde wohl eher hier zu Mittag essen, glaube ich. Aber trotzdem danke für das Angebot.«

»Klar.« Faraj kramte in seinem Rucksack und fischte ein zerschrammtes Handy heraus. »Pass auf, ich habe zwar gerade keinen Empfang, aber wenn du willst, kann ich Ben eine Nachricht von dir schicken, sobald ich das nächste Mal ein paar Balken habe.«

Alexei schluckte und verspürte einen Anflug von Eifersucht, weil Faraj Bens Nummer hatte, er selbst aber nicht. Faraj konnte mit Ben sprechen, wann immer er wollte. In einem Jahr konnte er ihn aus Langeweile anrufen, um über ihre Lieblingsserien zu plaudern.

Allerdings war es ein nettes Angebot von ihm.

»Jap«, erwiderte Alexei. »Das wäre toll. Danke.«

»Cool.« Faraj tippte etwas und sah ihn dann an. »Was soll ich schreiben?«

Oh. Ach ja. *Was zum Henker sollte Alexei sagen?*

»Schreib ihm einfach … Alexei wollte sichergehen, dass es ihm gut geht.«

Faraj tippte es ein. »Mach ich.« Er steckte das Handy zurück in seinen Rucksack. »Ich bin übrigens *sicher*, dass es ihm gut geht.«

Alexei nickte und atmete schwer aus. Er verspürte ein leises, eigenartiges Verlangen, Faraj zu umarmen. »Danke.«

Die anderen fingen an, ihre Rucksäcke zu schnüren und die Stöcke aufzusammeln.

Wie aus dem Nichts schoss es ihm durch den Kopf.

Leon! Der vierte Typ, den Alexei nicht direkt erkannt hatte, musste Leon sein. Derjenige, der an jenem Tag nicht hatte mithalten können, weil er sich zugedröhnt und Kojoten gejagt hatte.

Seltsamerweise war Alexei auf einmal zum Lachen zumute. Womöglich brachte ihn das Auslassen des Nulltages langsam um den Verstand.

»Hey, Mann, wenn du Ben vor uns wiedersiehst, richte dem Scheißkerl aus, dass wir ihn vermissen, okay?«, meinte Leon.

Alexei zwang sich zu einem Lächeln. Als sie gingen, winkte er zum Abschied.

Dann setzte er sich auf ihren Platz, in den Schatten der Erle.

Er stützte das Kinn auf die Knie und starrte den Trail entlang.

Tat so, als würde er Bens schlaksige Gestalt nicht heraufbeschwören wollen. Als hoffte er nicht insgeheim, dass Ben jeden Moment wie von Zauberhand aus dem Staub hervortreten, ihm sein Handy unter die Nase halten und zurufen würde: »Lex. Hast du *so einen Käfer* schon mal gesehen?«

Kurz hinter der Deep Creek Bridge, gleich nach der Abzweigung zum Knotenpunkt, machte Alexei Feierabend. Dort hätte er Ben kontaktieren können, wenn er nicht so ein seltsamer Einzelgänger ohne Handy wäre.

Der Nachmittag war ähnlich verlaufen wie der Morgen: ein fantastischer Abschnitt des Trails, den Alexei nicht wirklich genießen konnte.

Als er sein Zelt aufschlug, wollte er nichts weiter als wissen, ob er Ben jemals wiedersehen würde. Die Begegnungen mit Ruby, Faraj und Co. in den letzten vierundzwanzig Stunden hatten Hoffnung in ihm aufkeimen lassen. Dass es vielleicht klappen würde. Dann könnte Alexei sich entschuldigen. Dafür, wie er an diesem Morgen abgehauen war. Dafür, dass er überhaupt gefragt hatte, ob er Ben küssen dürfe.

Natürlich war es auch in Ordnung, wenn sie sich nie wiedersahen. Es würde zwar eine Weile dauern, bis er Ben nicht mehr vermisste, aber er gewöhnte sich bereits wieder daran, allein auf dem Trail unterwegs zu sein. Er spürte, wie er ruhiger wurde. Ein vertrautes Gefühl, wenn auch irgendwie bittersüß – wie ein altes Shirt, das sich noch genauso anfühlte und genauso roch wie früher, bloß nicht mehr richtig passte, weil der Körper sich verändert hatte.

Während Alexei also sein Nachtlager aufschlug, brach die goldene Stunde an. Die Sonne bereitete sich auf ihren großen Abgang vor und tauchte die Wüstenlandschaft in atemberaubend kräftige Farben. Es hatte eine gewisse Magie an sich. Als würde Gott einen bei den Schultern packen, damit man genau hinsah.

Um diese Uhrzeit schlug Alexei gern sein Lager auf. Egal, wie anstrengend der Tag gewesen sein mochte, es kam ihm immer wie ein Segen vor. Innehalten zu können, wenn die Luft am süßesten duftete.

Er aß nicht zu Abend. In Sandalen stand er vor seinem Zelt, ließ das Licht auf den Felsen um ihn herum auf sich wirken und dachte nach.

Schließlich hob er einen seiner Trekkingstöcke auf. Ging zurück zum Pfad. Hier war es sandig – jegliche Nachricht würde wahrscheinlich von den Fußstapfen der anderen Wandernden verwischt oder vom Wind verweht werden. Vermutlich war es ohnehin eine sinnlose und alberne Idee. Wenn Ben den Nulltag in Big Bear City eingehalten hatte, was Alexei wirklich hoffte, läge er immer noch einen ganzen Tag hinter ihm.

Trotzdem stieß er seinen Stock in den Sand und malte das Wort in großen Buchstaben über die ganze Breite des Weges:

B E N

Dazu einen Pfeil, der auf sein Zelt wies.

Ziemlich unbefriedigend.

Zurück im Zelt, kramte er in seinem Rucksack nach etwas Handfesterem, etwas, das Ben tatsächlich auffallen und ihn stutzig machen könnte.

Letztendlich legte er das abgegriffene Exemplar von *Die schwarze Stadt* zu Bens Namen in den Sand. Er entdeckte einen halbwegs großen Stein und platzierte ihn auf dem Cover am Wegrand, neben der geschwungenen Oberkante des *B*.

Eine Weile lang betrachtete er sein Werk. Versuchte, die Magie des Lichts auf die Szene wirken zu lassen. Irgendwie kam er sich dabei immer lächerlicher vor, aber er hoffte, dass sie sie irgendwie durchfluten würde.

Dann ging er in sein Zelt. Rollte sich auf die Seite und zog sich den Schlafsack bis über beide Ohren. Versuchte, an nichts zu denken.

An diesem Tag fiel ihm das Einschlafen leichter. Er gab sich dem Schlaf hin, tief, traumlos und allein.

Erst einige Stunden später riss Alexei die Lider weit auf, als das Krachen ihn weckte.

KAPITEL VIERZEHN

Wenn du hierbei stirbst, sagte Ben sich in Gedanken, *wird Ma dir nie verzeihen.*

Er stolperte über einen Stein und konnte sich nur mit Mühe verkneifen, laut aufzuschreien. Seit fast drei Stunden wanderte er jetzt schon durch die Dunkelheit und war mit den Nerven allmählich am Ende.

Mit Julie hatte er vor Monaten Nachtwandern trainiert, in einem ihrer Lieblingsparks in Nashville. Sie hatte die ganze Zeit gekreischt, aber er hatte es eigentlich sehr genossen. In einem Wald, den er kannte. An der Seite seiner besten Freundin.

Mutterseelenallein in einer felsigen Wüste Tausende Meilen von zu Hause entfernt, war es eine völlig andere Erfahrung.

Die Sache war: An seinem Nulltag in Big Bear City hatte er ein bisschen gerechnet und festgestellt, dass er ebenfalls einige Meilen im Rückstand war. Vielleicht war Farajs unnötiges Gedränge, viel Strecke pro Tag zu schaffen, doch gar nicht so unnötig. Denn wenn man nicht schnell genug wanderte, konnte es passieren, dass der Trail durch frühen Schneefall im Hochgebirge von Oregon und Washington schon im Herbst unpassierbar war. Vielleicht schaffte Ben es auch gar nicht so weit. Aber er hatte sich vorgenommen, seine Familie auf halber Strecke zu besuchen. Bis dahin wollte er auf jeden Fall durchhalten, und wenn er dabei draufging.

Immerhin gab es einen Grund, warum nur 0,2 Prozent der Menschheit das hier in Betracht zog. So hatte Julie es doch ausgedrückt, oder?

Obwohl er in den letzten zwei Tagen versucht hatte, nicht allzu sehr über Julies Worte nachzudenken. Denn immer, wenn er es doch tat, fühlte er plötzlich Dinge. Und Dinge zu fühlen, war furchtbar.

Also hatte Ben sich fürs Nachtwandern entschieden, denn das tat man eben, wenn man in der Wüste Meilen gutmachen wollte. Doch wie sich herausstellte, war Nachtwandern mindestens genauso furchtbar.

Sobald die Sonne untergegangen war, hatte die Panik sich in alle Richtungen ausgebreitet, wie ein Tropfen Tinte im Wasser. In einer Welt aus Schatten zu wandern, war beängstigend. Ben hinterfragte jedes Geräusch, jede Stille, jeden Schritt.

Er hätte ja schon längst angehalten, aber leider fand er einfach keinen guten Platz für das beschissene Nachtlager. Anscheinend hatte er für seine Nachtwanderung einen Streckenabschnitt auserkoren, in dem es nichts als massive Klippen und felsige Vorsprünge gab. Zumindest, soweit er sehen konnte. Also nicht sonderlich weit.

Die Deep Creek Bridge ließ ihn fast in Panik ausbrechen, weil er das ganze Wasser in der Dunkelheit zwar hören, aber kaum sehen konnte. Selbst die Stirnlampe brachte nicht viel.

Zur Beruhigung wollte er im Kopf singen, doch von all den Liedern, die es auf dieser Welt auch gab, fiel ihm partout nicht ein einziges ein.

Langsam drehte er durch.

Gerade als sich ein jämmerlicher Schwall Tränen in seinen Augen gesammelt hatte, entdeckte er es.

Das Licht seiner Stirnlampe tanzte über etwas auf dem Boden. Etwas, das dort nicht hingehörte. Etwas, das er mit fünfundneunzigprozentiger Sicherheit erkannte. Das Herz sprang ihm beinahe aus der Brust.

Zögernd und ganz vorsichtig hob er es auf.

Arme Alanna. Sie war ganz verstaubt.

Ben wischte das Cover sauber, so gut er konnte. Fuhr mit dem Daumen über den Buchrücken.

Die andere Sache war: Ben hatte ganz vielleicht darauf spekuliert, dass er, wenn er durchs Nachtwandern ein paar Meilen gutmachte, womöglich Alexei wieder einholte.

Er hatte bloß nicht sehr intensiv darüber nachgedacht, was passieren würde, wenn es tatsächlich klappte.

Sie war so ein kleines, mit Liebe überschüttetes Taschenbuch, *Die schwarze Stadt*. Ben wäre vermutlich geradewegs an ihr vorbeimarschiert – und in seiner Erschöpfung bald schnurstracks über eine Klippe –, hätte er den Boden nicht so verzweifelt nach einer geeigneten Stelle fürs Nachtlager abgesucht.

Aber das hatte er, und Alexei hatte sie für ihn hiergelassen.

Ben entfuhr ein leises Schluchzen.

Alexei Lebedev konnte wirklich nicht aufhören, Ben das Leben zu retten.

Er sah sich um. Entdeckte, dass der Boden links neben dem Trail sich wunderbar ebenmäßig in die Dunkelheit erstreckte.

Zum ersten Mal seit Stunden verließ Ben den Trail. Ein Schritt. Zwei, drei, und dann …

Das Licht seiner Stirnlampe fiel auf einen Zeltpfosten. Einen, der ihm sehr bekannt vorkam.

Schnell sah er sich um, dann schaltete er die Lampe aus, um Alexei nicht mit dem grellen Geflacker zu wecken. War es übergriffig, wenn er sein Zelt ohne Erlaubnis direkt neben Alexeis stellte? Aber er hatte ihm das Buch dagelassen. War es eine schlechte Entscheidung, dass er es aufgehoben hatte?

So oder so, Ben brauchte ein Nachtlager, und das hier war weit und breit der einzig vernünftige Platz, den er finden konnte. Er würde sein Zelt in gebührendem Abstand aufbauen und morgen früh auf das Beste hoffen.

Vielleicht wusste er ja bis dahin endlich, was er Alexei sagen sollte.

Er konnte nicht glauben, dass Alexei hier war.

So leise wie möglich stellte er den Rucksack ab. Verstaute *Die schwarze Stadt* darin, zog das Zelt heraus und wühlte nach dem kleinen Beutel mit den zusammengefalteten Zeltstangen.

Er konnte das Zelt im Dunkeln aufbauen. Oder? Immerhin war er jetzt seit einem Monat unterwegs. War beinahe dreihundert Meilen gewandert. Er schaffte das.

Als er die erste Stange zusammensteckte, zitterte er ein wenig. Jetzt, wo er nicht mehr wanderte, registrierte sein Körper anscheinend, wie kalt es nachts in der Wüste war. Vielleicht musste er seine Lampe doch wieder einschalten. Nur für eine Minute …

Die Stange rutschte ihm aus den Fingern, krachte gegen einen seiner Trekkingstöcke, mit einem Scheppern, das viel zu laut war für diese beiden Gegenstände.

»Verdammt.«

Drei Sekunden später ertönte ein dumpfes Rascheln, als würde jemand in einem kleinen Zelt in einem Schlafsack herumrutschen. Und dann das Geräusch eines Reißverschlusses am Zelteingang.

Ben zog eine Grimasse. Er konnte ihn nicht sehen, sich aber gut vorstellen …

»Ben?«

Er zwang sich, nicht zusammenzubrechen, stand auf und drehte sich zu Alexeis Zelt um. Die Stirnlampe strahlte direkt in seine verwirrt dreinblickenden und ziemlich verschlafenen blauen Augen. Er kniff sie zusammen und hob eine Hand.

»Verflucht«, zischte Ben erneut und riss sich die Lampe vom Kopf, sodass sie ihm um den Hals baumelte und unheimliche Schatten auf den Boden warf. Und dann, einen Wimpernschlag später: »Hi.«

Er vergrub die Hände in der Bauchtasche seines Sweatshirts.

Nach ein paar Sekunden hallte ein Geräusch über die Lichtung zwischen ihnen. Es klang beinahe wie … ein Lachen?

Alexei … lachte? Bens Herz pochte ihm zu laut in den Ohren, um es sicher zu sagen.

»Ben.« Okay, er lachte definitiv. »Du musst dir echt abgewöhnen, mich mitten in der Nacht zu Tode zu erschrecken.«

Ben senkte den Blick und wühlte mit der Schuhspitze im Staub. Es war doch ein gutes Zeichen, dass Alexei nicht wütend wirkte. Oder?

Doch er fand das alles auf einmal gar nicht so lustig. Dass er Alexei jetzt schon zum zweiten Mal mitten in der Nacht erschreckt hatte.

»Hast recht. Tut mir leid.«

»Warst du *nachtwandern*?« In Alexeis Stimme schwang immer noch Unglaube mit, und ein Anflug von Belustigung. Oder Verzweiflung. Oder so. Verdammt, das Nachtwandern hatte Bens Hirn durcheinandergebracht. Er konnte oben nicht mehr von unten unterscheiden.

»Ich …« Er zog die Schultern hoch bis zu den Ohren. »Tut mir leid.«

Es folgte eine Stille, die Ben nicht deuten konnte.

»Danke. Dass du das Buch dagelassen hast«, sagte er. »Das war nett.«

»Klar.«

Letztendlich trafen Bens Beine eine Entscheidung für ihn. Sie trugen ihn zu Alexeis Zelt, und er setzte sich davor.

»Lex.«

Er wollte fragen: *Ist es okay, wenn ich hier zelte?* Oder: *Können wir morgen früh reden?* Oder sagen: *Tut mir leid, dass ich dich mitten in der Nacht aufgeweckt hab. Schon wieder*. Oder: *Zum Glück geht es dir gut*.

Doch als er da saß, gegenüber von Alexei, war sein Kopf wie leer gefegt. In der Dunkelheit konnte er ihn nicht sonderlich gut sehen. Aber riechen konnte er ihn. Und er roch … Na ja, Alexei wanderte seit zwei Wochen auf dem PCT und hatte seine Klamotten schon eine Weile nicht mehr gewaschen, darum roch er überwiegend verschwitzt. Aber es war Alexeis ganz eigene Version von verschwitzt.

Dann öffnete Ben die Lippen und konnte die Worte nicht mehr aufhalten, die ihm aus dem Mund purzelten.

»Es tut mir so leid, Lex. Wir hätten nichts trinken dürfen. Wir hätten erst reden sollen, bevor … Und wir hätten hinterher mehr reden sollen, aber du warst an dem Morgen so *aufgewühlt*, und ich wollte dich nicht drängen.« Seine Schultern sackten nach unten. »Ich … dachte echt, ich könnte mich davon abhalten, irgendwas mit dir anzufangen, aber dann warst du beim Mexikaner so bezaubernd, und scheiße, Lex, ›Wonderwall‹, verdammt noch mal! Du hättest genauso gut versuchen können, mich umzubringen.«

Ben schaute zur Seite und atmete tief durch, bevor er wieder zu Boden sah. Aus Angst davor, was die Müdigkeit ihm noch entlocken würde, biss er sich auf die Zunge.

Aber dann zog sich die Stille länger hin, als seine Nerven es ertrugen, und er riskierte doch einen Blick. Alexei starrte ihn mit verwirrter Miene an, das Licht der Stirnlampe warf ihm graue Schatten auf die Wangen.

»Kannst du bitte was sagen?«

Weiter eisernes Schweigen. Dann:

»Du fandst mich bezaubernd?«

Ben entfuhr ein Prusten.

»Ja. Du bist sehr regelmäßig bezaubernd, Lex. Noch dazu bist du echt verdammt heiß. Eine ziemlich gefährliche Kombi.«

»Ähm.«

»Ach, komm.« Ben stopfte die Hände wieder in den Pulli. »Du musst doch wissen, wie heiß du bist.«

»Moment mal«, platzte es aus Alexei heraus. »Bist du schwul?«

Nach einer verblüfften Pause lachte Ben auf. Und dabei fühlte er sich ein wenig leichter und endlich wieder ein bisschen mehr wie er selbst.

»Ähm, *ja*, Lex.«

Alexei streckte den Arm aus und verpasste ihm einen Stoß gegen das Knie. Ben versuchte, nicht darüber nachzudenken, wie sehr ihm das gefiel.

»Was zum Henker, Ben? Warum hast du nie was gesagt?«

Als Ben jedoch den Schmerz in Alexeis Stimme hörte, verging ihm das Lachen. Im Schein der Stirnlampe war die Wut in seinem Gesicht deutlich zu erkennen. Scheiße.

»Tut mir leid«, murmelte er. »Ich weiß es auch nicht.«

Denn es hatte sich zwar falsch angefühlt, sich vor Alexei zu outen, als er ihm vom Trauma mit seinen Eltern erzählt hatte, aber wenn Ben darüber nachdachte, hätte er es wahrscheinlich irgendwann danach machen sollen. Im Laufe der Zeit hätte er wohl den richtigen Moment dafür finden können.

Aber womöglich …

Womöglich war es leichter gewesen, sich selbst zu schützen – sich von schlechten Entscheidungen abzuhalten –, solange Alexei es nicht wusste.

Ben atmete langsam aus und rieb sich die Stirn.

Zu seiner Verteidigung: Irgendwie hatte er nach einer Weile wohl angenommen, dass Alexei von allein drauf gekommen wäre.

Denn Ben war echt richtig schwul.

Außerdem …

»Ich dachte …«, er stockte, musste noch verarbeiten, dass Alexei ihm ausgerechnet diese Frage zuerst stellte, »… dass du zumindest angenommen hast, ich wäre queer. Nach dem ganzen, du weißt schon, Miteinanderschlafen.«

Alexei fuhr sich mit der Zunge über die Lippen. »Und ich dachte, dass du vielleicht bloß ein bisschen rumvögeln wolltest. Rumexperimentieren. Oder dass … ich dir leidtue. Keine Ahnung.«

Ben ließ den Kopf in die Hände sinken.

»Alexei, scheiße, nein, das war nicht …« Er stieß die Luft aus. »Darum warst du morgens so aufgewühlt. Okay. Jetzt ergibt das viel mehr Sinn.«

Ben hatte es wirklich versaut. Auf so vielen Ebenen.

Manchmal vergaß er, dass vieles hiervon noch neu für

Alexei war. Dass er vermutlich noch nicht mit allzu vielen queeren Menschen zu tun gehabt hatte. Dass sein Kopf voll von albernen Annahmen war. Zumindest diese hier musste Ben dringend klarstellen. Er lehnte sich näher zu Alexeis Zelt. Diese kleine Sorgenfalte auf seiner Stirn hatte er vermisst.

»Punkt eins: Niemand, der auf diese Art *rumexperimentiert*, ist wirklich hetero. Punkt zwei: Was da zwischen uns gelaufen ist, war definitiv kein Experiment. Scheiße, Lex, was da gelaufen ist, wollte ich schon seit unserer ersten Begegnung mit dir anstellen. Das war nur der *Anfang* von allem, was ich mit dir anstellen will.« Er lehnte sich wieder zurück und atmete zur Beruhigung tief durch. »Keine Ahnung, wie es mit uns weitergeht. Wenn du Zeit für dich brauchst und wir ab hier getrennte Wege gehen, versteh ich das. Aber du musst wissen, dass ich nicht bloß rumvögeln wollte. Du musst wissen, dass mir jede Minute sehr viel bedeutet hat.«

Alexei starrte ihn an. Ben zog die Knie an. Verdammt, war es kalt hier.

»Ben«, sagte Alexei nach weiterem Schweigen. Seine Stimme war leise, zittrig. »Ben, komm rein. Draußen ist es eiskalt.«

Er hielt inne. Eine ganze Minute lang erwiderte er Alexeis Starren.

Dann sah er über die Schulter zu seinem Rucksack, dem ausgebreiteten Zelt und dem Stangenwirrwarr. Er schnürte seine Schuhe auf. Und zum zweiten Mal kletterte er in Alexeis Einpersonenzelt.

Alexei zog den Reißverschluss am Schlafsack auf und machte ihm Platz. Ben versuchte, möglichst elegant auf seine winzige Matratze zu rutschen.

So oder so war es einfach eine völlig absurde Situation.

Ben versuchte, die Füße in den wohlig warmen Fußteil des Schlafsacks zu stecken, aber Alexeis Füße passten allein schon nur knapp rein. Alexei probierte, sie beide mit dem offenen Schlafsack zuzudecken, doch der verhüllte kaum ihre Schultern. Und gerade als Ben es einigermaßen gemütlich hatte, fiel ihm ein, dass er noch seinen Pulli ausziehen musste, um ihn als Kissen zu benutzen. Alexei hatte das Flanellhemd, das er manchmal trug, schon sorgfältig unter dem Kopf gefaltet. Sich aufzusetzen und den Pulli auszuziehen, ohne Alexei oder sich selbst ins Gesicht zu boxen, war beinahe unmöglich.

Alexei kicherte zuerst.

Lachen tat so gut. Als Ben sich fertig eingerichtet hatte, war die Anspannung von der Nachtwanderung endlich von ihm abgefallen.

Sie lagen einander zugewandt, Brust an Brust, die Nasenspitzen berührten sich fast in der Dunkelheit. Die Stirnlampe hatte Ben ausgeschaltet und in eine Zeltecke verfrachtet. Alexeis Wimpern und den Schwung seiner Wange konnte er kaum noch erkennen. Aber er spürte ihn überall. Er zitterte noch immer, die Kälte der Wüste hing ihm weiter in den Knochen, doch die Wärme von Alexeis Körper sickerte langsam, Zentimeter für Zentimeter, zu ihm herüber.

»Ich kann nicht glauben, dass du alleine nachtwandern warst.« Alexeis Stimme war kaum mehr als ein Flüstern. »Bitte mach das nicht noch mal.«

Er versprach es mit einem kleinen Nicken. Die Hände hatte er zwischen ihren Oberkörpern zu Fäusten geballt.

Nach einer Weile holte Alexei tief Luft.

»Also, du …«, setzte er an. »Ich meine, du …«

Er atmete wieder aus.

Dann: »Du magst mich?«

Ben zählte im Kopf bis drei, um ruhig zu bleiben, bevor er so überzeugend wie möglich antwortete: »Ja, Lex. Ich mag dich.« Und weil er völlig erschöpft war und es satthatte, nicht ehrlich zu sein, fügte er hinzu: »Du hast keine Ahnung, wie sehr.«

Alexei schwieg, die Hände unter dem Kopf. Ben konnte die Rädchen in seinem Hirn förmlich rattern hören. Am liebsten hätte er die Hand ausgestreckt und ihm mit dem Daumen über die Stirn gestrichen. Ihm gesagt, dass es in Ordnung war, ganz egal, was er gerade fühlte.

Doch er konnte nur warten.

Es ist keine schlechte Entscheidung, glücklich zu sein.

Ben war so müde.

Die Augen waren ihm schon zugefallen, als Alexei wieder sprach.

»Ich habe es auch so gemeint.« Seine Stimme klang jetzt sicherer. Ben schlug die Augen auf. »An dem Abend. Ich glaube … Ich glaube, das war die beste Nacht meines Lebens. Und es tut mir leid, dass ich am nächsten Morgen gegangen bin. Ich wusste nicht …« Er holte tief Luft. »Ich hätte nicht gedacht, dass du wirklich so empfinden könntest. Für mich.«

Ben biss sich auf die Wange. Er wollte dieses Geständnis feiern, die Entschuldigung annehmen. Doch er hörte auch die Unsicherheit in Alexeis Stimme. Wartete auf das Aber.

»Na ja«, meinte er. »Das tue ich.«

Alexei räusperte sich.

»Und nur um das klarzustellen: Du würdest … mehr davon wollen? Von dieser Nacht? Wenn ich auch will?«

Ob nun eine gute Entscheidung oder nicht, Ben konnte es nicht leugnen. Er stöhnte auf. »Scheiße, ja, Lex.«

»Ähm.« Jetzt klang er etwas heiser, und verdammt, das ließ Ben fast durchdrehen. Doch das, was sich hier gerade abspielte, war immer noch furchtbar zerbrechlich, und Ben würde eher sterben, als Alexei in diesem Zelt noch einmal zu bedrängen. Mit aller Kraft lenkte er seine Gedanken auf möglichst abturnende Sachen. Trocknerflusen. Nasse Socken. Katzenstreu. »Okay«, sprach Alexei nach einem erneuten Räuspern weiter. »Das ist … ganz schön viel für mich. Ist es in Ordnung, wenn ich ein bisschen Zeit brauche, um das zu verarbeiten?«

»Natürlich.« Dann zog Ben eine Schulter hoch, um sich weiter selbst zu beruhigen. »Lass uns drüber wandern.«

Stille.

»Drüber wandern?«

Ben entfuhr ein schläfriges Lachen. »Sagt man doch so, oder?«

»Ich habe dich vermisst«, meinte Alexei.

Ben schloss die Augen. »Ich dich auch.«

»Ich würde gerne mit dir drüber wandern.«

Wäre Ben nicht so müde gewesen, hätte er vor Erleichterung bestimmt geheult. Er hatte immer noch keine Ahnung, was das hier eigentlich genau war, aber sie würden weiter zusammen wandern. Und im Moment war alles andere egal. Die letzten zwei Tage ohne Alexei waren furchtbar gewesen.

Ben war schon fast komplett weggetreten, als Alexei ihn an der Schulter anstupste.

»Ähm, solltest du nicht noch dein Zelt einsammeln? Damit es nicht wegweht? Und deinen Rucksack sichern?«

Ben stöhnte auf, diesmal jedoch vor Ärger. Es war gerade so gemütlich. So gemütlich, wie es eben sein konnte, wenn sein Arsch halb von der Isomatte hing. Doch Alexei hatte recht. All seine Sachen da draußen zu lassen, war eine dämliche Idee.

»Aber …« Jetzt klang Alexei wieder verunsichert. »… du kommst doch wieder?«

Als könnte Ben ihm je einen Wunsch abschlagen.

»Versprochen.«

KAPITEL FÜNFZEHN

Bei den Wachteln gingen Alexeis Nerven mit ihm durch.

Eigentlich fühlte der Trail sich am nächsten Morgen beruhigend an, fast schon wieder normal: Ein Fuß vor den anderen, einen Schritt vor oder hinter Ben.

Abgesehen davon, dass natürlich nichts so richtig normal war.

Ben Caravalho war schwul.

Schwul schwul schwul.

Je mehr Alexei seit gestern darüber nachdachte, desto klarer wurde ihm, dass er nach dieser Nacht wohl tatsächlich überreagiert hatte. Aber auch wenn es keine völlige Überraschung war, hatte die Information ihn trotzdem irgendwie überrumpelt.

Es gab nur … so viel, was er sich nie erlaubt hatte zu glauben. So viel, auf das er nie vertraut hatte.

Er wusste, dass diese Entwicklung gut war. Sogar unglaublich.

Er wusste auch, dass er Ben nicht hätte bitten sollen, bei ihm im Zelt zu bleiben, bevor er ihm keine richtige Antwort gegeben hatte, aber es hatte sich so überwältigend gut angefühlt. Die Vorstellung, dass er, selbst jetzt beim Wandern, Bens Hand nehmen konnte. Dass Ben das wahrscheinlich sogar wollte. Dass er den Kopf an seine Schulter lehnen, dass er sich zu Ben umdrehen und mit den Lippen über seine …

Alexei hatte schreckliche Angst.

Wenn sie sich jetzt auf diese Beziehung einließen, würde sie dann nur bis Kanada halten? Was, wenn sie es nicht mal bis dahin schafften? Kanada war noch ziemlich weit weg. Ben bedeutete ihm so viel. Was, wenn er irgendwann die Nase voll von ihm hatte?

Würde es ihm dann nicht das Herz brechen?

Plötzlich fiel Alexei auf, dass Bens Schritte hinter ihm verstummt waren. Als er sich umdrehte, sah er, wie Ben auf dem Boden hockte und ein Foto von den roten und orangefarbenen Blüten einer Fackellilie schoss.

Wäre es das wert?

Himmel. Niemand hatte seine Gefühle je erwidert. Sich diese Gefühle selbst einzugestehen, war okay gewesen, als Ben bloß eine Fantasie gewesen war. Aber jetzt, da das alles real war und Alexei ihn tatsächlich, möglicherweise wirklich haben konnte …

Sie wanderten weiter.

Die Diskussion in Alexeis Kopf lief ebenfalls weiter: Vielleicht konnte er ja Ben haben, ohne auf Alexei 2.0 verzichten zu müssen. Vielleicht konnte er sich trotzdem Zeit für sich nehmen, in seine Notizbücher schreiben und seine Listen und Pläne fortführen. Ben würde ihm alle Zeit der Welt geben, wenn er ihn darum bat. Und dann konnte er neben Ben einschlafen, sein Gesicht berühren und …

Nashville. Ben lebte in Nashville. Alexei lebte in … Na ja, irgendwo würde er nach dem PCT wohl leben.

Aber die Entscheidung, wo das sein würde, musste er allein treffen.

Und wenn er das nicht schaffte? Was, wenn sie Kanada erreichten, Ben fröhlich nach Nashville zurückkehrte und

Alexei einsehen musste, dass er noch verlorener – und einsamer – war als jemals zuvor?

Dann sah Alexei die Wachteln.

Echte Wachteln. Eine ganze Schar davon. Er zählte acht. Nein, neun. Donnerwetter, *zehn*.

Wie angewurzelt blieb er stehen und riss einen Arm hoch, für den Fall, dass Ben versuchte, an ihm vorbeizugehen.

»Helmwachteln«, raunte er. Da war er ganz sicher. Schopfwachteln waren größer und hatten nicht so eine nuancierte Färbung.

Sie pickten und scharrten und stolzierten über den Trail. Ben trat an Alexei heran und spähte ihm über die Schulter. Alexei ließ den Arm sinken und drehte sich zu ihm, jedoch ohne den Blick von den großen Vögeln zu lösen.

»Guck dir ihre Hauben an. Und die Brust der Männchen! Sind sie nicht seltsam schön? Die graueren sind die Weibchen. Die haben nicht die schwarzen Flecken auf dem Bauch, siehst du? Aber guck dir das Muster der Männchen an, sie …«

Dann machte er den Fehler, zu Ben zu schauen.

Der Anblick der Wachteln hatte ihm so einen Adrenalinrausch verpasst. Das war auch ein Grund, warum er hier war. Um wieder Dinge zu sehen, die ihn in Staunen versetzten. Und jetzt schaute Ben ihn an … als wäre er die klügste und interessanteste Person auf diesem Planeten.

Ohne darüber nachzudenken, umfasste Alexei Bens Gesicht mit beiden Händen und küsste ihn.

Es war ein schroffer Kuss. Einer, der die Begeisterung ausdrückte, die Alexei gerade empfand, und Ben erwiderte ihn. Ein leises Brummen drang aus seiner Kehle, als er Alexei an den Rucksackträgern zu sich zog.

Er brauchte einen Moment, bis ihm auffiel, dass sie sich nicht in einem Zelt befanden, abseits des Trails, verborgen von der Dunkelheit, oder in einem sicher verschlossenen Motelzimmer.

Instinktiv wich er zurück und sah sich hastig auf dem Weg um.

Doch die einzigen Gestalten, die sie beobachteten, waren die Helmwachteln.

Als sein Blick wieder zu Ben wanderte, musterte der ihn.

»Tut mir leid.« Alexei hob die Hand an den Mund.

Ein kleines Lächeln umspielte Bens Lippen.

Doch sein Blick wirkte traurig.

»Mir tut es nicht leid, dass du mich küssen willst. Ich möchte nur, dass du dir sicher bist, ob du das *wirklich* willst.«

Alexei nickte mit großen Augen. Er konnte nicht glauben, was er da getan hatte. Und ein bisschen berauscht war er auch. Aber das … war nicht fair.

»Tut mir leid«, sagte er wieder.

»Schon okay.« Ben wandte den Blick ab. Trat einen Schritt zurück und richtete seine Trekkingstöcke.

»Ist es nicht.« Alexeis Herz pochte ihm schmerzhaft in der Brust. Er konnte Bens Lippen immer noch auf seinen spüren. Er musste dringend herausfinden, wie es weitergehen sollte. Die Gedanken in seinem Kopf überschlugen sich, laut und unsortiert. »Kannst du mal eine Weile vorgehen?«, fragte er nach langem Schweigen.

»Klar.« Ben lief an ihm vorbei. Gewährte Alexei, zumindest für den Moment, Stille beim Wandern.

Eine halbe Stunde später legten sie eine kurze Pause ein. Sie waren schon ganz in der Nähe der Deep Creek Hot

Springs, heiße Quellen, die in seinen Reiseführern als Highlight dieses Trail-Abschnitts gelistet waren. Das Wetter heute war bisher mild, der Wind ruhig.

Alexei beobachtete, wie Ben einen Zitronenriegel aus dem Rucksack zog.

»Wussten die Leute aus Idyllwild, dass du schwul bist?«, platzte er heraus.

»Ja, wussten sie.« Bens Mundwinkel zuckten. »Übrigens.« Er zog sein Handy aus der Tasche. »Diese Nachrichten sind heute Morgen durchgekommen.«

Er hielt ihm das Display hin.

Alexei sucht nach dir, Benster

Will wissen, ob du okay bist

Du knallst ihn, oder?

Ich würds tun.

Alexei lief feuerrot an.

»Dann haben sie kein Problem damit?«, fragte er und ignorierte die Nachrichten.

»Nein, Lex.« Bens Stimme wurde sanft, und er sah Alexei in die Augen, während er das Handy wieder wegpackte. »Nicht alle sind Arschlöcher, weißt du?«

Alexei schwieg.

»Entschuldige.« Ben schüttelte den Kopf. »Ich wollte nicht andeuten, dass deine Eltern Arschlöcher sind.«

»Schon gut.«

Er wandte den Blick ab und blinzelte in die Ferne.

»Ist Faraj auch schwul?«, fragte er dann, als er die Nachrichten langsam verarbeitete.

Ben schnaubte. »Ganz ehrlich? Ich hab keine Ahnung. Ich dachte, er nimmt mich nur auf den Arm. Aber …« Er zuckte mit den Schultern. »Wer weiß. Vielleicht ist er ja ein bisschen queer.«

Alexei dachte einen Moment lang nach.

»Wann hast du dich geoutet?« Auf einmal schwirrte ihm ein ganzer Fragenhagel durch den Kopf. »Ist es okay, wenn ich das frage?«, schob er deshalb nach.

»Klar, Lex. Du darfst mich alles fragen. Wann ich mich das erste Mal geoutet hab?« Er neigte den Kopf. »Im ersten Jahr an der Highschool. Ich glaub, ich weiß es seit der sechsten Klasse. Aber du kennst das ja, Middleschool ist echt scheiße.«

»Hm.« Sechste Klasse.

Hatte Alexei es da auch schon gewusst?

Nein. Damals hätte er sich nie erlaubt, darüber nachzudenken.

Aber vielleicht …

»Und für deine Ma ist das in Ordnung? Und für alle anderen?«

»Ja.« Wieder klang Bens Stimme ganz sanft. »Ist es. Da hab ich echt Glück.«

Alexei setzte sich und stellte sich den Highschool-Ben vor, geoutet und geliebt.

Ben blieb stehen, während er seinen Gedanken nachhing.

»Wir sollten wohl besser weitergehen.« Er schnappte sich seinen Rucksack. »Du kannst mir aber unterwegs weiter Fragen stellen.«

Alexei nickte. Das reichte erst mal.

Ein paar ruhige Stunden später erreichten sie die Deep Creek Hot Springs. Und alle Gedanken, die Alexei noch durch den Kopf schwirrten, wurden von der Menschentraube weggefegt.

Denn die war beträchtlich.

Und ziemlich nackt.

Ben brach in Lachen aus.

»Ach du Scheiße«, keuchte er. »Das ist …« Er schüttelte den Kopf und lachte noch mehr.

Seltsamerweise schreckte Nacktheit im Freien Alexei gar nicht so sehr ab. Im Pazifischen Nordwesten gab es viele Badestellen, an denen Schwimmkleidung bloß optional war. Nicht, dass er es jemals selbst ausprobiert hätte.

Aber seit den Cabazon-Dinos hatten Bens Augen nicht mehr so vor Vergnügen gestrahlt. Alexei fiel ein Stein vom Herzen.

»Ja?« Er grinste. »Bekommst du so was in Tennessee etwa selten zu Gesicht?«

»Jap. Kann nicht behaupten, dass ich schon mal so viele Brüste und Eier auf einem Haufen gesehen habe, aber hey …« Er zuckte mit den Schultern. »Bin ja auf dem PCT, um neue Erfahrungen zu sammeln, oder?«

»Moment.« Bens verschmitztes Grinsen wischte Alexei auf einmal jegliche Farbe aus dem Gesicht. »Willst du etwa …?«

Ben fiel ihm mit einem lauten Lachen ins Wort. »Nee, Lex. Die Unterhose bleibt an. Aber ich geh *auf jeden Fall* rein. Bist du dabei?«

Mit einem Nicken und nur ein klein wenig wackelig auf den Beinen folgte Alexei Ben, der um die spärlich bekleideten Menschen und die verlassenen Rucksäcke herumtrat.

Schon bald fanden sie ein kleines Becken, das noch nicht so überfüllt war.

»Ist das hier gut?« Ben sah über die Schulter zu ihm und schnürte sich die Schuhe auf.

Es war sogar perfekt. Das Wasser war ruhig und klar, und diese Biegung des Baches, aus dem die heißen Quellen entsprangen, lag in einer majestätischen Kulisse aus golddurchzogenen Felsen und chaparralbedeckten Hügeln. Es war der Inbegriff der Wildnis Südkaliforniens, und es war sagenhaft.

Doch nichts davon konnte ihn so sehr ablenken wie Ben, der sein Hemd auszog.

Schnell wandte Alexei den Blick ab und konzentrierte sich darauf, das eigene Hemd aufzuknöpfen, und darauf, wie fest der Felsen war, auf dem sie standen. Bis er hörte, wie Ben mit einem Platschen ins Wasser stieg und dann ein langes, unanständiges Stöhnen von sich gab.

»Verdammt. Das fühlt sich *unglaublich* an.«

Alexei schaute auf und sah, wie Ben in nichts als einer Unterhose bis zu den Schultern ins Wasser eingetaucht war. Die Haare hatte er aufgemacht. Er reckte das Kinn in den Himmel und streckte mit geschlossenen Augen die Arme weit über der Wasseroberfläche aus.

Wie ein Engel. Ein heißer, schwuler Engel.

Mit einem Seufzen zog Alexei sein eigenes Hemd und die Hose aus und gesellte sich zu ihm ins Wasser, bevor er lange darüber nachdenken konnte. Was … oh. Es fühlte sich *wirklich* unglaublich an.

Er navigierte um Ben herum und lehnte sich an einen glatten, sonnenwarmen Stein. Dann ließ er sich treiben und gab sich ganz dem Wasser hin.

Eine kleine Wolke wanderte in sein Blickfeld, bevor er die

Augen schloss. Der Lärm der anderen Hiker, ob an Land oder in den anderen Becken – das Lachen und Plaudern, das Geräusch von Bierdosen, die geöffnet wurden –, verklang zu einem entfernten Murmeln, während Alexei sich der Dunkelheit hingab. Dem Gefühl der Schwerelosigkeit.

Er wollte, dass Alexei 2.0 authentischer war.

Die heißen Quellen den Schmerz seiner geschundenen Gelenke wegwaschen zu lassen – genau wie den Stress und das Adrenalin der letzten Tage, zumindest vorübergehend –, fühlte sich authentischer an als alles, was er je getan hatte.

Er war nicht sicher, wie viel Zeit vergangen war, als Ben sich zu ihm beugte und er sein Knie flüchtig am eigenen spürte, seinen Atem wie einen Kuss am Ohrläppchen, sanft und intim.

»Ich dachte, ich warne dich lieber«, sagte er. »Genau jetzt gesellen sich zwei sehr alte, sehr nackte Männer zu uns.«

Dann lehnte Ben sich auch schon wieder weg, um die Neuankömmlinge zu begrüßen.

Alexei versuchte, am Gefühl der warmen Sonne auf seinem Gesicht und des heilenden Wassers um ihn herum festzuhalten.

Doch letztendlich hob er den Kopf und öffnete blinzelnd die Augen.

Die Männer waren tatsächlich sehr alt.

Der eine unterhielt sich mit Ben – gerade über Angina, und zwar sehr energisch –, hatte braune Haut und dichtes weißes Haar auf dem Kopf. Der direkt gegenüber von Alexei war blasser und fast kahl, die Haut schlaffer. Alexei gab alles, beide nicht unterhalb der Wasseroberfläche zu betrachten.

Kahlkopf nickte Alexei zu. Er bewegte die Arme unter dem Wasser und ließ sie vergnügt treiben. Eine dünne Goldkette hing ihm um den Hals, mit einem kleinen Kreuzanhänger, der in seinen Brusthaaren lag.

Ben und Weißhaar-Typ wechselten zu Arthritis. Der alte Mann streckte die Hand aus, damit Ben sie untersuchen konnte. Der nahm sie und drückte sanft auf dem Handgelenk, den Fingern und den knorrigen Knöcheln herum.

Alexei beobachtete die Fürsorge und Konzentration auf Bens Miene, und ihm wurde ganz warm ums Herz.

Dann sah er wieder zum Mann gegenüber, der die Arme jetzt auf die Felsen am Rand gelegt hatte. So lag der linke Arm um die Schultern seines Freundes.

Waren die beiden ein Paar? Je länger er den Arm des Kahlkopfs anstarrte, desto fester nistete der Gedanke sich in seinem Hirn ein. Hatten sie gesehen, wie Ben Alexei vorhin ins Ohr geflüstert hatte? Bestimmt. Hatten sie wohl angenommen, dass Ben und er auch ein Paar waren? Warum wanderten sie in ihrem Alter meilenweit durch die sengende Hitze des Trails, um sich dann nackt in heiße Quellen zu setzen? Weil sie es wollten? Weil sie es konnten?

Sie schienen sich so wohl in ihrer Haut zu fühlen, mit all ihren Falten und Fehlern. Sie machten den Eindruck, als würden sie sich gut kennen. Als hätten sie schon viel zusammen erlebt. Als würden sie noch viel zusammen erleben wollen, solange sie konnten.

Je länger Ben mit ihnen sprach, desto länger saßen sie gemeinsam in diesem Becken und desto länger konnte Alexei nicht aufhören, darüber nachzudenken.

Darüber, wie sehr er sich wünschte, eines Tages wie sie zu sein. Die gleiche Leichtigkeit zu verspüren. Ein erfülltes Leben zu genießen.

Und dass er beim besten Willen nicht wusste, wie.

Jetzt erst wurde ihm klar, dass er, seit er das Haus seiner Eltern an jenem Tag verlassen hatte, nur von einem Tag zum nächsten lebte. Er musste nur den Tag überstehen, sich aus dem Bett quälen, zur Arbeit schleppen, dann, nach der Entlassung, ins Gym, zum Outdoor-Store, zur Post. Musste nur die Dinge von seiner Liste abhaken. Es zum PCT schaffen.

Und obwohl er sich immer eingeredet hatte, dass seine Reise auf dem PCT ihm helfen würde, herauszufinden, wie seine Zukunft aussehen sollte, bemerkte er jetzt, dass es dabei bloß um die unmittelbare Zukunft gegangen war. Bloß darum, wo er als Nächstes wohnen würde. Welchen Job er als Nächstes annehmen, welche neuen Sachen er noch ausprobieren konnte.

Aber was war mit dem restlichen Leben, das noch auf ihn wartete? Was war der übergeordnete Sinn des Ganzen?

Wer wollte Alexei sein, wenn er achtzig war?

Etwas später schreckte er auf, als Ben ihn mit dem Bein anstupste. Anscheinend war er eingeschlafen. Mit halb geschlossenen Augen sah er zu ihm hoch.

»Hey, Schlafmütze.« Ben lehnte an den Felsen und lächelte ihn an. Die nassen Haare hatte er wieder zu einem Dutt gebunden. Was hieß, dass sie später im Lager extra wellig sein würden. »Wir sollten wohl bald mal los, wenn wir es noch bis zu diesen Zeltplätzen schaffen wollen.«

Alexei reckte zustimmend das Kinn. Sein Reiseführer hatte ein paar nette legale Plätze ein paar Meilen von hier versprochen, in der Nähe vom Bachufer unter Weiden.

Ihre nackten Freunde waren verschwunden.

Zu Alexeis eigener Überraschung verspürte er einen Funken Bedauern. Weil er nicht mit ihnen geredet hatte. Weil er sich nicht mal hatte verabschieden können.

Er dachte an das Kreuz auf der Brust des Kahlkopfes. Es war irgendwie beruhigend und faszinierend zugleich gewesen.

Nächstes Mal, das nahm er sich fest vor. Der Mensch, der er sein wollte, stellte mehr Fragen.

Sie trödelten noch ein wenig im Wasser, obwohl Ben recht hatte: Sie sollten sich besser auf den Weg zu den Zeltlagern machen, bevor es dunkel wurde. Außerdem war Alexei ziemlich sicher, dass es nicht gut war, so lange in so heißem Wasser zu bleiben, vor allem nicht in der Wüste.

Er sah wieder in den Himmel hinauf.

Warum genau hielt er Ben Caravalho auf Abstand?

Was in seinen Tabellen und Listen besagte, dass er sich nicht auf ihn einlassen durfte?

Wie sollte er zu einem Mann werden, der mit achtzig nackt in heißen Quellen badete, wenn er sich nie etwas zugestand?

»Du bist immer so geduldig mit mir«, sagte er leise.

Ben runzelte die Brauen.

»Das ist auch nicht schwer. Ich muss mich dafür nicht extra anstrengen oder so.« Er zuckte mit den Schultern und sah weg. »Ich bin einfach gerne bei dir.«

Alexei ging das Herz auf.

»Ben. Du bist echt …« Frustriert schlug er mit der Hand ins Wasser und zerstörte damit die friedliche Ruhe im Becken. Warum kamen ihm nie die richtigen Worte über die Lippen? Doch Ben lachte über sein Planschen, und seine Stirn entspannte sich. Also lachte Alexei auch. »Der Beste«, beendete er den Satz.

Ihre Blicke trafen sich, und Ben schenkte ihm ein zartes, vertrautes Lächeln.

Authentisch sein. Alexei konnte das.

Endlich hob er die Schultern aus dem Wasser und setzte

sich aufrecht hin. »Ben.« Er holte tief Luft. »Ich will dich so sehr.« Das wusste Ben vermutlich schon, nach Big Bear City und den Wachteln und so, aber verdammt, es war etwas anderes, es laut auszusprechen. Ganz bewusst. »Aber ich habe Angst. Das … alles ist noch so neu für mich. Darum fürchte ich, dass du vielleicht noch ein bisschen länger Geduld mit mir haben musst, und ich weiß nicht, ob das dir gegenüber fair ist. Aber ich will …«, wieder suchte er nach den richtigen Worten, »… es gerne versuchen. Mehr zu sein als nur Hiking-Partner. Wenn du auch noch willst.«

Ben musterte ihn. Sein Lächeln war bei Alexeis Rede verschwunden, und seine Miene verriet nichts, während Alexei auf seine Antwort wartete. Als wäre Ben vorsichtig. Als hielte er etwas zurück. Was seltsam war. Hatte er seine Meinung geändert? Oh Gott.

»Unser Kuss vorhin«, sagte er endlich. »Bei den Wachteln. War das das erste Mal, dass du einen Mann in der Öffentlichkeit geküsst hast?«

»Ja.«

»Aber das in Big Bear City, das war nicht … dein erstes Mal?«

»Nein.« Alexeis Wangen wurden heiß.

Ben wandte den Blick ab und sah aufs Wasser. »Du solltest rausfinden, wo deine Grenzen liegen.«

Alexei zog die Brauen zusammen. »Grenzen?«

»Ja. Womit du dich wohlfühlst und womit nicht. Küssen in der Öffentlichkeit, ja oder nein. So was.«

»Oh.« Alexei biss sich auf die Lippe.

»Nicht jetzt sofort. Und wenn du nicht auf öffentliche Zurschaustellung von Gefühlen stehst, dann ist das auch in Ordnung. Es gibt nicht den einen richtigen Weg.«

Ben war nett. Geduldig. Wie immer. Aber … auf einmal überkam Alexei der heftige Wunsch, er hätte dieses An-die-Hand-genommen-Werden nicht nötig. Er wollte, dass Ben sich keine Sorgen um Alexeis Grenzen machen musste, weil Alexei einfach so sein konnte wie in Big Bear City. Dass er einfach seinen Gefühlen folgen konnte, ohne darüber nachzudenken.

Dass er den Kuss bei den Wachteln versaut hatte, war ihm klar. Dass er es vermutlich bei jeder Gelegenheit versaut hatte. Aber er wollte nicht, dass Ben sich zurückhielt. Und es fühlte sich an, als würde er genau das tun. Alexei wollte Ben. Den echten, grinsenden, lachenden Ben.

Doch als er den Mund öffnete, um das zu erklären, blieben ihm die Worte wieder mal im Hals stecken.

»Schon gut, Lex. Lass uns gehen.« Ben lächelte zwar, als er aufstand, aber es fühlte sich nicht richtig an. Ein Gefühl der Beklemmung kroch Alexei den Rücken hinauf. Als hätte er hier gerade sein Herz ausgeschüttet – mehr, als er es je vor einer anderen Person getan hatte – und Ben hätte kaum reagiert.

»Der Trail wartet«, rief Ben über die Schulter, als er aus dem Becken kletterte. Alexei sah ihm mit gerunzelter Stirn nach, bevor er ihm widerwillig folgte.

KAPITEL SECHZEHN

Zurück an Land, versuchten Ben und Alexei, sich mit den Minihandtüchern aus ihren Rucksäcken abzutrocknen. Während Alexei nach Ersatzunterwäsche kramte, versuchte er nachzudenken. Was da alles in der heißen Quelle passiert war, hatte sich für ihn wichtig, geradezu überwältigend angefühlt. Aber wahrscheinlich hatte er es wieder mal nicht gut genug erklärt.

Das gelang ihm ja nie.

»Hey«, rief Ben. »Kannst du mal kurz aufpassen?«

Alexei sah hoch. Und bevor er richtig kapierte, was Ben meinte, hatte dieser sich schon die nassen Boxershorts runtergezogen. Und Alexeis Gehirn verabschiedete sich.

In Windeseile zog Ben eine neue Unterhose und Shorts an, dann holte er die Sonnencreme aus seinem Rucksack.

»Soll ich bei dir auch aufpassen?« Er schüttelte die Flasche. »Oder deine Sachen im Auge behalten, falls du dir ein etwas ungestörteres Plätzchen suchen willst?«

Ben klang völlig normal, doch Alexei durchschaute ihn. Die Art, wie er die Lippen zusammenpresste. Wahrscheinlich biss er sich von innen auf die Wange. Versuchte, nicht darüber zu lachen, dass Alexei ihm gerade ganz offensichtlich auf den Schwanz gestarrt hatte.

Und als Alexeis Gehirn sich wieder in Gang setzte, musste er sich ebenfalls ein Lachen verkneifen.

Ben war schnell und diskret vorgegangen. In dem kleinen Dickicht waren sie eigentlich relativ gut versteckt. Die Hälfte der anderen Leute um sie herum war nackt. Und Ben lachen zu sehen, tat gut. Es half Alexei, seine Ängste zu vergessen.

Ben rieb sich Sonnencreme auf Nase und Wangen.

Alexei beobachtete ihn. Und plötzlich stellte er es sich vor. Wie sie beide mit achtzig an diesen Ort zurückkehren würden. Alexei wären bereits die Haare ausgefallen – oh ja, er wäre definitiv der Glatzkopf. Bens langes Haar sah in seiner Vorstellung aus wie jetzt, zu einem Dutt gebunden, nur in Grautönen voller weißer und silberner Strähnen. Seine Augenfältchen würden sich zu den schönsten Falten entwickeln, ein Gesicht geprägt von einem Leben, in dem er Menschen geholfen hatte, ein Leben, in dem er sich selbst treu geblieben war.

Vielleicht fand Alexei nicht immer die richtigen Worte. Vielleicht war das okay.

Vielleicht musste er es Ben stattdessen zeigen. Dass er damit umgehen konnte, wenn Ben sich nicht zurückhielt.

Er stand auf und schob die Daumen in den Bund seiner Unterhose. Erst mit einem, dann mit dem anderen Fuß stieg er heraus.

Schließlich stand er nackt im Sonnenlicht und schenkte Ben ein schüchternes Lächeln.

Der cremte eigentlich gerade seine Unterarme ein, verharrte aber mitten in der Bewegung.

Vermutlich dauerte es nur ein paar Sekunden, bis Alexei sich die trockene Unterhose anzog. Sein Gesicht glühte. Aber er lächelte. Er fühlte sich gut.

Bevor er nach seinem Shirt griff, deutete er mit dem Kinn auf die kleine Flasche in Bens Händen.

»Kannst du mich eincremen?«, fragte er leise, aber bestimmt.

Ben atmete tief ein, bevor er einen Schritt nach vorne machte. »Sicher?«

Er nickte. »Sicher.«

Und dann war Ben ihm nah, so nah. Er gab Sonnencreme auf seine Finger. Fuhr Alexei damit über die Stirn zur Nase, dann über die Wangen bis zum Kinn und strich den Bartrand entlang. Alexei versuchte, ganz ruhig zu bleiben.

Ben wanderte zu seinem Hals. Zu den Stoppeln unter seinem Kinn, zur Haut hinter seinen Ohren. Alexeis Atem ging schneller, während Ben sich zu seinen Schultern hinunterarbeitete. Eigentlich brauchte er dort gar keine Sonnencreme. Trotzdem freute er sich, dass Ben ihn länger als unbedingt nötig berührte.

»Verdammt«, hauchte Ben. »Du bist so was von sexy, Alexei Lebedev.«

Ein Kribbeln lief ihm den Rücken hinunter. Das war es, was er wollte. Bens Gefluche, Bens Leidenschaft. Er fühlte sich geborgen und ein bisschen sonnentrunken, ein wenig berauscht von diesem Gefühl, dieser magischen Woge des Mutes, die die heiße Quelle in ihm ausgelöst hatte. Vielleicht hatte Ben recht. Vielleicht musste Alexei wirklich über Grenzen nachdenken. Doch er wollte auch das hier. Er wollte sexy sein. Er wollte Haut, Nähe und Vertrauen.

Ben wirkte beinahe benommen, wie er da mit den Fingern unentwegt an Alexeis Seite entlangfuhr. Auch das gefiel Alexei, aber gleichzeitig drohte er, in Verlegenheit zu geraten. Er öffnete den Mund, um sich zu bedanken und ihm zu versichern, dass es jetzt gut sei und …

»Meine Fresse. Nicht mal auf dem PCT ist man heutzutage noch vor Schwuchteln sicher.«

Die Stimme klang nah. Laut. Tief.

Eine zweite Stimme antwortete.

»Im Ernst. Diesen Schwuchteln kann man echt nirgendwo mehr entkommen.«

»Zeigt wenigstens ein bisschen Anstand, um Himmels willen.«

Es folgte ein Moment, in dem Alexei sich fühlte wie im freien Fall, schwerelos und ohne Orientierung, außerhalb von Raum und Zeit. Er war zurück im Haus seiner Eltern, geknebelt von den Blicken seines Vaters. Zurück in der Kirche, im Alter von zwölf, verschämt und verunsichert.

»Ignorier sie«, flüsterte Ben. Alexei blinzelte sich zurück in die Gegenwart. Sah Bens aufgerissene Augen, die geweiteten Pupillen.

Die hölzernen Kirchenbänke und der schief geknöpfte Pullover seines Vaters verschwanden. Hierher würden sie nicht vordringen. Ben würden sie nicht anrühren.

Das Blut rauschte ihm in den Ohren. Aber sein Verstand klärte sich, und er versuchte, Ben entschlossen und voller Zuversicht anzuschauen. Denn inzwischen wusste er, wie es aussah, wenn Ben Angst hatte. Und er hatte versprochen, ihn zu beschützen.

»Ist das gerade echt euer Ernst?«

Diesmal eine Frauenstimme.

Alexeis Aufmerksamkeit schweifte zu der Welt jenseits von Ben und erfasste die Umgebung. Der Mann, der ihnen am nächsten stand, war groß, und die kurzen Shorts im Muster einer US-Flagge spannten über seinen gebräunten Oberschenkeln. Er hatte sich der näher kommenden Frau zugewandt, deren dunkle Haare unter einer Patagonia-Trucker-Cap hervorquollen.

»Verpisst euch, ihr engstirnigen Drecksäcke«, grummelte sie.

Der Mann mit den Stars-and-Stripes-Shorts löste demonstrativ den Gurt über seiner Brust. Das Gleiche tat auch sein Begleiter. Sie ließen ihre Rucksäcke in den Sand fallen.

»Wir können hingehen, wo immer wir wollen«, erwiderte der dünnere Typ.

Die Frau kniff die Augen zusammen und öffnete den Mund, aber jetzt reagierte Alexei.

»Ist schon gut, wir verschwinden.« Er warf sich in Rekordgeschwindigkeit sein Shirt und die kurze Hose über und kramte nach seinen Socken. »Ben«, kommandierte er. Er schien Anweisungen zu brauchen, denn er war mit ausdrucksloser Miene zur Salzsäule erstarrt. »Na komm«, sagte Alexei, diesmal sanfter. »Wir sollten gehen.«

Während Alexei die Füße in seine Trail-Schuhe schob, kamen weitere Leute auf sie zu.

»Hey, Leslie, was ist hier los?«

»Diese homophoben Arschlöcher sind den Jungs da ganz schön auf die Pelle gerückt.«

»Was zum Teufel?«

Alexei schnappte sich seinen Rucksack. Ben kämpfte nach wie vor mit seinem Hemd.

»Hey, Jungs, wartet«, rief die Frau mit der Patagonia-Cap – Leslie – und stellte sich dichter neben Alexei. Ihre Augen, die vor einer Minute noch vor Wut gelodert hatten, wirkten jetzt nur noch besorgt. »Ihr seid nicht diejenigen, die gehen sollten.«

»Ist schon gut«, erklärte Alexei.

Auch wenn es das absolut nicht war.

Anstand. Dieses Wort lag Alexei bitter auf der Zunge. Ein Wort, mit dem er aufgewachsen war. Mit dem man ihn indoktriniert hatte. *Es ist nicht unbedingt eine Sünde, unanständige Gedanken zu haben*, hatte man ihm beigebracht. Immer und immer wieder. *Eine Sünde ist es nur, wenn man sie auslebt.*

Nur hatten Ben und Alexei nichts Falsches getan.

Und Ben zu treffen, war das absolut Anständigste, was ihm je widerfahren war.

Er schüttelte den Kopf. »Ich meine, das ist es nicht. Aber wir wollten sowieso gerade los.«

Leslie nickte.

»Es tut mir so leid, dass euch das passiert ist.«

Alexei schaute sie an. Ihr Gesicht war voller Sommersprossen. Ihre Augen waren grün. Auf ihrem T-Shirt war ein Bär abgebildet, der den Umriss von Kalifornien umarmte.

Es war ein schlichter Satz, den sie da gerade gesagt hatte.

Trotzdem geriet Alexeis Welt ins Wanken, nur ein klein wenig. Als würde dieser Satz ihm Farben zeigen, die er noch nie zu Gesicht bekommen hatte.

»Kommst du zurecht?«, fragte er. »Nicht, dass sie sich an dir rächen.«

Denn er wusste genau, wie solche Typen tickten. Gerade lieferten sie sich eine hitzige Diskussion mit den anderen Leuten, die sich dazugesellt hatten. Und er wusste, dass Leslie selbst mit Engelszungen die Ansichten und Gefühle dieser Menschen nicht ändern würde.

»Shit.« Leslie seufzte und rückte ihre Kappe zurecht. »Da bin ich wohl ganz schön in Fahrt geraten, was? Ich neige immer zu solchen Aktionen, wenn ich so einen Scheiß mitbekomme. Mein Freund hasst das.« Sie blickte zurück zu der streitenden Menge. Die schien zu Alexeis Leidwesen von Minute zu Minute zu wachsen. »Aber mach dir keine Sorgen. Von uns gibt es mehr als von denen. Und wir kommen ständig hierher. Die Ranger kommen auch öfter hier vorbei. Wenn sie Ärger machen wollen, zeigen wir sie wegen Entfachung eines illegalen Lagerfeuers im Wald an oder so.«

Wider Erwarten musste Alexei lachen. Er drehte sich zu Ben um. Der war nun fast fertig und zwängte sich in seine Schuhe, wirkte jedoch weiterhin verunsichert.

»Bitte tu das nicht«, bat er Leslie. Mit Waldbränden war hier nicht zu spaßen. Wieder seufzte sie.

»Na schön. Mein Freund wäre wahrscheinlich eh total angepisst, wenn ich die Behörden anlügen würde. Aber hey.« Ihr Tonfall wurde wieder ernst. »Tut mir leid, wenn euch meine Schreierei in Schwierigkeiten gebracht hat.« Sie blickte zurück zur Gruppe und schürzte die Lippen. »Ich wollte nicht so viel Aufmerksamkeit auf euch lenken oder euch bevormunden oder so. Ich konnte einfach meine Klappe nicht halten. Wie gesagt, manchmal geht es mit mir durch.«

»Nein.« Alexei schüttelte den Kopf. »Das war schon in Ordnung. Du warst großartig. Danke, dass du eingesprungen bist.«

Ben trat neben ihn, die Stöcke in der Hand.

»Versucht einfach, sie zu vergessen, okay?«, wandte sich Leslie an beide. »Das sind nur ein paar beknackte Loser.«

Alexei lachte wieder, auch wenn das nach allem, was gerade passiert war, immer noch völlig unangebracht war. Aber Leslies Formulierung erinnerte ihn so sehr an Spielplatz-Zankereien, dass er gar nicht anders konnte. Er stellte sie sich auf einem Baseballfeld vor, wie sie etwas Kautabak ausspuckte, bevor sie einen No-Hitter warf. *Beknackte Loser*, würde sie vom Hügel aus verkünden.

»Danke, Leslie«, sagte Ben, und als Alexei das Zittern in seiner Stimme hörte, war ihm nicht mehr nach Lachen zumute. Trotzdem lächelte er ihn liebevoll an. Selbst in einer solchen Situation erinnerte Ben sich noch an all die Namen der Fremden, die er traf. »Vielleicht sehen wir uns ja auf dem Trail wieder.«

»Wir sind Einheimische, aber wer weiß. Passt gut auf euch auf, okay?«

Mit einem letzten ernsten Blick drehte sich Leslie um und ging zu ihren Freund*innen.

Und Ben und Alexei taten, was sie immer taten. Das Einzige, was zu tun war. Sie wanderten los.

Mit jedem Schritt wurde das Gemurmel der Menschenmenge in Deep Creek Hot Springs leiser, bis es schließlich ganz verstummte. Bis nur noch das Knirschen ihrer Füße auf dem Boden und das sanfte Rauschen des Windes zu hören waren.

Alexei wollte eine Hand ausstrecken. Sie Ben auf die Schulter legen. Ihre Finger verweben.

Doch er spürte Bens Wut, seine innere Unruhe, und ließ ihm seinen Freiraum.

Stattdessen konzentrierte Alexei sich darauf, sein eigenes Adrenalin abzubauen.

Nach einer Viertelstunde blieb Ben stehen.

Er ging einen Schritt vom Pfad weg. Starrte auf die goldenen Hügel, die sie umgaben, wohin man auch blickte, endlose Flächen Chaparral.

»Das ist nicht fair«, sagte er schließlich. Verärgert zog er das Haargummi heraus und fuhr sich mit der Hand durch die Mähne. »Du hast nur …« Er hielt inne. »Du hast doch nur … Wir waren nur …«

»Ben.«

»Und dann passiert *so* ein Dreck? Auf dem *PCT*? Verfluchte *Scheiße*.«

Bens Brustkorb bebte. Er stierte in die Wüste, als wolle er sie in Brand stecken.

»Ben«, sagte Alexei. »Mir geht es gut.«

»Mir aber nicht, verdammt«, schimpfte Ben. Er schloss die Augen und holte tief Luft. »Es ist bloß … Seit der Highschool hat mich niemand mehr *Schwuchtel* genannt. Ich meine, ich lebe in Tennessee – offen schwul zu sein ist nicht immer ein Spaziergang, aber es ist auch nicht …« Ben schüttelte den Kopf und drehte sich zu ihm um. »Alexei, mir ist wichtig, dass du weißt, dass das, was da gerade passiert ist, nicht normal war. So was ist ganz und gar nicht normal.«

Alexei studierte sein Gesicht.

Er verstand jede Emotion, die er dort entdeckte. Selbst als er mit Leslie gesprochen hatte, sogar als er irgendwie *lachen* musste, hatte er innerlich gezittert. Angespannte Muskeln, erhöhter Blutdruck, trockener Mund.

Leslies Hilfsbereitschaft und Courage machten das, was geschehen war, nicht ungeschehen.

Außerdem hatte er ein bisschen Angst davor, was passieren würde, wenn sie erneut auf diese Typen trafen. Sie hatten den PCT erwähnt und Rucksäcke dabei, also waren sie vermutlich nicht nur für einen Tagesausflug dort. Die Wahrscheinlichkeit, dass Ben und er ihnen wieder über den Weg liefen, war also ziemlich hoch. Da fühlte man sich auf diesem legendär langen Trail ohne Ausweichstrecke gleich ein wenig beengt.

Trotzdem war Alexei sich nicht sicher, ob er mit Bens Ansicht übereinstimmte.

Dass dieser Vorfall nicht normal gewesen war.

Denn alles an seiner Erziehung hatte ihn auf diesen Moment vorbereitet.

Natürlich würde man ihn als Schwuchtel bezeichnen.

Alexei *war* ja eine Schwuchtel.

Das war nun mal einfach Teil des Deals. Das Einzige, womit er bei der ganzen Sache nicht gerechnet hatte, war Leslie.

Ben hingegen … Alexei dachte daran, wie wütend Ben auf Alexeis Eltern gewesen war. Wie er meinte, *nicht jeder ist ein Arschloch*, als er davon erzählt hatte, dass die Truppe aus Idyllwild über seine Sexualität Bescheid wusste.

In Bens Welt war tatsächlich nicht jeder ein Arschloch.

Wenn dann doch mal eins auftauchte, kam das für ihn natürlich überraschend.

Alexei griff nach Bens Hand. Verschränkte ihre Finger. Drückte sie.

»Waren die anderen in der Highschool gemein zu dir?«, erkundigte er sich ernsthaft interessiert. Denn Bens Sicht auf die Welt war so viel optimistischer als seine eigene, und das, obwohl er schon viel länger in ihr lebte. In dieser Welt, die er ganz entschieden liebte, obwohl sie ihn als *Schwuchtel* beschimpfte.

Vielleicht rief das Geschehene in Ben ein Trauma wach, dem Alexei sich noch nie zu stellen getraut hatte. Denn Traumata hatten sie sicher beide, wenn auch ganz unterschiedliche. Es schmerzte Alexei, zu wissen, dass Ben heute nicht zum ersten Mal verletzt worden war. Die Vorstellung, irgendjemand könnte in Ben etwas anderes als Gutherzigkeit und Freude sehen, erschien ihm völlig abwegig.

Ben seufzte und schaute zur Seite.

»Ja, manchmal. War aber nicht so schlimm. Manchmal haben mich die Leute beschimpft, so wie vorhin. Oder … kennst du das, wenn die Leute über dich reden oder dich komisch angucken? Über dich lachen? Selbst wenn es nicht so offensichtlich ist.«

Alexei nickte. Das kannte er nur zu gut.

»Aber zum Glück hatte ich immer Julie und Tiago und Khalil und meine Familie, darum war es meistens gar nicht so schlimm.«

Alexei streichelte Bens Daumen. Er hatte nie eine Julie oder einen Tiago oder Khalil gehabt. Oder eine Ma.

Und obwohl es die Geschehnisse von vorhin nicht auslöschte, klang das gute Gefühl, das Leslies Einsatz in ihm ausgelöst hatte, immer noch nach.

»Manchmal ist es aber trotzdem ätzend«, betonte Alexei, um ihm zu verstehen zu geben, dass er ehrlich zu ihm sein konnte. Natürlich überraschte es ihn keineswegs, dass Ben beteuerte, seine Erlebnisse in der Highschool wären eigentlich *gar nicht so schlimm* gewesen. Er konzentrierte sich nun mal stets auf die Sonnenseite, auch wenn es keine gab.

»Jap.«

»Das vorhin war einfach nur ätzend.«

»Jap.«

Sie schwiegen beide.

»Aber weißt du, was nicht ätzend war?«, fragte Ben und schaute ihn an, und Alexei konnte es sehen. Dieses kleine, unverwüstliche Funkeln von Lebensfreude in Bens Augen. Da war er wieder, sein Ben, der die Wut ebenso wie alles andere verdrängte, um ihn zum Lächeln zu bringen. »Du. Bevor der ganze Mist passiert ist.« Er zog an ihren umschlungenen Händen und holte Alexei näher zu sich heran. »Striptease-Lex.«

Alexei biss sich auf die Lippe. »Das war nur eine Sekunde«, protestierte er.

Ben legte den Kopf schief. »Vielleicht könnte das dein Trail-Name werden. Striptease.«

Alexei verdrehte die Augen und ließ die Hände sinken.

»Genau genommen hast du angefangen«, sagte er.

»*Genau genommen* waren es Al und Giovanni.«

Alexei lachte. Die Erinnerung an die alten Männer in ihrer heißen Quelle und wie sie sich Ben vorgestellt hatten, war in die hinterste Ecke seines Gedächtnisses verdrängt worden. Aber es fühlte sich gut an, sich an sie zu erinnern.

»Der eine hat sich sehr gefreut, mit dir über all seine Gebrechen zu plaudern.«

Sie kehrten auf den Trail zurück. Dieses Mal übernahm Alexei die Führung.

»Alte Leute lieben Krankenpfleger. Aber Giovanni ist wahrscheinlich kerngesund. Obwohl sich seine Gelenke wirklich furchtbar angefühlt haben.«

Alexei schmunzelte und musste daran denken, wie Ben Giovannis Knöchel untersucht hatte. Sie hatten noch etwa fünf Meilen bis zu den Zeltplätzen. Es fühlte sich gut an, wieder in Bewegung zu sein.

»Ich wünschte, ich hätte den Typen etwas entgegnen können«, sagte Ben zehn Minuten später. Sofort schnürte sich Alexei wieder die Kehle zu, weil Ben immer noch so darauf fixiert war. »Uns verteidigen. Aber ich war einfach … wie weggetreten.«

Alexei stemmte seine Trekkingstöcke in den Boden. Rechts, links, rechts.

»Manchmal«, erklärte er, »gibt es nichts, was du jemandem entgegensetzen kannst, der bereits beschlossen hat, dich zu hassen.«

Stille. Bis Ben bedauernd erwiderte: »Das hasse ich.«

»Ich weiß.«

»Aber ich bin froh, dass Leslie da war. Und dass du mit ihr gesprochen hast.«

»Ja«, sagte Alexei. »Ich auch.«

In der folgenden Stille konnte er förmlich spüren, wie sehr Ben nach den passenden Worten suchte, um es besser zu machen.

»Lass uns heute Abend *Die schwarze Stadt* zu Ende lesen«, schlug Alexei nach einigen Schritten vor. »Wir sind so kurz vor dem Ende.«

Ein langes Ausatmen hinter ihm.

»Okay«, stimmte Ben zu. »Das fände ich toll, Lex.«

Alexei schaute in die Dunkelheit und lauschte dem Rhythmus von Bens Atem und dem sanften Plätschern des Deep Creek. Dem Rauschen der Pappel, unter der sie campten. Den leisen Geräuschen der nächtlichen Wüste, die sich zunehmend vertraut anfühlte.

Was sich allerdings seltsam anfühlte, war das Schlafen in einem Zelt, das nicht sein eigenes war. Auch Bens Zelt war nicht für zwei Personen gedacht, aber wenigstens war es ein paar Zentimeter breiter und hatte einen anderen Aufbau, was ihnen entgegenkam. Nach dem Abendessen hatten sie ihre Schlafsäcke nebeneinandergelegt. Ein wenig geredet. Ein bisschen rumgeknutscht, ganz zärtlich und liebevoll.

Jetzt schlief Ben neben ihm, in die Tiefen seines Schlafsacks gekuschelt.

Und während Ben schlummerte, schwirrte Alexei der Kopf.

Er griff nach seinem Tagebuch und dem Stift.

Er brauchte Stichpunkte, und zwar ganz dringend.

Alexei blinzelte in die Dunkelheit. Das Papier war kaum zu erkennen, doch wenn er die Stirnlampe benutzte, würde er Ben bestimmt wecken. Darum beschränkte er sich aufs Wesentliche: grundlegende Fakten, die er sich von diesem Tag merken wollte, an dem er so viele verschiedene Erfahrungen gemacht hatte und sich wie ein vollkommen anderer Mensch fühlte.

Nach etwa der Hälfte hielt er inne und betrachtete die dunkle Masse neben sich, nichts als Nylon, aus dem ein Dickicht von Haaren ragte. Es sah so niedlich aus, dass er sich auf die Lippe beißen musste, um nicht laut loszukichern.

Er riss sich zusammen und tippte sich mit dem Stift gegen das Kinn. Überlegte, was er noch auf seine Liste setzen sollte.

Plötzlich überkam ihn der seltsame Wunsch, einen bestimmten Punkt hinzuzufügen: *Nicht mal auf dem PCT ist man heutzutage noch vor Schwuchteln sicher*. Nein, das ließ er sein, die Erfahrung war viel zu beängstigend gewesen. Doch jetzt, nachdem er das alles überstanden hatte, im Schutz von Bens Zelt am ruhigen Bachufer, kam es Alexei beinahe lustig vor. So viele Dinge, die andere Leute sagten – Leute, mit denen Alexei aufgewachsen war –, ließen sich so leicht ins Gegenteil verkehren. Es war so einfach, sie durch einen anderen Tonfall in etwas Heiteres zu verwandeln.

Die Schwulen: Heute gar kein so seltener Anblick mehr, selbst in freier Wildbahn!

Alexei unterdrückte einen weiteren, möglicherweise unangebrachten Lachanfall.

Schließlich schrieb er:

Leslie mit dem Patagonia-Cap

Auch wenn er den Tag nur mit ein paar wenigen Worten dokumentierte, entspannte das Schreiben sein Hirn. Trotzdem starrte Alexei noch immer auf die nahezu schwarze Seite vor sich, vielleicht ein paar Minuten zu lange.

Denn bald schlich sich ein dunkler Gedanke ein.

Was hätte Dad heute getan? Wenn er dort gewesen wäre?

Er hätte sich nicht so derb benommen wie die beiden Männer. Nicht so aggressiv.

Aber gedacht – und aus tiefstem Herzen empfunden – hätte er das Gleiche.

Er hätte Alexei angesehen und gebetet.

Schnell blätterte er zu einer leeren Seite.

Wenn er diesen einen Gedanken aufschrieb – nicht als Stichpunkt, sondern genau die Worte, die jede Sekunde in ihm lebten –, könnte er vielleicht endlich schlafen.

Erneut setzte er den Stift an.

Ob sie mich wohl vermissen?

Alexei fixierte die kaum sichtbaren Wörter.

Nein. Noch nicht ganz.

Es gab einen Grund, warum er das ausgerechnet heute endlich aufschreiben wollte.

Alexei kaute auf der Stiftkappe herum. Lauschte Bens Atmen. Und dann formulierte er die Frage, die ihm eigentlich auf dem Herzen brannte.

Spielt es überhaupt eine Rolle, wenn die Person, die sie vermissen, nicht wirklich ich bin?

KAPITEL SIEBZEHN

Eins hatte Ben bei der PCT-Planung mit am meisten Angst eingejagt: Flussquerungen. Ein paar Furten in der Sierra und den Kaskaden waren vor allem in den Jahren, in denen viel Schnee schmolz, bekannt dafür, besonders knifflig zu sein. Doch zum Glück war das Wasser im Deep Creek am nächsten Morgen schön seicht und ruhig. Arschkalt zwar, und die Füße würden wahrscheinlich den ganzen Morgen über nass bleiben, aber immerhin musste er keine Angst haben, flussabwärts gerissen zu werden. Zumindest keine große Angst.

Allerdings war diese Stelle sehr breit und felsig, und am anderen Ufer erwartete sie eine große Sandbank, die erklommen werden wollte. Ben rieb sich die Augen und versuchte, sich zu konzentrieren, während sie sich vorsichtig ihren Weg durch den Fluss bahnten.

Sie hatten es fast geschafft, als das Arschblitzen losging.

»Hey, Thompson!«

Ben sah hoch. Zwei andere Hiker überquerten zeitgleich mit ihnen den Fluss. Einer hatte es schon geschafft. Anscheinend wollte er das feiern, denn er zog gerade seine Hose runter und präsentierte seinen weißen Hintern seinem Begleiter, der immer noch im Wasser stand, etwa einen Meter vor Ben und Alexei.

Daraufhin schallte eine schnelle Folge verschiedener Laute über den Deep Creek: Bens eigenes Lachen. Ein gemurmeltes »Arschloch«. Ein lautes Platschen. Und ein spitzer Schrei.

Ben hastete nach vorn zu dem Fremden. Thompson, so hatte der Arschblitzer ihn genannt.

Thompson kam dort, wo er gefallen war, wieder auf die Knie und zog die linke Hand aus dem Wasser, gefolgt von einem Sturzbach aus Blut.

»Hey, Mann. Ich bin Ben. Ist es okay, wenn ich dich anfasse?«

Thompson starrte nur seine Hand an.

»Oh scheiße«, rief der Typ am anderen Ufer.

»Jap, da hast du dir einen fiesen Schnitt eingefangen«, meinte Ben und streckte die Arme aus, um Thompson vorsichtig Halt zu geben. Er half ihm beim Aufstehen. Legte Thompsons rechte auf die linke Hand.

»Kannst du da mal draufdrücken? Genau so, mit richtig viel Druck?« Thompson nickte und sah Ben endlich an. Ein gutes Zeichen. »Am Ufer kann ich dich wieder zusammenflicken, aber das Wichtigste ist jetzt, dass du uns hier im Fluss nicht mit dem schweren Rucksack zusammenklappst, okay?«

»Okay«, erwiderte Thompson mit dünner Stimme.

»Soll ich auch was machen?«, fragte Alexei von der Seite.

»Lass uns Thompson erst mal aus dem Fluss bekommen, dann kannst du mir helfen, das Erste-Hilfe-Set rauszusuchen.«

»Ich hab auch Verbandszeug«, meinte der Typ am Ufer, als sie sich näherten. »Ich sollte ihm helfen.«

»Er ist Krankenpfleger«, erklärte Alexei und nickte in Bens Richtung, während der mit Thompson zum Flussufer stolperte. Jetzt hatte der Arschblitzer gute Sicht auf das Blut, das seinem Freund aus der Hand rann.

»Okay, schon gut.« Er wurde ganz blass. »Das überlass ich echt lieber dem Krankenpfleger.«

Alexei holte Bens Erste-Hilfe-Set aus dem Rucksack. So schnell Ben konnte, zog er Gummihandschuhe an und sterilisierte die Wunde. Drückte ein Stück Verbandsmull auf Thompsons Arm und drehte sich dann für Nachschub zu Alexei um.

»Tut mir echt leid, Mann«, kam es vom hilflosen Freund.

»Du bist ne richtige Flachzange«, presste Thompson hervor.

»Niemand hat hier Schuld«, ging Ben dazwischen. »Du hattest nur Pech und bist auf einen scharfen Stein gefallen. Bei meinen praktischen Einsätzen in der Notaufnahme hab ich gelernt, dass mindestens die Hälfte aller schlimmen Verletzungen Folgen von Missgeschicken sind. Du hattest also einfach Pech.«

»Das wäre aber nicht passiert, wenn Nick mich nicht mit seinem hässlichen Hintern abgelenkt hätte«, meckerte Thompson.

»Ey, Mann, ich konnte ja nicht wissen, dass du dich direkt aufspießt. Immerhin hab ich dich erst abgelenkt, als ein Krankenpfleger in der Nähe war!«

»Du wusstest doch gar nicht, dass er Krankenpfleger ist, du Sackgesicht.«

Während die Freunde sich zankten, arbeitete Ben weiter. Zanken war gut; Thompson konnte Ablenkung gebrauchen. Ben spülte die Wunde aus und konnte dann endlich ein Stück Gaze drauflegen. Mit einer Hand wühlte er durch sein Erste-Hilfe-Set.

»Also, so sieht's aus«, informierte er Thompson. »Das ist eine ziemlich tiefe Schnittwunde. Eigentlich würde ich sie gerne nähen, aber Nähte sind so mitten im Nirgendwo immer riskant. Darum nehme ich Steri-Strips und wickel meterweise Verband drum, aber du musst echt aufpassen.« Während er sprach, arbeitete er weiter. »Sobald du erste Anzeichen einer Infektion siehst – Rötungen oder eine Schwellung oder wenn die Wunde sich heiß anfühlt –, musst du sie so schnell wie möglich kontrollieren lassen. Wenn du siehst, wie eine rote Linie hier langwandert«, er strich mit dem Finger über Thompsons Handgelenk den Arm hinauf, »Richtung Herz? Schwing deinen Arsch sofort ins Krankenhaus, kapiert?«

»Kapiert, Doc.« Thompson hatte sich sichtlich beruhigt und bekam auch wieder Farbe im Gesicht. »Du bist wie ein ... PCT-Engel.«

»Stimmt«, murmelte Alexei hinter ihm leise.

Ben spürte, dass er rot anlief, während er sich die Handschuhe auszog.

Als er und Alexei wieder aufbruchbereit waren, war er zuversichtlich, dass Thompsons Hand gut verheilen würde. Aber eine dicke Narbe würde sicher bleiben. Viel zu spät fiel ihm ein, dass er Alexei hätte bitten sollen, ein Foto für Julie zu schießen.

»Bleib hier noch mindestens zwanzig Minuten sitzen, okay? Nimm ein paar Ibus und entspann dich.«

Ben hatte sich gerade zur Sandbank umgewandt, als Thompsons arschblitzender Freund Nick ihn mit einer so festen Umarmung attackierte, dass er Ben beinahe damit umwarf. »Danke, Mann.«

»Klar doch.« Ben tätschelte ihm den Arm. »Kein Problem.«

Mit einem abschließenden Winken erklommen Ben und Alexei den Sand. Verdammt, der würde Thompson sicher

Schwierigkeiten bereiten. Ach, na ja. Ben hatte getan, was er konnte.

Sie wanderten eine Weile, bis Alexei abrupt vor ihm stehen blieb.

»Okay.« Er stützte die Hände in die Hüften und drehte sich um. »Ich versuche wirklich, mich zurückzuhalten, aber Ben«, Alexei sah ihn unverwandt an, »das war unglaublich.«

Ben grinste seinen Mehr-als-nur-ein-Hiking-Partner an.

»Du bist echt süß, Lex. Es war nur eine Schnittwunde. Ich meine …« Er zog eine Grimasse. »Eine ziemlich fiese Schnittwunde, aber ich hab nichts gemacht, was sie nicht auch selbst geschafft hätten. Nur hab ich einfach schneller gehandelt.« Er ließ die letzten zwanzig Minuten im Kopf Revue passieren. Wie er seine Instinkte hatte übernehmen lassen. Wegen eines Schnittes. »Hoffentlich war das okay.«

»Okay?« Alexei kreischte förmlich. Diese Tonlage hatte er erst einmal erreicht, als er wegen Alanna richtig aufgeregt gewesen war. »Ben.« Er warf die Arme hoch. »Du hast doch gesehen, dass der Kerl fast in Tränen ausgebrochen wäre, als du fertig warst, oder nicht? Die Hälfte der Sachen aus deinem Erste-Hilfe-Set kann ich nicht mal benennen. Das war richtig professionell. Das war …«, Alexei stockte kurz, »… echt heiß.«

Seine Wangen liefen rot an, und er legte die Hände wieder an die Hüften.

Okay. Wow. Das hatte eine unerwartete Wendung genommen.

Glaubt er an dich? fragte Julie ihn in Gedanken. *Gibt er dir das Gefühl, dass du alles schaffen kannst?*

Ben biss sich auf die Wange.

»Ach ja?«

»Mhm. Ja. Ich hatte eigentlich die ganze Zeit einen halben Ständer. Gott, Ben. Wie zum Henker kannst du denken, dass du kein großartiger Krankenpfleger wärst?«

Ben klappte die Kinnlade runter. Ach du Scheiße.

»Moment mal. Hattest du den im Ernst?«

Alexei zappelte verlegen, die Ohren feuerrot. Ach du *Scheiße*.

»Alexei Lebedev, erzählst du mir gerade …«, Ben trat einen Schritt auf ihn zu, »… dass die Größe meines Erste-Hilfe-Sets dich anmacht?«

Alexei starrte ihn an, die Lippen aufeinandergepresst. Ihre Nasen berührten sich fast.

»Ja. Und nein.« Er schüttelte den Kopf. »Aber du machst mich an.«

Dazu hatte Ben noch eine Menge zu sagen.

Doch bevor er dazu kam, vibrierte sein Handy in der Tasche.

Er holte tief Luft und zog es heraus. Normalerweise würde er sich bei so einer Unterhaltung nicht unterbrechen lassen, aber wenn das Handy vibrierte, dann hatte er Empfang, und das durfte er sich nicht entgehen lassen.

Er riss den Blick von Alexei los, sah auf das Display und …

Fing an, breit zu grinsen. Er war sich ziemlich sicher, dass er wusste, was diese GIF-Flut zu bedeuten hatte.

Widerwillig trat er aus Alexeis Umlaufbahn.

»Ist es in Ordnung, wenn ich kurz Carolina anrufe? Ich hab gerade einen Balken. Vielleicht klappt's ja.«

»Natürlich.« Alexei stieß die Luft aus, drehte sich um und rieb sich mit der Hand durchs Gesicht.

Oh ja, Ben konnte es kaum erwarten, diese Unterhaltung nachher fortzusetzen.

»Ben, hey«, rief Carolina nach dem dritten Klingeln mit ihrem üblichen ernsten Tonfall, als hätte sie nicht gerade sein Handy überflutet. Als hätte sie nicht gerade, wenn Ben richtiglag, die wichtigste Nachricht ihres Lebens erhalten.

»Hast du's geschafft?«, fragte er. »An die BU?«

»Ja.« Endlich hörte er ein Lächeln. »Bin drin.«

Ben jauchzte in den Wald hinein.

»Als hätte es jemals Zweifel gegeben.«

»Schon. Aber …« Eine unnatürlich abgeschnittene Stille. »… Finanzhilfe …« Nichts. »Nur …«

Ben verzog den Mund. Verdammt. »Lina? Ich kann dich nicht …«

Er wartete noch etwa eine Minute, sagte hin und wieder ihren Namen, jedoch vergeblich.

»Okay«, seufzte er. »Ich weiß nicht, ob du mich hörst, aber ich hab dich lieb.«

Dann starrte er auf sein Handy und diesen verfluchten einzelnen Balken, bis Alexei ihn aus seiner Trance riss.

»Alles okay?«

»Ja. Sogar mehr als okay.« Er steckte das Handy wieder in die Tasche. »Meine kleine Schwester wurde an der Boston University angenommen.«

»Oh.« Ein seltsamer Ausdruck huschte Alexei übers Gesicht. Überraschung vielleicht? Aber er hatte sich schnell wieder im Griff. »Das ist toll. Glückwunsch an Carolina.«

»Danke. Ich meine …« Ben hob seine Trekkingstöcke wieder auf. »Es war klar, dass sie es schafft.« Sie wanderten weiter, und Ben sprach mit Alexeis Rücken, erzählte, dass die Uni ihre erste Wahl war, dass sie sich jetzt wahrscheinlich Sorgen ums Geld machte, aber dass er sicher war, dass sie Stipendien bekommen würde. Carolina war der klügste Mensch, den er kannte.

»Das ist toll, Ben«, sagte Alexei wieder.

Und das war es wirklich.

Carolina war an der Boston University angenommen worden.

Bens Erste-Hilfe-Set war zum Einsatz gekommen.

Alexei hatte darüber gesprochen, was ihn anmachte. Und zwar laut.

Und heute hatte ihnen niemand homophobe Beleidigungen an den Kopf geworfen.

Dieser Tag war nicht nur gut.

Dieser Tag war großartig.

Ben war beinahe eingeschlafen, als Alexei sich räusperte.

Als er blinzelte, sah er, wie Alexei mit der Stirnlampe auf dem Kopf über dem Reiseführer hing.

Ben hatte ihn schon oft versunken in seine Reiseführer und Karten gesehen, aber Zeuge seiner nächtlichen Routinen zu werden, hier in der Intimität des Zelts, brachte ihn wirklich in Fahrt. Wie er so sorgfältig Dinge in seinen Büchern notierte. Diese Stirnlampe auf seinem Kopf. Diese ernste und süße Miene.

»Morgen erreichen wir die I-15«, sagte Alexei. »Cajon-Pass.«

»Weiß ich«, nuschelte Ben in seinen Schlafsack und richtete sich dann ein Stück auf, um zu rufen: »Pommes!«

Der McDonald's am Cajon-Pass war eine richtige Attraktion unter den Hikern, denn er war eins der wenigen

Restaurants auf dem ganzen Weg, die wortwörtlich nur ein paar Schritte vom Trail entfernt waren.

»Ja.« Wieder räusperte Alexei sich. »Da ist auch ein Hotel.«

Ben erstarrte.

Dann stieß er sich ruckartig den Schlafsack vom Gesicht. »Nee, oder? Im Ernst?«

»Ein bisschen weiter den Highway rauf, und wir würden ein paar Meilen zurückfallen, wenn wir da schlafen. Der nächste Nulltag ist erst geplant für …«

»Lebedev!« Ben stieß Alexei gegen die Schulter. Der fiel gegen die Zeltwand. »Willst du mir erzählen, dass da ein Bett auf uns warten könnte, in weniger als einem Tag? Wen interessieren da die Meilen?«

Na gut, er hatte sich erst letztens noch vorgenommen, sich mehr für seine Meilen zu interessieren. Aber … *Betten.*

»Ja.« Er hörte das Grinsen in Alexeis Stimme. »Ist gut.« Dann, nach einer langen Pause: »Also …« Uuuund noch ein Räuspern. »Wenn wir in diesem Hotel sind. Du hattest ja gesagt, dass, ähm …«

Ben stützte sich auf einen Ellbogen, jetzt hellwach. »Ja?«

»Dass das, was wir in Big Bear City gemacht haben, nur der Anfang war. Von allem, was du anstellen wolltest.« Alexei drehte den Stift zwischen den Fingern. »Mit mir.«

»Mhm.« Ben grinste. Alexei verzog den Mund. Was in den langen Schatten, die die Lampe auf sein Gesicht warf, richtig bedrohlich aussah. Ben lachte und rutschte näher zu ihm.

»Na ja«, platzte Alexei verzweifelt heraus. »Könntest du das weiter ausführen?«

Jetzt lachte Ben noch lauter und vergrub das Gesicht an Alexeis Schulter.

»Oh, Lex. Das könnte ich.«

Alexei stieg ein missmutiges Grummeln aus der Kehle. Ben sammelte sich schnell und lehnte sich zurück.

»Aber vielleicht …«, er neigte den Kopf, »… solltest eher du mir sagen, was du in diesem Hotel anstellen möchtest.«

Alexei verzog das Gesicht noch mehr. Aber dann atmete er tief durch.

Und sprach es aus.

Ben dachte, bisher hätte er sich gut im Griff gehabt.

Aber als er Alexei bei den heißen Quellen den Vortrag über Grenzen gehalten hatte, hatte er in Wahrheit auch mit sich selbst geredet.

Denn wenn er ganz ehrlich war, waren Grenzen genau das, was ihm in seinen Beziehungen immer gefehlt hatte. Er ließ zu, dass seine Partner sein Leben übernahmen. Er brauchte … Balance. Mit Balance würde es vielleicht besser klappen, wenn er wieder zu Hause war. Mit der Konzentration auf seine Karriere und die Familie. Und mit dem Erwachsensein.

Darum hatte er so getan, als wäre er nicht dahingeschmolzen, als Alexei ihn in dem Becken mit so viel Zuneigung im Blick angesehen hatte. Und hatte seitdem darauf geachtet, dass wirklich jede Berührung von Alexei ausging.

Aber der Tag heute war großartig gewesen. Und gerade war Ben einfach so glücklich. Da dachte er nicht viel über Balance nach. Oder darüber, was nach der Wanderung kam. Oder darüber, ob es womöglich ein Fehler war, dass er Alexei Lebedev hier in sein Zelt gelassen hatte. Denn Alexei war nicht Robbie oder Hugh oder Wyatt oder irgendeiner der anderen Männer, die Ben gedatet hatte. Alexei war ein Schmetterling, der gerade aus seinem Kokon geschlüpft war, und er zeigte Ben seine Flügel. Davon konnte er sich nicht abwenden. Wie bei jeder Yucca-Palme, jedem blühenden Kaktus, jedem merkwürdigen Käfer und jeder faszinierenden Steinformation, die er auf dieser Wanderung bisher hatte bewundern dürfen, musste er auch hier hinsehen und staunen.

Als er Alexei in der Dunkelheit erröten sah, hörte er immer wieder Julies Stimme: *Es ist keine schlechte Entscheidung, glücklich zu sein.*

Und so kletterte Ben schließlich aus seinem Schlafsack. Ließ Alexeis Bart über seine Haut kratzen, seine Hände über jede Stelle wandern, die Alexei ihm zugestand, was im Grunde alle waren. Sie konnten nicht alles umsetzen, was Alexei aufgezählt hatte; das meiste würde bis zum Hotel warten müssen. Hier war nicht genug Platz, und sie waren schmutzig, es war dunkel und kalt. Alexei verdiente ein Bett.

Für nichts davon war das kleine Zelt der ideale Ort, aber an diesem Abend machten sie es möglich.

KAPITEL ACHTZEHN

Während Mos Berghüttenmotel in Big Bear City nicht mal eine nennenswerte Lobby hatte, war das Cajon Pass Inn richtig luxuriös. Hinter einer schicken Rezeption standen zwei Angestellte. Hier gab es einen Pool, sogar einen Whirlpool. Es gab Reinigungspersonal.

Es gab Zimmer mit Doppelbetten.

Eins davon wollte Ben gerade bei einem freundlichen Mann reservieren, der laut Namensschild Aaron hieß.

Alexei gab hinter ihm ein ersticktes Geräusch von sich.

Ben biss sich auf die Unterlippe, um nicht breit zu grinsen. Ähnliche Geräusche hatte Alexei auch vor einer Viertelstunde von sich gegeben, als sie im Circle K nebenan Kondome und Gleitgel hatten kaufen wollen. Nichts davon hatte Ben auf Vorrat dabei, denn eigentlich standen solche Dinge für den PCT nicht auf dem Plan. Und die Auswahl beim Circle K war unterdurchschnittlich, darum war Ben froh, dass er dort überhaupt fündig geworden war, und konnte keine Rücksicht darauf nehmen, dass Alexei die Situation unangenehm war. Außerdem war er doch so niedlich, wenn er rot anlief.

»Ein Zimmer haben wir noch frei«, sagte Aaron. »Wie lange wollt ihr bleiben?«

Ben klatschte grinsend mit der Hand auf den Rezeptionstisch. »Nur heute Nacht, danke.«

»Ähm.« Alexei stellte sich neben ihn, sah aber niemanden direkt an, sondern starrte nur auf einen äußerst interessanten Fleck am Boden. Verlegen schob er seinen Ausweis und eine Kreditkarte über den Tisch. »Ich übernehme das.«

»Wandert ihr den PCT?«, fragte Aaron und nahm Alexeis Karte.

»Leider ja.« Wieder grinste Ben. »Ich entschuldige mich für den Geruch.«

Aaron lachte.

»Bin mittlerweile dran gewöhnt. Ihr beiden seid sogar eigentlich gar nicht so schlimm.«

»Ach, danke, sehr freundlich von dir. Trifft man dich auch mal auf dem Trail?«

Aaron schüttelte den Kopf und steckte ein Paar Zimmerschlüssel in eine Papiertasche. »Nope, eher nicht. Ich bleibe lieber hier, wo es Klimaanlagen und Fernseher gibt. So, ihr bekommt Zimmer 232, das seht ihr, wenn ihr auf diese Karte guckt, genau …«

Alexei fischte die Schlüssel und die Karte unter Aarons Fingern weg.

»Finden wir schon, vielen Dank.«

Und weg war er.

Ben sah mit an, wie Alexei durch die Tür schoss, und verkniff sich sein Lachen. »Danke, Mann.« Er winkte Aaron zu und eilte Alexei dann hinterher. Als er ihn einholte, war er schon fast in der ersten Etage angekommen.

»Ich hasse dich«, zischte Alexei.

»Nein, tust du nicht.« Denn Ben war sich zu fünfundneunzig Prozent sicher, dass Alexei ihn selbst dann nicht hasste, wenn er Mist baute.

Sobald Alexei die Zimmertür geöffnet hatte, ließ Ben seinen Rucksack fallen und sprang aufs Bett. »Oh Mann. *Ja.*« Er ruderte mit den Armen und Beinen auf und ab, als würde er einen Schnee-Engel machen.

Diese Matratze war um Welten besser als die bei Mo.

Alexei war vor dem Bett stehen geblieben und starrte ihn an.

Dann stellte er seinen Rucksack ab und fing an zu plappern.

»Hier gibt es bestimmt kontinentales Frühstück, oder?« Er stiefelte zum Fenster, zog die Jalousien auf und schaute auf die goldenen Hügel, die sie so lange durchwandert hatten. »Ich liebe kontinentales Frühstück. Wir können unseren Vorrat mit grässlichem Gebäck und ungenießbaren Äpfeln aufstocken. Hoffentlich gibt es eine Müsli-Station. Für ein paar Fruit Loops würde ich alles tun.«

Ben stoppte die Schnee-Engel-Produktion. Alexei redete weiter.

»Als Kinder durften wir solche Sachen wie Fruit Loops nie essen. Aber irgendwann in der Middleschool hat Alina ein Talent dafür entwickelt, ihren Freund*innen in der Pause all das Junkfood zu klauen.« Langsam rutschte Ben von der Matratze und ging zu ihm herüber. »Sie hat diese Zebra Cakes geliebt, die von Little Debbies.«

Ben schlang die Arme um Alexei. »Das sind die besten«, murmelte er an seinem Hals.

»Ja.« Alexei schluckte. »Eines Tages, in der achten Klasse, war sie auf einer Übernachtungsparty. Als sie nach Hause kam, schlich sie in mein Zimmer und hatte diese Plastiktüte voller Fruit Loops dabei. Wir hatten nie Essen in knalligen Farben oder mit industriellem Zucker im Haus. Ich habe sie geliebt.«

Ben zog ihn dichter an seine Brust und streifte mit den Lippen über seinen Nacken, bevor er sagte: »Ich stehe eher auf Raisin Nut Brans.«

»Das glaube ich nicht«, keuchte Alexei.

»Oh, glaub es ruhig.« Fröhlich ließ Ben die Hände Alexeis Brust hinaufwandern. »Klingt gesünder. Aber das Zuckerzeug um die Rosinen? Ein Traum! Raisin Nut Brans sind der Hammer. Leider gibt es die nie beim kontinentalen Frühstück.« Mit einer Hand strich er wieder hinab zu Alexeis Bauch. »Echt eine Schande.«

Er spürte, wie Alexei sich unter seiner Berührung anspannte, wie sein Nervenkostüm mit jedem zittrigen Atemzug in sich zusammenfiel. Ben konnte gar nicht genug von ihm kriegen. Er beugte sich vor und knabberte an seinem Ohrläppchen.

Das schien zu funktionieren. Endlich entspannte Alexei sich. Er ließ sich gegen ihn sinken und den Kopf zur Seite rollen, damit Ben mit den Lippen noch mehr Stellen erreichen konnte.

»Ben.«

Alexeis Stimme war bloß ein Hauchen. Er drückte den Rücken fester gegen Bens Oberkörper. In diesem Hauchen schwang einfach alles mit.

Er löste den Mund von Alexeis Hals und legte die Stirn auf seine Schulter. Drückte ihn noch kräftiger an sich, diesen sanften Riesen, der sich manchmal, in Bens Armen, plötzlich ganz klein anfühlte.

»Lex …« Er schob ihm eine Hand unters Hemd. »Was willst du?«

Er konnte spüren, wie Alexeis Herz wild gegen seine Fingerspitzen pochte.

»Ich will dich in mir spüren.«

Ben stöhnte auf. »Sag das noch mal.«

»Ich will dich in mir spüren«, hauchte Alexei.

Die Sache war die: Da war Ben schon.

Er ließ die Hände sinken, trat einen Schritt zurück und fuhr sich durch die Haare. Plötzlich waren sie beide ganz wackelig auf den Beinen.

»Wir sollten duschen. Geh du ruhig zuerst. Ich muss noch ein paar Nachrichten beantworten. Aber …« Er drehte Alexei zu sich herum und küsste ihn gierig. »Fass dich da drinnen nicht selbst an, okay?« Noch ein Kuss für dieses rot angelaufene, beinahe schmerzhaft liebenswerte Gesicht. »Überlass das alles nachher mir.«

Alexei wartete auf dem riesigen Bett, während Ben mit Duschen an der Reihe war. Er fühlte sich … Wie sollte er es ausdrücken? Verrucht, vielleicht. Es war ein bisschen obszön, wie auf dem Präsentierteller so vollkommen nackt auf der Bettdecke zu liegen. Er versuchte, seine Arme und Beine zu lockern, aber wie sollte er eine entspannte Haltung einnehmen, wenn er innerlich glühte?

Verrucht hatte er sich noch nie gefühlt. Noch nie etwas Obszönes getan.

Also probierte er es einfach.

So schlimm war das gar nicht.

Eigentlich hatte sich schon seit der letzten Nacht in Bens Zelt etwas in ihm entwickelt. Er hatte Dinge laut ausgesprochen, die er sich vorher kaum zu denken gewagt hatte. Als Ben aus seinem Schlafsack gesprungen war und Alexei zum

Lachen gebracht hatte. Genau danach hatte er sich gesehnt. Nach dem Gefühl, sich fallen zu lassen.

Trotzdem. Alexei wollte den Abend auskosten. Er musste sich *entspannen*.

Er dachte an seine alte russische Lehrerin mit ihrer strengen, vorwurfsvollen Miene, den dicken Wollpullovern und der völligen Abwesenheit von Lachfalten.

Aber selbst dabei schweiften seine Gedanken ab. Ob Ms. Chernyshevskaya wohl irgendwelche heimlichen Kinks hatte? Was, wenn *alle Menschen irgendwelche heimlichen Kinks hatten*?

Okay, okay. Er schloss die Augen und versuchte, an … Eiterblasen zu denken. An Klapperschlangen. Skorpione. Bären! Die hatte Alexei bisher zwar noch nicht gesehen, aber das ließ die Gefahr nur noch bedrohlicher wirken. Außerdem bestand das Risiko eines Hitzschlags, fiel ihm plötzlich ein. Und Insektenstiche. Und … Bens Waden. Bens Gesicht, wenn er einschlief, den Schlafsack um sich geschlungen, ein zusammengerolltes Wirrwarr aus dunklen Wimpern und langen Haaren.

Ben – genau in diesem Augenblick. Er lag bereits auf Alexei, bevor der überhaupt gemerkt hatte, dass er wieder im Zimmer war. Sein Körper war noch feucht von der Dusche, das Gesicht frisch rasiert und die Haare zu einem hohen Knoten gebunden. Sein Mund auf Alexeis, sanft, aber fordernd, und Alexei vergaß, worüber er gerade nachgedacht hatte. Er schaltete sein Gehirn wieder aus, überließ seinen Körper nur Ben, Ben, Ben.

Der löste sich von seinen Lippen: »Verdammt. Dieses Bett ist tausend Millionen Mal besser als ein Zelt. Lass uns für immer hierbleiben.«

»Okay«, stimmte Alexei zu.

Sie küssten sich, bis Alexei locker und geschmeidig wurde. Küssten sich, bis Alexei hart war und in Flammen stand. Küssten sich, bis Alexei beides gleichzeitig empfand.

Irgendwann krabbelte Ben weg und streckte sich zum Nachttisch aus. Er griff nach seinem Handy, um Musik anzumachen, dann schnappte er sich ein paar Utensilien: Kondome, Gleitgel und ein Handtuch, das er unter ihnen ausbreitete. Aus dem kleinen Lautsprecher des Handys ertönte ein ruhiger Folksong, so leise, dass es beruhigend wirkte.

»Wir machen es folgendermaßen.« Ben stützte sich neben Alexei auf einen Ellbogen. Mit den Fingern fuhr er ihm über die Brust, und Alexei erschauderte, fühlte sich ausgeliefert und wollte, dass Ben sich wieder an ihn schmiegte. »Wir lassen es langsam angehen. Bis du mir sagst, dass ich nicht mehr langsam machen soll. Und falls dir nicht gefällt, wie es läuft, sag es mir einfach. Mich interessiert nur, wie du dich dabei fühlst, und es gibt keine schwule Grundregel, die besagt, dass du Penetration mögen musst.«

Als Reaktion auf Bens Offenheit und die widersprüchlichen Gefühle in seiner Brust lief Alexei rot an. Wieder einmal war er leicht frustriert, dass Ben ihn so an die Hand nehmen musste.

Beinahe hätte er den Mund aufgemacht, Ben gebeten, ihm zu vertrauen, und ihm gesagt, dass er wusste, was er wollte, auch wenn das einzige Mal, dass er so etwas bisher ausprobiert hatte, nicht so toll gelaufen war. Doch dann schob Ben mit einem Fuß Alexeis Beine auseinander und glitt mit einer Hand an der Innenseite seines Oberschenkels auf und ab, und die Worte blieben ihm im Halse stecken.

Stattdessen packte er Bens Gesicht mit beiden Händen, zog ihn zu sich herunter und versicherte ihm seine leidenschaftliche Zustimmung mit der Zunge. Ben rutschte wieder auf ihn, und Alexei seufzte, stemmte die Hüften gegen Bens angenehmes Gewicht.

Bei den langen Strecken, die sie wanderten, hing ihnen der Rucksack stundenlang als buchstäbliche Last auf den Schultern, und der Körper kämpfte pausenlos gegen die Elemente an. Aber hier, wo ihre Rucksäcke auf dem Boden lagen und sie sich im Schutz der Wände geborgen fühlten, wirkte der Druck von Bens Körper wie ein Geschenk.

»Alexei«, unterbrach Ben den Kuss und strich ihm mit der Hand durch die Haare, und *oh*, Alexei wünschte sich, er würde das öfter tun, und *uff*, ein kleiner Schauer durchfuhr ihn, als Ben ihn mit vollem Namen ansprach. Das tat er nämlich nur, wenn es ihm ernst war. »Ich möchte, dass du mit mir sprichst. Ich möchte, dass du mir sagst, was sich gut anfühlt, okay?«

»Alles an dir fühlt sich gut an«, antwortete Alexei, und Ben grinste.

»Das freut mich.« Ohne den Blickkontakt zu unterbrechen, fuhr er mit einer Hand hinunter, und nachdem er kurz nach Alexeis Schwanz gegriffen hatte, öffnete er mit einem leisen Klicken das Gleitgel. »Dann sag mir, was sich besonders gut anfühlt. Ich will es wissen, es macht mich nämlich an.«

»Ich versuch's«, versprach Alexei. Darin wurde er allmählich immer besser. Im Versuchen.

Sie küssten sich wieder, und Alexei vermutete, dass Ben ihn vielleicht so heftig küsste, um ihn von seinen Händen abzulenken. Seine Fingerknöchel wanderten Alexeis Flanke hinunter, mit den Handflächen streichelte er Alexeis Hüften, dann weiter, immer weiter. Er schob Alexeis Beine auseinander, bevor er mit einem warmen, feuchten Finger sanft gegen ihn drückte und kleine Kreise zog, jedoch nicht weiter vordrang.

»Das fühlt sich gut an«, hauchte Alexei, weil es stimmte. Es fühlte sich sicher an.

Alexei kraulte Ben mit den Fingernägeln den Rücken und entlockte ihm ein Schnurren. Auch das fühlte sich gut an: Ben dazu zu bringen, solche Geräusche von sich zu geben. Eigentlich war es das Beste.

Ben löste sich von seinen Lippen und drückte seine Stirn an Alexeis.

»Deine Fingernägel waren so sauber, als ich dich in Idyllwild getroffen habe«, erinnerte sich Alexei.

Bens Finger hörte nicht auf zu kreisen, aber Alexei spürte sein Prusten auf der Wange.

»Ach ja?«

»Jap.« Er schluckte. »Es ist echt schwer, auf dem Trail die Fingernägel sauber zu halten. Das hat mich beeindruckt.«

»Hm. Ich dachte nur: *Dieser heiße Typ ist total heiß*. Aber … danke?«

»Und ich habe dein Lächeln geliebt. Liebe es immer noch. Und deine Augen. Und die kleine Zahnlücke.«

Ben neigte den Kopf und knabberte an Alexeis Hals. »Ich hasse meine Zahnlücke«, erwiderte er, aber an dem leichten Lachen in seinen Worten erkannte Alexei, dass er sich darüber freute. Er wanderte mit dem Mund zu Alexeis Brustwarzen, und Alexei verlor erneut für einen Moment die Sprache.

Bis er kurz darauf sagte: »Ich vertraue dir.«

Da hielt Ben inne. Er schaute Alexei an. Alexei schaute zurück.

Und als Ben flüsterte: »Ich vertraue dir auch«, spürte er, wie alles in ihm zu Karamell zerschmolz.

»Ich dringe jetzt etwas tiefer ein«, erklärte Ben einen Augenblick später, »wenn du deine Hüften ein wenig hochheben magst.« Alexei versuchte, sich nicht zu verkrampfen, als er spürte, wie Bens Finger sich langsam in ihm bewegte, ganz langsam. Es war nicht so angenehm wie die sanften Kreise, aber es war okay. Er lenkte sich mit weiteren Küssen ab, bis er spürte, wie Ben einen weiteren Finger in ihn einführte. Kurz löste er sich von ihm, um durchzuatmen und sich darauf zu konzentrieren, den Körper zu entspannen und sich darauf einzustellen.

»Okay?«, fragte Ben.

»Ja«, hauchte Alexei.

Ben streifte mit dem Mund Alexeis Ohr.

»Hat dein Online-Date das auch gemacht? Hat er sich genug Zeit genommen?«

Gestern Abend hatte Alexei ihm ein wenig über seine Erfahrungen mit der Dating-App erzählt. Über das letzte Mal, dass er so etwas versucht hatte.

»Nein.«

Ben schwieg einen Moment und begann, seine Finger in Alexei zu bewegen, sie herauszuziehen und wieder hineinzustecken, und mal ehrlich, Sex war wirklich seltsam.

»Hat er dir wehgetan?«

»Ein bisschen«, gab Alexei zu.

»Scheißkerl«, knurrte Ben leise.

»Das hier tut nicht weh«, sagte Alexei schnell, weil es sich langsam wirklich mehr als okay anfühlte, und mal ehrlich, wen kümmerte schon dieser Typ? »Es fühlt sich gut an, Ben.«

Er spürte, wie Ben an seinem Hals lächelte. Doch dann hielt er innc und schnaufte auf sein Schlüsselbein.

»Ich wünschte …«, setzte Ben an. »Ich wünschte, du hättest bei diesen Typen nicht nach rechts gewischt.«

Alexei seufzte und erklärte ruhig: »Ich habe so lange gewartet, Ben. Ich wollte auf Nummer sicher gehen.«

Ben hob den Kopf und runzelte die Stirn. »Auf Nummer sicher gehen?«

Alexei zuckte mit den Schultern, so gut es ging. »Jap.«

»Aber so …« Ben schloss die Augen, bevor er sie wieder öffnete und Alexei mit seiner üblichen Sorge musterte. »So funktioniert das nicht, Lex. Man muss keinen Sex haben, um sicherzustellen, dass man queer ist.«

Alexeis Frustration kehrte zurück. »Mag ja sein. Aber vielleicht wollte ich … einfach nur berührt werden, okay?«

Bens Miene entspannte sich. »Ja, Lex. Okay. Versteh ich.«

Doch diesmal verpuffte Alexeis Ärger nicht. Er atmete tief ein. »Ben. Weißt du noch, was du über Grenzen gesagt hast?«

Er nickte.

Alexei richtete den Blick zur Decke. »Ich glaube, eine meiner Grenzen ist, dass du nicht mit mir reden solltest, als wäre ich schwer von Begriff.«

Er sah Ben nicht ins Gesicht. Aber er hörte, wie er leise einatmete. Und er spürte, wie Bens Finger ihn verließen und er die Hand stattdessen auf Alexeis Knie legte.

Außerdem hörte er den Schmerz in Bens Stimme, als er ruhig sagte: »Lex. Ich denke nicht, dass du schwer von Begriff bist.«

Alexei atmete aus und sah Ben wieder in die Augen, wobei ihn die Verunsicherung darin erschreckte. »Ich weiß. Tut mir leid.« Er strich ihm mit den Händen beruhigend über die Brust. »Du hast nichts falsch gemacht. Es könnte sein … dass ich das Gefühl habe, ich müsste mich rechtfertigen, weil ich nicht mehr Erfahrungen habe. Aber das liegt an mir. Ich will nur …« Er seufzte und rieb sich das Gesicht. Was wollte er eigentlich? »Ich will lediglich, dass du mein Partner bist, nicht ständig mein Lehrer. Falls das Sinn ergibt.«

Ben nickte. »Ja, das ergibt Sinn.« Er klang immer noch ein wenig betrübt, und Alexei fühlte sich schuldig, aber jetzt, wo er die Dinge beim Namen nannte, wollte er weitermachen, bevor er den Schwung verlor.

»Ich bin mir über noch eine Grenze klar geworden.« Er streckte seine Hände wieder nach Bens Körper aus. »Ich will, dass du mir gegenüber offen bist, wenn du kannst. Zum Beispiel … dass ich nicht gemerkt habe, dass du schwul bist, obwohl ich es wahrscheinlich hätte merken müssen.«

»Lex.« Ben verzog das Gesicht. »Es tut mir wirklich leid, dass ich dir das nicht erzählt habe.«

»Ja, ich weiß. Ich will dir auch kein schlechtes Gewissen machen, versprochen. Ich habe nur darüber nachgedacht und finde, ich sollte es dir erklären. Dass es sich manchmal so anfühlt … Keine Ahnung, mein Gehirn funktioniert nicht so wie das von anderen Leuten. Ich möchte einfach … dass du die Dinge offen ansprichst. Mir sagst, was du willst. Was vor sich geht.«

»Okay«, erwiderte Ben sanft und freundlich, als würde er es verstehen. Doch Alexei biss sich auf die Lippe.

»Es kommt mir vor, als hätte ich dir erst verboten, mir

irgendwas zu sagen, und dich dann gebeten, mir alles zu sagen.« Er seufzte. »Tut mir leid.« Sich mitten beim Sex plötzlich so anzustellen. Vielleicht sah Sex mit Alexei genau so aus, wenn der Alkohol als Gleitmittel fehlte.

»Nein, Lex.« Ben fuhr ihm mit den Fingerknöcheln die Schläfe entlang. »Das klingt logisch. Danke, dass du es mir erklärt hast. Ich werde versuchen, mich zu bessern.«

Alexei schüttelte den Kopf. »Du sollst dich nicht bessern. Du bist großartig, Ben. Es liegt allein an …« Er wedelte mit einer Hand zwischen ihren Brustkörben umher. »Mir.«

Ben ergriff die Hand und küsste Alexeis Fingerspitzen. »Ich mag dich«, sagte er. »Alles an dir.«

»Habe ich die Stimmung jetzt total ruiniert?«

»Na ja, wenn man bedenkt, dass wir beide immer noch nackt auf einem verdammt großen Bett in einem echten Hotel liegen …« Er nahm Alexeis Daumen in den Mund und saugte kurz daran, bevor er ihn mit einem *Plopp* freigab, und sofort stand Alexeis Schwanz wieder stramm. »Außerdem finde ich es unglaublich sexy, wenn du mir so wichtige Sachen sagst …« Mit einem Finger strich er durch Alexeis Brusthaare. »Also, nein.«

Alexei lächelte. »Gut. Denn ich will wirklich unbedingt, dass du mich fickst.«

Ben lächelte zurück, bedächtig und begierig, und Alexei war ziemlich stolz auf sich. Doch bevor er das Lächeln weiter auskosten konnte, war es auch schon wieder vorbei. Denn plötzlich war Ben schon halb seinen Körper heruntergeglitten, mit dem Mund an Alexeis Schwanz, und na ja, okay. Vermutlich hätte er tatsächlich wissen können, dass Ben alles andere als hetero war, als er genau das in Big Bear City getan hatte.

Nur Sekunden später steckten die beiden Finger wieder da, wo sie zuvor gewesen waren, und Alexei bekam kaum noch genug Luft. Als Ben einen dritten Finger hineinschob, tat es ein bisschen weh, aber Alexei nahm den Schmerz kaum wahr, denn alles andere, Bens Mund, seine Zärtlichkeit und, oh Gott, diese wunderschöne Musik verdrängten ihn. Nur mit Mühe konnte Alexei Ben mitteilen, dass er so weit war, sonst wäre er zu früh gekommen.

Ben kniete sich zwischen Alexeis Beine, um das Kondom überzuziehen und wieder nach dem Gleitgel zu greifen. Alexei beobachtete ihn, fasziniert von jedem noch so kleinen Fleckchen von Bens Körper, davon, wie krass es sich anfühlte, ihn so unverblümt anzusehen und zu wollen. Und dann hob Ben Alexeis Beine hoch, noch höher. Alexei lachte, und Ben grinste. »Glaub mir, es kommt nur auf den Winkel an.«

Dann setzte Ben eine ernste Miene auf, seinen *Alexei*-Blick. Er nickte, und nach ein paar Handgriffen, einigen kurzen, gemurmelten Anweisungen, war Ben in ihn eingedrungen.

Selbst nach den drei Fingern fühlte es sich noch eng an, doch als er endlich ganz drin war, hielt Ben inne, schaute mit offenem Mund und keuchend zu ihm herunter, hielt Alexeis Oberschenkel fest und wartete. Alexei legte Ben beide Hände auf die Brust. Spürte seinen Herzschlag. Dann ließ er sie zu Bens Gesicht wandern und schob ihm einen Daumen in den Mund – das hatte ihm vorhin schon gefallen. Ben stöhnte auf, die Augenlider fielen ihm zu, und ein Teil seiner Beherrschung verabschiedete sich. Und als Ben an seinem Finger saugte und sein Körper sich in diese seltsame Position neigte, dachte Alexei auf einmal: Was für eine wilde Erfahrung, dass man nach fast dreißig Jahren noch immer neue Dinge über den eigenen Körper lernte.

»Ben«, raunte er. »Ben, das fühlt sich gut an. Lass dich fallen.«

Beim ersten Stoß berührte Ben einen Punkt, der Alexei den Atem verschlug und ihm die Worte raubte. Trotzdem wollte er es Ben wissen lassen, wollte es ihm mitteilen. Also erlaubte er seinem Körper, eine Art Urschrei auszustoßen. Und als er einmal angefangen hatte, konnte er nicht mehr aufhören. Wahrscheinlich wäre es ihm peinlich gewesen, wenn Ben den Schrei nicht mit einem tieferen, kehligeren Stöhnen erwidert hätte, das Alexei nur noch mehr in Fahrt brachte.

Nein, das hier war ganz und gar nicht wie mit seinen Matches.

Alexei konnte sich nicht vorstellen, dass es mit irgendwem auf dieser Welt in der Vergangenheit und der Zukunft jemals so sein – sich so anfühlen würde.

Sie bewegten sich gemeinsam, und das karamellartige Gefühl, das Alexei schon vorher verspürt hatte, wuchs zusammen mit der Spannung in seinem Unterleib, bis sein ganzes Dasein zu einem intensiven, tiefgehenden Beben verschmolz, das nach Bruchstellen suchte, nach einer Chance zur Eruption. Seine Bruchstellen nahmen Bens Bewegungen auf, auch als sie schneller und unkontrollierter wurden, während Bens Gesicht zugleich von Konzentration und Vergnügen gezeichnet war. Alexei genoss es, diesmal mehr mitansehen zu können. Er bekam gar nicht genug von all den Details – wie Ben atmete, wie die Muskeln in seinem Nacken sich anspannten.

Als er es schließlich nicht mehr aushielt, griff Alexei nach unten, packte sich fahrig selbst und entlud sich innerhalb von Sekunden, und die ganze Zeit über dachte er:

Nur mit dir
nur mit dir
nur mit dir

Ben kam zwei Stöße später mit zusammengekniffenen Augen. Diese eine Ader an seiner Schläfe pulsierte immer, wenn er kam, das wusste Alexei inzwischen. Er wollte sie küssen, war jedoch zu benommen dazu. Stattdessen starrte er auf Bens offenen Mund, während er es bis zum Ende durchzog und seine Oberschenkel unter Alexei erzitterten.

»Fuck«, hauchte er, bevor er den Griff um Alexeis Waden lockerte, sich fallen ließ und die Stirn auf seine Brust legte.

Alexei fuhr ihm mit den Fingern durchs Haar. Er mochte ihn dort, mochte das Gefühl, dass Ben weiter in ihm blieb, während sie beide herunterkamen, bis es irgendwann unangenehm wurde. Ein Flüstern dieser unmittelbaren postkoitalen Scham schwirrte Alexei durch den Kopf, aber es wurde weitgehend erstickt von Bens Gewicht, seinem Geruch und dem unsinnigen Geplapper, das er gerade an seiner Brust von sich gab – »so gut, Fuck, *hmmm*, Gott, Lex, Fuck« – und das ihn zum Lachen brachte.

Nachdem Ben sich vorsichtig aus Alexei zurückgezogen, ihn sauber gewischt und sich ins Bad verabschiedet hatte, rollte Alexei sich auf die Seite und lauschte der Musik, die immer noch aus dem Handy drang, während der Schweiß ihm die Haut kühlte und seine Arme und Beine erschöpft auf der Matratze ruhten. Das breite Bett fühlte sich wirklich luxuriös an, und Alexei liebte es. Er kam sich darauf beinahe vor wie ein Prinz. So hatte er sich noch nie gefühlt. Ein schwuler, erschöpfter, glücklicher Prinz.

Und als Ben zu ihm zurückkehrte, ihnen die Decke über die Hüften zog und ihm den Arm um den Bauch legte, als ihre Finger einander umschlossen, fragte sich Alexei, ob man ihm sein ganzes Leben lang nur die falschen Märchen erzählt hatte.

KAPITEL NEUNZEHN

Wie erwartet gab es beim kontinentalen Frühstück *keine* Raisin Nut Brans.

Deshalb, redete Alexei sich ein, verhielt sich Ben auch so eigenartig.

Der Morgen hatte wunderbar begonnen. Alexei hatte so gut geschlafen wie noch nie, seit er einen Fuß auf den PCT gesetzt hatte, was daran zu erkennen war, wie entspannt sich jeder Muskel seines Körpers zurzeit anfühlte. Sein Geist war klar und hellwach, und er fühlte sich, als könnte er die Welt erobern.

Ben musste sich wohl genauso gefühlt haben, denn nach dem Aufwachen hatte er Alexei voller Energie angesprungen. Noch immer spürte Alexei die Nachwirkungen von Bens Mund, seiner Zunge und den Fingerspitzen, während er in der kleinen Lobby saß und Rührei, Blaubeermuffins und – ja, Halleluja – Fruit Loops in sich hineinstopfte, um die verbrannten Kalorien der letzten zwölf Stunden auszugleichen und sich für einen weiteren Tag auf dem Trail zu wappnen.

Doch kaum hatten sie sich mit den Papptellern und winzigen Plastikbechern Saft hingesetzt, war Ben still geworden. Anders still als sonst, wenn er mit Alexei unterwegs war. Es war ein verkrampftes Schweigen: angespannte Schultern, eine untypisch starre Mimik. Alexei beobachtete ihn verunsichert, während Ben an einer dampfenden Tasse schwarzen Kaffees nippte und ins Leere starrte.

Vielleicht war er müde. Vielleicht brauchte er einfach nur Koffein.

Vielleicht hatte er Kopfschmerzen. Wahrscheinlich waren sie beide dehydriert.

Alexei bemühte sich, nicht nervös zu werden, als Ben den Kaffee abstellte. Als er auf den Tisch starrte. An seiner Gabel herumfummelte.

»Also, ich, ähm, muss dir was sagen. Und dich etwas fragen.«

Alexeis Gedanken brausten, wie das Rauschen im Radio. Verloren zwischen zwei Sendern, kein klares Signal.

»Es ist nichts Schlimmes«, begann Ben, »aber ich hab drüber nachgedacht, seit du gestern Abend meintest, dass ich dir alles ganz offen sagen soll. Also fand ich, ich sollte es dir jetzt erzählen, auch wenn …« Er atmete aus und rieb sich übers Gesicht. »Tut mir leid. Wahrscheinlich übertreibe ich total. Ich will dir nur keine Angst machen.«

»Ben.« Alexei versuchte, seine Stimme zu beherrschen. »Du machst mir schon Angst.«

»Stimmt. Sorry.« Mit beiden Händen umklammerte er seine Kaffeetasse und sah Alexei direkt in die Augen. »In einem Monat verlasse ich den Trail.«

Alexeis Magen verschwand aus seinem Körper. *Wusch*, weg. Auf Wiedersehen, Verdauung.

»Vorübergehend«, fügte Ben hastig hinzu. »Ich muss zurück nach Nashville. Weil ich auf Linas Highschool-Abschluss erwartet werde, und mein Onkel Jaco feiert etwa zur gleichen Zeit seinen fünfzigsten Geburtstag. Und die Partys von uns Caravalhos darf man wirklich nicht verpassen.«

Ben setzte ein nervöses Lächeln auf, die Lippen zusammengekniffen.

Eine Party.

Ben verließ den Trail für eine Party.

Okay, und für die Abschlussfeier seiner geliebten Schwester.

Ein Teil von Alexei konnte das nachvollziehen. Die Leute unterbrachen den Trail oft wegen wichtiger Ereignisse im Leben. Und … Ben meinte, er würde in einem Monat abreisen. Mehr Zeit, die Alexei mit ihm verbringen konnte, um sich dieser … Sache hinzugeben, die sie gerade miteinander hatten, und danach könnte Alexei sich wieder mit dem Rest seines Lebens auseinandersetzen. Eine einfache, saubere Lösung.

Warum fühlte es sich dann so an, als stünden auch seine anderen Organe kurz davor zu versagen?

»Ich werde wiederkommen, um den Trail zu beenden«, betonte Ben noch einmal, als müsste er Alexei und auch sich selbst überzeugen. »Eigentlich hätte ich dir schon längst von diesen Plänen erzählen sollen, aber es fühlt sich immer noch so weit weg an. Manchmal vergesse ich, dass es überhaupt stattfinden wird. Allerdings …« Ben ließ den Blick wieder sinken und umkreiste mit einem Finger einen Wassertropfen auf dem Tisch. »Ich hatte da so eine Idee. Aber ich weiß nicht, ob sie nicht eventuell daneben ist.«

Er räusperte sich, setzte sich aufrechter hin und schob die Hände in die Taschen seines Sweatshirts.

»Ich hab mich gefragt, ob du mitkommen möchtest.«

Alexei blinzelte.

»Nach Nashville?« Selbst in seinen eigenen Ohren hörte seine Stimme sich komisch an.

Bens Mundwinkel hoben sich ein wenig.

»Jap. Nach Nashville. Ich habe vor, etwas über eine Woche zu bleiben, acht Tage oder so, bevor ich zurückkomme.«

Als Alexei nichts erwiderte, fuhr Ben eilig fort: »Ich hab die Flugtickets noch nicht gekauft, weil ich nicht wusste, wo genau am Trail ich rauskommen würde. Ich hatte zwar eine grobe Vermutung, aber für den Fall, dass ich mich verletze, die Strecke gesperrt wird oder irgendetwas passiert, du weißt schon. Bisher läuft allerdings alles nach Plan, also könnte ich es bis in die Sierra Nevada schaffen und dann mit einer Mitfahrgelegenheit nach Reno fahren. Und … ich sollte sie lieber bald kaufen, bevor sie zu teuer werden.«

Ben schluckte und griff erneut nach dem Kaffee.

»Ich will dich selbstverständlich nicht unter Druck setzen. Es ist natürlich viel verlangt, dass du so unerwartet Flugtickets kaufen und eine unplanmäßige Hiking-Pause einlegen sollst, aber es würde bestimmt Spaß machen. Glaub ich.«

Tu was, Gehirn. Los. Sag irgendwas.

»Aber wenn du nicht mitkommen willst, was auch völlig in Ordnung wäre, treffen wir uns auf jeden Fall wieder, sobald ich zurück bin. Wenn du möchtest. Ich würde die Strecke, die du während meiner Pause gewandert bist, überspringen und da wieder einsteigen, wo du dann bist.«

»Wie denn das?« Alexei hatte Mühe, mitzukommen – so perplex hatte er sich noch nie gefühlt –, aber irgendwie löste dieser Vorschlag den Knoten in seiner Zunge. »Woher willst du wissen, wo ich bin? Ich habe kein Handy.«

Ben ließ die Schultern sinken. »Dein GPS-Gerät. Damit könnte ich dich doch finden, oder?«

»Du müsstest ein Programm herunterladen, um dich damit zu verbinden.« Alexei wusste, dass er sich grundlos stur stellte. Seine Reaktion war unangemessen. Natürlich konnte Ben ihn mithilfe des GPS-Geräts finden. Genau deshalb hatte er doch so viel Geld für das verdammte Ding bezahlt. Eine Möglichkeit, gefunden zu werden. Wenn er das wollte.

»So was wie eine App? Ich schaffe es bestimmt, mir eine App herunterzuladen.« Ben lächelte zögerlich, aber aufrichtig. »Ich würde dich schon finden, Lex.«

Eine peinliche Stille breitete sich aus. Alexei knabberte an den Resten seines zweiten Muffins. Das Herz pochte ihm bis in die Ohren.

»Ist es okay, wenn ich mir etwas Zeit nehme, um darüber nachzudenken?«, fragte er schließlich.

Ben nickte, aber seine Miene wirkte angespannt und bedrückt. Alexei wollte ihn küssen. Er wollte aber auch durch die Tür des Cajon Pass Inn rennen und nie mehr zurückschauen.

»Ja, natürlich«, sagte Ben. Er sammelte seinen Müll ein, zerknüllte eine Serviette auf seinem Teller und bemühte sich offensichtlich, die seltsame Stimmung zu vertreiben, die alles überlagerte. »Wie schon gesagt, mir ist klar, dass das keine Kleinigkeit ist, um die ich dich da bitte.«

Ben stand auf und stellte seinen Teller neben einen Abfalleimer, während er die letzten Reste seines Kaffees leerte. Alexei folgte ihm nach draußen, innerlich vollkommen aufgewühlt.

»Pass auf.« Als sie vor ihrem Zimmer angekommen waren, wirbelte Ben herum. »Können wir vielleicht vergessen, dass ich dich überhaupt gefragt hab? Das war zu viel verlangt. Ich …« Er kratzte sich am Hinterkopf. Vor dem Frühstück hatten sie beide schnell geduscht, und Bens Haare hingen in wunderschönen feuchten Wellen herunter. »Willst du überhaupt …«

Er schluckte und wandte den Blick ab, in Richtung der Berge.

Alexei konnte das nicht ertragen.

Er streckte eine Hand aus und legte sie Ben an die Hüfte. Wobei das noch nicht ganz das war, was er eigentlich wollte. Also schob er Ben die Hand unters Sweatshirt, unter sein T-Shirt, bis er seine Haut spüren konnte. Ja, das war besser.

Ben holte tief Luft, als Alexei ihn näher zu sich zog.

»Ich habe nicht Nein gesagt, Ben.«

Er sah ihn mit so viel Hoffnung im Blick an, dass Alexei sich am liebsten selbst einen Tritt in den Hintern verpasst hätte. Aber noch viel lieber streichelte er weiter mit dem Daumen an Bens Seite entlang.

»Ich habe nur gesagt, dass ich darüber nachdenken muss«, betonte er.

»Ich weiß.« Ben seufzte und rieb sich die Schläfe. »Ich weiß. Und das war mir auch vorher schon klar. Tut mir leid.«

»Es muss dir nicht leidtun.« Alexei biss sich auf die Lippe. Sein Herz klopfte mit jeder Minute, in der der Schock über Bens Frage abflaute, und mit jeder Sekunde, in der er Ben berühren konnte, ein bisschen ruhiger. »Es ist … Es ist wirklich nett. Dass du mich dabeihaben willst.«

Ben ließ die Hände sinken.

»Natürlich will ich dich dabeihaben, Lex«, erwiderte er, und in Alexeis Brust breitete sich wieder dieses Karamellgefühl aus.

»Ich muss einfach darüber nachdenken«, wiederholte er trotzdem.

Und als sie das Zimmer betraten, ihre Sachen zusammensuchten und die Rucksäcke für einen weiteren Tag auf dem Trail vorbereiteten, begann Alexeis Gehirn endlich, die wahre Tragweite von Bens Frage zu erfassen.

Den Trail verlassen. Eine Woche ohne Wandern.

Nashville, Tennessee, besuchen. Einen Teil des Landes, den Alexei noch nie betreten hatte. Diese Stadt stand nicht auf seiner Liste. Aber vielleicht könnte sie es bald.

Ma kennenlernen.

Carolina, Tiago und Julie kennenlernen.

Sehen, wo Ben aufgewachsen war. Sein Elternhaus.

Es bedeutete, den ganzen Ben kennenzulernen, nicht nur den Teil von ihm, den er auf den Trail mitgebracht hatte. Es bedeutete … Alexei versuchte immer noch zu verstehen, was genau es eigentlich bedeutete. Aber es bedeutete definitiv etwas. Etwas Großes, das so gar nicht in seinen Plan passte.

Würde Ben ihn seiner Familie als seinen festen Freund vorstellen?

Letzte Nacht hatte er noch in Alexei gesteckt, und heute Morgen hatte er ihn kurz nach dem Aufwachen zum Orgasmus gebracht, aber der Gedanke daran – *fest* mit Ben zusammen zu sein – schnürte Alexei die Kehle zu.

War es das, was Alexei wollte?

Natürlich ist es das, rief eine kleine Stimme in seinem Kopf sofort. *Das ist alles, was du je gewollt hast. Was läuft denn bei dir eigentlich falsch?*

Alexei schluckte. Es stimmte. Er hatte sich schon immer einen Partner gewünscht. Gott, er hatte Ben gestern Abend sogar seinen Partner *genannt*, oder? Und Ben war nicht ausgeflippt.

Er hatte nur gedacht … dass er vorher Alexei 2.0 gründlicher auf die Beine gestellt haben würde. Dass er ein gefestigterer, selbstbewussterer Mensch sein würde, bevor er sich mit dem Gedanken an einen Freund beschäftigte.

Aber möglicherweise war er zu voreilig. Ben betrachtete ihn womöglich gar nicht als seinen festen Freund.

Es war nur ein Besuch. Wie ein Urlaub.

Urlaube hatten Alexei schon immer sehr gefallen.

Die beiden nahmen Abschied von ihrem Doppelbett. Alexei gab die Schlüssel an der Rezeption ab.

Dann machten sie sich auf den Weg über den Parkplatz in Richtung I-15. Der Asphalt absorbierte die heiße Wüstensonne und strahlte ihre Hitze auf sie zurück.

Ein Monat, dachte Alexei, als sie am Rande der Interstate entlangliefen und das Rauschen der vorbeifahrenden Autos und Trucks ihre Knochen durchschüttelte. Ein Monat war eine lange Zeit. Gott, er war kaum einen Monat unterwegs, und es kam ihm vor wie eine Ewigkeit.

Sie fanden den Knotenpunkt des Trails. Heute würde es nur bergauf gehen, hinauf in den Angeles National Forest, zum Mount Baden-Powell. Alexei wusste noch, wie er Ben am ersten Tag der gemeinsamen Wanderung über den Fuller Ridge geführt und ihm nahegelegt hatte, einen Gipfel nach dem anderen zu nehmen.

Nashville.

Alexei murmelte das Wort immer wieder leise vor sich hin und spürte, wie es durch seinen Mund rollte.

Er wusste rein gar nichts über Nashville.

Er versuchte, es sich vorzustellen, doch alles, was ihm in den Sinn kam, waren Speakeasys. Niedrige Decken, verschwitzte Körper. Neonlichter und laute, schrille Instrumente. Oder nannte man sie Honky-Tonks? Er hatte keinen Schimmer. Lag dort Dollywood? Die eine Hälfte seines Gehirns überschlug sich vor Nervosität.

Die andere Hälfte wagte ein kleines Tänzchen. Sie rief: *Aber vielleicht macht das ja auch Spaß, mit Ben zusammen.*

Wenigstens durch die Wüste, flüsterte die erste Hälfte.

Ihr ursprünglicher Pakt.

Alexei hatte sein Versprechen damals nicht ernst gemeint, aber jetzt ergab es Sinn und erlaubte ihm, die Nerven zu behalten und seinen Körper wieder in einen Trail-Rhythmus zu versetzen. Ben hoffte, den Trail zu verlassen, sobald sie die Sierra erreicht und die Wüste hinter sich gelassen hätten. Alexei hatte ihm gesagt, er brauche Zeit, um sich wegen Nashville zu entscheiden. Und er hatte Zeit.

Egal, was passierte, sie konnten den Pakt weiterhin einhalten. Darin fand Alexei Trost. Eine Grenze, die er immer noch einhalten konnte.

Er atmete tief ein und aus. Konzentrierte sich auf seine Schritte, auf die gleichmäßige Verteilung seines Gewichts unter dem Rucksack.

Hunderte solcher Meilen lagen noch vor ihm.

Ben Caravalhos Lächeln. Mehr Bücher zu lesen, mehr Vögel zu hören. Das kuschelige, übergroße Sweatshirt. Ben Caravalhos zu einem Dutt gebundenes Haar. Und der glühende, unbarmherzige Trail unter der Sonne Südkaliforniens.

KAPITEL ZWANZIG

»Warte.« Ben klatschte Alexei auf den Arm und riss ihn damit aus einem erholsamen Dämmerschlaf. »Ich glaub, den kenn ich.«

Alexei öffnete die Augen und folgte Bens ausgestrecktem Zeigefinger zur Spitze eines Nadelbaums am Wegrand. Als er ihn endlich ebenfalls entdeckte, musste er schmunzeln. Nicht zu übersehen, wenn man ihn einmal erkannt hatte. Der knallgelbe Körper mit den schwarzen Flügeln und dem leuchtend orange-roten Kopf.

»K-ka...irgendwas. Es fängt mit K an. Du hast es mir letzte Woche gesagt. Nicht verraten.«

Alexei presste die Lippen zusammen, um sein Grinsen zu verbergen und nicht mit der Lösung herauszuplatzen.

Bis gerade hatte Ben noch neben ihm gelegen, doch jetzt setzte er sich auf, zog die Beine in den Schneidersitz und stützte das Kinn auf die Hände. Starrte hoch konzentriert auf den gelben Fleck im Baum. Als müsste er nur intensiv genug hinsehen, um auf den Namen zu kommen.

Und es funktionierte.

»Kardinal!« Er sprang vom Boden auf und boxte mit den Fäusten in die Luft. »Das ist ein verdammter Kiefernkardinal.« Einen Herzschlag später: »Stimmt doch, oder?«

»Stimmt genau.« Jetzt ließ Alexei sein Grinsen zu.

Triumphierend riss Ben beide Arme über den Kopf und ließ sich dann wieder auf den Boden plumpsen.

»Hat ja auch nur fünfhundert Meilen gedauert, bis ich mir einen winzigen Informationsschnipsel über Vögel merken konnte.«

Als Ben vor ein paar Tagen ausgerechnet hatte, dass sie seit Idyllwild etwa fünfhundert Meilen zusammen gewandert waren – abzüglich der beiden bedauerlichen Tage, die sie getrennt verbracht hatten –, hatte er lautstark »I would walk 500 miles« angestimmt. Und gar nicht mehr damit aufgehört. Bis Alexei gedroht hatte, sein Flugticket zu stornieren.

Als sie vor knapp einem Monat den Cajon-Pass hinter sich gelassen hatten, hatte Alexei gute sechsunddreißig Stunden im Kopf mit Pro- und Kontra-Listen jongliert.

Am Ende hatte Pro gewonnen. Natürlich.

Einerseits wollte er Ma kennenlernen. Und Ben nicht verlassen.

Andererseits musste er, wenn er wirklich Alexei 2.0 sein und neu anfangen wollte, das auch, na ja, ernsthaft durchziehen. Er musste neue Orte besuchen. Herausfinden, was zu ihm passte. Nashville hatte er nie in Betracht gezogen, aber vielleicht hatte der Trail ihm diese Möglichkeit aus einem bestimmten Grund präsentiert. Vielleicht war es ihm vorbestimmt, nach Tennessee zu reisen.

Selbst wenn er Nashville dann doch nicht mochte, war es immer noch östlich der Rocky Mountains. Und damit etwas völlig Neues. Abgesehen von dem Trip nach Russland zu einer Familienhochzeit, als er vier war – woran er sich kaum erinnerte –, hatte Alexei seine Küste eigentlich noch nie verlassen.

Ernsthaft: Dass er sich überhaupt auf etwas so Unerwartetes einließ, war doch im Prinzip der beste Beweis, dass sein Wandel zu Alexei 2.0 in vollem Gange war. Sein ganzes Leben lang hatte er sich brav an Regeln gehalten, hatte sich Ziele gesetzt und sie verfolgt. Tabellen, Pläne, Karten. Er hatte gedacht, das sei sein Weg aus der Trauer: Wenn er der wohlüberlegten Route durch Kalifornien, Oregon und Washington nur strickt genug folgte, würde es ihm, wenn er am Ziel ankam, endlich besser gehen.

Doch als er nach der Nacht im Cajon Pass Inn auf den Mount Baden-Powell zuwanderte, wurde ihm langsam, aber sicher klar, dass die Umwege womöglich viel bedeutender waren. Dass es eigentlich die Abenteuer waren, die am Wegrand auf ihn warteten, die ihn letztlich veränderten.

Zum Glück war ihm diese Erkenntnis gekommen, denn als er in Wrightwood endlich seine Kreditkarte zückte, war Bens Gesellschaft wirklich kaum noch zu ertragen gewesen: Er tat, als wäre alles gut, obwohl es das offensichtlich nicht war, der Blick immer abwesend und die Aura gänzlich Ben-untypisch. So schlimm, dass Alexei inzwischen bereit gewesen war, alles zu tun, nur um wieder Bens echtes Lächeln zu sehen.

»Bist du sicher?«, hatte Ben fünfundzwanzig Mal gefragt, bis Alexei ihm das Handy aus der Hand gerissen und die Kartennummer selbst eingetippt hatte.

Aber jetzt lächelte Ben wieder ununterbrochen sein echtes Lächeln.

Tatsächlich war er außergewöhnlich gut drauf, selbst für seine Verhältnisse, und die Stimmung wurde sogar noch besser, je weiter sie sich Kennedy Meadows näherten. Je näher sie ihrer Mitfahrgelegenheit nach Reno kamen. Und dem Flugzeug, das sie in seine Heimatstadt bringen würde.

Und entgegen allen Erwartungen wurde auch Alexei mit jeder Meile sicherer.

»Ich wette, du würdest auch eine Gebirgsmeise erkennen«, meinte er jetzt.

»Negativ«, entgegnete Ben überzeugt. »Aber echt süß, wie viel du mir zutraust.«

»Oder Buschhäher«, fuhr Alexei unbeirrt fort. »Wenn wir zurückkommen und mehr durch die Sierra wandern, tauchen die Buschhäher bestimmt überall auf, und glaub mir, die sind unerträglich. Die wirst du mit Sicherheit erkennen.«

»Wenn du das sagst, Lex. Jetzt gerade feiere ich erst mal meinen Kardinalsieg hier.«

Das würde Alexei fehlen. Diese kleinen Lückenfüller auf dem Trail, wenn sie sich entschieden, die Mittagspause zu verlängern, oder nach einem besonders anstrengenden Aufstieg eine längere Erholung von der Sonne brauchten. Das waren mittlerweile seine Lieblingsmomente.

Klar, sie würden den Trail für gerade mal acht Tage verlassen, und dann würde es sofort wieder mehr von diesen Momenten geben. Mehr Ausruhen im Schatten. Lauschen auf Vogeltriller. Nur sie beide unter freiem Himmel.

Trotzdem würde es ihm fehlen.

Ben drehte sich auf die Seite und blinzelte Alexei an.

»Morgen Kennedy Meadows.«

»Morgen Kennedy Meadows«, bestätigte Alexei.

Obwohl sie technisch gesehen eigentlich schon eine Weile durch die Sierra wanderten, befand sich in Kennedy Meadows das berühmte Tor zur High Sierra: Yosemite. Mount Whitney. Sequoia Park, Kings Canyon. Der John Muir Trail. Die Gipfel und Wiesen, die Ansel Adams und so viele andere inspiriert haben. Für die meisten PCT-Hiker, die nach Norden unterwegs waren, war Kennedy Meadows *der* Meilenstein, weil man durch ganz Südkalifornien musste, um ihn zu erreichen. Es war der Höhepunkt des gesamten Trails.

Und Ben und Alexei waren nur noch einen Steinwurf davon entfernt. Über die letzten Meilen hatte sich auch die Landschaft drastisch verändert. Endlich, endlich verabschiedete sich die Wüste und machte etwas anderem Aufregenden Platz.

Und sie würden sich einfach abwenden.

Ben hatte ursprünglich gehofft, noch mehr von der Sierra zu durchwandern, bevor sie den Weg in die Zivilisation einschlugen – vielleicht bis Tuolumne Meadows –, aber das würden sie schlicht nicht schaffen. Alexei gab sich selbst die Schuld, weil er sich vor zwei Wochen den Knöchel verstaucht hatte. Er wusste nicht mal mehr genau, wie das passiert war. Sie hatten es schon mit sehr viel schwierigeren und felsigeren Abschnitten zu tun gehabt, und dann, auf einer relativ geraden und einfachen Strecke, war er auf einmal mit dem Gesicht auf dem Boden gelandet, und ein stechender Schmerz hatte sein Bein durchzuckt.

Ben hatte ihn gezwungen, den Knöchel einen ganzen Tag ruhig zu halten, ein ungeplanter Nulltag. Dann hatte er darauf bestanden, eine ganze Woche lang die Meilen zu reduzieren, was sie natürlich zurückgeworfen hatte. Also hatten sie beschlossen, dass es am logischsten war, in Kennedy Meadows aufzuhören. Außerdem war es auch ein beliebter Startpunkt für Hiker, darum glaubte Ben, dort würden sie leicht eine Mitfahrgelegenheit zum Highway finden, von wo aus sie den Bus nehmen wollten.

Busse. Highways. Flughäfen.

Die ersten rund hundert Meilen nach Wrightwood hatte Alexei es gut geschafft, nicht zu intensiv über all das nachzudenken. Da hatte Reno noch so weit entfernt geklungen, und der Trail war so anstrengend gewesen, dass er seine ganze Aufmerksamkeit vereinnahmt hatte. Auf dem Weg raus aus San Gabriels, durch die Piute Mountains am Ende der Mojave-Wüste bis nach Antelope Valley waren Ben und Alexei in einen ruhigen, fokussierten Rhythmus gefallen, selbst an den anstrengenden Tagen. Wie gut geölte Thruhiking-Maschinen.

Trotzdem hatten auch sie mit einigen Widrigkeiten zu kämpfen gehabt. Abgesehen von Alexeis verstauchtem Knöchel gab es immer mal wieder miese Laune auf beiden Seiten, vor allem wenn das Wasser knapp und die Suche nach der nächsten Quelle stressig wurde. Oder Frustration, wenn sie vom oftmals schlecht beschilderten Trail abkamen und in der brütenden Hitze im Kreis liefen und Zeit und Kraft verschwenden mussten, um zurückzufinden. Auf besonders abschüssigen Kämmen drehte Ben immer mal wieder durch, ob nun mit Schnee oder ohne, und auch wenn Alexei inzwischen geübt darin war, ihn aus seiner Panik herauszureden, war es dennoch kräftezehrend.

Alexei dachte an die eine Nacht, in der er Ben eine Zecke aus dem Hintern hatte ziehen müssen, was Ben zu einem unnötig ausschweifenden Vortrag über Borreliose veranlasst hatte. Oder an die beiden bedauerlichen Tage, an denen Alexeis Magen ihn mal wieder verraten hatte. Ben hatte jedes Mal geduldig am Wegrand gewartet, wenn Alexei plötzlich vom nächsten Magenkrampf ins Gebüsch getrieben worden war.

Als Reno also näher kam, stellte Alexei zu seiner eigenen Überraschung fest, dass die Aussicht, mit Ben in die Zivilisation zurückzukehren, ihn gar nicht mehr so nervös machte. Wenn man sich zusammen verirrt hatte, wenn jemand geduldig wartete, während man sich immer und immer wieder die Seele aus dem Leib kotzte, klangen Busse und Highways und Flughäfen gar nicht mehr so furchtbar beängstigend. Sie waren in ihren schwersten Momenten zusammen gewesen und in ihren befreitesten. Er kannte Ben, wie er keinen anderen Menschen kannte. Ben war praktisch Teil seiner eigenen DNA. Alexei konnte sich nicht vorstellen, wie Nashville daran etwas ändern sollte.

Worüber er sich allerdings langsam Sorgen machte, als Kennedy Meadows tatsächlich in greifbare Nähe rückte, waren die anderen Menschen, die er in Nashville treffen würde. Würde Bens Familie ihn mögen? Seine Freund*innen? Würde Alexei sich wieder in sein seltsames Echsenhirn zurückziehen, wie er es so oft tat, und vergessen, wie man sich unterhielt?

»Ich bin echt ein bisschen traurig, dass wir Faraj und die Jungs wahrscheinlich nicht mehr treffen werden«, sagte er jetzt, als er an die Menschen dachte, mit denen er sich während der letzten fünfhundert Meilen erfolgreich unterhalten hatte.

Hinter Wrightwood waren sie kurz wieder auf die Truppe aus Idyllwild getroffen und dann ein paar Tage gemeinsam gewandert. Alexei hatte sich in der großen Gruppe zwar immer noch nicht so wohlgefühlt wie mit Ben alleine, doch am Ende konnte er sagen, dass er sie beinahe mochte. Tanner, der Rotschopf, hatte den Trail für eine Weile verlassen, um eine Plantarfasziitis auszukurieren, und Alexei fand, ohne ihn war die Gruppe harmonischer. Leons Urteilsvermögen ließ zu wünschen übrig, aber er war lustig. Und Ryan hatte ein paar aufschlussreiche Geschichten über das Schwarzsein in der Hiking-Community auf Lager. Geschichten, die Alexei seine Privilegien vor Augen führten und ihn dazu inspirierten, seine eigenen Entscheidungen bedachter zu treffen.

Und Faraj – tja, Faraj flirtete sehr regelmäßig mit Alexei. Weshalb Alexei regelmäßig rot anlief. Und Ben regelmäßig das Lachen unter seinem Shirt versteckte.

Wie sich herausstellte, hatten die Kerle bei den Deep Creek Hot Springs doch recht behalten:

Auf dem PCT wimmelte es tatsächlich vor queeren Menschen.

»Stimmt.« Ben lehnte sich zurück und legte die Hände hinter den Kopf. »Die sind inzwischen echt superschnell unterwegs. Die Chancen stehen echt nicht gut, dass wir sie wieder einholen.«

»Aber vielleicht laufen wir ja Ruby noch mal über den Weg«, meinte Alexei hoffnungsvoll.

»Ganz bestimmt.« Ben grinste.

Ruby hatten sie jetzt schon ein paarmal getroffen, auch wenn sie sich nie dazu überreden ließ, sich ihnen anzuschließen. Weshalb Alexei nur noch dankbarer für den Tag war, an dem sie ihn mit sich genommen hatte, als er es so dringend gebraucht hatte.

Allerdings wirkte sie jedes Mal, wenn sie sie sahen, ein kleines bisschen glücklicher. Ganz unterschwellig; Ruby war immer noch Ruby, unverblümt und ruhig. Doch Alexei glaubte, es zu erkennen. Warum auch immer sie ihre Zeit für sich brauchte, weshalb auch immer sie auf ihren Körper hören musste, es funktionierte.

»Kennst du eigentlich auch alle Vögel in Tennessee?«, fragte Ben, als sie sich endlich aufrappelten und ihre Rucksäcke wieder aufschnallten, um weiter nach Kennedy Meadows zu stiefeln.

»Alle nicht. Bisher war ich noch nie südlich von Salt Lake City«, erinnerte Alexei ihn. »Aber ein paar schon.« Tatsächlich war er sogar ein wenig aufgeregt, dass er womöglich einige Arten zu sehen bekommen würde, von denen er bisher nur gelesen hatte. Den berühmten Rotkardinal. Den niedlichen Rotkehl-Hüttensänger.

»Ich weiß, dass der Staatsvogel die Gartenspottdrossel ist«, sagte er gedankenverloren und nahm seine Trekkingstöcke auf. Ben stieß ein amüsiertes Schnauben aus, irgendwas zwischen Lachen und Seufzen, das Alexei inzwischen nur zu gut kannte. Es machte ihn glücklich, dieses liebevolle Schnauben aus Bens Lunge, das nur ihm zu gehören schien.

»Natürlich kennst du einfach so den Staatsvogel von Tennessee.«

»Ich glaube, Tennessee hat eigentlich sogar zwei.« Alexei verzog das Gesicht, während sie wieder zum Trail wanderten. »Ich hasse es, wenn Staaten zwei haben. Das ist, als würden sie sich nicht an die Regeln halten.«

»Ich gehe mal davon aus, dass du alle Staatsvögel im Kopf hast?«

»Selbstverständlich. Wie sonst soll ein unterdrücktes Kind ohne Fernseher in der fünften Klasse seine Freizeit verbringen?«

Ben prustete.

»Perfekt«, sagte er und hüpfte förmlich über den Weg. »Das beschäftigt uns für mindestens zwanzig Minuten. Dann leg mal mit Alaska los.«

ZWISCHENSTOPP

Nashville, Tennessee
Juni

KAPITEL EINUNDZWANZIG

»Ist ja der Hammer«, hauchte Julie und umklammerte Bens Arm, als die Krötenechse auf dem Bildschirm erschien. »Die sieht ja aus wie ein winziger Dino.«

Ben grinste. Er hatte gewusst, dass Julie die Echsen lieben würde.

»Wirklich erstaunlich, dass du mit deinem Handy so unglaubliche Details einfangen konntest.« Bens Dad Luiz beugte sich in seinem Ohrensessel vor und spähte durch die dicken Gläser seiner Brille auf den Fernseher. Wie bei fast jedem Foto, das Ben bisher vom Handy auf den Bildschirm übertragen hatte. »Die sind fantastisch.«

»Danke. Liegt nur an dem Makroobjektiv, das ich vorher gekauft hab.«

»Dinosaurier«, flüsterte Julie wieder. Sie hatte sich auf der antiken Caravalho-Couch im Wohnzimmer neben ihn gekuschelt und den Kopf auf seine Schulter gelegt. Ben drückte ihr einen Kuss auf den Scheitel.

»Das sind die Vasquez Rocks«, machte er weiter und wischte zu einem Foto von den Sandsteinformationen, die aus dem Wüstenboden herausragten und vor dem Himmel rötlich-pink leuchteten, wie ein Sonnenaufgang.

»Boah«, machte Julie jetzt wieder lauter. »Krass.«

Ben linste zu Alexei herüber, wie er es alle paar Fotos tat, um sicherzustellen, dass noch alles in Ordnung war. Er war wirklich beeindruckt, wie in Ordnung Alexei in den vergangenen vierundzwanzig Stunden gewirkt hatte. Dabei sollte ihn das gar nicht überraschen. Immerhin ging es hier um Alexei, der in Situationen, in denen Ben völlig ausflippte, immer sein Fels in der Brandung war.

Trotzdem war es ein kleines Wunder, dass auch der Wechsel vom Trail zum Flughafen Alexeis Gelassenheit nicht hatte erschüttern können, vor allem, weil er anfangs verständlicherweise gezögert hatte, sich auf diese Reise einzulassen. Jedes Mal, wenn Bens Bein auf dem Weg von Reno nach Nashville nicht hatte aufhören wollen zu zittern, oder wenn er nicht aufhören konnte, sich auf der Wange herumzukauen, hatte Alexei ihm irgendwann die Hand aufs Knie gelegt oder ihm beruhigend den Arm gedrückt.

Ben war einfach so *aufgeregt*. Er war fast auf den Tag genau zwei Monate weg gewesen. So lange war er noch nie nicht zu Hause gewesen. Es fühlte sich beinahe unwirklich an, jetzt seine Leute wiederzusehen.

Die Aufregung mischte sich allerdings mit dem seltsamen Gefühl, sich plötzlich wieder auf die echte Welt einstellen zu müssen. Und mit der Sorge um Alexeis Sorgen, die Ben seit dem Cajon-Pass nicht so richtig hatte abschütteln können. Die Sorge, dass Alexei es hier hassen würde. Dass es eine schlechte Idee gewesen war, ihn einzuladen. Die Sorgensuppe in Bens Magen kochte förmlich über.

Doch Alexei war ruhig geblieben, selbst als Bens Ma die beiden in einer epischen Umarmung am Flughafen gestern beinahe zerquetschte. Als sein Dad ihm besonnen die Hand schüttelte. Als Ben vor Aufregung und Erschöpfung den gesamten Weg nach Hause über nur wirres Zeug plapperte.

Es war schon spät, als sie Bens Elternhaus erreichten, in dem er seit der Ausbildung wieder in seinem Kinderzimmer im Keller wohnte. An seiner letzten Wohnung hatte er sowieso nicht sonderlich gehangen – er hatte sich im Grunde die erste freie Bleibe geschnappt, die er nach seinem Auszug bei Robbie hatte finden können. Und selbst wenn es nicht sonderlich glamourös war, wieder zu Hause zu wohnen, hatte er sich so wenigstens die Gebühren und Lehrbücher für die Ausbildung leisten können. Außerdem war es während der Wanderung praktisch, dass seine ganzen Sachen hier waren und er sich keine Gedanken um Miete oder einen Untermieter machen musste.

Gestern Abend hatten sie sich sofort in den Keller verzogen. Und erst da hatte Alexei eine überraschende Reaktion gezeigt.

Denn er schrie praktisch auf, als Delilah ihm die Hand abschleckte.

»Delilah!« Ben schlang die Arme um den Hals des Rottweilers, und beide wälzten sich überschwänglich auf dem Boden.

Alexei hielt sich am Treppengeländer fest, eine Hand über dem Herzen.

»Ein Hund«, keuchte er. »Delilah ist dein Hund.«

Ben sah ihn verwirrt an. Delilah leckte ihm über die Wange, wedelte mit dem Schwanz und winselte leise.

»Ja. Ich hab doch im Flugzeug die ganze Zeit drüber geredet, wie sehr ich mich auf sie freue.«

»Ich weiß.« Alexei wurde rot. »Aber du hast von so vielen Leuten erzählt, dass ich die Namen nicht mehr alle zuordnen konnte. Und es war mir zu peinlich zu fragen, nachdem du sie schon hundertmal erwähnt hast. Irgendwie war Delilah in meinem Kopf eine deiner Cousinen.«

Ben hatte gelacht, bis ihm die Tränen über die Wangen gelaufen waren, dann hatten die beiden sich unter Bens blaue

Decke gekuschelt, mit Delilah am Fußende, und waren sofort eingeschlafen.

Heute Morgen beim Frühstück traf Alexei dann Carolina – die mit ihrem Debattierteam am Abend vorher auf einer Abschiedsparty gewesen war –, und Tiago kam mit einem Becher Kaffee von All People dazu, Bens Lieblingsladen, was überraschend aufmerksam von Tiago war. Eine halbe Stunde später bog Julie in die Einfahrt, dann Tante Joan und Onkel Jaco, und schließlich trudelten auch die Cousinen und Cousins ein: Beatriz, Claudio und Ana. Alice, die für Jacos Party aus Chattanooga angereist war, war eben erst reingehuscht, als Ben mit der Slideshow begonnen hatte.

Bens Haus war nicht sonderlich groß, und jetzt war es randvoll gefüllt mit Caravalhos und Julie. Vielleicht hatte das Alexeis Fass zum Überlaufen gebracht.

Denn im Augenblick war seine Haltung das genaue Gegenteil von Julies Kuschelposition: der Rücken durchgestreckt, die Hände formell zwischen die Knie geklemmt. Er lächelte Ben zwar jedes Mal schüchtern an, wenn er herüberschaute, aber Ben sah den zuckenden Muskel an seinem Kiefer ganz deutlich. Der war gestern Abend noch nicht zu sehen gewesen. Heute umgab Alexei eine andere Art Ruhe.

Bens Familie war anstrengend, das wusste er.

Er wusste, dass die Situation Alexei viel abverlangte.

Aber er war *hier*.

Ben konnte es immer noch kaum glauben. Ständig sah er wieder zu ihm herüber, wie er da auf der Caravalho-Couch saß.

Das nächste Bild zeigte Ben auf der Spitze eines Kamms, von dem sie damals bestimmt auch noch den Namen gewusst hatten. Aber nachdem sie so viele Berge erklommen hatten, verschwammen sie in seiner Erinnerung mittlerweile alle miteinander.

Bei dem Anblick schoss Ma aus ihrem Stuhl hoch und fasste sich an die Brust.

»Jesus, Maria und Josef«, keuchte sie. »Da oben bist du gewandert? Ein falscher Schritt, und du wärst *gestorben*, Bento!«

»Ach, Tante Iris, entspann dich. Sieh ihn dir an: Ihm geht's gut«, wandte Claudio ein.

»Aber er geht wieder zurück!«, rief Ma. Doch dann schien sie sich wieder zu fangen und atmete tief durch. Sie setzte sich hin und faltete die Hände im Schoß. »Entschuldige, Ben.« Sie nickte, wie um sich selbst zu beruhigen. »Die Bilder sind entzückend. Mach weiter.«

Ben griff über Alexei hinweg und drückte Ma aufmunternd die Schulter.

Er musste schwer schlucken. Zu den Schuldgefühlen, dass er ihr Sorgen bereitete, mischte sich auch ein Funke Stolz. Denn sie hatte recht. Er würde zurückgehen. Siebenhundert Meilen hatte er schon hinter sich. Und während dieser siebenhundert Meilen hatte es viele Momente gegeben, in denen er übers Aufgeben nachgedacht hatte. Doch er hatte es schon so weit geschafft, ohne ernsthafte Verletzungen oder Zwischenfälle. Die Sierra jagte ihm eine Heidenangst ein, doch er vertraute Alexeis Instinkten mehr als allem anderen auf der Welt. Alexei würde sie über die Kämme und Flussübergänge leiten. Alexei würde aufpassen, dass ihnen nichts zustieß.

Und selbst wenn nach dem Besuch hier nicht alles perfekt verlief, hatten diese siebenhundert Meilen ihm Kraft verliehen. Mehr Kraft, als er jemals verspürt hatte. Genug Kraft, um es zu probieren.

Er wischte über sein Display. Auf dem Fernseher erschien ein Foto von gigantischen Windmühlen, die einsam und allein mitten in der Wüste standen.

Delilah sprang auf die Couch und legte Alexei den Kopf in den Schoß.

»Ich kann echt nicht glauben, dass du das alles gelaufen bist«, murmelte Julie, als er das nächste Bild zeigte. »Das ist absolut irre, Ben.«

Das war es.

Ben hatte das alles selbst durchgestanden. Doch es jetzt durch die Augen seiner Liebsten ein weiteres Mal zu erleben, fühlte sich anders an. Je mehr man sich an eine Situation gewöhnte, desto leichter übersah man die Details.

Julie hatte recht.

Die Wanderung war absolut irre.

»Geht es dir gut?«, fragte er Alexei im Flüsterton, als die Slideshow zu Ende war und alle in ihre eigenen Unterhaltungen vertieft waren.

»Ja.« Alexei kraulte Delilah den Hals. Ben versuchte, bei dem Anblick nicht vor Freude durchzudrehen. »Alle hier sind wirklich nett«, fügte er hinzu.

Ben lehnte sich zu ihm, um ihn wieder ganz ins Hier und Jetzt zu holen.

»Weißt du, an was ich bei der Slideshow die ganze Zeit denken musste?«

»An was?«

»Die Füchse.«

Kurz hinter Wrightwood hatten sie eine Nachtwanderung eingelegt, auf der Strecke nach dem Los Angeles Aqueduct, die zu ungeschützt war, um sie tagsüber in der prallen Sonne sicher zu wandern. Nachtwandern war immer noch kein großer Spaß gewesen, aber gemeinsam hatte es ihnen viel weniger Angst eingejagt. Außerdem hatten sie ein paar unerwartete Entdeckungen gemacht. Abgesehen davon, wie wunderschön die unendlichen Weiten des offenen Sternenhimmels waren.

Nämlich zum Beispiel wie verspielt kleine Fuchswelpen sein konnten.

Etwa gegen ein Uhr morgens waren die kleinen Fellknäuel ihnen plötzlich wieder und wieder vor die Füße gelaufen. Nachdem beide den ersten Schreck überwunden hatten und klar war, dass die Füchse ihnen nicht in die Waden beißen würden, konnten sie nicht mehr aufhören, wie kleine Kinder zu kichern. Ben hatte gejammert, dass sein Handy diesen Moment in der tintenschwarzen Dunkelheit nicht festhalten konnte und wie nutzlos ihre Stirnlampen doch waren.

»Dann halten wir es einfach in unseren Erinnerungen fest«, hatte Alexei gesagt und seine Hand gedrückt.

Und genau das hatten sie getan. Sie hatten mitten auf dem Trail eine Pause eingelegt, sich die großen, dreieckigen Ohren eingeprägt und die flauschigen Schwänze und wachen Augen. Bis die Füchse irgendwann zurück in die Dunkelheit gepurzelt waren und Ben und Alexei sich wieder auf in Richtung Kanada gemacht hatten.

»Danke«, sagte Alexei jetzt mit einem verhaltenen, aber aufrichtigen Alexei-Lächeln. Und dann, als wüsste er genau, dass Ben ihn aufzumuntern versuchte: »Du bist süß.«

»Ich weiß, es ist viel.« Ben drückte seine Hand. »Dass du so viele Leute auf einmal kennenlernst. Und heute Abend noch mal mehr.«

Für diesen Trip waren zwei große Familienfeiern geplant, eine am Anfang, eine am Ende. In der Mitte hatten sie ein bisschen Verschnaufpause. Heute Abend ging es los mit der Party zu Onkel Jacos fünfzigstem Geburtstag. Nächsten Samstag standen dann Carolinas Zeugnisvergabe und die große Abschlussfeier an. Gegen Ende der Feier würden sie sich auf den Weg zum Flughafen machen, und Sonntag wären sie dann schon wieder zurück auf dem Trail.

»Mir ist gerade etwas klar geworden.« Alexei runzelte die Stirn. »Müssen wir uns zur Party deines Onkels schick machen? Ich habe nämlich nur Wanderklamotten.«

Ben blinzelte. Inzwischen kannte er Alexeis gesamte Wandergarderobe. Eine Cargoshorts, zwei Shirts und zwei Hemden. Drei Paar Socken, drei Unterhosen. Ein Flanellhemd und Flipflops fürs Lager. Ein Bandana.

Ben prustete los und ließ den Kopf nach hinten auf die Couchlehne sinken. »Na ja, Anzugpflicht herrscht nicht unbedingt. Und du könntest dir auch was aus meinem Schrank leihen, aber du bist größer als ich, also …«

Er setzte sich auf und schnippte mit den Fingern.

»Lex. Du und ich fahren in die Mall. Dann können wir uns Brezeln bei *Auntie Anne's* holen. Die hatte ich bestimmt schon seit der siebten Klasse nicht mehr. Aber jetzt hab ich dran gedacht und brauch auf jeden Fall sofort eine.«

Die kleine Falte auf Alexeis Stirn war immer noch da. »Haben wir denn Zeit dafür?«

»Für die Mall ist immer Zeit.«

Ben stand auf und klatschte in die Hände.

»Alles klar, *minha família*. Wer hat Lust auf Shopping?«

Alexei war in seinem Leben auf einigen Hochzeiten der Familie Lebedev gewesen.

Keine von ihnen hatte auch nur annähernd so viel Spaß gemacht wie Onkel Jacos fünfzigster Geburtstag.

Zumindest konnte Alexei nachvollziehen, warum es allen anderen so viel Spaß machte. Und während er noch immer mit der Reizüberflutung des heutigen Tages zu kämpfen hatte, ging der Enthusiasmus, den alle füreinander empfanden, auch ihm ein wenig unter die Haut.

Die Party fand in einer unscheinbaren Feuerwehrhalle statt, mit Linoleumböden und grauen Wänden. Aber die Caravalhos hatten überall weiße Lichter aufgehängt, auf jeden Tisch eine blau-weiß karierte Tischdecke gelegt und in der Mitte eine Vase mit bunten Blumen platziert. Der Hinterausgang der Halle öffnete sich zu einem üppig grünen Rasen, der mit Partyspielen übersät war. Das Gelände fiel sanft zu einem Bach hin ab, und die süßlich duftende Luft war erfüllt vom Quaken der Kröten und dem Summen der Insekten. Musik erklang drinnen wie draußen, eine weitere Konstante neben dem ununterbrochenen Stimmengewirr.

Die erste Stunde über gab Ben sein Bestes, um Alexei den anderen vorzustellen. Er zog ihn von einer Ecke in die nächste und ließ seine Hand alle paar Minuten los, um jemanden herzlich zu umarmen. Alexei schmerzte bereits das Gesicht, weil er so viele Leute anlächeln musste, wenngleich die Entscheidung, sich einfach keine Namen mehr zu merken, seine mentale Belastung erheblich reduzierte.

Schließlich wurde Ben so oft in tiefgreifende Gespräche verwickelt, dass Alexei nicht mehr hinterherkam. Aber damit hatte er schon gerechnet. Und als er einsah, dass Bens ständige Erklärungen, mit denen er Alexei im Bilde halten wollte, für alle Beteiligten eher lästig waren, schlich er sich zum Buffet, um sich mit Kartoffelsalat, Baked Beans und Fried Chicken einzudecken.

Draußen suchte er sich einen Gartenstuhl und beobachtete Kinder und Erwachsene beim Frisbeewerfen und Cornhole spielen, während er sich sein Essen schmecken ließ. So ziemlich überall war es laut, aber draußen konnte man es einigermaßen aushalten. Doch egal, wo er sich befand, alle paar Minuten hörte er Iris' ansteckendes Lachen.

Es fühlte sich ein bisschen an wie Vogelbeobachtung: in der Dämmerung sitzen und Ausschau halten. Er studierte die Rufe der Caravalhos, ihre Lieder.

»Lex.« Atemlos kam Ben herbeigelaufen. Er trug einen großen Schlapphut, ein riesiger Cheeseburger aus Schaumstoff. Alexei hielt mitten im Kauen inne und starrte ihn an.

»Oh, ach ja.« Ben folgte seinem Blick. »Burgerhut. Ist so ein Ding bei uns. Außerdem müssen wir *unbedingt* gleich mal Leitergolf spielen.«

»Ich habe nicht den blassesten Schimmer, wovon du sprichst.«

»Natürlich nicht«, meinte Ben unbekümmert. »Aber Leitergolf ist der Hammer. Du wirst es lieben.«

Ein alter Mann kam zu ihnen und legte Ben einen Arm um die Schulter.

»Du glaubst hoffentlich nicht, dass du den Burgerhut den ganzen Abend behalten darfst, nur weil du seit Monaten in der Wildnis unterwegs bist, Benny-Boy«, sagte er. Ben grinste, und fünf Minuten später war er wieder unterwegs.

Später wurden einige Reden gehalten, in denen Onkel Jaco sein Fett wegbekam, und währenddessen fand Ben wieder zu Alexei, schlüpfte neben ihn an den Tisch und verschränkte ihre Finger miteinander. Allmählich gewöhnte Alexei sich daran, dass Ben, schon seit sie aus dem Flugzeug gestiegen waren, vor seiner Familie ganz lässig seine Hand hielt. Da niemand auch nur mit der Wimper zuckte, ließ Alexei sich darauf ein.

Denn es war wunderbar, Bens Hand zu halten. Sie gab Alexei immer wieder Halt, wenn er sich an diesem schwülen, lauten Ort ein wenig überfordert fühlte.

Die Redner*innen ernteten fast ununterbrochen schallendes Gelächter, das von den Wänden der Feuerwache widerhallte, und auch Alexeis eigenes Lächeln wurde jedes Mal natürlicher, wenn Ben neben ihm amüsiert johlte. Er erfuhr viel mehr über Onkel Jacos Essgewohnheiten, als er über seine eigenen zu wissen glaubte, und auch, dass der Gute ein versierter Rollerblader war. Das durfte Alexei nach den Reden sogar mit eigenen Augen sehen, als Jaco zu »Once in a Lifetime« von den Talking Heads – sein Lieblingssong – in großen Kreisen durch die Halle sauste, um die Heilung seines gebrochenen Beins zu feiern, bevor er direkt vor seiner Geburtstagstorte abbremste und mit Schwung die Kerzen ausblies.

Die Unterschiede zu einer Familienfeier der Lebedevs waren wirklich kaum nennenswert.

Kurz darauf verschwand Ben auch schon wieder. Aber abgesehen von einer etwas unangenehmen Begegnung mit Tiago, bei der er Alexei fragte, woher er stammte, und dann versuchte, ein Gespräch über die Portland Trail Blazers zu beginnen, über die Alexei so gut wie gar nichts wusste, ging es ihm wirklich gut damit, allein in der Ecke Limonade zu schlürfen. Zuzuschauen. In sich aufzunehmen. Ben nicht ganz so heimlich beim Glücklichsein zu beobachten.

Und dann verschwand die Sonne hinter den Bäumen, und das Tanzen begann.

Alexei zählte die Lieder, die er kannte – bis jetzt zwei von sechs –, und überlegte gerade, ob er die Namen aller Gäste noch zusammenbekam, als Carolina mit vom Tanzen geröteten Wangen auf den Platz neben ihm glitt.

»Alles klar, Mr. *Alexei.*« Sie zog seinen Namen in die Länge, die Faust um eine Flasche Craftbeer geballt. »Moment, entschuldige.« Sie schüttelte den Kopf und runzelte die Stirn. »Identifizierst du dich als Mr.? Verdammt, ich muss mir echt abgewöhnen, vom Aussehen aufs Geschlecht zu schließen.«

Alexei wurde rot, obwohl er sich nicht ganz sicher war, warum. Vielleicht, weil Carolina so beiläufig die Möglichkeit akzeptierte, Alexei könnte anders sein, als es den Anschein erweckte.

Bisher hatte er noch nicht viele trans* Menschen getroffen, zumindest nicht, soweit ihm bekannt war. Aber er wusste, dass Ben mit Reina, der Partnerin von Khalil, befreundet war, die sie/ihr benutzte, und mit London, di*er dey/demm benutzte. Beide würde er morgen bei einem Brunch mit Bens Freund*innen treffen. Ben hatte ihm gestern im Flugzeug schon von ihnen erzählt, sodass er ihre Pronomen bereits kannte.

Alexei freute sich tatsächlich ein wenig darauf, die Clique beim Brunch kennenzulernen. Was überraschend war, nachdem er sich von all den neuen Leuten, die er heute bereits getroffen hatte, überwältigt fühlte. Obwohl er wusste, dass nicht alle von Bens Freund*innen queer waren, schien es doch auf einen beträchtlichen Anteil zuzutreffen. Mehr, als Alexei wahrscheinlich je zuvor auf einem Haufen erlebt hatte. Und die Vorstellung, Teil einer solchen Gemeinschaft zu sein, fühlte sich an wie … alles, worauf Alexei 2.0 im Stillen gehofft hatte.

»Mr. passt schon«, antwortete er.

»Also gut, Mr. Alexei. Hau mal ein paar Fakten raus.« Sie nahm einen Schluck Bier und schaute ihn erwartungsvoll an.

»Ein paar Fakten?« Alexeis Puls begann zu rasen, denn immerhin wurde er hier gerade von Bens Lieblingsmensch in die Mangel genommen.

»Na, die wichtigsten Eckdaten: Vorgeschichte, Enneagramm-Typ, Parteizugehörigkeit, Grad der Zuneigung zu meinem Bruder, solche Sachen eben.«

Alexei hatte keine Ahnung, was ein Enneagramm war, und vermutlich war die Tatsache, dass er Ben erst seit knapp zwei Monaten kannte und trotzdem für ihn quer durchs Land geflogen war, um seine Familie und Freund*innen kennenzulernen, eigentlich schon Antwort genug auf die letzte Frage.

»Meine Familie ist überwiegend russisch-amerikanisch«, sagte er.

»Alles klar.« Noch ein Schluck Bier. »Weiter.«

Er kratzte mit einem Finger am Kragen des blauen Hemds, das er heute in der Mall gekauft hatte.

»Was die Parteizugehörigkeit angeht, würde ich mich nicht festlegen.«

»Grundgütiger«, murmelte Carolina. »Macht nichts. Du bist noch jung. Wir haben genug Zeit, das zu ändern.«

Alexei hielt sich vor Augen, dass seine Gesprächspartnerin in Wahrheit über ein Jahrzehnt jünger war als er.

Aber es klappte nicht. Er war immer noch nervös in

Carolinas Gegenwart, wollte sie beeindrucken, sich ihres Bruders würdig erweisen. Er räusperte sich.

»Ich gehe wählen. Und ich bemühe mich, die Lokalpolitik zu verfolgen.«

Beides stimmte. In den letzten zehn Jahren, seit er von zu Hause weggezogen war, um aufs College zu gehen, hatte er stets versucht, sich auch über politische Themen jenseits von Abtreibung und Religionsfreiheit zu informieren. Seinen Horizont über diese beiden Themen hinaus zu erweitern, hatte ihm eine völlig neue Welt eröffnet. Er hatte die Wahlbroschüren immer sorgfältig gelesen und sich bemüht, seine Entscheidungen auf Basis der besten Konzepte für die Allgemeinheit zu treffen, unabhängig davon, was die Kirche oder seine Eltern dazu gesagt hätten.

Manchmal kam es ihm geradezu monumental vor, diese Kreuze selbst zu setzen und den Stimmzettel im Wahllokal abzugeben. Das wollte er Carolina auch erklären, doch als er sie ansah, grinste sie.

»Ach, echt«, bemerkte sie trocken. »Bestimmt hörst du auch Podcasts.«

Alexei runzelte die Stirn.

»Nein«, erwiderte er verwirrt. »Sollte ich?«

Carolinas Blick wurde nachdenklich. Sie führte sich die Bierflasche an die Lippen.

»Moment mal.« Plötzlich wurde Alexei *wirklich* wieder bewusst, dass Carolina erst achtzehn war. Welche Achtzehnjährige trank denn Craftbeer? »Solltest du überhaupt schon trinken?«

Sie grinste. Dabei ähnelte sie Ben so sehr, dass Alexei augenblicklich einen irrationalen Beschützerinstinkt für sie entwickelte.

»Gib mir mal deine Handynummer.« Carolina schnappte sich ihr Smartphone, das mit dem Display nach unten auf dem Tisch lag. »Ich schicke dir ein paar Podcasts, in die du mal reinhören solltest.«

Ernsthaft, *wie oft* musste er sich noch dafür rechtfertigen?

»Ehrlich gesagt habe ich kein Handy. Oder besser gesagt, ich hatte eins, habe aber den Vertrag gekündigt.«

Carolina musterte ihn über ihre Handyhülle hinweg, auf der auf einem hübschen geblümten Hintergrund in fetten schwarzen Buchstaben prangte: »INTERSECTIONAL FEMINISM OR BUST«.

»Oh mein Gott. Gehörst du zu diesen technikfeindlichen Survival-Leuten? Hast du irgendwo einen unterirdischen Bunker?«

Alexei seufzte.

»Ich dachte bloß, dass ich auf dem PCT kein Handy brauche.«

»Du läufst also seit Monaten ohne Handy durch die Gegend?«

Alexei nickte. Carolina starrte ihn eine ganze Weile lang an, bevor sie anfing zu tippen.

»Ich schicke Ben eben ein paar Empfehlungen, damit er sie an dich weiterleitet.«

»Okay.« Und dann: »Danke.«

Carolina grinste ihr Handy an. »Nichts zu danken.«

»Lex!«

Wie aus dem Nichts tauchte Ben auf und stieß gegen Alexeis Knie. Seine Haare waren zu einem hohen Dutt gebunden, und sein Gesicht zierte ein breites, schiefes Grinsen. Er trug eine dunkle Jeans und ein marineblaues, kurzärmeliges Hemd mit winzigen weißen Tupfen. Jedes Mal, wenn

Alexei ihn heute Abend ansah, stockte ihm beinahe der Atem. Ben in etwas anderem als seinen Wanderklamotten zu sehen, war … eine Offenbarung.

»Whitney läuft«, verkündete Ben, und seine Brust bebte leicht. Als Alexei nicht antwortete, riss er die Augen auf. »Sag bloß, du hast diesen Song noch nie gehört?«

»Echt mal, ›I Wanna Dance with Somebody‹ kenne ja selbst ich, und ich bin noch nicht so alt wie ihr«, mischte Carolina sich ein.

Als Alexei immer noch nichts sagte, beugte sie sich vor und stützte das Kinn auf die Faust, das Handy war vergessen.

»*Was?!*«, fragte Alexei seltsam entnervt.

»Du bist … *interessant*«, stellte Carolina fest, und in ihrer Stimme lag ein neugieriges Staunen. Zumindest wollte er das so interpretieren.

»Komm schon.« Ben zog ihn auf die Beine und vom Tisch und Carolina weg. »Wenn Whitney läuft, *musst* du mit anderen Schwulen tanzen«, verkündete er über die Schulter hinweg, während er Alexei zur Tanzfläche zerrte. »So steht es in unseren Statuten.«

»Du bist betrunken«, stellte Alexei fest und lächelte, als Ben schließlich stehen blieb und zu ihm herumwirbelte.

»Vielleicht ein bisschen. *Kooomm* schon. Tanz mit mir, Lex.«

Und da er ihm nichts abschlagen konnte, tat er es.

Er fühlte sich selbst ein bisschen berauscht von der Heiterkeit, die Ben ausstrahlte, von dem albernen Rhythmus des Songs. Also tanzte er. Alles schien ganz schnell zu gehen. Er hatte keine Ahnung, wie man überhaupt tanzte, und fragte sich gerade, ob er jemals in seinem Leben getanzt hatte, als ein kurzer Blick auf die Fläche ihm verriet, dass auch niemand sonst richtig tanzen konnte, weshalb er nicht allzu viel darüber nachdachte, was sein Körper da eigentlich tat.

Während des Refrains streckte Ben ihm eine Hand entgegen, und obwohl Alexei sie bereitwillig ergriff, war er doch überrascht, dass er so heftig an Bens Brust gezogen und dann wieder von ihm weggeschleudert wurde. Ben hob ihre gefassten Hände und drehte sich unter ihnen hindurch, woraufhin er Alexei mit einem weiteren Ruck ermutigte, es ihm gleichzutun. Ben hörte nicht auf, das Lied mitzuschmettern, und Alexei konnte sich nicht zusammenreimen, warum er das so liebenswert und gleichzeitig so erregend fand. Erst da fiel ihm auf, dass *alle* mitsangen und dass er lachte. Dass sein Gesicht davon beinahe wehtat.

Er neigte sich zu Ben und schrie ihm über die Musik hinweg ins Ohr: »Du meintest, es wäre Pflicht, mit anderen Schwulen zu tanzen.« Denn plötzlich hatte Alexei eine Vision. Von sich und Ben, wie sie genau so tanzten, aber in einem abgedunkelten Raum, in dem alle anderen so waren wie sie.

Match Nummer zwei hatte Alexei vor zwei Jahren angeboten, ihn zum Clubbing mitzunehmen, aber schon bei dem Wort *Clubbing* hatte er förmlich Ausschlag bekommen.

Doch jetzt jagte ihm der Gedanke daran einen elektrischen Schauer über den Rücken.

»Mein Cousin Martim ist bi«, rief Ben zurück und zeigte über die Tanzfläche hinweg auf einen großen Mann mit lockigen dunklen Haaren, der ihnen grinsend zuwinkte, als wüsste er genau, was Ben gerade sagte. Alexei lief rot an und drehte sich wieder zu Ben.

»Und wir sind uns ziemlich sicher, dass Ana voll die Lesbe ist, aber weißt du, ich versuche, sie nicht zu sehr unter Druck zu setzen. Nächstes Mal finde ich mehr Schwule für dich«, fügte Ben hinzu, während er einen Kreis um Alexei tanzte.

Alexei lachte. »Das ist gut. Das reicht mir.«

Und während er weiter die Hüften schwang und mit den Armen wackelte, registrierte er, dass bereits das nächste Lied lief. Doch niemand hatte aufgehört zu tanzen, und auch er hatte keine Lust, aufzuhören. Also tat er es nicht.

Jemand kam vorbei und setzte Alexei den Burgerhut auf den Kopf.

»Ich kann nicht einschätzen, ob deine Schwester mich hasst oder nicht«, rief er Ben zu.

»Ach, Alexei.« Ben lächelte und wippte mit den Schultern, sein Körper war locker und ständig in Bewegung. »Mir fällt kein einziger Grund ein, warum irgendwer dich je hassen sollte.«

Nachdem sie Stunden später allesamt durch die Haustür getaumelt waren, wünschten Ben und Alexei Carolina und Bens Eltern eine gute Nacht. Alexei beobachtete, wie Iris, die viel größer war als ihr Mann, sich herunterbeugte und Luiz einen Kuss auf die Wange drückte, bevor sie Seite an Seite die Treppe hinaufstiegen, der Arm von Luiz um ihre Taille geschlungen. Alexei wusste, dass seine Eltern sich liebten. Aber so ungezwungen hatten sie noch nie körperliche Zuneigung gezeigt. Gebannt starrte er ihnen ein paar Sekunden hinterher, bevor Ben ihn am Ärmel zupfte.

Als sie die Treppe hinuntergingen und neben Bens Bett stehen blieben, um sich die Schuhe auszuziehen, verspürte Alexei eine tiefe, wohltuende Erleichterung darüber, dass sie wieder unter sich waren. Auch wenn er sich auf der Party erstaunlich gut amüsiert hatte, war der Tag doch anstrengend gewesen. Mit Ben allein zu sein, beruhigte seine Nerven und schenkte ihm ein Gefühl von Normalität.

Außerdem wuschen die Caravalhos hier unten auch ihre Wäsche. Darum roch es in Bens Zimmer nach Weichspüler, und jedes Mal, wenn Alexei hereinkam, fühlte er sich wie in eine warme Decke gehüllt.

Gerade wollte er sich auf das Bett fallen lassen, um eine Ewigkeit zu schlafen, als Bens Arme ihn von hinten umschlangen und er ihm mit den flachen Händen über die Brust strich.

»Ich will ja nicht dramatisch klingen.« Bens Stimme war dicht an seinem Ohr, der Atem heiß auf seiner Wange. Ganz automatisch bog er den Rücken durch und ließ sich gegen Ben sinken. »Aber wenn wir nicht sofort miteinander schlafen, sterbe ich vielleicht.«

»Oh«, stieß Alexei mit klopfendem Herzen hervor und verfolgte fasziniert, wie Bens Finger sich an den Knöpfen seines Hemdes zu schaffen machten. »Sterben wäre schlecht.«

»Absolut.«

Innerhalb von Sekunden lag Alexei rücklings auf Bens winzigem Bett – nicht mal annähernd ein Doppelbett, aber trotzdem groß genug –, sein Hemd auf dem Boden, Bens Zunge in seinem Mund, seine Finger an Alexeis Hosenbund.

»Ben.« Er löste sich lange genug von ihm, um Luft zu holen. »Deine Familie.«

»Zwei Stockwerke weit weg«, keuchte er. »Die Vorteile des Kellers.«

Und dann blendete Alexei Bens Eltern ebenfalls aus, denn kurz darauf war er nackt, und Ben zog sein eigenes Hemd aus, und Alexei war so in Fahrt, dass er nicht mehr klar denken konnte.

»Lex«, hauchte Ben ihm in den Nacken und küsste ihn mit geöffneten Lippen bis zum Schlüsselbein. »Gott, ich bin so froh, dass du hier bist, Lex.«

»Wirklich?«

Der logische Teil von Alexeis Gehirn wusste natürlich, dass Ben froh darüber war. Aber jener Teil, der sich wegen all dem verwundbar und unsicher fühlte, hörte es trotzdem gerne aus Bens Mund.

»Ja, Lex. Ich hatte ganz vergessen, wie *süß* du bist«, sagte Ben energisch und biss ihm dabei leicht in die linke Brust, sodass Alexei aufstöhnte. »Die ganze Zeit so ruhig und höflich und süß. *Gott!* Schon seit unser Flugzeug gelandet ist, will ich dich um den Verstand vögeln.«

Inzwischen war auch Ben vollständig nackt. Er griff nach Alexeis Hand und führte sie an sich herunter, als wolle er den Beweis für diese Aussage bieten. Schon bei der ersten Berührung stöhnte er auf und ließ den Kopf schwer auf Alexeis Brust sinken.

»Und dann heute Abend«, keuchte er mit brüchiger Stimme. »Du hast tatsächlich mit mir getanzt. Ich war mir nicht sicher, ob du das tun würdest. Aber das hast du, und ich wollte dich nur noch aufs Klo schleifen und dich mit dem Mund verwöhnen.«

»Ben.« Alexei erzitterte. »Wenn du so weiterredest, komme ich gleich.«

»Gut«, stöhnte Ben. »Aber bitte nicht.«

Mit der Zunge umspielte er Alexeis Brustwarze. Der schloss die Augen und konzentrierte sich ganz auf seine Atmung und darauf, die Hüften nicht zu heftig gegen Ben zu stemmen.

»Ich liebe es einfach, dass du hier bist. In meinem Haus, in meiner Stadt. Dass du meine Familie und alle meine Leute kennenlernst.«

Ben hob den Kopf, sodass er über Alexeis Gesicht schwebte, und sein Blick wurde weich. Mit den Fingerknöcheln fuhr er Alexeis Wange entlang.

»Meine Familie ist wie … Sie sind ein untrennbarer Teil von mir, verstehst du?«

Alexeis Herz setzte einen Moment lang aus. Wie damals, als er der ersten Klapperschlange gegenübergestanden hatte.

Er wollte sagen: *Ich verstehe.*

Ich verstehe es nur zu gut.

Denn auch meine Familie war früher einmal ein untrennbarer Teil von mir.

Er versuchte, frische Luft in seine Lungen zu bekommen, als Ben sich wieder rührte und mit dem Mund an seinem Oberkörper hinunterglitt. Das war jetzt nicht der richtige Zeitpunkt, um über seine Familie nachzudenken, denn Ben bewegte sich wie von Sinnen, und Alexei wollte das so unbedingt. Nur Ben, nur hier und jetzt.

»Übrigens *liebt* Carolina dich.«

»Tatsächlich?« Alexei blinzelte, und seine Gedanken überschlugen sich. »Tut sie das?«

Ben drückte ihm einen wilden Kuss auf den Mund.

»Oh ja.« Er lehnte sich grinsend zurück und strich Alexei liebevoll über die Taille. »Bevor wir uns verabschiedet haben, hat sie mich zur Seite genommen. Ich glaube, der genaue Wortlaut war: ›Dieser Kerl ist der aufrichtigste Mensch, den ich je getroffen habe. Wenn du nicht schon in ihn verliebt wärst, dann wär ich es wohl jetzt.‹«

Ben hockte sich auf die Fersen und stupste Alexei mit der Hand gegens Bein. »Kannst du dich umdrehen? Ich glaube, ich möchte dich auf den Knien, wenn dir das recht ist.«

Ohne nachzudenken, drehte Alexei sich um. Das hatten sie schon einmal ausprobiert. In Tehachapi, dem einzigen anderen Doppelbett, das sie zwischen Cajon-Pass und Kennedy Meadows gefunden hatten, hatten sie vieles ausprobiert. Dort hatten sie einen ganzen Nulltag eingelegt und das Bett kaum verlassen, außer um Wäsche zu waschen und einzukaufen. Ein sehr lehrreicher und wunderschöner Nulltag.

Einmal hatte Alexei in Tehachapi den aktiven Part übernommen, was sich gut angefühlt hatte, wenn auch ein bisschen nervenaufreibend. Trotzdem war er froh, dass Ben heute Abend die Kontrolle übernahm. Er war mehr als zufrieden damit, für ihn auf allen vieren zu knien.

Und erst als Ben anfing, ihn am unteren Rücken zu streicheln, drangen seine Worte zu Alexeis Bewusstsein vor.

»Hast du gerade gesagt, dass du in mich verliebt bist?«

»Habe ich das?« Ben rieb seine Erektion zwischen Alexeis Pobacken und stöhnte leise auf. »Oh, hab ich wohl. Oder besser gesagt, Carolina hat das. Aber verdammt, lass uns jetzt nicht über meine kleine Schwester reden.«

»Du hast damit angefangen«, murmelte Alexei und ließ den Kopf aufs Kopfkissen sinken.

»Stimmt.« Ben packte Alexeis Hüften, und Alexei drängte sich ihm entgegen, wollte Ben so nah wie möglich kommen.

»Tja, sie hatte recht, so wie immer«, gab Ben zu und kramte aus seinem Nachttisch ein Kondom und Gleitgel hervor. »Natürlich bin ich in dich verliebt.«

Nach diesem Geständnis drückte er Alexei einen Kuss auf die Schulter, der nur ein leises Wimmern ausstieß, während das Herz ihm aufgeregt gegen die Rippen flatterte, wie ein Vogel im Käfig. Er konnte nicht sprechen, nichts tun, bloß hoffen, dass Ben merkte, wie sehr er ihn gerade jetzt in sich brauchte, hart und schnell und wahrhaftig.

Und das tat er offenbar, denn schon bald spürte Alexei, wie er mit allen Fingern seine Hüften umklammerte und in ihn eindrang, und Alexei war bereit. Er wollte spüren, wie Ben sich vor Verlangen an ihm festkrallte.

»Ja, Ben«, brachte er hervor. »Ja, oh Gott, bitte.«

Es geschah hastig und wenig elegant, nur Muskeln und Schweiß, und nach ein paar groben Stößen gelang es Ben zu fragen: »Bist du okay, ist das okay?«, und Alexei stöhnte sofort zurück: »Perfekt, absolut perfekt.«

Denn Zärtlichkeit würde er im Augenblick womöglich nicht ertragen. Sein Herz fühlte sich auch so schon zart genug an. Er wollte das hier, die Kontrolle verlieren, sich vergessen.

»Lex, ich bin schon fast so weit, verflucht, ich hoffe, das ist okay, fuck«, stöhnte Ben und korrigierte seinen Griff, während sein Rhythmus immer zügelloser wurde.

»Ich auch.« Alexei krallte eine Hand ins Laken und keuchte, während der bevorstehende Höhepunkt ihm die Sicht vernebelte.

Ganz am Rande fragte er sich, wie genau sich das alles von seiner nervösen, schüchternen und unbeholfenen Rolle bei den Matches zu dieser wilden, ungehemmten und leicht aus dem Ruder geratenen Art der körperlichen Lust entwickelt hatte. Aber seit dem Moment auf der Tanzfläche, seit er sich in die Welt der Caravalhos hatte fallen lassen, die so anders und zugleich so tröstlich war, eine Welt voller Zuneigung, Lachen und bedingungsloser Akzeptanz, spürte Alexei, wie sich etwas in ihm veränderte. Als studierte er die Silhouette eines neuen Körpers, in den er gerade hineinschlüpfte, eines Lebens, das er noch nie in vollem Ausmaß gesehen hatte, weil es sich stets außerhalb seines Blickfeldes befunden hatte.

Und er liebte jede Sekunde davon.

Auf einmal stöhnte Ben auf und erschauerte, bevor er sich auf Alexeis Rücken sinken ließ. Als er selbst kam, konnte er an nichts anderes denken als an Bens Stimme, die sagte: *Natürlich bin ich in dich verliebt*, und es fühlte sich an, als würde er kopfüber in einen unendlichen Raum voller leuchtender Funken stürzen, nah genug, ihn zu verbrennen.

Nachdem sie wieder zu Atem gekommen waren, auf dem kleinen Bett ganz ineinander verschlungen, wollte er es noch mal und noch mal an Bens Haut erwidern: *Ich liebe dich ich liebe dich ich liebe dich.*

Er wollte flehen: *Bitte verlass mich niemals.*

Stattdessen hörte er sich selbst sagen: »Ich habe dein ganzes Laken vollgespritzt.«

Ben kuschelte sich an seinen Hals und brummelte: »Ich mache morgen die Wäsche. Noch ein Vorteil des Kellers.«

Er schlang Alexei den Arm noch ein wenig fester um den Bauch.

»Fuck, das war heiß, Lex.«

»Absolut perfekt«, wiederholte Alexei. Wenigstens eine Wahrheit, die er aussprechen konnte, und vielleicht reichte für heute ja auch eine Wahrheit.

Keiner von ihnen machte Anstalten, aufzustehen, die Decke über sich zu ziehen oder das Chaos zu beseitigen, das sie angerichtet hatten. Eigentlich sollten sie all das tun. Aber für einen Moment ließ Alexei sich darauf ein: ausgepowert und zufrieden in der dunklen, klebrigen Stille.

KAPITEL ZWEIUNDZWANZIG

»Ben!« Dahlia Woodson streckte die Hand aus. »So schön, dass wir uns endlich treffen!«

Dahlia war sehr klein und sehr hübsch, mit einer dunklen Mähne auf dem Kopf. Sie war in die Stadt gezogen, als Ben noch in den PCT-Vorbereitungen versunken gewesen war, und bisher hatten sie sich nicht getroffen. Sie lächelte übers ganze Gesicht, und Ben mochte sie sofort.

»Ben, du grandioses Arschloch.« Khalil umarmte ihn mit einem kräftigen Klaps auf den Rücken. »Und hallo, Begleitung vom grandiosen Arschloch.«

Alexei reagierte mit einem winzigen, liebenswerten Lächeln auf Khalils Handschlag. »Alexei.«

So ging es weiter mit den Vorstellungen, bis endlich alle saßen. Julie, London und Dahlia, Laynie Rose, Khalil und Reina. Und, wie wunderbar, auch Alexei.

Ein Kellner schenkte ihnen Wasser ein, während ein anderer die Speisekarten verteilte. Die Atmosphäre im Restaurant war sonnig, dank der bodentiefen Fenster, der grünen Pflanzen an den Wänden und der silbernen Ventilatoren an der Decke. Alles so offen und hell und sauber. Es passte ganz ausgezeichnet zu Bens Stimmung.

Und wenn er nicht völlig falschlag, passte es auch zu Alexeis. Er hatte die laute und hektische Vorstellungsrunde souverän gemeistert, mit entspannten Schultern und einem zaghaften, aber aufrichtigen Lächeln.

Mit einer Hand schlug Ben die Speisekarte auf, mit der anderen ergriff er unter dem Tisch Alexeis.

»Im Ernst, Ben«, sagte Dahlia grinsend von gegenüber, das Kinn auf die Hand gestützt. »Ich freu mich wirklich. London hat mir *so viel* von dir erzählt.«

London seufzte schwer und sah zur Decke hoch.

»Wow«, meinte dey. »Du konntest nicht mal zwei Sekunden abwarten.«

»Ooh!«, schaltete Julie sich auf Dahlias anderer Seite ein. »Reden wir darüber, dass London die ganze Highschool über total in Ben verknallt war?«

»Ich hasse euch alle«, murmelte London und starrte entschlossen in deren Speisekarte.

»Ich kann's ja verstehen!«, sagte Dahlia zu Ben. »Du bist wirklich ein Traum.«

London sah finster drein. Ben biss sich auf die Wange.

»Du weißt aber schon, dass das Ganze mal wieder echt typisch Ben ist, oder?«, meinte Julie. »Irgendwo ins Hinterland zu reisen und dir irgendwie trotzdem einen heißen Freund zu angeln.«

Sie grinste ihn an. Er erwiderte das Grinsen.

Erst einen Moment später kam ihm in den Sinn, dass diese Aussage, obwohl Julie sie liebevoll meinte – trotz all der schmeichelhaften und ermutigenden Nachrichten, die sie ihm geschickt hatte, seit sie Alexei gestern getroffen hatte –, in Alexeis Ohren vermutlich seltsam klang.

Außerdem hatte sie ihn Bens Freund genannt. Mist. Nervös drückte Ben noch mal seine Hand.

Bisher wusste er nicht, wie er das zwischen Lex und ihm nennen sollte. »Freund« reichte nicht mal annähernd aus. Außerdem spielten Labels auf dem Trail eh keine Rolle.

Aber vermutlich hätten sie vor ihrem Flug mal darüber reden sollen. Er wusste, dass Alexei noch nie einen Freund gehabt hatte. Dass dieses Label für ihn eine große Sache sein würde.

Erneut drückte er seine Hand, nur zur Sicherheit.

»Julie«, sagte London und schüttelte den Kopf. »Willst du damit sagen, dass Alexei heiß ist oder Ben ein ziemlicher Aufreißer?«

Ben verschluckte sich an seinem Wasser. Khalil schnaubte neben ihm.

»Ihr wisst genau, dass ich das nur positiv meinte!«, protestierte Julie.

»Wir geben echt alles, damit Alexei direkt den richtigen Eindruck von uns hat, was?«, kam es von Laynie.

»Also, wenn ihr mich fragt …«, brachte Reina sich vom anderen Tischende aus ein, die hellbraunen Haare am Hinterkopf mit einer Spange festgesteckt. »Als ich Ben letztes Jahr kennengelernt hab, dachte ich schon, dass er ein waschechter Aufreißer ist.«

Wieder musste Ben lachen. Aber okay, vielleicht hätte er Alexei wirklich in seine Dating-Vergangenheit einweihen sollen. Zumindest ein wenig. Bevor, na ja, eben so was passierte.

Er drehte sich mit dem Oberkörper zu Alexei und sah ihn endlich an. Er hatte erwartet, auf seiner Stirn die sorgenvolle Falte vorzufinden, doch sie war völlig glatt. Eigentlich war da sogar … ein Funke Belustigung in seinem Blick zu erkennen.

Trotzdem, Ben sollte das thematisieren, auch wenn er das lieber nicht vor dem Frühstück und in Gegenwart all seiner Freund*innen getan hätte.

»Ich hab …«, setzte er an, »… schon irgendwie viel gedatet. Und nichts erzählt, weil du nicht gefragt hast, aber die meisten Kerle waren sowieso unwichtig. Okay?«

»Autsch.« Khalil schlug sich die Hand aufs Herz.

»Ach du Scheiße, ganz vergessen, dass ihr was miteinander hattet«, rief Laynie.

»Eine Woche lang«, grummelte Ben. »In der *Zehnten*.« Auch wenn er mit seinen Freund*innen, den Flachpfeifen, sprach, löste er den Blick nicht von Alexei. Fuhr ihm mit den Fingern übers Knie.

»Alles in Ordnung?«, fragte er leise.

Alexei sah ihn einen Moment lang an.

Dann, mit einem Lächeln: »Eigentlich bin ich sogar stolz, mit einem Aufreißer zusammen zu sein.«

Überrascht riss Ben die Augenbrauen hoch. Dahlia stieß ein lautes Lachen aus. »Du gefällst mir, Alexei.«

Ben spürte, wie seine Wangen brannten. Und mit einem Grinsen sagte er: »Mir auch.«

Der Kellner kam, als Reina gerade »Süüüüß!« rief und Julie meinte: »Verdammt, auf einmal sind alle in meinem Freundeskreis eklig.« Dann bestellten sie endlich, und die Anspannung verflog.

»Alexei, erzähl uns mehr von dir«, verlangte Dahlia, als der Kellner wieder weg war. »Wo kommst du her? Was machst du so?«

»Ich komme ursprünglich aus Washington State, wohne jetzt aber am anderen Flussufer in Portland. Und ich bin Datenanalyst.«

»Das klingt klug«, sagte Dahlia. »Was mit Zahlen.«

»Genau, was mit Zahlen. Und was ist mit dir?«

Dahlia und London erstarrten. Ben mischte sich ein.

»Ach ja, das wollte ich noch erzählen. Alexei hat *Chef's Special* nie gesehen.«

London stieß die Luft aus und lehnte sich zurück.

»Tut mir leid.« Alexei verzog bedauernd die Miene. »Stimmt. Glückwunsch dazu.«

»Nein«, meinte London schnell. »Entschuldige dich bitte nicht. Das ist großartig!«

Dahlia schmunzelte. »Damit bist du jetzt offiziell Londons bester Freund.«

»Na ja, ich meine«, plapperte London drauflos und wedelte frustriert mit den Armen. »Die Show ist vorbei. Ich verstehe nicht, warum immer noch alle Leute so abartig viel drüber reden wollen.«

»Übrigens.« Julie reckte das Kinn. »Die an dem Tisch da drüben in der Ecke starren dich schon an, seit wir reingekommen sind.«

London grummelte etwas Unverständliches.

»Oh, armes Baby«, trällerte Dahlia und tätschelte demm den Kopf. »Es ist so anstrengend, reich und berühmt zu sein.«

London funkelte sie an. Doch Ben hätte schwören können, dass deren Mundwinkel zuckten und dey ein Lächeln unterdrückte. Gut möglich, dass er London noch nie im Leben glücklicher gesehen hatte. Er konnte nicht in Worte fassen, wie sehr er sich für demm freute.

»Wie auch immer.« London sah wieder zu Alexei. »Mal abgesehen von den schrägen und surrealen Auftritten im Fernsehen habe ich eigentlich Tontechnik studiert und arbeite in einem Tonstudio.«

»Echt?« Jetzt zog Alexei die Brauen hoch. »Das klingt spannend.«

»Alexei ist auch Musiker.« Ben legte einen Arm um Alexeis Stuhllehne, während der ihn überrascht ansah.

»Als Musiker würde ich mich nicht gerade bezeichnen.«

Fast zeitgleich protestierte London: »Ich mache gar nicht selbst Musik, sondern kümmere mich nur um den Ton.«

Dahlia stützte das Kinn auf die Hand und sah zwischen London und Alexei hin und her.

»Seelenverwandte«, flüsterte sie.

»Ehrlich«, sprach Ben weiter. »Als wir mal in einer Stadt unterwegs waren, hat er einfach so nem Typen die Gitarre abgenommen und mir eine Hammerversion von ›Wonderwall‹ vorgesungen.«

»Oh mein Gott«, rief Reina von der anderen Tischseite. »Davon bin ich ganz besessen.«

»Echt, ›Wonderwall‹ haut immer noch rein«, stimmte Laynie zu.

»Ja, oder?« Ben grinste. »Obwohl Alexei Gerüchten zufolge am Klavier noch viel besser ist.«

Alexei lief rot an, und in Bens Magen breitete sich Wärme aus.

»Mein Zwillingsschatz hat übrigens auch vergessen zu erwähnen, dass dey – neben der Musiksache und dem Dasein als TV-Star – ein gemeinnütziges Camp für LGBTQ+-Kids leitet«, brachte Julie sich ein.

»Was *mein* Zwillingsschatz damit sagen will, ist, dass dieser Verein sich kaum über Wasser hält und einen Haufen Geld kostet. Und ich musste feststellen, dass ich nicht die geringste Ahnung hab, was ich da eigentlich tue.« London holte tief Luft. »Aber ja, *QueerOut* gibt es auch noch. Hoffentlich halten wir bis nächstes Jahr durch. Diesen Sommer starten wir zum ersten Mal das Camp für queere und gender-kreative Jugendliche in den Wäldern von Tennessee, und ich hoffe sehr, dass es kein Reinfall wird.«

»Wird es nicht«, riefen Dahlia und Julie im Chor.

»Darüber wollte ich noch mit dir reden, London«, schaltete Khalil sich ein. »Ich weiß, dass du dich sehr aufs Kochen konzentrierst, aber was würdest du davon halten, wenn ihr vielleicht auch Kurse im Haareschneiden anbietet? Oder generell Stylingtipps. Reina hat erzählt, dass sie dich bei vielen Sachen beraten hat. Da wollte ich auch gerne helfen.«

»Oh Mann, *ja*, Khalil, das wäre großartig.« London riss die Augen auf. »Wir haben immer noch Lücken im Programm, besorgniserregend große Lücken, und das wäre perfekt.« Dey zog deren Handy hervor und fing sofort an zu tippen. »Kann sich Sami morgen bei dir melden?«

Sami war die neue Geschäftsführerin von *QueerOut*, die London gerade eingestellt und von ihrer Stelle bei einem gemeinnützigen Verein in North Carolina abgeworben hatte. Laut Julie war sie eine coole Sau und verdammt clever.

»Na klar«, meinte Khalil beiläufig, grinste dabei aber breit.

»Khalil ist der beste Friseur in Nashville«, erklärte Ben Alexei. Khalil widersprach nicht. Stattdessen fuhr er Ben mit den Fingern durch die langen Haare, die ihm heute über die Schultern hingen.

»Apropos. Du weißt, wie sehr ich lange Haare liebe, aber das hier nimmt langsam dramatische Ausmaße an, Süßer.«

Da hatte Khalil recht. »Darum wollte ich dich auch fragen, ob du diese Woche Zeit für die Mähne hast.«

»Ich könnte auch einen Schnitt vertragen.« Alexei beugte sich über den Tisch. »Solltest du noch einen Termin frei haben.«

»Oh, aber ich mag, wie wuschelig die gerade sind.« Ben fuhr Alexei genau so durch die Haare, wie Khalil es vorher bei ihm getan hatte. Und wieder lief Alexei rot an.

Die ganze Situation fühlte sich beinahe unwirklich an. Dass Alexei so unbefangen mit Bens Freund*innen plauderte. Dass er sich so viel weiter aus seinem Panzer herauswagte als gestern noch. Dass Ben ihn vor den Leuten, die er liebte, necken durfte. Ben wollte dieses Restaurant nie wieder verlassen.

»Natürlich«, antwortete Khalil. »Kommt einfach morgen nach Feierabend im Laden vorbei, wenn es euch passt. Dann trimme ich eure wuscheligen Hinterlandmähnen, und wir können uns bei ein paar Bier weiter auf den neuesten Stand bringen.«

»Das klingt prima.« Ben lächelte. Er hatte die erste Hälfte seiner wilden Zwanziger mit Khalil zusammengewohnt, bis er bei Robbie eingezogen war. Sie standen sich immer noch nahe, aber die tägliche Vertrautheit, die sie als Mitbewohner hatten, vermisste er trotzdem. »Wir werden da sein.«

Die Unterhaltung plätscherte so vor sich hin. Sie aßen ihr Frühstück, der Tisch wurde abgeräumt, und der Kellner füllte ihre Gläser wieder auf. Alexei lehnte sich sogar leicht an Bens Schulter, als sie noch länger am Tisch sitzen blieben, die Wangen ganz rosig und Bens Arm wieder über Alexeis Stuhllehne.

»Hey, Alexei.« London lehnte sich auf den Tisch. »Spielst du echt Klavier?«

»Ist schon eine ganze Weile her, aber ja. Ich habe lange meinen Kirchenchor begleitet.«

»Ich weiß ja nicht, was ihr heute noch so vorhabt, aber

Dahlia und ich fahren gleich nach Hause. Da steht ein Klavier, falls ihr Lust habt, euch uns anzuschließen. Mein alter Mitbewohner Eddy hat viel öfter gespielt als ich. Es fehlt mir. Vielleicht kannst du mir ja sagen, ob es mal gestimmt werden muss.«

Alexei schaute zu Ben.

»Was denkst du? Müssen wir wieder zu deiner Familie zurück?«

»Nee, das ist kein Problem. Bin dabei, wenn du es bist.«

Alexei grinste. »Cool.«

Auf dem Tisch leuchtete Bens Handy auf. Als er sah, wer anrief, zog er die Brauen hoch und ließ den Arm von der Stuhllehne fallen.

»Hey, ist es okay, wenn ich da kurz drangehe?«

»Natürlich.« Alexei scheuchte ihn weg.

Gleich wieder da, formte Ben stumm mit den Lippen und stand auf. Auf dem Weg aus dem Restaurant nahm er den Anruf entgegen.

»Hallo, Ted«, sagte er, als er draußen vor der Tür stand. »Wie läuft's?«

»Tach, Ben!«, schlug ihm ein breiter Südstaatenakzent entgegen. »Mensch, klasse, von dir zu hören. Läuft gut, und bei dir?«

»Gut, richtig gut.« Wenn Ben durchs Restaurantfenster blickte, konnte er Alexei sehen, der immer noch lächelte und sich angeregt mit Dahlia unterhielt.

»Freut mich zu hören. Muss ja sagen, als Farah erzählt hat, dass sie dich am Wochenende in der Mall gesehen hat, konnt ich mir den Anruf nicht verkneifen. Hoff, das ist okay aufn Sonntag.«

»Na klar.«

»Ist beim Wandern alles gut gegangen? Keine Knochenbrüche oder so was in der Art?«

»Nein, Sir.« Ben starrte immer noch durchs Fenster. »Kann mit Stolz behaupten, dass ich ganz geblieben bin.«

»Na, das ist doch ausgezeichnet. Wir vermissen dich hier nämlich. Und wir haben grade ne Stelle als Krankenpfleger frei. Die Prüfung haste doch bestanden, oder?«

Ben erstarrte.

»Hab ich«, antwortete er langsam.

»Klar haste. Ehrlich gesagt ist die Stelle schon ne ganze Zeit lang frei. Shawna ist vor nem Weilchen runter nach Georgia gezogen; Frank hat nen Job bei Coca-Cola. Wir schlagen uns so durch und warten drauf, dass du zurückkommst. Natürlich nur, wenn du überhaupt Lust hast, ganz offiziell bei uns zu arbeiten. Schon klar, dass du vielleicht andere Stellen in der Pipeline hast, und du müsstest trotzdem zum Bewerbungsgespräch kommen, alles machen, was die Personalabteilung will. Aber so ganz unter uns: Der Job gehört dir. In der Anfangszeit wäre ich dann offiziell noch dein Praxisanleiter. Aber du weißt ja selbst, dass wir hier alle auf Augenhöhe sind. Wie gesagt, mir ist klar, dass du vielleicht was anderes in Aussicht hast, jetzt, wo du die Prüfung bestanden hast. Aber wir wollen dich hier haben und um dich kämpfen.«

Ben schlug das Herz bis zum Hals. Die Arbeit bei Ted im Lakeview Hills, einem Pflegeheim und Rehabilitationszentrum nicht weit von seinem Elternhaus, war ohne Frage die beste Zeit in seiner Ausbildung gewesen. Nicht nur hatte sich da bestätigt, wie sehr er die Geriatrie liebte. Das Team hatte ihn auch mit Wärme und Respekt behandelt, obwohl er noch ein unerfahrener Student gewesen war. Eine gut geführte Einrichtung, sauber und ordentlich und mit fürsorglichem und kompetentem Personal. Er hatte dort so viel gelernt. Sie waren wie eine Familie.

Irgendwo in Bens Hirn war ihm klar, dass hier gerade ein Traum wahr wurde. Es war alles, was er sich je gewünscht hatte.

»Wie …« Er räusperte sich. »Wie schnell muss die Stelle wieder besetzt werden?«

»Na ja, wie gesagt, sie ist schon ne ganze Weile frei. Shawna fehlt, und eigentlich hätten wir gerne, dass du so schnell wie möglich anfängst. Wenn du grade erst zurückgekommen bist und noch n paar Sachen erledigen musst, versteh ich das natürlich. Ein paar Wochen können wir schon noch warten.«

Im Restaurant hatte Laynie sich auf Bens freien Platz gesetzt. Sie und Alexei waren in ein Gespräch vertieft.

»Ist es okay, wenn ich ein bisschen Zeit brauche, um drüber nachzudenken?« Bens Hirn war wie leer gefegt. »Ich … Ich fühle mich geehrt, Ted. Im Ernst. Das … bedeutet mir viel.« Er schluckte. »Ich liebe das Lakeview. Aber ich bin wirklich gerade erst nach Hause gekommen, und ein paar Dinge …«

»Klar, natürlich. Ich weiß, dass ich dich grade überfalle. Hör zu, genieß den Sonntag und denk drüber nach. Wie wär's, wenn du mich bis Mittwoch zurückrufst?«

Mittwoch. Carolinas letzter Highschool-Tag. Da würden sie im *Moto* in der Innenstadt essen gehen.

»Okay. Mach ich.«

»Wenn du vorher noch irgendwelche Fragen hast, klingel einfach durch oder schreib ne Mail, alles klar? Und wenn ich nicht da bin, kann Colette dir auch weiterhelfen.«

Ben nickte wie betäubt vor dem Fenster. »Klingt gut.«

»Bin echt froh, dass du drangegangen bist, Ben. Wir sprechen uns.«

»Ja, wir sprechen uns.«

Ben hielt sich das Handy noch ans Ohr, als Ted schon lange aufgelegt hatte. Ted, der an Ben glaubte. Ted, der Ben einen sicheren Job in seinem Traumbereich anbot. Ein Job, in dem er sich zu Hause fühlte. Der den Anfang seines restlichen verantwortungsbewussten Erwachsenenlebens bedeuten konnte.

Alexei sah vom Tisch auf. Als hätte er Bens Blick gespürt.

Er lächelte. Winkte ihm durchs Fenster zu.

Und ganz, ganz leise brach Bens Herz entzwei.

Auf dem Weg zu den Autos zupfte Julie Ben am Arm und zog ihn zur Seite, damit er mit ihr am Gehwegrand stehen blieb. »Hey.«

»Hey.« Ihr rotblonder Zopf schimmerte in der Sonne.

Hatte sie bemerkt, dass er in den letzten zehn Minuten neben der Spur gewesen war? Vermutlich. Bens Hirn wollte nicht richtig funktionieren. Er erinnerte sich an nichts, was am Tisch passiert war, nachdem er wieder reingekommen war.

Hoffentlich wollte Julie ihn jetzt nicht zur Rede stellen. Dazu war er noch nicht bereit …

»Ich mag ihn«, sagte sie.

Ben blinzelte. Stieß langsam die Luft aus.

»Ja.« Er biss sich auf die Wange. »Ich auch.«

»Ich weiß, das hab ich dir schon gesagt, aber wow, er ist

sogar noch hübscher und ruhiger und hinreißender, als ich dachte.«

Wie aus Reflex schlich sich ein Grinsen auf Bens Gesicht, auch wenn er es kaum spürte. »Ja.«

»Wurde auch Zeit, dass du mal einen findest, der kein Arsch ist. Außerdem weiß ich nicht, ob einer deiner Exen dich jemals so angeguckt hat wie er.«

Ben spähte zu Alexei herüber, der sich gerade an Londons Tesla lehnte.

Er wusste genau, wie Alexei ihn ansah. Aber in einem Anflug von masochistischem Elend fragte er dennoch: »Wie guckt er mich denn an?«

»Als hättest du ihm die Sterne vom Himmel geholt. Als wärst du der wichtigste Mensch im ganzen Universum.«

Ben schwieg.

Julie versetzte ihm einen Stoß mit der Schulter. Und bevor sie weiterging, sagte sie sanft: »Und das verdienst du auch.«

Das Haus der Caravalhos in East Nashville war voller ausgetretener Teppiche und überquellender Bücherregale – winzig, aber aufgeräumt. Die Wohnung von London und Dahlia in 12 South hingegen war der Inbegriff von Hipness. Mit ihren hohen Decken und Hartholzböden ging sie von der modernen Küche voller schicker, hochklassiger Gerätschaften in einen gemütlichen offenen Wohnbereich über. Mittendrin, an einer langen Wand aus unverputzten Ziegelsteinen, stand ein waschechter Stutzflügel.

»Wow«, staunte Alexei, als er ihn entdeckte.

»Nicht wahr?«, rief Dahlia über die Schulter, während sie

auf die Kücheninsel zusteuerte. »Stell dir vor, wie ich das erste Mal hier reinkomme und London es irgendwie total versäumt hat zu erwähnen, dass dey einen *Stutzflügel* besitzt. Als wäre das was völlig Normales.«

»Du kannst jederzeit wieder ausziehen«, sagte London.

»Stimmt, aber Gary von gegenüber würde mich vermissen. Du weißt doch, dass er jemanden braucht, der ihn an seine Tabletten erinnert. Möchte jemand was zu trinken? Snacks?«

»Dahlia«, stöhnte Julie und ließ sich auf einen großen Sessel fallen. »Wir haben uns doch eben erst noch die Bäuche vollgeschlagen.«

Khalil, Reina und Laynie hatten nach dem Brunch andere Verpflichtungen gehabt, aber Alexei würde sie hoffentlich bald wiedersehen. Er war nicht sicher, warum er sich beim Brunch so wohlgefühlt hatte. Vielleicht, weil er jetzt ein Mensch war, der auf Partys zu Popmusik tanzte. Der danach harten, befriedigenden Sex hatte. Weil ein attraktiver Mann in ihn verliebt war.

Vielleicht auch, weil alle Freund*innen von Ben ihn so herzlich empfangen hatten. Sie hatten ihm Fragen gestellt und ihn in die Unterhaltung einbezogen. Sie waren alle so interessant, so einzigartig. Wie Alexei erfahren hatte, waren sie alle in verschiedenen Lebensabschnitten zu Ben gestoßen: Julie und London in ihrer gemeinsamen Kindheit; Khalil in der Highschool und danach als Mitbewohner; Laynie hatte vor der Pflegeschule mit Ben im Café gearbeitet. Reina und Dahlia waren noch nicht lange dabei. Trotzdem schienen sie alle sehr eng miteinander verbunden, wenn auch nur, weil sie die Gesellschaft der jeweils anderen genossen. So eine Freundschaft hatte Alexei noch nie erlebt. Eine

Freundschaft, die nicht ausschließlich auf einem gemeinsamen Glauben beruhte.

Doch das fehlte Alexei tatsächlich. Unter Menschen zu sein, die seinen Glauben teilten. Seitdem er nach dem Coming-out bei seinen Eltern nicht mehr zum Gottesdienst gegangen war, hatte er sich ganz aus der Kirchengemeinde zurückgezogen. Er hatte angenommen, dass niemand aus diesem Kreis mehr etwas mit ihm zu tun haben wollte. Bis heute hatte er keine Ahnung, wie er eine solche Gemeinschaft wiederfinden sollte, zumindest auf eine Art, die sich für ihn gesund anfühlte.

Aber bei Bens Freund*innen hatte er sich wohlgefühlt. Beim Brunch hatte er sich wohlgefühlt.

»Irrtum«, entgegnete Dahlia jetzt. »Wir haben vor mindestens einer Stunde aufgehört zu essen. Das bedeutet jede Menge Platz im Magen für Snacks.«

Die Gruppe versammelte sich in der Küche, und Alexei lehnte sich an die mit Granit verkleidete Kücheninsel. Fast sofort begann es in seinem Nacken zu kribbeln. Er drehte den Kopf. Und hätte beinahe einen Satz zur Seite gemacht.

»Oh«, stieß er hervor.

Ein kleines Wesen mit langen, kunterbunten Haaren starrte ihn unverwandt an. Mit nur einem Auge. Und ungeheuer vielen Zähnen.

»Du hast Schnitzel gefunden!«, rief Julie.

Dahlia wandte sich vom Kühlschrank ab und eilte zurück zur Insel. »Schnitzel!«, mahnte sie laut flüsternd. »Wenn du so weitermachst, zwingt Daddy London mich noch, dich wegzugeben!«

»Bloß« – London legte genervt eine Hand an die Stirn –, »wie kommt er überhaupt da hoch?«

»Ich habe das Gefühl, dass ›Daddy London‹ ein Spitzname ist, der nicht für meine Ohren bestimmt war«, sagte Julie.

»Richtig«, stimmte London zu. »Tun wir alle so, als wäre das nie passiert.«

»Oh mein Gott.« Ben beugte sich zum Boden, wo Dahlia den pelzigen, abgrundtief hässlichen Hund abgesetzt hatte. »Er ist fantastisch.«

»Oh, ich würde ihn nicht …«, warnte Dahlia, als Ben eine Hand ausstreckte. Schnitzel knurrte. »Er braucht manchmal etwas Zeit, um sich an Fremde zu gewöhnen.«

»Ich habe mitgeholfen, seinen Namen auszusuchen«, verkündete Julie süffisant, als sie den Hund auf den Arm nahm. »London findet ihn zum Kotzen«, ergänzte sie in einem ähnlich lauten Flüsterton wie Dahlia.

»Ich finde ihn *nicht* …« Seufzend kniff London sich in den Nasenrücken. »Er ist nur ein bisschen … verstörend.«

»Warum hat er dich nicht angeknurrt?«, fragte Ben leicht empört.

»Wir lieben uns«, erklärte Julie. Und an London gerichtet: »Leute benennen ihre Haustiere ständig nach Essen.«

»Ja, aber normalerweise ist es so was wie Waffles. Etwas Niedliches und Flauschiges. Und kein fieser Fleischlappen.«

Julie schnappte nach Luft. »Hör nicht drauf, was dey über dich sagt«, flüsterte sie Schnitzel zu. Der Hund starrte sie mit demselben ausdruckslosen Blick an, den er Alexei gewidmet hatte.

»Gütiger Gott.« London seufzte erneut und wandte sich an Alexei. *»Wie auch immer.«* Dey nickte in Richtung des Klaviers. »Es gehört dir«, sagte dey in sanfterem Ton. »Spiel es ruhig schon mal warm.«

Und das tat Alexei, während der Rest der Gruppe um die Kücheninsel herum über Schnitzel diskutierte und Snacks verspeiste. Kleine Schmetterlinge flatterten Alexei durch den Bauch, als er sich auf die Polsterbank setzte, den Deckel anhob und mit den Fingerspitzen über die kühlen Tasten strich. Es war schon so lange her. Und vermutlich hatte er noch nie ein so edles Instrument gespielt wie dieses.

Gleichzeitig fühlte es sich augenblicklich vertraut an. Ein bisschen wie Nachhausekommen.

Bald, viel zu bald, hatten Dahlia, London und Julie Stühle zum Klavier geschoben und knabberten Käse, Cracker und Weintrauben. Ben lehnte an der Backsteinwand hinter dem Instrument.

Seit dem Anruf beim Brunch war er ziemlich schweigsam gewesen, und Alexei wunderte sich, wer wohl am anderen Ende der Leitung gewesen sein mochte. Doch jetzt lächelte Ben ihn an, die Hände in den Taschen, und das war die Unterstützung, die Alexei brauchte.

»Ähm«, begann er, als ihm bewusst wurde, dass alle Aufmerksamkeit auf ihm lag. »Ich fürchte, Ben hat euch mit der ›Wonderwall‹-Geschichte etwas in die Irre geführt. Eigentlich kenne ich mich mit Popmusik nicht besonders gut aus. Ich kann nur … Kirchenkram.«

»Kirchenkram ist okay, Lex«, sagte Ben leise.

London nickte zustimmend. »Musik ist Musik.«

Alexei schloss die Augen und konzentrierte sich auf die Tasten unter seinen Fingern. Das hier fühlte sich anders an als in Big Bear City, als Alkohol und Übermut seinen Körper gesteuert hatten und er sich die Gitarre von diesem Typen geliehen hatte. Hier in dieser Wohnung zu sitzen, umgeben von Menschen, die Ben so viel bedeuteten und von denen

Alexei sich vorstellen konnte, dass sie auch ihm eines Tages viel bedeuten könnten, und dabei die Musik zu spielen, die er damals gespielt hatte, als er noch zu wissen glaubte, wo er hingehörte – das fühlte sich sogar noch intimer und beängstigender an. Noch realer.

Als er die Augen öffnete, spürte er Bens festen, liebevollen Blick auf sich. Alina kam ihm in den Sinn. Sie hatte es immer geliebt, ihm beim Spielen zuzuhören. Er erinnerte sich daran, wie es sich immer angefühlt hatte, in der Kirche Klavier zu spielen. Wie es ihm das Gefühl gab, etwas Wichtiges zu tun. Auch wenn ihn die Regeln seines Glaubens oft eingeengt hatten, weil er sich an eine Welt gefesselt fühlte, die ihn vielleicht nicht wollte, die vielleicht nicht daran glaubte, dass auch er aus Gutherzigkeit und Freude bestehen könnte … Sobald die Musik erklang, löste sie all das Grauen auf und verwandelte es in etwas Schönes. Sie erlaubte es Alexei zu fühlen, was er fühlen musste.

Also legte er die Finger auf die Tasten und begann zu spielen.

Er war sich nicht sicher, wie lange er spielte, während ein Kirchenlied ins nächste überging, aber er vergaß beinahe, wo er war, wer er war. Wenn er es richtig anstellte, dann versetzte die Musik ihn in diesen perfekten, schwerelosen Zustand. Einen Zustand, in dem er sich Gott immer am nächsten fühlte.

Schließlich verstummte er und sah blinzelnd auf. Als seine eigene Unsicherheit ihn wieder einholte, stieg ihm die Hitze in die Wangen. Aber alle anderen um ihn herum lächelten. Ben neigte den Kopf und sah ihn mit strahlenden Augen an.

»Das war wunderschön«, sagte Dahlia mit gedämpfter Stimme, als wollte sie den Zauber nicht brechen.

Alexei schaute zufrieden zu Boden, bis Ben von hinten die Arme um ihn schlang. Er ließ diesen Moment auf sich wirken, an diesem Ort mit diesen Menschen, und er musste Dahlia zustimmen.

Es war tatsächlich wunderschön.

KAPITEL DREIUNDZWANZIG

»Bist du sicher, dass das okay für dich ist?«, fragte Ben, als er nach den Schlüsseln seines Jeeps griff. »Tut mir leid, dass ich dich so hängen lasse. Ich schwöre, das war so nicht geplant.«

»Und ich schwöre, ich komme klar.« Alexei setzte ein beruhigendes Lächeln auf. »Los jetzt, deine Schwester braucht dich.«

Ben nickte, die Lippen nur ein schmaler Strich, und ging zur Tür hinaus, wo Carolina in der Einfahrt wartete.

Alexei beobachtete, wie Ben ihr einen Arm um die Schulter legte und wie sich Carolina auf dem Weg zum Auto an ihn klammerte, so unsicher war sie auf den Beinen. Und dann, mit dem Gefühl, schon mehr gesehen zu haben, als es Carolina vermutlich recht war, schloss Alexei die Tür und ging zurück ins Wohnzimmer.

Einen Abend mit Bens Eltern zu verbringen, war wirklich kein Problem für ihn. Für den Wochenbeginn hatten sowieso eher Ruhe und Entspannung auf dem Plan gestanden, bevor das hektische Programm der Abschlussfeier Fahrt aufnehmen würde.

Die letzten zwei Tage hatten sie gemeinsam Nashville erkundet. Alexei hatte in Bens Lieblingscafés gesessen, sein Lieblingseis probiert und das Ryman Auditorium besucht. Er hatte Bens Grundschule gesehen und alte Fotoalben durchgeblättert. Khalil hatte ihnen die Haare geschnitten.

Er hatte jeden Moment genossen, seinem Körper Ruhe gegönnt und seinen Geist mit vielen neuen Eindrücken verwöhnt. Mehr noch als das Sightseeing freute es ihn, so viel über Bens Welt zu erfahren: wer er früher einmal war, wer er abseits des Trails war, dieses erfüllende, faszinierende Gefühl, das Alexei den Kopf verdrehte.

Die Schwüle war schwer zu ertragen gewesen.

Und in den letzten Tagen hatte es immer wieder Momente gegeben, in denen Ben abwesend gewirkt hatte. Dann hatte er mit einem seltsamen Gesichtsausdruck in die Ferne gestarrt und war wie entkoppelt von der Welt um ihn herum. Das passte nicht zu Ben, der stets bei der Sache war und sich immer auf den nächsten Moment freute. Wenn Alexei ihm schließlich eine Hand auf den Arm legte, kam er wieder zu sich und lächelte ihn an. Doch was auch immer es war, hoffentlich würde Ben bald mit ihm darüber reden. Ob er wohl gemischte Gefühle wegen der vielen Gespräche über Carolina und die Boston University hatte? Ben war angesichts seines eigenen Bildungsweges nämlich ziemlich verunsichert. Auch wenn Alexei sich wünschte, er wäre es nicht.

Denn selbst wenn Ben nicht auf die Pflegeschule gegangen wäre, selbst wenn er für den Rest seines Lebens im Café arbeiten würde, er wäre immer noch Ben. Er wäre anderen immer noch eine große Hilfe. Er wäre immer noch der beste Mensch, den Alexei je kennengelernt hatte.

Aber abgesehen von der Hitze und den Sorgen, die Ben gerade belasteten, fühlte sich Alexei hier fast überraschend wohl und lernte die Caravalhos jeden Tag besser kennen. Vor allem Iris und Luiz empfingen ihn mit offenen Armen und gaben ihm nie das Gefühl, dass sein Auftauchen von Bens Heimatbesuch ablenkte. Ganz im Gegenteil: Iris freute sich, dass Alexei da war, weil sie so eine Person mehr mit ihrem Essen und ihrer quirligen Gesprächigkeit beglücken konnte. Luiz war ruhiger, doch seine Augen strahlten immer. In seiner Gegenwart fühlte Alexei sich ausgeglichen. Er würde sich glücklich schätzen können, eines Tages wie Luiz Caravalho zu sein, der sich gerne mit dem Lärm und der Liebe seiner Familie umgab, dem Erbe seines kleinen, aber wichtigen Lebens.

Als Carolina also heute von der Schule nach Hause gekommen war, mit rotem Gesicht und in Tränen aufgelöst, anstatt erfreut darüber, dass die Highschool fast hinter ihr lag, war Alexei weder überrascht noch enttäuscht gewesen, als sie um einen Ben-und-zwar-ausschließlich-Ben-Abend in ihrer Lieblingspizzeria gebeten hatte. Iris schien es deutlich mehr auszumachen, nicht eingeladen zu sein. Doch als Carolina erklärte: »Ich erzähle es dir später, Ma, versprochen, aber Ben fährt bald wieder. Ich will einen Abend nur mit ihm«, hatte sie eingelenkt.

»Nun gut, Alexei.« Luiz klopfte ihm auf die Schulter, nachdem der Auflauf, den Iris am Vorabend gekocht hatte, verputzt war. »Ich weiß, es ist erst Dienstag, aber da du unser Ehrengast bist, bekommst du natürlich trotzdem das volle Caravalho-Freitagabendprogramm.« Währenddessen kniete er sich vor den Fernsehschrank und durchforstete in einem der unteren Fächer eine Reihe DVDs. »Wie wäre es mit *Es tanzt die Göttin*? Hab ich schon lange nicht mehr gesehen. Außer du hast selbst ein Lieblingsmusical?«

»Wenn du keine Musicals magst, kannst du das ruhig sagen«, murmelte Iris Alexei ins Ohr, bevor sie es sich mit einem Glas Wein und einem Buch aus der Bibliothek im Sessel bequem machte. »Für meinen Mann gibt es kein anderes Genre. Aber ich schätze, die meisten jungen Leute interessieren sich eher für Filme, die nach den Fünfzigern erschienen sind.«

»*Es tanzt die Göttin* ist aus den Vierzigern, nicht aus den Fünfzigern«, korrigierte Luiz sie.

»Das ändert aber nichts an der Tatsache, *amor*.«

»Musicals sind prima«, meldete sich Alexei und setzte sich auf die Couch. Delilah sprang ihm hinterher und kuschelte ihren Kopf in seinen Schoß. »Obwohl ich glaube, dass ich noch nie eins gesehen habe.«

»Noch nie?« Schockiert wirbelte Luiz zu ihm herum, die Hand vor dem DVD-Player erstarrt. »Nicht einmal *Singin' in the Rain*? *West Side Story*? *The Sound of Music*?«

Das war mehr, als Alexei Luiz bisher am Stück hatte sprechen hören. Was ihn dazu inspirierte, selbst ein bisschen zu plappern.

»Weiß nicht?« Er zuckte mit den Schultern. »Als Kind habe ich gar kein Fernsehen geschaut. Selbst heute gucke ich, wenn überhaupt, meistens Dokus. Aber vielleicht lief ja einer davon mal auf PBS?«

»Tja«, sagte Luiz. »Dann muss ich die ganze Sache wohl noch einmal überdenken. Am besten fangen wir mit *Ich tanz' mich in dein Herz hinein* an. Oder wenigstens mit *Schwere Jungs – leichte Mädchen*.«

»Luiz«, schimpfte Iris. »Du hast *Es tanzt die Göttin* schon rausgeholt. Und wenn du mich noch einmal zwingst, *Schwere Jungs – leichte Mädchen* zu gucken, fang ich an zu schreien.«

»Na schön«, seufzte Luiz, aber es war nicht böse gemeint, und ebenso wenig glaubte Alexei, dass Iris ihren Mann tatsächlich anschreien würde. Zumal sie wahrscheinlich ohnehin nicht mitgucken würde, egal, wofür die beiden sich entschieden, denn sie hatte ja bereits ihr Buch aufgeschlagen und eine Lesebrille auf der Nase.

»Ich bin mir zu fünfundsechzig Prozent sicher, dass ich zumindest einen Ausschnitt aus *The Sound of Music* gesehen habe«, sinnierte Alexei und versuchte, in seinen Erinnerungen nach einer winzigen Verbindung zu Luiz Caravalho zu stochern.

»Und *ich* bin mir zu fünfundsechzig Prozent sicher, dass die meisten Leute zumindest Ausschnitte aus *The Sound of Music* gesehen haben«, erwiderte er und drückte die Play-Taste auf der Fernbedienung. »Aber *Es tanzt die Göttin* ist mit Gene Kelly und Rita Hayworth. Da kann man nichts falsch machen.«

Als der Vorspann einsetzte, klappte Luiz die Beine eines Spieltisches aus, der hinter Iris' Stuhl versteckt gestanden hatte. Er platzierte ihn vor der Couch und holte dann einen zusammengerollten grünen Stoffläufer, der ebenfalls hinter Iris' Stuhl wartete.

»Und jetzt zur eigentlichen Abendunterhaltung«, verkündete er feierlich, zumindest für Luiz Caravalhos Verhältnisse. »Wie schon gesagt, das Freitagabend-Special.«

Und das war der Moment, in dem das Unbehagen sich langsam, aber sicher in Alexeis gute Laune zu schleichen begann.

»Da musst du auch nicht mitmachen«, meinte Iris hinter ihrem Buch. »Diese Dinger bringen mich wirklich auf die Palme.«

»Ach nein«, sagte Alexei kleinlaut, als Luiz die Matte auf dem Tisch ausbreitete. Er räusperte sich. »Ich mag Puzzles.«

Genauer gesagt *liebte* Alexei Puzzles.

Früher hatte er immer mit seiner Familie gepuzzelt. Hauptsächlich mit seiner Mutter. Auch Alina hatten sie auf die Palme gebracht, und ihr Dad hatte sich einfach nie wirklich Mühe gegeben. Aber Alexei und seine Mutter konnten stundenlang über einem Puzzle knobeln.

Manchmal unterhielten sie sich während des Rätselns, manchmal saßen sie schweigend da, manchmal hörten sie klassische Musik. Sie ließ Alexei immer zuerst am Rand arbeiten, während sie selbst sortierte und ihm unauffällig die richtigen Teile zuschob. Später, sobald der Rand fertig war, nahmen sie jeweils andere Bereiche des Bildes in Angriff. Aber immer wieder suchte sie Teile für ihn heraus und behielt im Auge, was er tat, während sie an Wolken arbeitete oder an komplizierten einfarbigen Flächen. Sie waren ein Team gewesen.

»Mit diesem hier habe ich letzte Woche erst angefangen«, erklärte Luiz, als er sich zu Alexei auf die Couch setzte und den Karton mit den losen Teilen zwischen sie stellte.

Das Motiv war eine Sammlung von historischen Werbeplakaten für die amerikanischen Nationalparks. Alexei hatte schon einmal ein fast identisches Exemplar zusammengesetzt. Die Lebedevs liebten Nationalparks.

Ein paar Minuten lang konzentrierte er sich auf Rita Hayworth und Gene Kelly und hoffte, dass die Panik nachlassen würde, die ihm durch die Adern floss. Er könnte sich bloß den Film ansehen. Luiz schien es nicht zu stören, dass er nicht mit am Puzzle arbeitete. Alles war gut.

Aber aus dem Augenwinkel sah er das Teil, das den Gipfel des Half Dome auf dem Poster für Yosemite vervollständigte. Es war ihm schon ins Auge gesprungen, als Luiz den Karton geöffnet hatte. Ohne irgendetwas davon zu bemerken, arbeitete Luiz fröhlich in der gegenüberliegenden Ecke an dem Plakat für den Big Bend.

Dieses Teilchen ließ Alexei einfach keine Ruhe.

Schließlich nahm er es auf. Schob es an seinen Platz. Wie bei jedem Puzzleteil, das er je erfolgreich platziert hatte, war es eine Genugtuung. Er hob ein weiteres auf.

»Gute Arbeit, Junge«, sagte Luiz und lächelte. Er drückte Alexei leicht die Schulter, bevor er sich wieder seinem eigenen Bereich des Puzzles widmete.

Genauso wie Ben seiner Mutter die Schulter gedrückt hatte, als sie sich am ersten Tag die Diashow auf genau dieser Couch angesehen hatten.

Genau wie Bens Freund*innen suchten auch die Caravalhos immer wieder Körperkontakt.

Das Leben mit den Caravalhos fühlte sich so einfach an.

Alexei hielt das nächste Puzzlestück in der Hand.

Doch ohne sein Zutun schien plötzlich sein Geist seinen Körper zu verlassen.

Und mit einem Mal fühlte sich alles falsch an.

Mit einem Mal erschienen ihm all die Geborgenheit und die Vertrautheit, die er die letzten Tage über gespürt hatte, als das, was sie wirklich waren: Täuschungen seines Verstandes. Kleine Hirngespinste.

Dies war nicht sein Leben. Er war kein Caravalho.

Und er verstand beim besten Willen nicht, warum er so sehr versuchte, einer zu sein.

Alexei Lebedev gehörte nicht nach Nashville, Tennessee. Er gehörte in den Nordwesten.

Und er wollte dieses Puzzle mit seiner Mutter legen.

Das Teil, das er noch in der Hand gehalten hatte, fiel zurück auf den Tisch.

Er hatte geschauspielert, so getan, als würde er in dieses Leben passen. Als könnte er, nur weil seine eigene Familie ihn verlassen hatte, sich geradewegs in die erste freundliche Familie einschleichen, die ihm über den Weg lief. In seinem Magen brodelte es vor Scham.

Es spielte keine Rolle, dass die Caravalhos gastfreundlich und warmherzig waren. So funktionierte das hier nicht. Sie gehörten nicht zu ihm. Sie würden immer nur zu Ben gehören.

»Geht es dir gut, Schätzchen?« Iris sah von ihrem Buch auf, eine Augenbraue hochgezogen. »Du wirkst ein bisschen blass.«

Alexei schluckte. Er musste schnell aus diesem Raum verschwinden, wollte allerdings nicht unhöflich erscheinen.

»Irgendwie fühle ich mich plötzlich nicht so gut«, brachte er heraus.

Iris runzelte die Stirn.

»Hoffentlich liegt das nicht am Auflauf. Gestern Abend schien er allen gut bekommen zu sein.«

»Nein, nein«, erwiderte Alexei und stand bereits auf. »Ben und ich waren vorhin Eis essen. Vielleicht ist es das. Oder vielleicht bin ich einfach nur müde. Es tut mir so leid. Das ist gerade alles ein bisschen viel.«

»Natürlich«, sagte Iris und setzte wieder eine fröhliche Miene auf, um ihn zu trösten. »Ich kann mir vorstellen, dass dich die Situation hier wie ein Wirbelwind erwischt hat. Und du und Bento, ihr rackert euch da draußen auf dem Trail so ab – ich hätte drauf bestehen sollen, dass ihr beide euch einen Tag nur zum Schlafen frei haltet.«

»Tut mir leid wegen des Films«, murmelte Alexei. Er

spürte, dass er grundlos nickte, ohne sich bewusst dafür zu entscheiden.

»Kein Problem.« Luiz winkte ab. »Wir gucken ihn ein andermal zu Ende.«

»Klar«, log Alexei.

Alles an dieser Situation war eine Lüge.

Irgendwie fand sich Alexei auf Bens Bett wieder, Delilah neben ihm zusammengerollt. Abwesend kraulte er ihr den Rücken.

Er starrte an die Decke und wartete auf Ben. Versuchte einzuschlafen. Er dachte über seine Aufzeichnungen nach, die ganz unten in seinem Rucksack steckten. In letzter Zeit war er auf dem Trail ein wenig schreibfaul geworden, weil er sich so sehr an seinen und Bens täglichen Ablauf gewöhnt hatte. In sein Gute-Dinge-Buch, das ihm eigentlich helfen sollte, mit der Vergangenheit abzuschließen, hatte er schon sehr lange nichts mehr geschrieben.

Anscheinend war er in den letzten Wochen so glücklich gewesen, dass es für seine Trauer einfach keinen Platz mehr gegeben hatte. Am Ende des Tages war keine Zeit mehr geblieben, um über seinen tiefsitzenden Kummer zu schreiben, einen Kummer, den er irgendwann unter Bens Küssen, seinem Lachen und seinen weichen Haaren vergraben hatte.

Alexei war so furchtbar unverantwortlich gewesen.

All die Befürchtungen, die er zu Beginn der gemeinsamen Wanderung mit Ben gehegt hatte – dass Ben ihn ablenken würde, dass er nicht genug Zeit für sich selbst haben würde, um alles zu verarbeiten und seine Pläne für Alexei 2.0 zu schmieden –, hatten sich bewahrheitet, oder etwa nicht? Alexei hatte sich keine neue Persönlichkeit erschaffen, sondern vielmehr nur die alte um Ben herum errichtet.

Und jetzt brach die Wucht seines Kummers mit einem Mal über ihn herein, lastete ihm wie ein Amboss auf der Brust.

Was würde passieren, wenn Ben ihn eines Tages verließ? Denn mit Sicherheit würde er nicht ewig an jemandem wie Alexei festhängen wollen. Er würde jemanden finden, mit dem er mehr Spaß hätte, der ihm ähnlicher wäre. Würde Alexei überhaupt irgendeinen dieser Menschen hier wiedersehen? Warum hatte er, anstatt sich zu bemühen, über den größten Verlust in seinem Leben hinwegzukommen, bloß noch mehr Menschen gesammelt, die er verlieren konnte?

Jede Minute, in der er in einem fremden Haus saß und darüber nachdachte, dass er nie wieder sein eigenes Haus betreten konnte, in dem er gelernt hatte, zu laufen, einen Kompass zu lesen, den Vögeln zuzuhören, sich mit Alina etwas auszumalen, mit seiner Mom Puzzle zu legen, mit seinem Dad die Sterne durch ein Teleskop zu beobachten, Klavier und Gitarre zu spielen, zu lieben, irgendwo hinzugehören, und zu beten … Jede Minute fühlte sich an, als stünde seine Haut in Flammen, als wäre sie mit Ameisen übersät, ein Jucken, das niemals aufhören würde.

Alexei gehörte nicht hierher.

Und an dem Ort, an dem er aufgewachsen war, war er nicht länger willkommen.

Vielleicht war der einzige Ort, an den er wirklich gehörte – der einzige, an den er je wirklich gehört hatte –, der Wald.

Alexei wartete auf Ben. Und er wartete auf den Moment, an dem er diese Stadt verlassen konnte, die nicht seine war und in die er vielleicht gar nicht erst hätte kommen sollen.

Alexei war nicht sicher, wie spät es war, als Ben die Treppen in den Keller heruntergepoltert kam. Er lag immer noch auf dem Rücken in Bens Bett, Delilah immer noch neben ihm.

Als er wach genug war, um sich hinzusetzen, lief Ben im Zimmer auf und ab und raufte sich die Haare.

Irgendetwas war nicht in Ordnung.

»Hey.« Ben blieb vor dem Bett stehen. Seine Arme und Beine zuckten unruhig, als wären sie noch nicht bereit, stillzuhalten.

»Hi«, antwortete Alexei.

»Also«, sagte Ben lang gezogen. »Wir müssen reden.«

Alexei wartete.

Und als Ben seinen Namen aussprach, rutschte ihm das Herz in die Hose, als wüsste es schon ganz genau, was als Nächstes kommen würde.

»Lex, ich geh nicht zurück zum PCT.«

So fühlt es sich also an, schoss es ihm durch den Kopf. *Wenn die schlimmsten Befürchtungen eintreten.*

Dann setzte ein gedehntes, verzweifeltes Jammern in seinen Gedanken ein, das es ihm beinahe unmöglich machte, noch irgendetwas anderes zu hören.

»War das von Anfang an der Plan?«, brachte er heraus. »Hast du nur drauf gewartet, mir das zu offenbaren?«

Denn wenn Alexei darüber nachdachte, wie glücklich Ben hier war, wie erfüllt und lebendig er in den letzten Tagen bei seinen Leuten gewirkt hatte, ergab das alles furchtbar viel Sinn. Natürlich hatte Ben nie vorgehabt, zurückzufliegen. Alexei hatte sich nur selbst etwas vorgemacht. Sich eingeredet, dass er und Ben wirklich wieder in diesen Flieger steigen und gemeinsam zurück in die Wildnis reisen würden.

Ben sank auf die Knie und legte ihm den Kopf in den Schoß. Alexei starrte auf ihn herab, auf seine zerzausten dunklen Haare, und widerstand dem Drang, ihn zu berühren.

»Nein, Lex. Das schwöre ich. Die Entscheidung ist erst heute gefallen. Vor einer Stunde, und ich musste es dir sofort sagen. Es ist nicht …« Seine Stimme klang zäh. Er lehnte sich zurück und rieb sich mit einem Handballen das Auge. »Das war so nicht geplant, aber es sind ein paar Sachen passiert.«

»Okay«, sagte Alexei, obwohl es nicht okay war. Obwohl ihm eigentlich völlig egal war, was passiert war. Das hier sollte nur möglichst schnell vorbei sein. Er wollte möglichst schnell zurück zum PCT.

»Carolinas Freund hat mit ihr Schluss gemacht«, erklärte Ben, und Alexei hätte beinahe aufgelacht, so belanglos erschien ihm das. »Eigentlich hatten sie alles ganz genau geplant: dass sie zusammenbleiben wollten, eine Fernbeziehung zwischen Georgetown und der BU führen. Und Carolina schmiedet schon ihr ganzes Leben lang Pläne. Sie wusste immer, was als Nächstes kommt, und das hat sie jetzt total ins Schleudern gebracht. Ich würde dem Jungen echt gern in den Arsch treten, weil er so was vor der Abschlussprüfung abzieht. Was für ein Pisser.« Er sah zu Boden. »So hab ich sie noch nie gesehen. Sie hat Angst. Ihr ganzes Leben lang hat sie sich benommen, als wär sie schon erwachsen, und jetzt steht da dieser lebensverändernde Schritt an. Aber heute Abend war sie nur … ein verängstigtes kleines Kind.«

Eine Minute lang schwieg Ben.

Ein Teil von Alexei bemerkte durchaus, dass es irgendwie lustig war.

Dass er und Carolina sich so ähnlich waren.

»Ich kann sie nicht alleine lassen, Lex.«

Darauf hatte Alexei keine Antwort, obwohl er die wohl eigentlich haben sollte. Er wartete, während Ben nervös mit den Fingern auf seinem Knie trommelte.

»Das ist aber nicht das Einzige«, sagte er dann langsam. »Es hat mir zwar bei der Entscheidung geholfen, aber …« Alexei sah, dass Ben sich, wie so oft, auf die Wange biss. »Ich hab einen Anruf von dem Pflegeheim bekommen, in dem ich während der Ausbildung gearbeitet hab.« Er holte tief Luft, und seine Stimme, die vorhin noch so fest und überzeugt geklungen hatte, war plötzlich höher und zitterte. »Sie haben eine freie Stelle als Altenpfleger für mich. Ich kann meine Praxisphase da absolvieren.«

Alexei dachte daran, wie Ben Thompsons Schnitt am Deep Creek verarztet hatte. Wie er die arthritischen Gelenke des alten Mannes bei den heißen Quellen untersucht hatte. Und er dachte an Ben in Big Bear City. Wie er gefragt hatte, was passieren würde, wenn er doch kein guter Krankenpfleger war. An die Verletzlichkeit in seinem Blick.

»Das ist toll«, sagte Alexei sanft, und es klang, als bräche ihm das Herz.

Ben sah zu ihm auf, überrascht und womöglich auch leicht panisch.

»Ja.« Seine Stimme zitterte. »Das … kam wirklich unerwartet, und ich hätte es dir sofort nach dem Anruf erzählen sollen, aber ich musste das erst mal verarbeiten. Mir klar werden, was ich machen soll, und … na ja, anscheinend mochten die mich, als ich da gearbeitet hab, und …« Er wischte sich die Hände an der Hose ab. »Mir hat es auch gefallen. Sehr. Das kann ich mir nicht entgehen lassen.«

Sofort nach dem Anruf. Jetzt machte es Klick. Der Anruf, den Ben am Sonntag im Restaurant bekommen hatte. Wie durcheinander Ben danach gewesen war. Da hatte das Pflegeheim angerufen.

Die ganze Zeit, in der Ben mit Alexei durch Nashville spaziert war, hatte er nichts gesagt. Hatte ihm diese monumentalen Neuigkeiten verschwiegen. Obwohl Alexei ihn vor so langer Zeit gebeten hatte, immer offen zu sein. Schmerz schlug sich in die Überreste seiner Mauern.

Ein Moment verging, dann sah Ben Alexei wieder an.

»Kannst du mir sagen, was du denkst? Lex?«

Nein, entgegnete er in Gedanken augenblicklich.

»Dann verpasst du die High Sierra«, sagte er stattdessen.

Ben ließ den Kopf hängen und flüsterte: »Ich weiß.« Als er wieder aufsah, lächelte er zwar, hatte jedoch Tränen in den Augen. »Aber wenn wir ehrlich sind, hätte ich die High Sierra eh nicht überstanden.«

Alexei schnürte sich die Kehle zu. *Du hättest es überstanden*, wollte er sagen. *Ich hätte auf dich aufgepasst.*

Lange hielt er es in diesem Zimmer nicht mehr aus. Das Atmen fiel ihm bereits schwer.

»Lex.« Endlich setzte Ben sich neben ihn aufs Bett. »Eigentlich ist die High Sierra mir gerade echt egal. Ich meine, eigentlich natürlich nicht. Ich will, dass du das weißt. Ich wollte es wirklich bis Kanada schaffen. Scheiße, in Kennedy Meadows warten schon mein Bärenkanister und mein Eispickel auf mich. Du solltest mein Vorratspaket durchgucken. Nimm dir, was du willst. Ich … Ich wollte das schon so lange machen. Und dass ich es jetzt mittendrin abbreche, gerade als alles so gut lief, ist …«

Er schüttelte den Kopf und verstummte. Alexei stand auf. Er konnte nicht mehr auf dem Bett sitzen und Bens Schenkel an seinem spüren.

Natürlich würde Ben hierbleiben und sich um seine Schwester kümmern.

Natürlich wollte das Pflegeheim Ben anstellen. Er würde das toll machen.

»Na ja, was ich sagen will … Das mit dem Trail macht mich echt fertig, aber eigentlich ist der Trail mir gerade nicht wichtig. *Du* bist mir wichtig, Lex. Das mit uns ist mir wichtig.«

Alexei stand mit dem Rücken zu Ben und starrte auf den Trockner und die Waschmaschine. Auf den blauen Keramikteller mit dem bunten Gockel, der darüber an der Wand hing.

»Irgendwie bekommen wir das hin, Lex. Ich warte auf dich, bis du den Trail zu Ende gewandert bist. Und du wartest bis nach meiner Praxisphase auf mich. Wir warten aufeinander. Julie hatte recht am Sonntag. Ich war echt ein Aufreißer. Ich hatte schon mit vielen was, aber du … Du weißt, dass du was Besonderes bist, oder? Dass wir uns auf dem Trail gefunden haben, war Schicksal. Wir sind was Besonderes, Lex. Mit dir zusammen zu sein, war vom ersten Augenblick an so einfach.«

Halt die Klappe, dachte Alexei. *Halt die Klappe, halt die Klappe, halt die Klappe.* Wenn Ben die Klappe hielte, täte es vielleicht nicht mehr so weh. Es war doch alles geklärt. Ben blieb in Nashville, Alexei nicht. Ben hatte eine strahlende Zukunft vor sich. Alexei hatte keine Ahnung, wie seine Zukunft aussehen sollte. Er wusste nur, dass sie sich nicht hier abspielen würde.

Viel mehr gab es dazu nicht zu sagen.

»Kannst du bitte mit mir reden? Wütend auf mich sein? Mich wenigstens angucken? Irgendwas?«

Seltsamerweise spürte Alexei tatsächlich so etwas wie Wut in sich. Wenn Ben ihn noch ein einziges Mal »Lex« nannte, würde er explodieren.

Nach einer langen Pause hörte er Ben seufzen.

»Morgen, bevor die ganze Abschlusssache losgeht …« Seine Stimme klang jetzt dünn, als hätte er aufgegeben. »Darf ich dich da auf ein Date ausführen? Ein richtiges Date? Bitte. Das wird schön, versprochen. Ich …«

Wieder verstummte Ben. Auf einmal tat Alexei der Nacken weh, und er merkte, dass er die ganze Zeit die Muskeln angespannt hatte, die Schultern hochgezogen und die Hände in den Taschen zu Fäusten geballt.

Er wartete. Darauf, dass Ben den Satz beendete. Dass dieser schreckliche Abend endlich vorbei wäre.

Doch Ben sagte nichts mehr. Alexei drehte sich erst wieder um, als er Bens sanftes Schnarchen hörte.

Ihm fiel wieder ein, was Ben an diesem einen Morgen, nach den Kojoten, gesagt hatte: *Pass auf, ich habe da diese merkwürdige Eigenart. Manchmal, wenn ich so richtig gestresst bin, dann … schlafe ich ein.*

Erleichtert sackte Alexei in sich zusammen. Zum Glück hatte Bens Körper das Ruder übernommen. Zum Glück hatte er aufgehört zu reden. Zum Glück sah er jetzt entspannt aus. Ausgeglichen.

Gerade hatte er keinen Kopf dafür, sich damit auseinanderzusetzen, wie sein Herz zu Ben Caravalho stand, aber tief im Inneren wusste er, dass er sich für Ben nichts als Ausgeglichenheit wünschte.

Und jetzt musste Alexei sich beeilen. Leise sein. Er wollte Ben ja nicht aufwecken. Aber im Leisesein war Alexei geübt.

So hatte er sich noch nie gefühlt. Nicht, als er damals in

der Wüste die Klapperschlange gesehen hatte. Oder als er Ben das erste Mal getroffen hatte.

Doch gerade verspürte er nichts anderes als den Drang zu fliehen. Konnte sich auf nichts anderes konzentrieren.

Hastig sammelte er seine Sachen aus dem Bad zusammen.

Er faltete die neuen Klamotten, die er in der Mall gekauft hatte, und ließ sie in einem ordentlichen Stapel neben der Waschmaschine liegen. Vielleicht konnte Tiago sie gebrauchen. Sie hatten ungefähr die gleiche Größe.

Dann starrte er auf das Portugiesisch-Wörterbuch, das er bei *Parnassus Books* gekauft hatte.

Als er noch gehofft hatte, Ben könnte ihm bei der Aussprache helfen.

Kurz entschlossen steckte er es in seinen Rucksack.

Langsam zog er auch den letzten Reißverschluss zu. Dann hievte er sich den Rucksack auf die Schultern und achtete darauf, dass seine Trekkingstöcke nicht aneinanderschlugen.

Er gestattete sich einen letzten Blick auf Ben. Der hatte sich im Schlaf auf den Rücken gedreht, ein Arm hing aus dem Bett, der andere lag über seiner Brust. Das Gesicht hatte er von Alexei abgewandt, die Kinnpartie schien im Dämmerlicht des Zimmers ganz weich.

Er ging nach oben.

Zum Glück hatten Bens Eltern noch ein Festnetztelefon. Ganz vorsichtig, damit er im Dunkeln nichts über den Haufen lief, tastete er sich zum pfirsichfarbenen Apparat in der kleinen Küchennische vor.

Dann hob er den Hörer ab. Nahm sich einen Werbebrief von der Arbeitsplatte, um die richtige Adresse parat zu haben. Er bat den Fahrer, nicht zu hupen, denn er würde draußen auf ihn warten.

Er trödelte nicht länger. Sah sich nicht noch mal die Familienfotos an den Wänden an.

Alexei verließ das kleine, aber gemütliche Haus von Iris und Luiz Caravalho und wartete auf das Taxi, das ihn zum Flughafen bringen würde. Zählte die Minuten, bis er endlich wieder auf dem Trail sein würde, wo er hingehörte. In der Wildnis, die er kannte. An einem Ort, an dem sein Herz endlich lernen würde, sich selbst zu schützen. An dem er endlich wieder allein sein konnte.

II

KENNEDY MEADOWS BIS CASCADE LOCKS

Meile 702 bis 2.153
Sommer

KAPITEL VIERUNDZWANZIG

Irgendwo über Amerika
15. Juni

Mom, Dad,

in all den Artikeln, die ich über Trauer gelesen habe, stand, dass Wut ein ganz natürlicher Teil davon ist. Aber ich war nicht stark genug, um Wut zu empfinden, auch nach all der Zeit nicht. Ich war nie wütend auf euch, bloß enttäuscht von mir selbst. Weil ich nicht erwartet habe, dass ihr so reagiert, obwohl ich das offensichtlich hätte tun sollen. Weil ich nicht der Sohn sein konnte, den ihr euch gewünscht habt. Ich wusste nicht, wie ich das hinter mir lassen soll. Schade für euch, schade für uns alle.

Tja, ratet mal. Ich glaube, ich habe mich in jemanden verliebt. Und dann habe ich Angst bekommen und bin abgehauen. Jetzt bin ich doch wütend.

Ich habe immer genau das gemacht, was man von mir verlangt hat – ihr, die Kirche, Gott. Nur diese eine Sache nicht. Und da könnt ihr nicht drüber hinwegsehen? Das ergibt doch keinen Sinn. Klar, in euren Augen schon. Aber das … tut es nicht. Es ergibt keinen Sinn, Mom, und ich glaube, das wisst ihr auch.

Diese Woche habe ich mit einer anderen Familie verbracht. Sie waren freundlich und nett und haben sich benommen, als wäre ihr schwuler Sohn völlig normal. Das hätte mir gefallen sollen, diese Form der Akzeptanz. Eine Weile lang hat es das auch. Aber je mehr ich darüber nachdenke, desto mehr gibt es mir das Gefühl, ein Freak zu sein. Weil ihr euch so völlig anders verhalten habt. Weil das hier neu für mich war. Weil es sich eben *nicht* normal angefühlt hat.

Ihr habt mir beigebracht, dass Familie und Glaube das Wichtigste sind.

Wie könnt ihr mir das entreißen und dann erwarten, dass ich daran nicht zerbreche?

Denn ich zerbreche, Mom und Dad. Ich dachte, ich komme klar, aber das stimmt nicht. Ich wandere den PCT, ein Traum, den du in mir geweckt hast, Dad, und auf dem Trail fühle ich mich dir so nah wie in all den Stunden, die wir zusammen auf den anderen Trails verbracht haben. Aber mein Körper ist gebrochen, mein Herz ist gebrochen. Ich weiß nicht, wo ich hingehöre, und das tut so weh.

Also fickt euch.

Da, jetzt ist es raus.

Und es fühlt sich schrecklich an.

Ich hasse es.

Ich hasse alles daran.

Euer Sohn,
Alexei

Nicht verschickt.

16. Juni

Lieber Ben,

es tut mir so leid. Ehrlich gesagt sind die letzten achtundvierzig Stunden in meinem Kopf ein wenig verschwommen, und ich erinnere mich nicht genau, was ich an dem Abend gesagt oder nicht gesagt habe. Was keine Entschuldigung sein soll. Es tut mir leid, dass ich gegangen bin, ohne mich zu verabschieden. Das war selbstsüchtig, und ich hoffe, du kannst mir eines Tages verzeihen. Wenn nicht, verstehe ich das auch. Hoffentlich habe ich Carolina nicht die Abschlussfeier versaut. Wie geht es ihr, wie war die Party? Sie wird sicher klarkommen, aber ich bin trotzdem froh, dass sie dich hat.

Ich wollte dir noch gratulieren. Weil ich nicht mehr genau weiß, ob ich das schon getan habe. Zum Job, meine ich. Natürlich wollen die dich. Hoffentlich radiert das all deine unbegründeten Zweifel aus. Du bist unglaublich und wirst so vielen Menschen helfen, und sie werden dich lieben.

Ich wünschte, ich könnte besser erklären, warum ich gehen musste. Es tut mir so leid, wenn ich dich irgendwie verletzt habe. Überwiegend tut es mir leid, dass ich mich überhaupt auf dich eingelassen habe, obwohl ich die ganze Zeit wusste, wie kaputt ich bin. Dich zu treffen und einen Einblick in dein Leben in Nashville zu bekommen, hat mir viel bedeutet. Du hast so viel Liebe in deinem Leben, und du verdienst jedes Fünkchen davon. Auch nur einen Bruchteil davon am eigenen Leib zu spüren, war wirklich eine Erleuchtung, und ich kann dir gar nicht genug dafür danken.

Ich sollte jetzt Schluss machen~~, bevor es noch zu …~~ Ich wollte mich nur entschuldigen und dich wissen lassen, dass ich wieder auf dem Trail bin und es mir gut geht. Dein Vorratspaket aus Kennedy Meadows schicke ich dir nach. Wenn ich an all die selbst gekochten Gerichte denke, die du jetzt zu Hause genießen kannst, an all das echte Essen und die richtige Klospülung, dann muss ich lächeln. Ich hoffe, du isst so viele Raisin Nut Brans, wie dein Herz begehrt.

Alexei

PS: Ich hab einen Werbebrief aus eurer Küche geklaut, damit ich die richtige Adresse habe. Bitte sag deiner Ma, dass sie für eine Kreditkarte von *Capital One* infrage kommt und dass es mir leidtut, dass ich ihr ebenfalls nicht auf Wiedersehen gesagt habe. Ich wünschte, ich könnte einfach allen sagen, dass es mir leidtut.

Verschickt aus Kennedy Meadows.
Meile 702

23. Juni

Alexei,

ich habe Julie deinen Brief gezeigt. Weil ich nicht wusste, was ich sonst damit machen sollte. Sie hat ihn dreimal gelesen und dann lange geschwiegen. Was mir noch mal gezeigt hat, in was für einer erbärmlichen Lage ich stecke. Denn Julie hält eigentlich niemals die Klappe. Irgendwann hat sie ihn mir jedenfalls wiedergegeben und nur gemeint, ich soll dir einen Brief zurückschreiben.

Also, was soll's. Jetzt sitze ich hier und schreibe dir, obwohl ich eigentlich nicht weiß, was ich sagen soll, Alexei. Eigentlich will ich dir nicht von Carolinas Abschluss erzählen. Eigentlich will ich dir gar nichts erzählen. Eigentlich will ich was zu dem Bullshit loswerden, dass du kaputt wärst, aber ich kann leider nicht ändern, wie du über dich selbst denkst, Lex. Eine Lektion, von der ich dachte, ich hätte sie schon Hunderte Male vor dir gelernt, mit anderen Typen. Aber anscheinend bin ich einfach scheiße schwer von Begriff. Tja, die gute Nachricht ist, dass ich jetzt endlich die Schnauze voll habe. Ein für alle Mal. Mein ganzes Leben lang habe ich mein Herz viel zu großzügig verschenkt, und klar, irgendwie war das immer meine eigene Schuld, aber ich bin es wirklich leid, es mir immer wieder brechen zu lassen. Also, keine Beziehungen mehr für mich. Vielleicht musste ich erst auf dem PCT wandern und dich treffen, um mir endlich den Kopf waschen zu lassen. Also sollte ich dir wohl danken.

Die Arbeit im Pflegeheim läuft übrigens prima. Es ist hart und interessant, manchmal traurig, dann wieder großartig, und abends bin ich so erledigt, dass ich kaum noch genug Kraft habe, um auf dich wütend zu sein. Oder mir Gedanken um dich zu machen. Oder um irgendwas anderes. Darüber, wie ich mich gefühlt habe, als ich am nächsten Morgen aufgewacht bin und du nicht mehr da warst. Ich nehme jede Extraschicht, die ich kriegen kann, weil ich hoffe, dass ich irgendwann so durch bin, dass ich mir nie wieder den Kopf darüber zerbrechen muss, dass du es nicht erwidert hast, als ich dir an dem Abend gesagt habe, dass ich dich liebe. Ich bin echt die größte Flachzange auf dem Planeten, was?

Egal, ich schicke das hier nicht ab. Natürlich nicht. Aber scheiße, Alexei, hoffentlich geht es dir da draußen gut. Ich wünschte, ich könnte dich vergessen. Aber hauptsächlich wünschte ich, du hättest ein beschissenes Handy.

Ben

Nicht verschickt.

KAPITEL FÜNFUNDZWANZIG

29. Juni

Alina,

erinnerst du dich an das Weihnachten, an dem ich dir wie immer Socken oder etwas ähnlich Langweiliges gekauft habe, aber mein *eigentliches* Geschenk waren alle Sorten Little Debbies, die ich finden konnte? In der Heiligen Nacht habe ich mich in dein Zimmer geschlichen und dir die Hand vor den Mund gehalten, damit du nicht schreist, und du hast mir in die Eier getreten, was im Nachhinein wohl auch gerechtfertigt war. Dann saßen wir im Bett und haben uns mit so viel Zucker vollgestopft, dass uns die Bäuche wehtaten. Zebra Cakes waren dein Favorit; ich mochte die Strawberry Shortcake Rolls am liebsten. Während ich diese Zeilen schreibe, habe ich den klebrigen Erdbeergeschmack noch immer auf der Zunge. So rebellisch wie damals im Supermarkt hatte ich mich noch nie zuvor gefühlt.

Oder weißt du noch, wie wir als Kinder durch den Wald gerannt sind und du immer so getan hast, als wärst du so etwas Merkwürdiges wie ein Faultier oder ein Narwal? Ich war immer ein Fuchs.

Auf dem PCT, neulich in der Wüste, habe ich mitten in der Nacht echte Füchse gesehen. Fuchswelpen, um genau zu sein. Sie waren ganz verspielt und hatten niedliche Ohren. Ich wünschte, du hättest sie sehen können.

Ich vermisse dich, Alina. Wie ist die neue Wohnung? Hast du sie so eingerichtet, wie du wolltest? Ist auf der Arbeit noch alles in Ordnung?

Du weißt, dass ich dich nach Mom und Dad fragen will – oder vielleicht auch nicht –, aber so oder so habe ich beschlossen, es nicht mehr zu tun. Hoffentlich ist dir mittlerweile klar, dass du dich nicht zwischen ihnen und mir entscheiden musst. Sie werden immer unsere Eltern sein, und ich werde immer dein Bruder sein. Wahrscheinlich war ich in letzter Zeit kein besonders guter großer Bruder, aber das wäre ich gern. Während ich das schreibe, bin ich gerade mitten in der High Sierra, und um ehrlich zu sein, ist es hier draußen ziemlich unheimlich. Unbeschreiblich schön, aber … na ja, es gab ein paar heikle Momente, die mich zum Nachdenken angeregt haben. Wir waren immer Geschwister, aber wenn ich zurück nach Portland komme, können wir dann auch befreundet sein? Das fände ich wirklich schön.

Ich habe mich hier draußen in jemanden verliebt. Keine Ahnung, ob du das überhaupt wissen willst, aber er ist nicht mehr hier, und ich versuche, darüber hinwegzukommen. Ich dachte wohl, wenn ich es jemandem erzähle, würde es mir leichter fallen, aber der einzige Mensch, dem ich es wirklich erzählen will, bist du. Es ist schwer zu beschreiben, was für ein Gefühl das war, mich in Ben zu verlieben, aber es war, als hätte er mich … aufgelockert. Mir war gar nicht bewusst, wie steif und unflexibel ich war, bevor ich mit ihm gewandert bin. Als hätte ich seit Ewigkeiten unbemerkt die Zähne zusammengebissen, bis ich Ben begegnet bin, bis ich gespürt habe, wie erleichternd es ist, wenn meine Muskeln sich nach und nach entspannen.

Und jetzt, wo ich wieder ohne ihn wandere, kommt es mir vor, als wären alle meine lockeren Gliedmaßen irritiert und wollten wieder die altbekannte Position einnehmen, aber sie finden die passenden Gelenke nicht, sind voneinander getrennt und kaputt.

Allerdings musste ich an einige der kleinen Abenteuer denken, die wir als Kinder erlebt haben. Durch die Wälder rennen, Zucker ins Haus schmuggeln. Ich habe versucht, mich daran zu erinnern, dass mein Körper schon einmal locker war.

Weißt du noch, wie leicht wir Mom davon überzeugen konnten, uns nicht mehr zur russischen Schule zu schicken? In meiner Erinnerung war unsere Kindheit echt streng, aber wenn ich genauer darüber nachdenke, sind wir mit so vielen Dingen davongekommen, dass ich manchmal echt laut lachen muss. Ich gebe mir Mühe, an diesen Erfahrungen festzuhalten, um mich daran zu erinnern, dass ich mich wieder neu erfinden kann.

Warst du jemals verliebt? Mir fällt gerade auf, dass ich dich das noch nie gefragt habe. Vielleicht hast du ja auch Geheimnisse. Du musst sie natürlich nicht mit mir teilen. Aber wenn du willst, kannst du es jederzeit. Ich hoffe, das weißt du.

Heute habe ich drei gefährliche Flüsse durchquert, inzwischen ist es schon spät, und ich schreibe dir im Schein meiner Stirnlampe. Möglicherweise fühle ich mich ein bisschen berauscht. In den nächsten Tagen komme ich nicht mal in die Nähe einer Poststelle, also werden wir sehen, ob ich den Mut aufbringe, diesen Brief abzuschicken, sobald ich eine Stadt erreiche.

Ich vermisse dich. Ich glaube, das habe ich schon erwähnt, aber ich meine es wirklich so. Ich hoffe, du hasst mich nicht zu sehr für alles, was passiert ist. Wenn ich in Cascade Locks ankomme, könnten wir uns dort treffen und im Eastwind Drive-In diese anderthalb Meter hohen Eiswaffeln essen gehen. Das wird mich auf jeden Fall die nächsten paar Hundert Meilen über motivieren.

Alexei

Verschickt aus Mammoth Lakes, 6. Juli.
Meile 902

8. Juli

Ben,

der Tag heute war wirklich hart. Die letzten drei Wochen waren wirklich hart, eigentlich ist es schon hart, seit ich wieder auf dem Trail bin. Ich wünschte, du wärst hier, bin aber auch froh, dass du es nicht bist. Du wärst so gestresst. Ich bin gestresst. Die Landschaft ist traumhaft, wie auf einer Postkarte – ich kann sie gar nicht richtig beschreiben. Natürlich hat es Ansel und John hier gefallen. Aber vielleicht waren sie auch ein bisschen neben der Spur.

Es gibt hier so viele Serpentinen, so viele steile Anstiege. Einige der Pässe … habe ich wirklich nur knapp überlebt.

So viel Schnee. Und so, so viele Flussquerungen. Manchmal kommt es mir vor, als müsste ich ewig laufen, um eine halbwegs sichere Stelle zu finden. Meine Füße sind die ganze Zeit nass, und meine Nerven liegen blank.

Ich bin so müde, Ben.

Was, wenn ich hier draußen sterbe?

Ich will hier nicht sterben.

Ich fühle mich Gott so fern.

Obwohl wir nie wirklich über meinen Glauben geredet haben, weiß ich mittlerweile, wie nah ich mich ihm eigentlich gefühlt habe, während wir zusammen waren. Als hätte Gott die ganze Zeit über mich gewacht und gesagt: *Siehst du? Das ist Liebe. So liebe ich dich auch. Verstehst du es?*

Und jetzt will ich nur noch, dass Gott zu mir spricht, aber ich höre ihn einfach nicht. Was merkwürdig ist, denn man sollte meinen, wenn man ihn schon irgendwo auf dem Trail antreffen könnte, dann doch hier, wo jede Aussicht mir den Atem raubt und jeder Tag ein Zeugnis für die Wunder dieser Welt ist. Aber ich spüre ihn kaum.

Das Einzige, was ich an den meisten Tagen spüre, ist, dass ich dich vermisse.

Ich vermisse dich, das ist so ein Standardsatz, schlicht und nichtssagend.

Allerdings ist dieses Vermissen immer sehr konkret. Ich vermisse dein Sweatshirt und den Geruch deines Instantkaffees am Morgen. Ich vermisse, wie sich deine Hände anfühlen, wie du dich im Schlafsack zusammenrollst, sodass ich beim Einschlafen nur noch deine herausragenden Haare und die Falten auf deiner Stirn sehen kann. Ich vermisse das Gefühl deines Kinns, wenn du dich rasiert hast.

Ich vermisse, wie du riechst, die Lücke zwischen deinen unteren Vorderzähnen, wenn du lächelst. Ich vermisse es, mit dir still zu sein. Ich vermisse, wie du mir immer das Gefühl gegeben hast, alles sein zu können, was ich will.

An den Abenden, an denen ich die Kraft dazu finde, beschäftige ich mich mit dem Portugiesisch-Wörterbuch, das ich in Nashville gekauft habe. Beim Wandern frage ich mich oft selbst ab. *Árvore. Rocha. Céu. Trilha. Pássaro.* Dadurch fühle ich mich dir näher, auch wenn ich weiß, dass es albern und wenig hilfreich ist. Aber mir hilft es, die Zeit zu vertreiben, und ehrlich gesagt tut es gut, etwas Neues zu lernen und mein Gehirn für etwas anderes zu gebrauchen als nur zum Laufen und Überleben.

Ich bin so froh, dass du in Nashville in Sicherheit bist. Du bist doch in Nashville in Sicherheit? Ich hoffe, du schläfst in deinem nach Flieder duftenden Keller, mit Delilah am Fußende deines Betts. Oder bist du vielleicht in eine neue Wohnung umgezogen? Egal, bitte verlass nie wieder das Haus und unternimm nie wieder etwas auch nur annähernd Gefährliches. Die Vorstellung, dass du sicher und zufrieden bist, ist das Einzige, was mich durch Tage wie heute trägt.

Ich bin zum PCT gekommen, um diese neue Version von mir zu finden. Aber seit ich hierher zurückgekehrt bin, fühle ich mich nur noch verlorener.

Ich weiß nicht, was ich hier mache.

Lex

Nicht verschickt.
Meile 917

8. Juli

Lex,

von Paul Salopek habe ich dir nie erzählt, oder? Das ist lustig: Wir haben so viel Zeit miteinander verbracht, und trotzdem gibt es da noch so viele Sachen, die ich dir nicht erzählt habe.

In Wahrheit gab es viele Gründe, warum ich zum PCT gekommen bin. Die meisten kennst du schon. Aber eine Sache, an die ich in letzter Zeit oft denken muss und über die ich noch mit niemandem gesprochen habe, ist Paul Salopek und wie ich von ihm erfahren habe.

Vielleicht kennst du ihn auch schon. Er macht diesen »Out Of Eden Walk«, und dabei wandert er um die ganze verdammte Welt. Gestartet ist er in Afrika und folgt den historischen Spuren der menschlichen Besiedlung. Und er … wandert einfach, unterhält sich mit Menschen. Hört sich ihre Geschichten an. Versucht rauszufinden, wer wir sind. Und schreibt dann kluge Artikel darüber bei *National Geographic* und in Büchern und so. Als ich vor ein paar Jahren das erste Mal von ihm gelesen habe, hat sich ein Teil von mir gedacht: *Das will ich auch machen*. Ich weiß, du wanderst den PCT, um alleine zu sein. Aber ich wollte mir die Geschichten von Menschen anhören.

Das fehlt mir, Lex. Wahrscheinlich hat es deshalb auch so wehgetan. Du hast mich verlassen, und wahrscheinlich habe ich schon die ganze Zeit gewusst, dass das passiert. Bloß bist du zurückgegangen.

Ich habe dich verloren. Aber den Trail habe ich auch verloren.

Ich dachte, der neue Job, in dem Bereich, von dem ich immer geträumt habe, würde mich endlich erden. Mir beim Erwachsenwerden helfen. Und ich liebe ihn, ehrlich. Ich habe so ein Glück, dass ich da arbeiten darf. In so einem tollen Pflegeheim, mit so großartigen Leuten. Ich darf Menschen helfen, das ist ein echtes Geschenk.

Trotzdem komme ich nicht zur Ruhe. All der Stress und die Schulden für die Ausbildung, das Glück, diesen Job ergattert zu haben – und trotzdem bin ich noch dieses zappelige Kind, das immer nur nach draußen will. Immer neue Geschichten hören will. Wenn überhaupt, spüre ich diese Rastlosigkeit noch stärker, seit ich nicht mehr auf dem Trail bin. Als hätte der PCT sie verstärkt, statt sie aus meinem System zu spülen.

Ich wünschte, ich wüsste, wo du bist. Was du siehst. Ich wünschte, du würdest mir wieder schreiben, Lex.

Ben

Nicht verschickt.

10. Juli

Lieber Ben,

ich hatte mir vorgenommen, dir nicht mehr zu schreiben – das heißt, dir zu schreiben und es tatsächlich abzuschicken –, aber ich bin in Tuolumne Meadows angekommen und bleibe hier für einen Nulltag und muss immer wieder an den Briefkasten im Ort denken und daran, wie du gehofft hast, es bis hierher zu schaffen, und … Ich weiß auch nicht. Ich hoffe, es ist okay, wenn ich dir von einigen Dingen erzähle, die ich gesehen habe. Denn ich glaube, die wolltest du auch unbedingt sehen.

Die High Sierra war manchmal angsteinflößend. Aber überall gibt es Wiesen, Bäume, Wildblumen und Panoramablicke. Und Vögel! Sie sind überall. Ich wünschte wirklich, du wärst hier und würdest Fotos davon machen, Ben. Daran denke ich jeden Tag. Ich wünschte, ich wäre wie Ruby und könnte die Schönheit all dieser Pflanzen in meinem Notizbuch festhalten, um sie für immer zu konservieren. Ich lasse alles an mir vorbeiziehen, versuche nur, meinen Körper zu beherrschen, um die nächste Meile zu schaffen, den nächsten Meilenstein zu erreichen.

Außer wenn ich am Ufer eines Sees sitze. Es gibt hier so viele Seen, und ich liebe sie alle. Zumindest, bis die Mücken anfangen, mich bei lebendigem Leib zu fressen. Und das tun sie in letzter Zeit mit zunehmender Regelmäßigkeit. Trotzdem liebe ich die Seen.

Und es gab Wasserfälle! Im Nordwesten gibt es so viele Wasserfälle, Ben. Vielleicht kommst du ja mal auf eigene Faust dorthin, um sie zu sehen.

In der Sierra gibt es wirklich überall Wasser. Man muss sich also nicht ständig Gedanken darüber machen, wie man es rechtzeitig zum nächsten Wassertank schafft. Obwohl ich es kaum erwarten kann, diesen Bärenkanister nicht mehr mit mir rumschleppen zu müssen. Manchmal kann ich mich kaum noch an die Wüste erinnern.

Außerdem sind überall Leute unterwegs, so viele Wandernde, die den John Muir Trail absolvieren. Ich habe viele unterschiedliche Dialekte gehört, verschiedene Sprachen. Wenn ich es schaffe, spreche ich ab und zu mit den Leuten. Aber meistens denke ich bloß daran, wie gerne du dich mit allen unterhalten hättest.

Jedenfalls sollst du wissen, dass es mir gut geht. Ich hoffe, dir geht es auch gut. Mehr, als du ahnst.

Mein nächster großer Zwischenstopp ist am Echo Lake, in etwa einhundertfünfzig Meilen. Wenn ich aufhören soll, dir zu schreiben, schick mir einfach eine kurze Nachricht dorthin, okay? Schreib mir, dass ich mich ficken soll oder so, dann lasse ich es. Ich erwarte ein Vorratspaket, also werde ich auch nach anderer Post fragen, wenn ich dort bin. Es klingt wahrscheinlich egoistisch, dass ich mich weiter bei dir melden will. Schreib mir einfach, dass ich es lassen soll, dann höre ich auf, versprochen.

Kraul Delilah ein bisschen von mir.

Lex

Verschickt aus Tuolumne Meadows.
Meile 941

15. Juli

Alexei,

schreib mir weiter.
Pass bitte auf dich auf.
Delilah vermisst dich.

Ben

Verschickt aus Nashville.
Erhalten am Echo Lake.
Meile 1.094

KAPITEL SECHSUNDZWANZIG

23. Juli

Ben,

es tat so gut, deine Handschrift zu sehen. Ich kann gar nicht beschreiben, *wie* gut.

Ich wünschte immer noch, ich wüsste, wie es dir geht. Ich denke die ganze Zeit darüber nach, wie es dir geht. Aber ich verstehe, wenn du es mir nicht sagen willst. Allerdings bin ich froh, dass es für dich okay ist, wenn ich schreibe. Denn ich muss dir eine Geschichte erzählen.

Zuerst einmal solltest du wissen, dass ich besser im Trampen geworden bin. Ich mag es immer noch nicht besonders, aber es gibt keine Alternative, um hier in der Sierra an Vorräte zu gelangen, und jedes Mal, wenn ich erfolgreich in ein fremdes Fahrzeug steige, ohne mich zu übergeben, bin ich ein bisschen stolz auf mich. Und dann denke ich an die erste Fahrt mit dir, zu den Dinosauriern. Danke, dass du mich zu den Dinosauriern mitgenommen hast, Ben. Alleine wäre ich da nie hingefahren.

Auf jeden Fall bin ich hier mit einer Frau namens Jenn nach Tahoe City getrampt. Du hättest sie bestimmt gemocht. Sie hat mich in den Arm geboxt, als ich auf dem Seitenstreifen des Highways gewartet habe, und gemeint: »Du fährst per Anhalter in die Stadt? Lass mich deine

Privilegien als weißer Mann ausnutzen und nimm mich mit, damit ich nicht allein im Auto irgendeines Perversen krepiere.« Sie bezeichnete sich selbst als glückliche Fat-Girl-Hikerin und erzählte mir von all den herablassenden Ratschlägen, die sie sich bisher auf ihrer Etappenwanderung so anhören musste, und davon, wie manche Leute auf sie zukamen und ihr eine Diät nahelegten, bevor sie überhaupt nach ihrem Namen fragten. Da musste ich an Ryan denken und an einige der Dinge, die man seinen Erzählungen zufolge zu ihm gesagt hat. Ganz anderes Zeug natürlich, aber alles Dinge, die mir erspart bleiben, weißt du? Dinge, über die ich mehr nachdenken sollte.

Jenn hat auch viel über die rassistischen Äußerungen und Taten von John Muir erzählt, vor allem gegen die indigenen Völker. Dass wir den John Muir Trail stattdessen lieber »Nüümü Poyo« oder »Paiute Trail« nennen sollten, um die Namen der Indigenen zu ehren. Auch wenn ich diesen Abschnitt des Trails inzwischen hinter mir habe, werde ich versuchen, ihn in Zukunft so zu nennen.

Ich musste immer wieder daran denken, wie sehr auch Carolina Jenn gemocht hätte. Wie gerne ich Carolina von Nüümü Poyo erzählt hätte.

Wir haben sogar zusammen in der Stadt zu Abend gegessen, Jenn und ich. Hauptsächlich hat sie geredet, ich habe meistens nur zugehört, aber sie ist lustig und hat mich immer wieder zum Lachen gebracht. Ab und zu meinte sie beiläufig: »Du gefällst mir, Alexei«, so wie Dahlia damals beim Brunch. Das war schön.

Egal, aus irgendeinem Grund wollte ich dir davon erzählen. Wir werden vermutlich nie wieder zusammen auf dem Trail wandern, denn Jenn ist, Zitat: »scheißlangsam, und alle, die damit ein Problem haben, können mich mal am Arsch lecken«. Ich selbst schaffe in letzter Zeit ziemlich viele Meilen, zumindest wenn der Trail es zulässt. Aber seit ich wieder zurück bin, war ich die meiste Zeit für mich allein, darum tat es gut, mal wieder mit jemandem zu lachen.

Und ich wollte dir von der Sache mit John Muir erzählen, aber vielleicht wusstest du das ja auch schon.

Okay, ich glaube, das war's. Bevor ich aufbreche, möchte ich noch ein paar andere Briefe schreiben.

Sag Delilah, dass ich sie auch vermisse.

Lex

Verschickt aus Tahoe City.
Meile 1.126

23. Juli

Dad,

die letzten Wochen waren die technisch anspruchsvollsten Wanderungen meines Lebens, und überlebt habe ich nur deinetwegen.

Zu wissen, wie man eine topografische Karte liest, wie man sein Gewicht auf einem dünnen Baumstamm über einen tückischen Fluss balanciert. Wie man einfache Wunden verbindet. Wie man ein Zelt auf unwegsamem Gelände aufschlägt. Wie man erkennt, dass man dehydriert ist. Wie man Tierspuren liest. Vogelstimmen erkennt.

Die letzte Fähigkeit ist zwar nicht überlebenswichtig, aber sie bereitet mir am meisten Freude. Und neulich ist mir klar geworden, dass es auch das ist, was mich zu dem Mann hingezogen hat, den ich liebe, und das alles nur deinetwegen. Vielleicht steckt da eine gewisse Ironie drin, aber mich macht es bloß traurig.

Irgendwann muss ich mir eingestehen, dass ich nur deinetwegen hier bin. Bei all den Vorbereitungen für diese Reise, dem Training und der Recherche habe ich mir eingeredet, dass ich es für mich tue, um mir selbst dabei zu helfen, Frieden und einen neuen Lebensweg zu finden. Aber du bist derjenige, der mich schon als Kind auf Wanderungen mitgenommen hat. Du warst derjenige, der mit uns Ausflüge zu Nationalparks gemacht hat.

Du warst derjenige, der ständig von seinem Traum erzählte, den John Muir Trail zu wandern.

Also habe ich es mir vielleicht unterbewusst in den Kopf gesetzt, um etwas zu beweisen. Dir, mir selbst, Gott, wer weiß. Aber ich habe deinen Traum verwirklicht. Es war schwieriger, als ich es mir je hätte vorstellen können, und du wirst nie davon erfahren. Weil es mir klar ist, Dad. Mir ist klar, dass du deine Meinung niemals ändern wirst. Was bringt es da, wenn ich mich an falschen Hoffnungen festklammere?

So lange habe ich mich leer gefühlt, dann schuldig, danach traurig, und jetzt habe ich diese Phase der Wut erreicht, die ich besonders hasse, aber allmählich finde ich mich mit der Tatsache ab, dass sie vielleicht nie wieder verschwindet. Vielleicht werde ich nie aufhören, wütend und verletzt zu sein, und das ist scheiße. Es ist unfair.

Aber eine Sache kann ich tun: mich nicht mehr schuldig

fühlen. Wegen meines Kummers, wegen deiner Entscheidung. Es war deine Entscheidung, und zwar allein deine. Und ich werde mich nicht mehr dafür bestrafen.

Hier draußen würde es dir echt gut gefallen, Dad. Nie zuvor war ich in einer so reinen Wildnis. Jeden Tag fühlt man sich Gott nahe. Eine Zeit lang hatte ich ihn hier draußen verloren, aber jetzt spüre ich ihn wieder.

Vielleicht solltest du den John Muir Trail eines Tages auch mal wandern.

Denn du hast mich vielleicht zur Kirche geführt, Dad. Aber zum Glauben habe ich allein gefunden.

Und deine Interpretation von Gott ist eine Katastrophe.

Alexei

Nicht verschickt.

24. Juli

Alexei,

ich habe im Pflegeheim mit dieser Patientin, Charlene, gesprochen. Sie ist dem Ende ziemlich nahe, kann nicht mehr reden oder laufen. Bekommt nicht viel Besuch. Keine Ahnung, ob sie mich überhaupt hören kann. Aber immer, wenn ich mit ihr spreche, stabilisieren sich ihre Werte. Darum denke ich schon, dass ein Teil von ihr mich irgendwie hören kann. Ich schwöre dir, manchmal gibt sie an genau der richtigen Stelle meiner Geschichte ein kleines Grunzen von sich, und dann sage ich: »Oder, Charlene?« Mir gefällt die Vorstellung, dass ich sie zum Lachen bringe.

Ich habe ihr viel von dir erzählt. Von unserer Zeit auf dem Trail und als du hier in Nashville warst. Das hat mir echt geholfen. Gerade heute habe ich von Onkel Jacos Party erzählt, vom Brunch und davon, dass eigentlich alles ganz gut zu laufen schien. Dass ich den Eindruck hatte, du hättest hier in Nashville eine gute Zeit. Manchmal versuche ich nämlich immer noch, dahinterzukommen. Wütend bin ich nicht mehr – zumindest meistens nicht –, und ich wusste ja schon die ganze Zeit, dass du auf jeden Fall wieder zum Trail zurückwolltest. Nur verstehe ich nicht, warum du mir nicht wenigstens einen Zettel dagelassen hast. Du liest es vielleicht nicht gerne, aber Ma hat es schon verletzt, dass du's nicht getan hast. Und ich glaube, Dad auch. Und Carolina haut dir womöglich eine rein, wenn sie dich das nächste Mal sieht, nur so als Warnung.

Allerdings hat Ma auch erzählt, dass du an dem Abend irgendwie seltsam drauf warst, bevor ich nach Hause gekommen bin. Dass ihr einen Film geguckt und gepuzzelt habt und du dann plötzlich krank aussahst.

Das alles habe ich also Charlene erzählt. Wie toll dein Besuch war, und da fiel es mir plötzlich wie Schuppen von den Augen.

Du musst deine Familie schrecklich vermisst haben, Lex, so mit meiner um dich herum.

Wir hätten drüber reden sollen, was das möglicherweise in dir auslöst, bevor wir den Trail verlassen haben. Wir hätten über alles so viel mehr reden sollen.

Ich wünschte, ich würde die richtigen Worte für diese

ganze Situation finden. Obwohl ich auch diesen Brief nicht abschicken werde. Tut mir leid, dass ich mich nicht zu einem echten Brief an dich durchringen kann. Ich kann es nicht genau erklären, aber ich versuche immer noch, auf mein Herz aufzupassen, damit es nicht wieder bricht. Trotzdem wollte ich es aufschreiben. Dass es mir leidtut.

Es tut mir leid, wenn es für dich irgendwie zu schwer war, hier zu sein.

Es tut mir so leid, dass deine Familie dich verlassen hat, Lex.

Und es tut mir leid, dass ich das nicht klarer kommuniziert habe. Dass meine Familie deine niemals ersetzen könnte. Obwohl sie auch deine hätte werden können. Es gibt so viele Möglichkeiten, eine Familie zu finden.

Die Caravalhos haben dich geliebt, Lex. Ein paar von ihnen werden dich immer lieben.

Ben

Nicht verschickt.

27. Juli

Mom,

diesen Brief zu schreiben, fällt mir besonders schwer. Ich dachte, ich könnte dich und Dad in Tahoe City in einem Rutsch erledigen, aber um für dich den Mut aufzubringen, habe ich noch ein paar Tage gebraucht.

Ich weiß, dass du mich vermisst. Das spüre ich tief in meinem Inneren.

Ein Teil von mir wünscht sich, dich wiederzusehen, wenn ich zurück in der Stadt bin. Inzwischen bin ich fast in Nordkalifornien. Ich habe so viele erstaunliche Dinge gesehen. Und dieser Teil von mir wünscht sich, dir das alles erzählen zu können. Vermutlich würdest du Ja sagen, wenn ich dich fragen würde. Wir könnten uns heimlich treffen, ohne Dad, und du könntest mich umarmen und ich dir von meinem Leben erzählen.

Aber das erscheint mir nicht fair, Mom.

Ich möchte, dass du mich offen und aufrichtig liebst.

Nicht nur im Geheimen.

Ich denke, wenn du wirklich wissen wolltest, wo ich bin und wie es mir geht, könnte Alina es dir verraten. Du hättest mir schreiben können.

Ich glaube nicht, dass irgendetwas davon das ist, worum es in unserem Glauben geht, Mom.

Und vermutlich weißt du das auch.

Diesen Brief werde ich nie abschicken, aber wenigstens bin ich so mal alles losgeworden.

Ich hab dich lieb. Ich werde immer hoffen, dass es dir gut geht, dass du gesund und wohlbehalten bist.

Aber ich werde nicht mehr auf dich warten.

Alexei

Nicht verschickt.
Meile 1.255

29. Juli

Lex,

ich habe deinen Brief bekommen, den über Jenn und John Muir, und habe ihn Carolina gezeigt. Ich habe sie beim Lesen beobachtet. Sie hat gelächelt und sich auf die Lippe gebissen. Das macht sie, wenn sie sich konzentriert. Als sie fertig war, hat sie nur geseufzt und gemeint: »Lass uns Eiscreme holen und einen traurigen Film gucken.« Also haben wir das gemacht.

Der Großteil dieses Sommers war gar nicht so schlimm, Lex. Der Job hat geholfen. Ich glaube, ich bin jetzt selbstbewusster, weil ich weiß, dass ich neue Sachen lerne und gute Arbeit leiste. Ted ist ein echt guter Boss. Und ich konnte so viel Zeit mit Carolina verbringen. Dass ich den Trail nicht zu Ende gewandert bin, macht mich immer noch traurig, aber das Loslassen wird von Tag zu Tag leichter. Und ich hätte um nichts auf der Welt auf die Zeit mit Carolina verzichten wollen. Kaum zu glauben, dass sie in ein paar Wochen schon weg ist. Keine Ahnung, was ich dann machen soll. Wahrscheinlich aus dem Keller meiner Eltern ausziehen.

Den Trail loszulassen, fällt mir zwar inzwischen leichter. Dich zu vermissen, ist allerdings noch kein Stück einfacher geworden.

Es gibt da diesen anderen Patienten, Sana. Er kann noch sprechen, entscheidet sich bloß die meiste Zeit über dagegen. Ähnlich wie du. Jedenfalls bringt seine Familie ihm, immer wenn sie zu Besuch kommen, Origami mit. Und jedes Mal leuchten seine Augen auf. Ich habe mir von seiner Schwester ein bisschen was zeigen lassen. Am Anfang war ich ziemlich schlecht – Sanas Schwester hat mich oft ausgelacht –, und bei den fortgeschrittenen Figuren tue ich mich immer noch schwer, aber den Kranich habe ich inzwischen gemeistert. Manchmal, wenn ich abends nicht einschlafen kann, bleibe ich auf und falte all diese Kraniche. Jedes Mal, wenn Ma hier runterkommt und die ganzen Papierkraniche sieht, guckt sie mich an, als wäre mit mir was nicht in Ordnung. Vielleicht stimmt das ja.

Aber bei jedem dämlichen Papiervogel, den ich falte, frage ich mich, welche Vögel du in letzter Zeit so gehört hast, und dann fühle ich mich ein bisschen besser. Ein bisschen leichter, wie deine Vögel.

Ben

Nicht verschickt.

KAPITEL SIEBENUNDZWANZIG

15. August

Ben,

heute ist was ganz Unglaubliches passiert! Ich habe Ruby wiedergetroffen!

Ich konnte es kaum glauben, als ich sie am Wegrand so wie immer über ihren Zeichenblock gebeugt entdeckt habe. Sie hat die High Sierra ausgespart und ist hier in der Nähe von Lassen auf den Trail zurückgekehrt, weil sie »den abgefahrenen Vulkankram« sehen wollte. (Und manches davon ist *echt abgefahren*, Ben, aber total interessant. Ich wünschte, du könntest es sehen.) Ich habe mir alle Zeichnungen angeschaut, an denen sie seit unserem letzten Treffen gearbeitet hat, und ich schwöre dir, es kam mir vor, als hätte sie dadurch ein Stück meiner Seele geheilt.

Sie lässt dich grüßen. Sie hat gefragt, wo du bist, und ich habe ihr erzählt, dass du nach Hause geflogen bist. Dann hat sie gefragt, ob es mir gut geht. Nicht so wirklich, habe ich geantwortet, denn es hat sich schon immer richtig angefühlt, ehrlich zu Ruby zu sein. Wir haben eine Weile geschwiegen, und ein Diademhäher ist auf einem tief hängenden Ast genau gegenüber von uns gelandet. Ich weiß nicht, ob wir beide je einen von denen zu Gesicht bekommen haben, Ben, aber sie sind wunderschön. Sie leuchten im strahlendsten Blau. Es hat mir den Atem verschlagen. Sogar Ruby war beeindruckt.

Schließlich habe ich sie gefragt, ob sie eine Weile mit mir wandern will. Und sie meinte: eigentlich nicht. Da mussten wir beide lachen. Das fühlte sich so unbeschreiblich an, dass ich fast geweint hätte. Wieder bei jemandem zu sein, der mich versteht. Jemandem, der mich schon kannte, als du noch bei mir warst. Auch wenn ich mich fünf Minuten später von ihr verabschiedet habe, auch wenn ich sie wahrscheinlich nie wiedersehen werde. Sie meinte, sie verlässt den Trail bald wieder. Weil sie sich bereit fühlt, nach Hause zu gehen. Weil sie denkt, dass sie genug auf ihren Körper gehört hat. Dass es geholfen hat.

Aber sie noch einmal zu treffen, war wirklich wichtig für mich, glaube ich. Genauso, wie es wichtig war, dich kennenzulernen, Ben, selbst wenn wir uns vielleicht nie mehr wiedersehen. Mit achtzig Prozent der Menschen, denen ich auf dem Trail begegne, komme ich immer noch nicht klar. Vorher, in der echten Welt, hatte ich ja auch schon Schwierigkeiten, mit Menschen in Kontakt zu kommen. Aber ich habe Ruby getroffen. Ich mochte Faraj und Ryan und Leon und denke immer noch manchmal an sie und frage mich, wie es ihnen geht. Ich habe Jenn getroffen. Ich habe *dich* getroffen.

Es wird nie wieder jemanden geben, der genau wie Ruby ist. Und es wird nie, wirklich niemals jemanden geben, der so ist wie du, Ben Caravalho.

Es wird auch nie jemand meine Eltern ersetzen können. Einige Teile von mir werden immer fehlen.

Aber du hast mir beigebracht, dass ich Menschen finden

kann. Dass es andere Menschen in meinem Leben geben wird, die mich verstehen können. Die mich lieben können. Die mir zeigen können, wie wunderbar und überraschend die Welt sein kann.

Das ist ein Geschenk, für das ich mich niemals ausreichend revanchieren kann, egal, wie sehr ich es mir wünsche.

Ich weiß noch genau, wie es war, mich dir zu öffnen, Ruby zu treffen und ihre Zeichnungen zu bewundern, in Londons Wohnung auf dem Flügel zu spielen und mit Jenn zu lachen. Dabei fühlt sich meine Seele groß und voll an.

Und dann denke ich daran, wie vielen Menschen du dich öffnest. Jeden einzelnen Tag. Egal, ob es die Menschen aus deinem engsten Umfeld sind oder die, die du nur für ein paar Minuten triffst. Ich habe über die Patient*innen nachgedacht, mit denen du in deinem neuen Job arbeitest, über die Geschichten, die sie dir wahrscheinlich erzählen, und darüber, wie beruhigend es für sie sein muss, zu wissen, dass du ihnen mit ganzem Herzen zuhörst.

Ich denke an all die Menschen, denen du dich öffnest, und stelle mir vor, dass du für sie alle wie die Sonne bist.

So hat es sich zumindest für mich angefühlt, dich zu kennen. Du strahlst so hell wie die Sonne, und jetzt werde ich für immer ein kleines Stück Sonne aus jenen Wochen in mir tragen, in denen ich neben dir wandern durfte. Wie glücklich ich mich schätzen kann!

Du musst wissen, auch wenn ich Ruby gesagt habe, dass es mir nicht so gut geht, wird die Vorstellung, dass es mir irgendwann besser geht, mit jedem Tag greifbarer. Meine Gedanken kommen immer mehr zur Ruhe, je näher ich

Oregon komme. Ich laufe schneller, als ich es damals in den ersten Tagen für möglich gehalten hätte. Die Meilen ziehen nur so an mir vorbei, ich betrachte den Boden, höre den Vögeln zu, denke an gar nichts und fühle mich ausgeglichen. Als würden der Trail und ich uns endlich verstehen.

Wusstest du, dass manche Wissenschaftler*innen die Pfade, die Tiere und Menschen auf der ganzen Welt nehmen und die von den sorgfältig geplanten und angelegten Straßen der Zivilisation abweichen, *Wunschlinien* nennen? Die Wege, die durch das Herz des Dschungels verlaufen, die Abkürzungen durch Stadtparks bilden. Man kann die Wunschlinien zertrampeln und versuchen, uns darauf zu trimmen, die besser ausgebauten Strecken zu benutzen, aber wir werden unsere eigenen Wunschlinien wieder und wieder neu erschaffen.

Endlich habe ich das Gefühl, dass der PCT meine Wunschlinie ist. Als wären er und mein innerer Kompass endlich – zumindest für den Moment – im Einklang. Es fühlt sich richtig an, ihm zu folgen, bis ich nach Hause komme, bis ich weiß, wie es weitergeht.

Allerdings glaube ich nicht, dass ich auch nur annähernd etwas von dem gefühlt hätte, was der Trail mir jetzt gibt, wenn ich dich nicht zuerst getroffen hätte.

Ich weiß, du hast immer davon gesprochen, wie ich dein Leben gerettet habe. Aber in Wahrheit glaube ich, dass du derjenige warst, Ben, der meines gerettet hat.

Ich hoffe immer noch, dass du mir wieder schreibst. In jeder Poststelle, an der ich vorbeikomme, frage ich nach Briefen von dir. Aber es ist okay, dass du es nicht getan hast. Ich verstehe dich.

Ich möchte nur, dass du es weißt. Wie sehr ich hoffe, dass du auch stets entlang deiner Wunschlinien gehen kannst.

Obrigado, Ben.

Te amo.

Sempre,
Lex

Verschickt aus Castella, Kalifornien.
Meile 1.505

24. August

Alina,

ich nähere mich jetzt Oregon und habe versucht, darüber nachzudenken, was ich tun werde, wenn ich an der Bridge of the Gods ankomme. Eigentlich war ich wild entschlossen, es bis nach Kanada zu schaffen, aber jetzt bin ich ziemlich müde. Nordkalifornien hat mir *sehr* gefallen – es war eine so interessante Kombination aus Wüste, Sierra und auch Heimat.

Aber mein Knie tut weh, und die Haut an meinem linken Fuß ist schon eingerissen. Sobald ich Oregon durchquert habe und die Columbia River Gorge erreiche, komme ich vielleicht einfach nach Hause. Da ich streng genommen nicht an der mexikanischen Grenze gestartet bin, war ich sowieso nie ein richtiger Thruhiker, und zweitausend

Meilen sind ja auch nicht schlecht. Oh Gott! Ich kann kaum glauben, dass ich zweitausend Meilen gewandert sein werde, wenn ich in Cascade Locks ankomme. Der Trail war zwar ganz anders, als ich erwartet hatte, aber ich fühle mich tatsächlich stärker. Und ich bin dankbar, dass ich es trotz aller Mühen und Schmerzen bis jetzt gut überstanden habe.

Wie es weitergeht, wenn ich wieder in Portland bin, weiß ich immer noch nicht. Wohin ich ziehen will. Ich habe dir nie verraten, dass das Teil meines Plans war. Nach dieser Erfahrung irgendwo anders hinzuziehen, irgendwo weit weg. Das bereitet dir hoffentlich nicht zu viel Kummer. Aber ich glaube, es könnte mir guttun, Alina. Ein Neuanfang. Eigentlich hatte ich gehofft, ich wüsste mittlerweile, in welche Richtung mein Leben gehen soll, aber ich muss wohl lernen, dass es okay ist. Dass ich nicht jedes einzelne Detail durchgeplant haben muss. Dass ich es vielleicht nie ganz genau wissen werde. Dass ich vielleicht einfach weiter mein Bestes geben muss.

Was auch immer passiert, wo auch immer ich lande, ich werde wohl versuchen, eine neue Kirche zu finden. Keine Ahnung, ob überhaupt noch irgendeine Kirche für mich infrage kommt, aber vielleicht versuche ich mein Glück.

Denn so, wie ich mich in den letzten Wochen auf dem Trail gefühlt habe, so habe ich mich auch in der Kirche gefühlt. So winzig, aber auf eine gute Art. Wenn du dich so sehr mit dem Universum verbunden fühlst und dir bewusst wird, wie unbedeutend du bist. Traurig ist es nie. Es ist tröstlich. Denn eigentlich ist es doch erstaunlich, dass wir überhaupt hier sind. Ich kann still und klein und unbedeutend sein, und trotzdem bin ich hier. Ich kann immer noch alles sehen. Ich kann zuhören. Es kommt mir so beruhigend vor, klein sein zu dürfen.

Nach dem PCT könnte ich das vielleicht irgendwo in einer Kirche wiederfinden. Oder aber an einem ganz anderen Ort, der gar nichts mit Kirche zu tun hat. Mal sehen.

Ich erzähle dir das nicht, weil du diese neue Kirche mit mir zusammen finden sollst oder so, sondern weil ich glaube, dass du vielleicht der einzige Mensch bist, der das versteht.

Ich hoffe, es geht dir nach wie vor gut. Du fehlst mir. Treffen wir uns auf eine Pizza, wenn ich wieder in der Stadt bin?

Bis bald,
Alexei

Verschickt aus Seiad Valley.
Meile 1.662

28. August

Alexei,

verdammt noch mal. Da hast du echt alle Register gezogen in deinem letzten Brief, was? Ich meine, heilige Scheiße. Wenn es eine Ruhmeshalle für Liebesbriefe gäbe, würde es *Wunschlinien* definitiv reinschaffen.

Den Brief habe ich niemandem gezeigt, nicht mal Julie oder Carolina. Aber ich habe ihn selbst etwa eine Million

Mal gelesen. Seitdem hast du mir nicht noch mal geschrieben, und ich habe das Gefühl, das bleibt auch so. Als wäre der Brief deine Art gewesen, dich zu verabschieden.

Was schade ist. Denn obwohl ich im Sommer noch nicht die richtigen Worte gefunden hatte, habe ich dir inzwischen einiges zu sagen, Lex. Mehr, als jemals in einen Brief passen würde. Trotzdem wäre es wohl ein guter Anfang, wenigstens ein bisschen davon aufzuschreiben.

Was du darüber erzählt hast, gute Menschen in dein Leben zu lassen, hat mich wirklich glücklich gemacht. Denn genau das hatte ich mir für dich erhofft, als ich dich damals in der Wüste dazu gebracht habe, dich auf den Pakt einzulassen. Genau das wollte ich dir zeigen – dass es so viel Gutes in dieser Welt gibt, dass man es üblicherweise auch in Freund*innen findet. Bevor es zwischen uns kompliziert wurde, bevor ich zugelassen habe, mich in dich zu verlieben.

Ich bin nicht die Sonne, oder wie auch immer du es genannt hast. Klar, da draußen gibt es jede Menge beschissene Menschen. Habe ich selbst erlebt, immer und immer wieder, angefangen bei den Scheißkerlen in Deep Creek bis zu den Familien, die ich manchmal hier in Lakeview sehe, die sich darüber zoffen, wer die wertvollsten Besitztümer der Eltern oder Großeltern oder Onkel bekommt, bevor die Angehörigen überhaupt gestorben sind. Ich meine, ich habe fast meine ganzen Zwanziger über im Kundenservice gearbeitet. Ich weiß sehr genau, dass die Menschen nicht nur gut sind.

Aber irgendwo findet man das Gute immer, Lex. Und du verdienst so viel davon, wie du finden kannst.

Woran ich diesen Sommer hart gearbeitet habe – neben dem Job und der Sehnsucht nach dir –, ist, zu glauben, dass ich es selbst auch verdiene.

Ich habe dir nicht viel von meinen früheren Beziehungen erzählt, und das geht auf meine Kappe. Aber die waren nicht ausschließlich toll. Trotzdem habe ich immer all mein Herzblut reingesteckt. Vor allem bei dem einen, Robbie …

In meinen Zwanzigern habe ich viele schlechte Entscheidungen getroffen, aber so lange bei Robbie zu bleiben, war vermutlich die schlechteste von allen.

Als ich es endlich zum PCT geschafft hatte, war ich schon ziemlich ausgebrannt.

Ich hatte mir vorgenommen, eine Pause einzulegen, von Männern, von den schlechten Entscheidungen. Aber dann habe ich dich getroffen, und du hast mir immer wieder das Leben gerettet. Das konnte ich doch nicht einfach ignorieren.

Was ich dir aber eigentlich sagen wollte: Ich mache eine Therapie. Julie hatte das schon ein paarmal vorgeschlagen, jetzt habe ich endlich nachgegeben und es mal ausprobiert. Bin schon den ganzen Sommer dabei. Die Therapie hat mir in vielen Situationen geholfen, je nachdem, was ich mir in der jeweiligen Woche so von der Seele reden wollte. Bei meinem Gefühlschaos wegen dir und dem Trail. Oder beim Durchstehen von irgendwelchem Mist, den ich auf der Arbeit mitansehen muss. (Charlene ist gestorben. Sie ist zwar nicht die erste Patientin, die ich verliere, aber irgendwie hat mich das hart getroffen.) Oder bei der Bewältigung meiner Trauer, die mich wegen Tante Birdie wohl immer noch belastet. Denn zuzugucken, wie Alzheimer jemanden dahinrafft, ist echt hart, und ich schätze, ich habe mich direkt in die Ausbildung zum Krankenpfleger gestürzt, anstatt das wirklich zu verarbeiten.

Aber die meiste Zeit über reden wir von meinen Ex-Freunden.

Ruth, meine Therapeutin, hat mir klargemacht, wie toxisch viele meiner Beziehungen waren, aus den unterschiedlichsten Gründen.

Und dieser Brief von dir, Lex. Der war wie eine Offenbarung für mich. Wegen all der Sachen, die du über Liebe gesagt hast. Darüber, wie ich die Menschen an mich ranlasse. Denn Robbie – tja, Robbie hat das an mir gehasst. Du aber nie, oder? Selbst bei allem, was bei dir und deiner Familie so los war, bist du nie sauer geworden, wenn ich über meine sprechen wollte. Du warst nie genervt, wenn ich stundenlang am Handy hing. Es war einfach … Was mich glücklich gemacht hat, hat auch dich glücklich gemacht. Was ich geliebt habe, hast du auch geliebt.

So viele meiner Ex-Freunde wollten, dass ich Dinge an mir ändere. Und ich habe ihnen geglaubt, dass ich mich bessern muss, mich verändern. Erwachsen werden.

Du wolltest mich nie ändern. Du warst immer nur du selbst. Und wolltest immer nur mich.

Für sehr lange Zeit habe ich zugelassen, dass man mir das Herz bricht, weil ich nicht wusste, was ich sonst tun sollte. Ich habe zugelassen, dass sie mich verlassen und verletzen, weil ich gelernt hatte, dass das eben so läuft. Und weil ich irgendwo in meinem Inneren dachte, ich verdiene es nicht anders.

Aber inzwischen glaube ich, dass ich mehr für mein Glück einstehen muss. Mein Herz flicken, weißt du? Ich war so besessen von all meinen schlechten Entscheidungen, dass ich mir nicht oft genug die Möglichkeit gegeben habe, auch mal gute zu treffen.

Und weißt du, Lex, es ist echt nicht fair. Dass du die Entscheidung getroffen hast. Dich zu verabschieden (oder eben nicht). Es wird Zeit, dass ich mal mitrede.

Außerdem: Ich habe gehört, dass es im Nordwesten ein paar Wasserfälle gibt, die ich unbedingt sehen muss.

Ben

Nicht verschickt.

III

GRENZE OREGON–WASHINGTON

Meile 2.154
September

KAPITEL ACHTUNDZWANZIG

Der Weg vom Mount Hood hinunter ins Tal der Columbia River Gorge, der niedrigsten Erhebung des gesamten PCTs, bescherte Alexeis Knie immer mehr Schmerzen, und zwar Meile um Meile des brutal steilen Abstiegs. Als er sich Cascade Locks näherte, der letzten Station des PCTs in Oregon, bevor die Bridge of the Gods die Hiker nach Washington führte, musste Alexei beinahe darüber lachen, wie antiklimaktisch es sich anfühlte. Das könnte womöglich das Ende von allem sein: der letzte Tag, an dem er den PCT wanderte, zumindest vorläufig. Er näherte sich dem Terrain, das er gut kannte, den Panoramen, Bäumen und Moosen, die seine Kindheit geprägt hatten.

Zu Hause.

Zweitausend Meilen hatte er zurückgelegt, um hierherzukommen.

Hatte seinen Plan immer wieder revidiert.

Und alles, was er wollte, war, sich hinzusetzen und ein heißes Bad zu nehmen.

Alexei verließ den Weg an einer Kreuzung, die die Wandernden in eine ruhige Straße von Cascade Locks führte, ein paar Blocks von der Brücke entfernt. Er war auf halbem Weg die Straße hinunter und überlegte gerade, was er nun tun sollte – vielleicht im Best Western nach einem freien Zimmer fragen und sich ausruhen, bevor er endgültig entschied, ob er seine Tour hier beendete oder nach Washington weiterzog –, als jemand seinen Namen rief.

»*Verflixt* noch eins, Alexei!«

Alexei erschreckte sich halb zu Tode.

Und riss die Augen auf, als er sie entdeckte.

»Alina?«

Sie kam die Straße zu ihm entlanggerannt, ihr goldblondes Haar wehte im Wind.

»Manno!«, stöhnte sie und stampfte mit dem Fuß auf, als sie ihn erreichte. »Ich hab schon damit gerechnet, dass du zu schnell läufst und mich überholst! Du bist echt unmöglich.«

»Dich überholen?«, wiederholte Alexei immer noch perplex.

Das letzte Mal hatte er Alina vor Hunderten von Meilen geschrieben.

»Woher wusstest du überhaupt, dass ich heute hier ankommen würde? Also, genau in diesem Augenblick? Bist du Hellseherin?«

»Ich lasse deinen GPS-Tracker nicht mehr aus den Augen, seit du wieder einen Fuß nach Oregon gesetzt hast, du Pappnase.« Sie schüttelte den Kopf und stemmte die Hände in die Hüften. »Na ja, vorher auch schon nicht.«

»Oh.« Er blinzelte.

»Ja, es funktioniert nicht immer einwandfrei, aber normalerweise kann ich ungefähr abschätzen, wo du bist. Darum habe ich gesehen, dass du nicht mehr weit weg bist, weil du vor ein paar Tagen in der Nähe von Timberline warst, und argh, ich dachte, ich warte hier auf dich! Sobald du den Trail verlässt! Und dann kommst du mir um … wie viel? Fünf Minuten zuvor? Das ist so typisch. Dafür werde ich dich ewig hassen.«

»Ähm. Tut mir leid?«

»Das sollte es auch. Außerdem hab ich dich lieb.«

Mit diesen Worten sprang Alina nach vorn und warf ihm die Arme um den Hals. Dieses Zeichen der Zuneigung löste ihn aus seiner verdatterten Starre und machte ihm klar, dass das hier echt war. Er hatte das seltsame Verlangen, seine Schwester im Kreis herumzuwirbeln, wenn nur sein Rucksack nicht so verdammt schwer wäre und seine Knie nicht so verdammt wehtäten.

»Alina«, murmelte er ihr ins Haar und kämpfte gegen die Tränen an. Ohne nachzudenken, rutschte ihm auf Russisch heraus: *»Ya saskuchilsa po tebe, Alinachka.«*

»Ich hab dich auch vermisst, *Alyosha.*« Sie schlang ihm die Arme noch etwas fester um den Hals.

Als er sich wieder gefangen hatte, fügte er hinzu: »Danke, dass du hergekommen bist.«

»Natürlich bin ich hergekommen!« Sie trat einen Schritt zurück und schielte zu ihm herüber. »Da hast du mich doch drum gebeten. Wir holen uns ein Eis bei Eastwind, oder nicht?«

»Das habe ich nicht …« Alexei schüttelte den Kopf. Und grinste. »Ja. Ja, auf geht's.«

Und so ging er mit seiner Schwester die Moody Avenue hinunter in Richtung Wa Na Pa Street, und mit jedem Schritt schmerzten seine Knie ein bisschen weniger.

Bei Eastwind angekommen, mussten sie Schlange stehen, was nicht weiter verwunderlich war, immerhin war Alexei ausgerechnet am Wochenende in Cascade Locks angekommen. Es war ein warmer Septembernachmittag, und alle wollten noch die letzten sommerlichen Momente auskosten. Und nichts stand im Nordwesten so sehr für den Sommer wie ein Softeis aus dem Eastwind Drive-In, wo selbst die kleine Portion so groß wie ein Kleinkind ausfiel. Alexei hatte noch nie erlebt, dass jemand die große Portion tatsächlich aufgegessen hatte. Einerseits eine ungeheure Verschwendung, aber gleichzeitig hatte es auch etwas Unbeschwertes und Amüsantes an sich. Als Alexei jetzt mit Alina in der Schlange stand, war er überglücklich.

Nachdem die beiden ihr Eis bestellt hatten – jeweils ein einfaches Schoko-Vanille-Twist, dazu eine Portion Kartoffel-Käse-Bällchen für Alexei –, setzten sie sich an einen Picknicktisch, wo man das Plätschern des Flusses hören und Alexei seinen Rucksack abstellen konnte. Sie nahmen beide ihren ersten Bissen. Alina ging natürlich direkt aufs Ganze und verschlang in einem Rutsch die komplette Spitze, während Alexei wie immer vorsichtig am Rand entlangschleckte, um vorsorglich das Wettrennen gegen das Heruntertropfen zu beginnen.

Wenn er ein Handy hätte, würde er diesen Moment mit einem Foto festhalten, seine Schwester, das Eis und den Columbia River, und vielleicht wäre das sogar sein allererster Instagram-Post.

»Also«, begann Alina, nachdem ein paar schweigsame Minuten des Eisessens verstrichen waren. »Ich bin natürlich gekommen, um mich zu vergewissern, dass du noch lebst. Aber ich wollte dir auch sagen, dass du ein guter Bruder bist. Denn in deinem ersten Brief klang es so, als wärst du dir da nicht sicher. Was vollkommen absurd ist.«

Alexei schnaubte.

»Alina. Ich habe unsere Familie buchstäblich in Stücke gerissen.«

»Was laberst du denn da? Alexei, *du* hast überhaupt nichts getan. Unsere *Eltern* haben unsere Familie in Stücke gerissen. Das ist nicht deine Schuld, okay?«

Er schaute auf seine Füße. Eigentlich war ihm bewusst, dass sie recht hatte. Die letzten zweitausend Meilen war er damit beschäftigt gewesen, sich genau das immer und immer wieder zu sagen. Aber wie er mit Alina umgehen sollte, da hatte er immer noch keinen Plan.

»Das weiß ich«, erwiderte er schließlich. »Aber danke, dass du es ausgesprochen hast.«

»Alexei …« Alina biss sich auf die Lippe. »Ich weiß, dass die Situation unangenehm war, bevor du gegangen bist. Wirklich super-duper-unangenehm, und es tut mir echt leid. Ich wünschte, ich wäre mehr für dich da gewesen. Es war bloß auch für mich eine Menge zu verarbeiten, und ich hatte keinen Schimmer, wie ich mich verhalten sollte, aber Alexei … Das hätte ich vermutlich zuallererst sagen sollen: Du weißt, dass ich absolut kein Problem damit habe, dass du schwul bist, oder?«

Alexei warf ihr einen kurzen Blick zu.

»Das habe ich schon vermutet, aber ganz sicher war ich mir nicht.« Er kratzte sich am Kinn. »Es hat sich nicht *angefühlt*, als hättest du ein Problem mit mir, aber andererseits sind wir in derselben Kirche groß geworden, bei denselben Eltern … Keine Ahnung. Ich hätte es dir nicht übel genommen, wenn du auch nur ansatzweise was dagegen gehabt hättest.«

»Hab ich aber nicht, okay?« Auf ihre trotzige Bemerkung ließ Alina ein wütendes Schnauben folgen. »Mein Gott, unsere Eltern, unsere Kirche – die sind in dieser Hinsicht einfach total rückständig. Ich meine …« Sie fuchtelte mit der freien Hand in der Luft herum. »Komm schon! Verstehst du?«

Alexei lächelte, und ihm wurde ganz warm ums Herz. »Ja, ich verstehe.«

»Und trotzdem«, fuhr Alina ein oder zwei Dezibel leiser fort und schlug die Beine übereinander, »habe ich ... es irgendwie immer schon vermutet.«

»Ja?«, fragte Alexei, dabei überwog die Neugier alles andere. »Seit wann?«

»Weiß nicht. Seit du in der Highschool warst und ich in der Middleschool, vielleicht? Ich hab immer überlegt, ob du vielleicht in Mikhail aus der Jugendgruppe verknallt warst.«

Fassungslos stützte Alexei die Ellbogen auf den Tisch.

»Oh mein Gott. Ich war *tatsächlich* in Mikhail aus der Jugendgruppe verknallt.«

Alina kicherte. »Er war ja auch echt süß.«

Alexei grinste. »Stimmt, das war er.«

»Eigentlich«, erklärte Alina, »wollte ich auch mit dir darüber reden. Dass du dich abgekapselt hast von ... uns allen, ist völlig verständlich, wirklich. Aber es hat sich herumgesprochen, was zwischen dir und Mom und Dad passiert ist. Und ja, manche alte Bekannte, manche Leute in der Kirche, verhalten sich deswegen wie richtige Arschlöcher.«

»Alina!« Alexei schnappte bei dem Schimpfwort halb nach Luft, halb lachte er auf.

»Was denn?«, blaffte sie. »Ich bin inzwischen erwachsen, Alexei! Manchmal fluche ich eben! Und sie *sind* Arschlöcher, dafür gibt es kein anderes Wort.«

»Okay.« Alexei lächelte. »Schon gut.«

»Worauf ich eigentlich hinauswollte: Ein paar deiner alten Freund*innen fühlen sich wirklich schrecklich. Sie sind *keine* Arschlöcher und wollen wieder Kontakt mit dir, sich vergewissern, dass es dir gut geht, und klarstellen, dass sie auch nicht finden, dass Homophobie das ist, wofür unser Glaube steht.«

Das musste Alexei erst mal verarbeiten. Natürlich wusste er das zu schätzen. Es erleichterte ihn.

Gleichzeitig gab es einen Grund, warum Alina von seinen »alten« Freund*innen aus der Jugendgruppe gesprochen hatte. Vielleicht würde er ihnen Bescheid geben, dass es ihm gut ging. Aber sie hatten sich schon seit einer Weile auseinandergelebt. Wenn er an sie dachte, hatte er nicht das gleiche Gefühl in der Brust, das er beim Brunch in Nashville für Laynie und Khalil empfunden hatte, das gleiche Wohlbehagen, das er in Londons und Dahlias Wohnung verspürt hatte. Gerade diesen Gefühlen wollte er jetzt mehr Raum geben.

»Und ich würde dir gerne bei der Suche nach einer neuen Kirche helfen, wenn du magst«, bot Alina nach einem Moment der Stille an. »Ich verstehe, wenn du das alleine machen willst. Aber … mir könnte es auch guttun.«

Alexei nickte.

»Das wäre sehr schön.«

Ein paar Augenblicke vergingen, bevor er durchatmete und die eine Frage stellte. Weil er spürte, dass Alina es erwartete. Denn wenn er es ein letztes Mal laut fragte, könnten sie womöglich damit abschließen.

»Geht es ihnen gut?«

Alina sah zu Boden und antwortete genauso leise, wie Alexei gefragt hatte.

»Ich besuche sie nicht mehr so oft. Vielleicht alle zwei Wochen, wenn überhaupt. Ich gehe nicht … Ich gehe nicht mehr mit ihnen zur Kirche. Die Lage ist angespannt. Ich glaube, Mom steht kurz davor, einzuknicken. Ich kann es in ihren Augen erkennen, weißt du?«

Alexei seufzte.

»Aber ohne seine Erlaubnis wird sie nichts unternehmen.«

»Ja«, flüsterte Alina. »Das glaube ich auch.«

»Ich mache mir keine Hoffnungen mehr«, sagte er nach einem kurzen Moment. »Diese Hoffnung auf etwas, das vielleicht nie eintreten wird, laugt mich aus, verstehst du? Ich werde mein Leben nicht mit der Hoffnung auf sie vergeuden.«

Alina schwieg einen Moment. Dann nickte sie.

»Richtig.« Sie schaute zu ihm hinüber, ein trotziges Funkeln in den Augen. »Das solltest du auch nicht. Und ich genauso wenig.«

Sie reichte ihm die Hand und verwob ihre Finger miteinander.

»Richtig«, wiederholte sie leise, als würde sie mit sich selbst sprechen. »Gut.«

Alexei drückte ihre Hand.

»Aber mich wirst du nie wieder los«, fügte sie hinzu. Alexei lächelte. Er nahm das Versprechen in sich auf, bis es sich tief in ihm verankert hatte.

Ihre Waffeln waren zur Hälfte verspeist, und der Kampf gegen die tropfende Vanille-Schoko-Mischung entschied sich mittlerweile eindeutig zugunsten der Eiscreme. Sie hielten noch ein paar Minuten dagegen, bis Alina Alexeis Hand losließ, um die klebrigen Reste in eine Serviette zu wickeln und sie in den Mülleimer zu werfen. Alexei aß triumphierend die letzten Bissen auf, als sie zurückkam, und warf seine schokoladenverschmierten Hände in die Luft.

»Dir ist schon bewusst, dass du ein echt schräger Typ bist,

oder? Und trotzdem wirst du für mich immer der coolste Mensch der Welt sein.«

Alexei verschluckte sich beinahe, als die letzten Waffelreste sich ihren Weg durch seine Speiseröhre bahnten.

»Du findest mich *cool*?«

»Mein Gott, Alexei, manchmal hast du echt ein Brett vorm Kopf. Du bist mein großer Bruder! Ich habe dich immer vergöttert, und es ist krass, dass du das nicht weißt. *Natürlich* erinnere ich mich daran, wie du mir die Little Debbies gekauft hast. Das war das coolste Weihnachten meines ganzen Lebens! Du warst schon immer viel schlauer als ich und viel talentierter, was Musik angeht. Es war schwer, mit dir mitzuhalten. Und inzwischen? Du warst nicht nur mutig genug, dich vor unseren ignoranten Eltern zu outen, sondern bist auch noch den *Pacific Crest Trail* gewandert?! Ich verrate dir das jetzt nur, weil du verdammt scheiße aussiehst und abartig stinkst, also zwing mich bloß nicht, das noch mal zu wiederholen, aber ich bin so stolz auf dich, dass ich anfangen könnte zu heulen.«

Sie fing nicht an zu heulen.

Alexei dafür schon. Und dann lachte er, weil auch das sich irgendwie richtig anfühlte.

»Keine Angst.« Er schniefte an ihrer Schulter, als sie ihn erneut umarmte. »Ich werde dich nicht zwingen, irgendwas davon zu wiederholen.«

Sie drückte ihn noch fester.

»Würde ich aber, wenn nötig.«

»Ich weiß. Dass ich genauso stolz auf dich bin, weißt du aber auch, oder?«

»Ja«, sagte sie, und Alexei fand, dass ihre Stimme womöglich auch etwas belegt klang. »Ich weiß.«

Schließlich trat Alina einen Schritt zurück. Beide wischten sich die Augen und lachten noch ein bisschen weiter.

»Wie auch immer«, sagte sie. »Ich will dich ja nicht drängen, aber du musst jetzt über die Brücke gehen.«

»Was?« Alexei lachte noch lauter. »Nur, weil du mich zum Weinen gebracht hast, heißt das nicht, dass du hier plötzlich der Boss bist. Eigentlich wollte ich hier eine kleine Pause einlegen. Der Weg vom Mount Hood hierher war brutal, Alina. Ich meine es ernst, ich kann kaum noch laufen.«

»Nein.« Grinsend schüttelte sie den Kopf. »*Ich* meine es ernst, Alexei. Du musst jetzt diese Brücke überqueren.«

Alexeis Lächeln erlosch.

»Warum muss ich die Brücke überqueren, Alina?«

»Das verrate ich dir nicht«, sagte sie und wippte auf den Zehenspitzen, wobei ihr Grinsen von einem Ohr zum anderen reichte.

Moment mal.

Was …

Doch bevor er weiter protestieren konnte, umarmte sie ihn ein letztes Mal, diesmal kurz und schmerzlos, und rief ihm über die Schulter »Ich hab dich lieb!« zu, bevor sie über den Parkplatz davonlief und Alexei allein am Picknicktisch zurückließ, völlig verwirrt und mit einem Schoko-Vanille-Softeis, das ihm schwer im Magen lag.

Alexei brauchte lange, um vom Picknicktisch aufzustehen.

Seine Schwester war hier gewesen – und dann wieder weg. Er brauchte Zeit, um das zu verdauen und sich zu vergewissern, dass das wirklich passiert war.

Auf den letzten paar Hundert Meilen hatte er sich so ausgeglichen gefühlt. War stolz gewesen auf das, was er erreicht hatte. Darauf, wie weit er gekommen war. Er blickte sogar vorsichtig optimistisch in die Zukunft.

Aber Alina wiederzusehen, zu wissen, dass sie immer noch hier war, immer noch seine Schwester, seine Freundin …

Er stieß ein leises Schluchzen aus. Oh, Gott. Er war bereit gewesen, sich seiner Zukunft allein zu stellen. Doch zu wissen, dass er das nicht musste, fühlte sich so unglaublich gut an.

Alexei blieb noch ein bisschen länger sitzen. Er verdaute das alles noch ein bisschen gründlicher.

Und dann blieb er weiter sitzen.

Zu seiner Verteidigung: Die Knie taten ihm wirklich weh.

Schließlich stand er doch auf. Holte tief Luft. Schüttelte die Arme aus.

Er hob seinen Rucksack auf.

Alina hatte ihm gesagt, er solle die Brücke überqueren. Alina hatte ein Geheimnis. Und Alexei hatte genau eine Vermutung, was das für ein Geheimnis sein könnte.

Auch wenn es völlig abwegig schien.

Allein die Vorstellung tat schon weh.

So oder so musste er wohl noch ein Stück weitergehen, um es herauszufinden.

Mit jedem Schritt, den er über die Bridge of the Gods machte, fiel ihm das Atmen schwerer. Der Columbia River floss zu seinen Füßen, blaugrün und majestätisch in der Septembersonne. Die Autos schlängelten sich vorsichtig um ihn herum.

Alexei war schon einmal hier gewesen – er wusste genau, wie es auf der anderen Seite aussah. Das grün-weiße »Willkommen in Washington«-Schild, die eichelförmige PCT-Markierung, die Pfeile, die nach rechts Richtung Stevenson und nach links Richtung Vancouver zeigten.

Nur diesmal …

Oh. Gütiger Gott.

Da stand er. Gegen einen schwarzen Mietwagen gelehnt, der direkt neben der Zufahrt zur Brücke im Kies geparkt war.

Alexei hielt kurz inne und stützte die Hände auf die Knie. Seit ungefähr dreihundert Meilen hatte er mit niemandem mehr gesprochen, dann erst Alina und jetzt …

Er war kurz davor, in Ohnmacht zu fallen. Nur, dass diese Brücke ungeheuer hoch war, sodass er definitiv sterben würde, wenn er hinunterfiele, und falls er in die andere Richtung taumelte, würde er bestimmt von einem Auto überfahren werden, und Ben Caravalho hatte schon zu viele Todesfälle miterlebt.

Zumindest nahm Alexei an, dass Ben nicht den ganzen Weg hierhergekommen war, um ihn sterben zu sehen.

Lange Zeit war er sich nicht sicher gewesen, ob Ben ihn hasste oder nicht. Der eine Brief von ihm war so kurz und unleserlich gewesen, dass man ihn kaum als Brief bezeichnen konnte. Danach hatte er nichts mehr geschrieben, und das war auch verständlich. Es wäre für Ben wahrscheinlich sowieso nicht so einfach gewesen, herauszufinden, wo Alexei sich gerade aufhielt, selbst wenn er ihm hätte schreiben wollen.

Auch wenn er, wie Alina, anscheinend genau wusste, wo er Alexei heute finden würde.

Ben und Alina mussten unter einer Decke stecken.

Und man würde doch nicht mit jemandes Schwester unter einer Decke stecken, wenn man ihn hasste, oder?

Trotzdem. Vielleicht war Ben nur hier, weil er Alexei persönlich anschreien wollte. Und das wäre sogar verständlich. Alexeis Abgang an jenem Abend war grausam gewesen. Er hatte es verdient, angeschrien zu werden.

Vielleicht …

Endlich drehte Ben den Kopf. Er stieß sich vom Auto ab und wandte sich ihm zu.

Jesus, Maria und Josef, wie Iris Caravalho sagen würde.

Alexei holte tief Luft.

Er machte einen Schritt nach vorne. Setzte einen Fuß nach Washington. Auf den Mann zu, den er liebte.

Als er sich näherte, wischte Ben sich die Handflächen an seinen Shorts ab und stopfte sie in die Gesäßtaschen. Er schaute Alexei unter seinen dunklen Wimpern hervor an.

Als er nur noch anderthalb Meter von Ben entfernt war, blieb er mit an den Handgelenken baumelnden Trekkingstöcken stehen.

»Hi.«

»Lex«, erwiderte Ben, und der Effekt davon riss Alexei fast um. »Hey.«

Ben sah zu Boden und wippte mit den Füßen.

»Ich dachte … Du warst bei mir in Nashville, in meiner Heimat. Also fand ich es nur fair, dass ich dich hier treffe, im Bundesstaat, in dem du geboren wurdest.«

Oh Gott. Er sah gut aus. Für einen kurzen Augenblick hatte Alexei vergessen, wie gut Ben eigentlich aussah.

»Ich wollte dich mit einer großen Geste zu Hause willkommen heißen, aber ich kann weder Gitarre spielen noch so schreiben wie du, also …« Ben sah Alexei an. Nahm die Hände aus den Taschen. Beinahe wirkte er schüchtern.

»Lex, ich hab mich gefragt, ob du ein paar Schritte mit mir gehen würdest.«

KAPITEL NEUNUNDZWANZIG

Ben umklammerte das Lenkrad. Bis zu dem kleinen Städtchen North Bonneville waren es nur noch ein paar Meilen, nur noch über den Bonneville-Damm. Er war schon den ganzen Morgen hier, Alina hatte ihm Updates zu Alexeis GPS-Standort geschickt. Er hatte alles vorbereitet. Geprobt, was er sagen wollte, wenn Alexei endlich über die Brücke kommen würde.

Alexei war zu ihm ins Auto gestiegen. Alles lief so glatt, wie es nur konnte, gemessen an der Ich-überrasche-den-Mann-den-ich-liebe-der-vor-ein-paar-Monaten-wortlos-aus-meinem-Elternhaus-verschwunden-ist-Skala.

Trotzdem, als sie jetzt schweigend die Straße entlangfuhren, Ben sie durch North Bonneville navigierte und dann hinter einem Little-League-Baseball-Feld parkte, konnte er nicht mit Sicherheit sagen, ob er Alexei nicht gleich vor die Füße kotzen würde, wenn sie ausstiegen.

Er sah so gut aus. So stark und ruhig. Sein Bart war noch zotteliger als vorher. Er roch furchtbar. Ben wollte ihn unbedingt küssen.

Den Rucksack ließ Alexei im Auto. Er wusste offensichtlich, wo sie waren, und lächelte verhalten, als sie sich dem Trail-Anfang näherten. *Strawberry Island* hieß er. Das Lächeln war ein gutes Zeichen.

Und als sie durch das offene, windige Weideland wanderten, wogende Wildblumen und alle Hektik hinter sich ließen, dauerte es zu Bens großer Erleichterung nur wenige Augenblicke, bis es sich wieder vertraut anfühlte. Neben Alexei zu wandern, war vertraut. Sich von seiner Stille umhüllen zu lassen. Sie sein aufgeregtes Herz besänftigen zu lassen.

Und während sie wanderten und Ben immer wieder zu ihm herüberspähte, sah er es. Spürte er es. Dass Alexei Lebedev seinen Frieden gefunden hatte. Seine Schultern waren entspannt, das kleine Lächeln schien auf seinen Lippen festzukleben.

Ben schluckte den Kloß im Hals hinunter. Er musste erst etwas loswerden. Jetzt war noch nicht die Zeit, zu weinen.

Er führte sie über einen Weg durch eine Pappellichtung auf die Spitze der Insel zu. Der Puls wummerte ihm in den Schläfen.

Als sie sich einer Bank am Trail-Ende näherten, atmete Ben erleichtert auf, denn alles sah noch so aus, wie er es zurückgelassen hatte.

Alexei geriet ins Taumeln. Ein paar Schritte vor der Bank blieb er stehen und sah hoch in die Bäume. Hinauf zu den batteriebetriebenen Lichterketten, die Ben dort heute Morgen aufgehängt hatte, mit einer Trittleiter, die Alina ihm geliehen hatte und die jetzt gerade hinter einer der Tannen lehnte. Zu den unzähligen Papierkranichen, die unter den Lichtern befestigt waren und die Ben in einem lächerlich großen Karton im Flugzeug hierhertransportiert hatte.

Er hatte befürchtet, dass der Effekt vielleicht nicht imposant genug wäre, wenn Alexei mitten am Tag ankam, doch hier auf der Lichtung war es schon ein wenig dämmrig, außerdem hatte der Himmel über dem Fluss sich zugezogen. Man sah gerade noch die blaugrau verhangenen Spitzen der Columbia Mountains. Rechts von ihnen ragte der Hamilton

Mountain empor, der Monolith des Beacon Rock State Parks. Sie waren vollkommen allein hier, und es fühlte sich …

Alexei hatte die Stirn gekräuselt. Da war die kleine Falte, die Ben so liebte.

Dann wurde ihm plötzlich ganz anders. Er hatte zwar gehofft, das hier wäre romantisch, aber womöglich war es für Alexei auch zu viel. Er mochte keine Überraschungen, war schnell überwältigt.

»Hey.« Ben trat auf ihn zu. »Lex. Alles okay?«

Als Alexei nicht reagierte und bloß weiter in die Bäume starrte, setzte bei Ben die Panik ein. »Tut mir leid«, platzte er heraus. »Ich weiß, das ist ein bisschen speziell. Unsere Schwestern dachten, das wäre eine gute Idee, aber …« Über die Schulter sah er zur Bank, auf der ein billiger Korb voller Fruit Loops und Gummibären wartete. Einerseits freute er sich, dass nichts davon der Eichhörnchen-Mafia zum Opfer gefallen war, andererseits hätte er sich vielleicht einfach mit Alexei auf einen Tee zum Reden treffen sollen.

Doch als er sich wieder zurückdrehte, schaute Alexei ihn endlich an. Und er lächelte. Verhalten, aber es zählte.

»Kraniche.«

Ben stieß die Luft aus. »Kraniche«, bestätigte er. Und dann: »Sollen wir uns setzen?«

»Ja«, antwortete Alexei umgehend. »Ja, das klingt gut.«

Schnell versuchte Ben, den Korb hinter der Bank verschwinden zu lassen, bevor Alexei ihn entdeckte, doch zu spät. Alexei schnappte ihn ihm aus der Hand und stellte ihn sich auf den Schoß. Ben ließ sich neben ihn sinken, darauf bedacht, ihm genug Raum zu geben und nicht zu viel zu zappeln.

Alexei starrte auf die Auswahl an Süßigkeiten herab. »Warum?« Er suchte Bens Blick. »Warum machst du das alles? Ich bin doch derjenige, der sich entschuldigen sollte.«

Ben winkte ab. »Du hast dich in deinen Briefen ausreichend entschuldigt. Und ich wollte es gerne.«

Alexei runzelte die Brauen. »Die Briefe waren nicht ausreichend. Es tut mir so leid, Ben.«

»Das weiß ich, Lex.« Weil er einfach nicht still sitzen konnte, drehte er sich zu ihm und zog ein Knie auf die Bank. »Ich muss immer wieder dran denken, wie du mitten in der Nacht gegangen bist, ganz alleine, und …« Er schüttelte den Kopf. »Das war nicht meinetwegen, oder? Du warst verletzt. Es muss so wehgetan haben.«

Alexei atmete ein, tief und langsam, und senkte den Blick wieder zu den Fruit Loops.

»Nein, es war nicht deinetwegen. Aber trotzdem hätte ich an dich denken sollen, als ich gegangen bin. Was es mit dir machen würde. Ich wollte dir nicht wehtun.«

»Ich weiß.« Ben musste die Finger in die Handflächen graben, um nicht nach Alexeis Hand zu greifen. »Mir tut es übrigens auch leid. Dass ich nicht sofort nach dem Anruf was von dem Job gesagt habe.«

Es war beinahe albern, jetzt darüber zu reden. Das alles schien schon lange hinter ihnen zu liegen. Doch Alexei nickte ernst, als wäre er dankbar. »Wie ist der Job?«

»Gut.« Einen Augenblick lang vergaß Ben, dass er Alexei noch nicht wirklich davon erzählt hatte. Dass er die Briefe nie verschickt hatte. »Eigentlich sogar großartig.«

»Gut.« Wieder ein ernstes Nicken. »Und Carolina?«

»Ihr geht's auch gut. Aber …« Ben holte tief Luft. »Können wir vielleicht über uns reden?«

Alexei erstarrte. Sah auf den Fluss hinaus. Irgendwo über ihnen erklang ein liebliches Pfeifen und übertönte das entfernte Tosen vom Highway.

»Einsiedlerdrossel«, murmelte Alexei.

Wieder hätte Ben beinahe geweint.

Doch stattdessen sagte er: »Alexei, erst mal tut es mir leid, dass wir nicht drüber gesprochen haben, was es mit dir machen könnte, wenn wir nach Nashville fahren und meine Familie treffen. Das war schwer für dich, oder? Ja, ganz bestimmt«, plapperte er weiter, bevor von Alexei eine Antwort oder wieder so ein trauriges Nicken kommen konnte, das Ben in Zeitlupe das Herz rausriss. »Ich hoffe, das klingt jetzt nicht von oben herab, aber du sollst wissen, dass meine Familie dich immer auffangen kann, Lex. Heißt nicht, dass sie deine eigene ersetzen soll. Aber egal, was nach heute passiert, bei den Caravalhos in Nashville wirst du immer ein Zuhause haben. Versprochen. Und ...«

Ben schob seine Ärmel hoch. Wollte gerade fortfahren, doch Alexei unterbrach ihn.

»Ben.« Seine Stimme war so leise, dass Ben ganz still wurde. »Ben, was ist das?«

Er schaute hinab. Oh. Alexei hatte den Schnabel entdeckt.

Er zog den Ärmel bis zum Ellbogen hoch, damit Alexei das ganze Tattoo sehen konnte. Den bauschigen Körper, den schwarzen Kopf. Die verschlungenen Muster auf den Federn, die zum Bauch und Schwanz hin dunkler wurden. Das Tattoo war mittlerweile verheilt, die Linien klar, der dunkle Vogelkopf ein krasser Kontrast auf seiner Haut. Der Tätowierer, ein Kumpel von Khalil, hatte fantastische Arbeit geleistet.

Trotzdem wurde Ben ein wenig verlegen. Er hatte nicht geplant, es hier und jetzt zu präsentieren. Eigentlich hatte er bei der Planung dieses Trips überhaupt nicht daran gedacht. Dabei hätte er das mal besser, denn … natürlich würde Alexei es sehen.

»Das ist eine Winterammer.«

»Ich weiß.« Alexeis Stimme war so leise wie die Wüste am Morgen.

Ben fuhr mit dem Finger über die *700*, die genau unter der Brust des Vogels prangte.

»Ich wollte was, das mich an den Trail erinnert. Schon klar, siebenhundert Meilen sind nicht mal annähernd zweitausendsechshundert, aber trotzdem mehr, als ich jemals in meinem Leben am Stück gewandert bin.«

»Aber …« Alexei runzelte die Stirn. »Ich hab nicht … Wir haben gar nicht so viele Ammern gesehen.«

Ben schwieg einen Moment lang und starrte weiter auf seinen Arm. Beim Gespräch mit dem Tätowierer hatte es sich richtig angefühlt. Auch als die Nadel ihm unter die Haut gefahren war. Es hatte sich angefühlt wie etwas, das er nur für sich selbst tat. Und er musste jedes Mal grinsen, wenn er den verdammten Vogel sah.

Letztendlich entschied er sich für die Wahrheit.

»Du findest sie hübsch.«

Alexei guckte ihn mit großen Augen an.

»Du erinnerst dich daran, dass ich das gesagt habe? Das war …« Er schüttelte den Kopf. »Vor einer Ewigkeit.«

»Natürlich, Lex. Ich erinnere mich an alles, was du sagst.«

Er zog den Ärmel wieder über den Arm. Ein paar Sekunden verstrichen. Was hatte Ben sagen wollen?

»Ist es okay, wenn ich für den nächsten Teil aufstehe?« Er stand bereits und schüttelte die Hände aus. Er war bereit.

Da stand er, vor Alexei mit dem Korb voller Süßigkeiten

im Schoß, und plötzlich überkamen ihn doch wieder Sorgen. Genau wie den ganzen Flug über. Wie schon den ganzen Morgen über, während er all die Lichter und Kraniche aufgehängt hatte. Dass all das hier zu viel war. Dass Alexei womöglich schon abgeschlossen hatte. Dass er Ben womöglich nicht mehr wollte.

Doch dann dachte er an das *Te amo* aus Alexeis Brief. An das *sempre*. Also legte er los.

»Lex. Ich hab dir zwar noch nicht viel über meine früheren Beziehungen erzählt, aber es lief nicht immer gut. Ich hab diesen Sommer mit einer Therapie angefangen und ein paar Sachen aufgearbeitet.« Er befeuchtete sich die Lippen, schluckte. »Ich will ehrlich sein: Als du in der Nacht einfach abgehauen bist, bin ich erst mal in ein dunkles Loch gefallen, weil … ich es so satthatte, mir das Herz brechen zu lassen. Aber in meinen Therapiesitzungen konnte ich einfach den ganzen Sommer über nicht aufhören, dran zu denken, wie ich mich gefühlt hab, wenn wir zusammen waren. Dass es mit Robbie das totale Gegenteil war. Er war …« Ben kratzte sich am Hinterkopf. »Echt mies. Aber ich hatte das Gefühl, dass ich endlich mal selbst die Verantwortung übernehmen muss. Für mein Herz. Dass ich um die Liebe kämpfen muss, die ich will. Und was ich wirklich immer noch will, bist du, Lex.«

In Alexeis Gesicht passierte … viel. Er zerquetschte den billigen Korb mit den Händen.

»Ich bereue nicht, dass ich dir nach Onkel Jacos Party meine Liebe gestanden habe«, machte Ben weiter, jetzt schon mutiger. »Obwohl ich rückblickend wohl einen besseren Zeitpunkt hätte wählen sollen als beim … du weißt schon. Aber ich bereue es nicht, weil ich in dem Moment so glücklich war.« Ein neuer Kloß im Hals schnürte ihm die Worte ab, und er musste tief durchatmen, um weiterzureden. »Richtig glücklich. Aber … du hast mir keine Chance gegeben, es besser zu machen. Ich durfte dich nie auf ein Date ausführen. Darum bin ich hergekommen und hab das hier gemacht.« Er deutete auf die Bäume. »Weil ich dich liebe. Aber auch für mich selbst. Weil ich es, wie gesagt, gerne wollte. Und ich habe mir schon viel zu lange Dinge verboten, die ich gerne will. Das versuche ich mir abzugewöhnen.«

Er stemmte die Hände in die Hüften. Ließ die Arme wieder sinken. Unsicher, wie er seine Rede beenden sollte.

»Also. So viel dazu«, sagte er. Obwohl er eigentlich noch mehr auf dem Herzen hatte. Aber erst wollte er Alexeis Reaktion abwarten.

»Ben«, setzte der schließlich an. Stellte den demolierten Korb neben sich auf die Bank. Lehnte sich vor, als hätte er Schmerzen, und legte das Gesicht in die Hände. Ben beobachtete, wie sein Rücken sich hob und senkte, während er durch die Finger ein- und ausatmete. Dann, endlich, setzte Alexei sich wieder auf und sagte atemlos: »Mann, Ben, kannst du herkommen?«

Er zögerte nur etwa eine halbe Sekunde lang.

Dann waren seine Knie auf der Bank, rechts und links von Alexeis Hüfte, seine Hände an Alexeis Wangen, die Daumen in seinem Bart. Alexei packte Bens Oberschenkel, hielt ihn fest, damit sie nicht von der Bank in den Columbia River purzelten.

Und bevor Ben Luft holen konnte, prallten ihre Münder aufeinander. Mit einer Hand griff Alexei um Ben herum an seinen Hintern, ihre Zungen verwoben sich miteinander, und es erinnerte Ben so sehr an das erste Mal in Big Bear City, als Alexei so sicher und selbstbewusst gewesen war und Ben sich am liebsten für immer in ihm verloren hätte. Es war unwirklich und so vertraut zugleich, Alexei Lebedev wieder zu küssen. Es erfüllte Ben, machte ihn schwindelig, atemlos und heiß.

Viel zu bald löste Alexei sich von ihm und hauchte ihm einen Kuss auf die Stirn, auf die Augenlider, die Nasenspitze.

»Ich liebe dich auch, Ben Caravalho«, raunte er an Bens Hals, genau unter dem Ohr. »Ich liebe dich so sehr. Gott, es tut mir so leid, dass ich dir das nicht gesagt habe, bevor ich gegangen bin.«

Bens ganze Brust schien in sich zusammenzufallen. Vielleicht fühlte es sich so an, wenn man in Ohnmacht fiel.

»Okay.« Er keuchte auf, als Alexei eine Hand unter sein Hemd wandern ließ, an seinem Hals saugte, und scheiße, gleich würde er tot umfallen. Er legte ihm die flache Hand auf die Brust und drückte ihn sanft zurück. Alexei sah ihn an, die Augen leuchtend und hungrig, der Mund immer noch offen. »Okay«, sagte er wieder. »Dann kommt hier meine nächste Frage.«

Alexei blinzelte und schloss den Mund.

»Wie läuft es mit Alexei 2.0? Ist die Entscheidung schon gefallen, wo er hinziehen will?«

Er blinzelte noch mehr und zog die Brauen zusammen.

»Ich hab die Listen gesehen, in deinen Notizbüchern«, erklärte Ben mit sanfter Stimme. Die Erinnerung daran, neben Alexei in seinem Zelt einzuschlafen, während er in seinen Listen schrieb, war wie ein Traum.

Alexei nickte, sein Blick klärte sich. Dann holte er tief Luft.

»Ähm. Ja. Ist sie.« Er schluckte. »Wie es aussieht, ziehe ich gar nicht um.«

Ben riss die Augenbrauen hoch. Auch sein Herz schien plötzlich anzusteigen.

»Nicht?«

»Nein.« Alexei lehnte sich an die Bank. »Ich bleibe in Portland. Die Entscheidung ist gefallen, als ich am Crater Lake war.« Er sah hinab und strich Ben über den Schenkel. »Erinner mich dran, dir das mal zu erzählen.«

»Kannst du es mir jetzt erzählen?«, flehte Ben, weil er plötzlich das dringende Bedürfnis verspürte, Alexei reden zu hören. Er strich ihm über die Arme. »Du hast … mir einfach so gefehlt, Lex. Ich will wissen, wie es dir geht. Ich will wissen, wie es am Crater Lake war.«

Alexei sah ihn eine Weile lang nur an, mit diesem ruhigen, nachdenklichen Alexei-Blick. Dann starrte er auf Bens Schulter und fing an zu erzählen.

»Er liegt im Süden von Oregon, kurz hinter der kalifornischen Grenze. Er ist der tiefste See in den Vereinigten Staaten und einer der klarsten der Welt. Sobald ich den Nationalpark betreten hatte, fühlte es sich an …« Er schürzte die Lippen und spielte am Saum von Bens Hemd herum. »… als wollten die Bäume mir irgendetwas mitteilen. Auf dem ganzen Weg bis zur Kante hat mein Herz wie wild geschlagen. Der Crater Lake ist nämlich wirklich ein Krater, darum muss man bis ganz zur Kante laufen, um ihn zu sehen. Aber wenn man da ankommt, ist es …«

Er hielt inne, sah Ben wieder in die Augen.

»Unglaublich. Du würdest es lieben.«

Wieder senkte er den Blick zu Bens Schulter und erzählte weiter.

»Ich habe ein stilles Plätzchen gefunden, abseits all der Menschenmengen, und mich … einfach hingesetzt. Und sehr lange da gesessen. Habe dran gedacht, dass ich schon mal da gewesen bin. Habe mich an den ersten Besuch erinnert, als ich zwölf war. Und plötzlich hatte ich ihn wieder ganz klar vor Augen. Wie mein Dad die Landkarte über dem Lenkrad ausgebreitet hat. Wie meine Mom sich mit diesem stinkenden Mückenspray eingenebelt hat. Wie sie mir immer die Haare aus der Stirn gestrichen hat, weil ich diesen schlimmen Topfschnitt hatte und es so heiß war.«

Ben lächelte. Die Frisur hätte er gern gesehen. Wie viele Kinderfotos Alexei wohl hatte retten können? Es juckte ihm in den Fingern, in Alexeis Elternhaus einzubrechen und alle Fotos von ihm zu stehlen.

»Aber als ich mich an all das erinnert habe, fühlte es sich nicht mehr wie eine offene Wunde an. Eher wie … Narbengewebe. Weil es dieses Mal anders war. Weil ich ein anderer Mensch bin. Der Mensch, der Hunderte von Meilen durch die Wüste gewandert ist und überlebt hat. Der seine Eltern und Kirche hinter sich gelassen und überlebt hat. Der sich in dich verliebt hat, der sich erlaubt hat, glücklich zu sein, wenigstens für eine Weile. Ich war wieder in dieser Gegend, die ich so liebe, die ich eigentlich nie hatte verlassen wollen, und es fühlte sich okay an. Es fühlte sich *gut* an, wieder in Oregon zu sein. Ich habe auf diesen wunderschönen Krater hinabgeguckt, und es fühlte sich an, als würde er mich zu Hause willkommen heißen. Und dann habe ich mich auf einmal gefragt, ob ich womöglich fast den ganzen PCT gewandert bin, um wieder nach Hause zu finden.«

Endlich sah er Ben an.

»Ich bin immer noch nicht hundertprozentig sicher, ob es die richtige Entscheidung ist. Vielleicht ziehe ich irgendwann doch um. Aber erst mal will ich mich nicht vertreiben lassen, verstehst du? Ich bin jetzt bereit, nach Hause zu gehen, und zwar zu meinen eigenen Bedingungen. Sodass es immer noch mein Zuhause sein *kann*.«

Ben wartete ab, bis er sicher war, dass Alexei alles gesagt hatte. Dann zog er ihn für einen weiteren Kuss an sich. Einen langsamen dieses Mal. Einen ruhigen. Bedeutsamen.

Scheiße, er liebte diesen Kerl so sehr.

»Alexei«, hauchte er, als er sich wieder von ihm löste. »Das war die beste Geschichte, die ich je gehört habe.«

Alexeis Augen glänzten. »Danke. Ich hatte ja auch ein paar Hundert Meilen Zeit, mir die richtigen Worte zu überlegen. Das hat geholfen.«

Ben biss sich auf die Unterlippe und fuhr ihm mit den Fingerknöcheln über die Wange.

»Ehrlich gesagt bin ich sogar erleichtert«, gab er zu. »Ich hab diese Alexei-2.0-Liste verabscheut.«

Alexei neigte den Kopf. »Echt?«

»Ja. Ich hab nie verstanden, was das überhaupt bedeuten soll. Und ich hab die Vorstellung gehasst, dass du denkst, du müsstest dich ändern. Mir gefällt Alexei 1.0.«

Alexei grinste und strich Ben über die Brust. »Na ja. Ein paar Aspekte möchte ich schon gerne noch ändern. Ich habe nur endlich begriffen, dass ich dafür nicht ans andere Ende des Landes ziehen oder erst ein völlig anderer Mensch werden muss.«

»Gut.« Ben wollte ihn schon wieder küssen, als ihm einfiel, dass er seine wichtigsten Fragen noch gar nicht gestellt hatte. »Aber wo wir gerade vom anderen Ende des Landes sprechen.« Er fuhr Alexei durch die Haare. Der ließ die Augen zufallen. »Ich würde dir gerne … eine Art Vorschlag unterbreiten.«

»Mmmh«, machte Alexei.

»Was würdest du davon halten, wenn ich nach Portland komme?«

Alexei öffnete ein Auge. »Du meinst, zu Besuch?«

Jetzt gingen die Nerven wieder mit ihm durch. »Na ja. Ja. Erst mal schon. Aber dann, hab ich gedacht, vielleicht auch längerfristig? Wenn das für dich in Ordnung wäre?«

Jetzt hatte Alexei beide Augen wieder aufgeschlagen, die Schultern waren angespannt und die kleine Falte auf der Stirn ganz tief.

»Was ist denn mit Nashville? Da ist deine ganze Familie und dein gesamter Freundeskreis. Warte, was soll das bedeuten?«

»Dass ich bei dir sein will.«

»Ich will auch bei dir sein, Ben, aber …« Er schüttelte den Kopf. »Ich kann doch nicht von dir verlangen, den Ort zu verlassen, den du so liebst. Oder die Menschen, die dir am meisten bedeuten.«

»Das ist es ja«, meinte Ben. »Würdest du gar nicht. Ich hab mit allen gesprochen, und Ma hat mir versichert, dass sie und Dad sich sehnlichst wünschen, dass ich mein Leben lebe, wie ich es will. Ich schätze, sie hat ein schlechtes Gewissen, dass ich ihr seit Birdies Tod so viel geholfen habe, anstatt ›Junge-Leute-Kram‹ zu machen, wie sie es nennt. Der Punkt ist: Ma und Julie und alle anderen haben versprochen, dass sie immer mein Zuhause sein werden, auch wenn ich nicht in Nashville bleibe. Genau wie ich dir gesagt habe, dass du da immer ein Zuhause haben wirst. Außerdem ist der Plan, noch dazubleiben, bis meine Praxisphase im Pflegeheim vorbei ist, weil ich Ted nicht hängen lassen will. Und ich will es für mich selbst schaffen.«

Er holte tief Luft.

»Eigentlich hatte ich gedacht, der PCT wäre mein letztes großes Abenteuer, mit dem ich die Rastlosigkeit in mir vertreibe. Aber Lex, seit ich den Trail verlassen habe, spüre ich es ganz deutlich.«

Er ergriff Alexeis Hände und verwob ihre Finger miteinander.

»Ich will noch mehr Abenteuer erleben, und zwar zusammen mit dir. Das Schöne ist doch, gute Pflegekräfte werden überall gebraucht. Und ich weiß jetzt endlich, dass ich ein guter Krankenpfleger bin. Ich würde dir überallhin folgen, wenn du mich lässt. Aber ich freue mich echt, dass du hierbleiben willst. Ich bin nämlich erst einen Tag da und merke schon, wie besonders es hier ist. Ich kann kaum erwarten, alles zu entdecken, was du an der Stadt so liebst. Also …«, bremste Ben sich. »Natürlich nur, wenn du das auch willst.«

»Ben.« Alexeis Stimme klang merkwürdig. Und als Ben endlich wieder wagte, ihm in die Augen zu schauen, sah er, dass Alexei weinte. »Absolut nichts auf der Welt würde mich glücklicher machen. Ben, bitte komm nach Portland. Du wirst es lieben.«

»Und es macht dir nichts aus, dass du noch etwa ein Jahr warten müsstest, bis ich in Lakeview durch bin?«

»Ben«, sagte Alexei wieder. »Ich habe mein ganzes Leben gewartet, um dich zu finden. Ein Jahr ist nichts dagegen.«

Okay. Jetzt weinte auch Ben.

»Im Ernst.« Alexei legte ihm eine Hand auf die Wange und wischte ihm mit dem Daumen die Tränen weg. »Das trifft sich sowieso ganz gut. Ich muss noch eine ganze Menge für mich selbst herausfinden. Das Wandern hat geholfen, aber ich will jetzt auch eine Therapie machen. Ich brauche einen neuen Job. Und eventuell suche ich mir auch eine neue Kirche.«

»Das klingt toll.« Ben versuchte, sich mit dem Ärmel möglichst dezent den Schnodder von der Nase zu wischen. »Wir können ja noch genauer besprechen, wie locker oder nicht locker das mit uns dann in der Zwischenzeit laufen soll. Und wir besuchen uns, wie du gesagt hast.«

Alexeis Augen leuchteten auf. Er packte Bens Hemd. Verdammt, wenn Alexeis Augen so strahlten, fiel Ben jedes Mal beinahe in Ohnmacht. »Echt? Ich könnte noch mal nach Nashville kommen?«

Seine Stimme bebte vor Aufregung so sehr, dass Ben laut auflachte.

»Natürlich kannst du das, Lex. Und ich komme so oft her, wie ich kann. Dann zeigst du mir schon mal alles.«

Alexei lächelte, breiter, als Ben ihn je hatte lächeln sehen. »Cool«, sagte er und brachte Bens Herz damit zum Schmelzen.

»*Te amo*, Alexei«, wisperte er.

»*Te amo*, Benedito.«

Ben grinste euphorisch und knuffte ihn in die Seite. »Uh, das klang schon richtig *gut*, Lex.«

»Danke.« Alexeis Wangen liefen rot an. »Ich kann kaum glauben, dass das alles echt passiert.«

»Geht mir auch so. Im Ernst, ich war die ganze Zeit, als ich mit Alina auf dich gewartet habe, so nervös, da ist es echt ein Wunder, dass ich bei den Vorbereitungen nicht umgeklappt bin. Könnte immer noch sein, dass ich jeden Moment einschlafe. Nur so als Warnung.«

Alexei lachte. Doch einen Moment später erstarb das Lachen wieder.

»Ich würde gerne mehr über Robbie erfahren«, sagte er mit leiser, bedachter Stimme. »Irgendwann. Wenn du bereit bist, mehr zu erzählen.«

»Okay.« Ben stieß einen langen Seufzer aus. »Hab ich schon mit gerechnet.«

Nach einer Weile verlangte Alexei: »Zeig mir noch mal das Tattoo.«

Also schob Ben den Ärmel wieder hoch. Alexei hielt seinen Arm mit beiden Händen und strich mit den Fingern behutsam über die Federn des Vogels. Ben holte scharf Luft. »Freut mich, dass es dir gefällt.«

»Es gefällt mir nicht bloß, verdammt, ich liebe es.« Alexei grinste. Und lief noch dunkler an. In Bens Magen setzte ein Feuerwerk ein.

»Soll ich dir was verraten?«, hauchte er. »Ich hab gerade so Lust auf dich.«

»Gut. Ich auch auf dich. Wo schläfst du?«

»Im Best Western, direkt hinter der Brücke.«

»Oh, Gott sei Dank.« Alexei küsste Bens Tattoo und lehnte die Stirn an Bens Hals. »Wie lange?«

»Nur ein paar Tage. Ted konnte mir ein bisschen Urlaub geben, aber mit den ganzen Flügen und allem …«

»Ein paar Tage sind großartig.«

»Du musst nicht die ganze Zeit über bei mir bleiben, wenn du noch hiken musst. Wird es nicht langsam eng, wenn du noch vor dem Schnee nach Kanada willst? Es ist in Ordnung, wenn du weitermusst, Lex.«

Alexei schwieg eine ganze Weile lang.

»Eigentlich war ich mir gar nicht so sicher, ob ich weitermache«, murmelte er an Bens Brust. »Langsam tut mir alles weh. Vielleicht sollte ich hier Schluss machen.«

»Oh. Na ja, das wäre auch völlig in Ordnung.« Ben zuckte die Achseln. »Es ist dein Hike.«

Alexei schlang Ben die Arme um den Oberkörper und zog ihn in eine feste Umarmung.

Nach ein paar Sekunden sagte er, gedämpft von Bens Hemd: »Aber ich glaube, ich mach's doch. Ich bin so nah dran. Da kann ich es wenigstens versuchen, oder?«

Bens Herz machte einen Satz. Vor Stolz. Aber auch, weil er das plötzliche Verlangen verspürte, Alexei so festzuhalten, dass er niemals wieder etwas Gefährliches tun konnte.

Er vergrub das Gesicht in seinen Haaren.

»Ja«, sagte er dann. »Allerdings unter einer Bedingung.«

»Hm?«

»Bevor du weiterwanderst, lässt du dich von mir nach Portland fahren, damit wir endlich dein verfluchtes Handy holen.«

Ein Lachen. Alexei schob Ben wieder die Finger unters Hemd. »Schluss damit.« Ben versetzte ihm einen liebevollen Klaps auf die Hand. »Das kitzelt. Oh, und du musst mir weiter schreiben. Bei jeder Poststelle, an der du vorbeikommst. Und die Briefe müssen richtig kitschig sein. Das sind dann wohl eher zwei Bedingungen.«

»Ben.« Alexei hob den Kopf und drückte ihm die Lippen auf den Hals. Ein Schauer überlief Ben. »Hat dein Hotelzimmer ein Doppelbett?«

»Die waren alle schon belegt«, stöhnte Ben. »Gab nur noch Einzelbetten.«

»Das wird wohl auch gehen.« Alexei saugte an Bens Ohrläppchen.

»Aber es gibt eine Dusche«, meinte Ben. »Und ich muss sagen, Lex, du riechst echt schlimm. Verdammt, ich hab ganz vergessen, wie schlimm der Trail stinkt. Ist es seltsam, dass dein Körpergeruch mich sentimental werden lässt?«

Alexei lächelte an Bens Wange.

»Ben?«

»Ja?«

»Lass uns gehen.«

EPILOG

Portland, Oregon
Ein Jahr später

Um elf Uhr steckte Rex den Kopf in Alexeis Büro, pünktlich auf die Minute. Alexei war überrascht, dass er ihn noch nicht früher gesehen hatte.

»Ist schon Ben-Zeit?«

»Eine Stunde noch.« Genau genommen noch achtundfünfzig Minuten. Nicht, dass Alexei mitzählen würde.

»Wie lang noch, bis immer Ben-Zeit ist?«

»Etwas mehr als drei Monate.«

Das wusste Rex natürlich. Ben würde kurz nach Neujahr nach Portland ziehen. Das beste Weihnachtsgeschenk überhaupt. Sogar besser als Little Debbies.

Rex hakte nur gerne nach, weil er, laut eigener Aussage, den Anblick liebte, wenn Alexei rot anlief. Manchmal kniff er ihm ärgerlicherweise sogar in die Wangen, wenn sie im Pausenraum waren oder Alexei so abgelenkt war, dass er es nicht verhindern konnte.

Alexei hatte nicht erwartet, dass Rex sich als sein bester Bürofreund entpuppen würde – oder als bester Freund generell –, aber im letzten Jahr hatte Rex sich mit seiner Zuneigung langsam einen Weg in sein Herz geschlichen. Und inzwischen wusste Alexei, dass solche unerwarteten Dinge oft die besten waren.

Den Bürojob im Forest Service von Portland hatte er im letzten Herbst ergattert, einen Monat nach seiner Rückkehr vom Trail. Bei der Stelle ging es hauptsächlich um Budgets und das Auswendiglernen von mehr Bundesgesetzen, als er je zuvor gekannt hatte. Aber er durfte auch Tabellen erstellen. Und viele zufriedenstellende Diagramme.

Die meiste Zeit über ging er gern zur Arbeit und freute sich jedes Mal, wenn er das Forest-Service-Logo an der Wand sah. Obwohl er in einem gläsernen Bürogebäude saß, fühlte er sich dem Wald und damit den Erinnerungen an den Trail hier näher. Und er wurde immer ein wenig nervös, wenn er mit Wissenschaftler*innen sprechen durfte, die wirklich daran arbeiteten, seine geliebten Wälder zu beschützen und zu verwalten.

In letzter Zeit träumte er oft davon, wieder zur Uni zu gehen und etwas Wissenschaftliches zu studieren, das ihn auch für den Außendienst qualifizieren würde. Irgendetwas, bei dem sich seine Liebe zur Datenanalyse mit seiner Liebe zur Natur verbinden ließ. Dieses neue Verlangen, mehr tun zu wollen, zupfte leise und stetig an ihm.

Aber fürs Erste würde er Ben Caravalho in fünfundfünfzig Minuten vom Flughafen abholen. Fürs Erste war er mit seinem sicheren Job zufrieden, bei dem er ein bisschen mehr über Bäume lernte. Bei dem er sich einmal die Woche zum Abendessen mit seiner Schwester treffen konnte, die wirklich mit jeder Woche witziger wurde. Außerdem gab es hier eine Kirche, zu der er manchmal ging, mit einer Regenbogenflagge an der Tür, in der er sich vielleicht irgendwann zu Hause fühlen konnte.

Mit seinen Eltern hatte er nicht wieder gesprochen. Er war ihnen auch nie auf der Straße begegnet.

Aber jeden Dienstag ging er zur Therapie. Seine Therapeutin hörte ihm zu, wenn die Geister seiner Eltern ihn an manchen Tagen mehr verfolgten, als ihm lieb war. Sie zeigte ihm Bewältigungsstrategien. Letzte Woche hatte sie ihn angelächelt und ihm gesagt, dass er sich »wirklich gut« schlug.

Gleich zu Beginn der Therapie hatte sie Alexei auch an einen Facharzt für eine Autismus-Diagnostik überwiesen. Als er die Diagnose bekam, hatte ihn das zunächst in einen Fragenstrudel katapultiert, in dem es überwiegend um seine Eltern gegangen war. Hatten sie es gewusst? Hatten seine Lehrer*innen ihnen jemals empfohlen, ihn diesbezüglich testen zu lassen? Hatten sie das abgelehnt? Wie wäre es gewesen, wenn er früher Bescheid gewusst hätte?

Aber größtenteils, wenn er die Fragen über seine Vergangenheit beiseiteschieben konnte, half ihm der Prozess, seinen Autismus zu verstehen, noch mehr dabei, sich selbst lieben zu lernen.

In letzter Zeit hatte er mehr Träume, als er sich jemals zuvor zugestanden hatte. Aber im Augenblick war es genug, einen Job zu haben, und eine Therapeutin und eine Schwester und einen festen Freund und ein Gehirn, das er endlich besser verstand. Das war mehr als genug.

Die nächsten dreiundfünfzig Minuten verbrachte Alexei damit, seine E-Mails zu lesen, nichts davon zu begreifen und gedankenverloren in einem Bericht herumzuklicken, den er nicht fertigstellen würde. Um 11:59 Uhr fuhr er seinen Computer herunter und verließ hastig das Büro.

Ben hatte einen der ersten Morgenflüge genommen. Trotzdem würde Alexei viel zu früh am Flughafen ankommen, wie immer.

Er konnte es kaum erwarten, dass Ben bald für immer

hier sein würde. Hier leben würde. Manchmal war allein die Vorstellung überwältigend. An manchen Abenden konnte Alexei vor Aufregung nicht einschlafen. Dann schickte er Ben Listen mit Fragen – welche Küchengeräte würde er mitbringen? Welches Hundefutter bevorzugte Delilah? Sollte Alexei ein neues Bücherregal besorgen? – und manchmal Listen mit Dingen, von denen er wusste, dass Ben sie seltsam finden würde. Seine Angewohnheit, Schuhe in einer perfekten geraden Linie neben der Tür aufzureihen. Die unerklärliche Tatsache, dass er jedes Mal im Supermarkt Spinat kaufte, auch wenn er noch nie, wirklich niemals, eine ganze Tüte aufgebraucht hatte, bevor sie schlecht geworden war.

Ben schrieb ihm normalerweise eine dieser zwei Sachen:

Ich liebe dich so sehr

Bitte schlaf endlich, du gut aussehender Nerd

Was Alexei ihm nicht schrieb, was er für sich behielt, war sein Traum, eines Tages mit Ben ein Haus zu kaufen. Mit Garten. Genug Platz für Delilah, um herumzurennen und sich im Gras zu wälzen. Platz, um ihre nächsten Abenteuer zu planen.

Er wusste, dass er und Ben womöglich nicht für immer in Portland bleiben würden, dass Ben womöglich noch ein wenig umherziehen wollte, wenn er einen Vorgeschmack vom Nordwesten erhalten hatte. Sie hatten darüber gesprochen, und Alexei war mit allem einverstanden, was da noch auf sie zukam. Er war einverstanden, Portland zu verlassen, solange Ben bei ihm war. Sich weiterzuentwickeln war etwas anderes, als wegzurennen.

So oder so, selbst wenn sie eines Tages wegziehen würden, Alexei wollte Ben trotzdem ein Haus kaufen. Er würde Ben Hunderte Häuser kaufen, wenn er könnte, egal, wo Ben sie haben wollte.

Auf dem Weg zum Flughafen musste er allerdings zugeben: Trotz all der verheißungsvollen Zukunftsvisionen hatte dieser letzte Besuch von Ben auch einen bittersüßen Beigeschmack. Zu Thanksgiving würde Alexei noch mal nach Nashville fahren, wie letztes Jahr. Aber abgesehen davon wäre Ben bis zum Herbst mit dem Abschluss seiner Praxisphase im Pflegeheim und seinem Leben in Nashville beschäftigt. Erst im Januar würde er wiederkommen, dann allerdings ohne Rückflugticket.

Und so schwer die Distanz auch manchmal war, die Vorfreude auf die Besuche war jedes Mal richtig berauschend. Als Alexei endlich auf dem Weg zum Flughafen war, prickelte ihm die Aufregung wie Champagner durch die Adern, und bald fühlte er sich, als würde er jeden Moment abheben. Das würde ihm fehlen.

Und dieser Besuch … Auf diesen Besuch freute Alexei sich schon seit Monaten.

Im September war Ben noch nie hier gewesen. Die paar Tage, die sie letztes Jahr in Cascade Locks verbracht hatten, zählten nicht.

Alexei hielt an und besorgte einen Blumenstrauß.

Dann parkte er am Flughafen, nestelte an den Stängeln herum und wanderte vor dem Terminal auf und ab, bis Ben endlich da war, mit seinen funkelnden Augen und den Haaren im Dutt und dem Zahnlückenlächeln, das nur ihm gehörte.

Als sie in Alexeis Apartment ankamen, einer Einzimmerwohnung in einem kleinen Gebäudekomplex im Hawthorne-Viertel, war das Ritual das Gleiche wie immer.

Bens Taschen zur Tür tragen.

Tür aufmachen und versuchen, gelassen zu wirken.

Taschen fallen lassen. Tür schließen. Eine halbe Sekunde warten, bis Ben ihn dagegen drückte.

Ben mit ihm machen lassen, was er wollte.

Das war Alexeis liebstes Ritual überhaupt.

Dieses Mal jedoch stellte er zuerst die Frage.

»Was möchtest du?«, hauchte er zwischen zwei Küssen, während er mit den Händen unter Bens Hemd glitt. Der Small Talk, den sie im Auto geführt hatten, war längst vergessen, und Alexeis Finger machten sich wieder mit Bens Haut vertraut, fühlten sich heimisch auf ihr.

»Nee, nee.« Ben knabberte an Alexeis Hals. »Du kennst die Regeln. Deine Stadt, also suchst du aus.«

»Aber bald ist es auch deine Stadt«, wisperte Alexei, bereits außer Atem. »Ich will so tun, als wäre es schon so weit. Du suchst aus.«

Ben lehnte sich zurück und sah ihn abwägend an. Dann zog er einen Mundwinkel nach oben.

»Ich meine, wenn du es so willst … Ich entscheide mich für den Sessel.«

Alexeis Magen machte einen Satz. Ben lehnte sich wieder vor.

»Mit mir auf deinem Schoß.« Er vervollständigte die Bitte im Flüsterton, wobei er mit den Lippen Alexeis Ohrmuschel streifte, was ihm ein Kribbeln über die Wirbelsäule jagte.

Der Sessel war stellungsmäßig etwas anspruchsvoll, keineswegs so luxuriös wie ein Doppelbett. Alexei hatte den übergroßen Sessel, der in der Wohnzimmerecke neben dem Bücherregal stand, vor zwei Jahren in einem Vintage-Laden gekauft. Es war das einzige Möbelstück im Zimmer, das nicht von IKEA stammte und Alexei darum das Gefühl gab, er könnte hip sein. Eventuell.

Ursprünglich war er sein Lesesessel gewesen.

Inzwischen konnte Alexei kaum noch darin sitzen, ohne auf unanständige Gedanken zu kommen, selbst wenn Ben nicht da war.

Die Klamotten flogen in Windeseile durch die Gegend, und schon bald saß Ben auf Alexeis Schoß, Haut auf Haut, die Münder an allen erreichbaren Körperstellen.

Später würden noch zärtlichere Momente folgen, bevor Bens Besuch vorbei war und er wieder nach Hause musste. Aber der Flughafen-Abhol-Sex war stets eine nahezu humoristisch schnelle, atemberaubend heiße Angelegenheit, und Alexei liebte die klaren Grenzen, in denen es sich abspielte, das gegenseitige Einvernehmen, dass sie beide so schnell wie möglich Befriedigung brauchten.

Alexei würde diese Dringlichkeit fehlen, wenn sie denn verschwinden sollte, sobald sie am selben Ort lebten. Auch wenn es ihm gerade schwerfiel, sich das vorzustellen, während er Bens Mund nachjagte, als dieser nach dem Gleitmittel griff. Er konnte sich kein Szenario vorstellen, in dem er es nicht genießen würde, Ben bei jeder sich bietenden Gelegenheit die Kleider vom Leib zu reißen, sodass ihm der Mund offen stehen und die Augen glasig werden würden.

»Lex«, hauchte Ben, als er sich auf ihn sinken ließ. »Ich habe dich vermisst.«

Alexei beugte sich nach vorn, küsste Bens Brust, umspielte seine Nippel mit der Zunge und stöhnte, als Ben sich wieder und wieder an ihm rieb.

»Du bist so schön«, murmelte Alexei und legte ihm eine Hand auf die Hüfte. »Ben. Ich liebe dich.«

»So, so verdammt doll«, keuchte Ben und bewegte sich schneller, wobei er mit beiden Händen die Rückenlehne hinter Alexeis Kopf umklammerte. »Gott. So gut. Verflucht, das will ich immer. *Fuck.*«

»Ebenso«, meinte Alexei, und Ben lachte einen halben Atemzug lang, bis Alexei seinen Schwanz in die Hand nahm und mit der Faust sanft den Schaft umschloss.

»Lex«, stöhnte er und stemmte ihm das Becken entgegen. »Nicht … streicheln … brauche … *Ja*, genau so, nur so, *Lex.*«

»Hab dich vermisst«, murmelte Alexei und konnte keinen klaren Gedanken mehr fassen, denn alles strömte auf diesen Punkt zu, der sich zusammenzog, hart und glühend. »*Te amo*, Ben, *Ben*, mein …«

Und dann waren da keine Worte mehr.

Wenige Minuten später, nachdem Alexei sie sauber gemacht hatte, lag Ben in seinen Armen, die Knie an die Brust gezogen, und sein Kopf ruhte auf Alexeis Schulter. Gemächlich zeichnete er Kreise auf Bens Rücken.

»Diese *te amos*«, sagte Ben erschöpft. »Selbst wenn du kurz davor bist zu kommen. Ma wäre beeindruckt.«

Alexeis Schultern erzitterten.

»Würde Iris wirklich davon erfahren wollen?«

»Bäh, wie eklig, du hast recht. Vergiss bitte, was ich gesagt habe. Mein Gehirn funktioniert noch nicht wieder richtig.«

Alexei küsste ihn auf den Scheitel.

»Wie geht es ihr?«

»Na ja, jetzt, wo sie nur noch die Vertretung übernimmt, ist sie *wesentlich* weniger nervig.« Ben lachte an Alexeis Brust. »Sie hat den Ruhestand ganze … drei Wochen ausgehalten? Wie erwartet. Aber jetzt ist sie glücklich. Sie kann hingehen, wann sie will, hat immer noch Kontakt zu den Leuten, muss sich aber nicht mehr mit dem ständigen Stress herumplagen. Ich glaube, sie und mein Vater planen sogar einen Urlaub. Einen großen, in Europa. So was haben sie noch nie gemacht.«

»Das freut mich total«, murmelte Alexei und schloss die Augen, als ein Strahl der Nachmittagssonne durch das Fenster hereinfiel.

Es hatte nur ein bisschen mehr Überzeugungsarbeit von Ben – und etwas Hilfe von Alexeis Therapeutin – gebraucht, damit Alexei wirklich glaubte, dass Bens Leute tatsächlich auch seine Leute waren. Aber als er erst einmal die Tür für die Idee geöffnet hatte, sich auf eine neue Familie einzulassen, war es gar nicht mehr so schwer gewesen, diese Tür auch offen zu halten.

»Okay.« Ben löste sich von Alexeis Brust und streckte sich. »Dafür hat es sich gelohnt, um vier Uhr aufzustehen, aber hab ich noch Zeit für ein Nickerchen, bevor die Vogelshow beginnt?«

Alexei knuffte ihn in die Seite.

»Du meinst die *Swift Watch*. Und …« Er kontrollierte die Uhrzeit. »Ja. Wir haben noch etwa eine Stunde, bevor wir aufbrechen müssen.«

»Perfekt«, rief Ben, sprang von Alexeis Schoß, noch bevor er den Satz beendet hatte, und rannte nackt ins Schlafzimmer. Alexei hörte das laute *Rumms*, das verriet, dass Ben ins Bett gesprungen war.

Alexei schlüpfte wieder in seine Unterwäsche und ging in die Küche, wo er sich noch einmal vergewisserte, dass alles in der Kühlbox und der Tragetasche war, die er am Abend zuvor vorbereitet hatte.

Jeden September rasteten Tausende Graubauchsegler nachts im überdimensionalen Schornstein einer örtlichen Grundschule, ein Zwischenstopp auf ihrem Zug nach Süden. In der Dämmerung versammelten sie sich um den Schlot und zogen gemächlich ihre Kreise, bis sie zu einer wuseligen, flatternden dunklen Masse verschmolzen. Ein Tornado aus winzigen Herzschlägen, der mit jeder Runde näher und schneller um den Schornstein wirbelte. Sobald ihr Leitvogel das Signal gab, flogen sie alle auf einmal in ihren nächtlichen Unterschlupf, ein Strudel aus wundervoll koordinierten Flügeln und Federn.

Die Graubauchsegler waren zwar klein, doch gemeinsam boten sie eine tolle Show. Hunderte Menschen aus Portland kamen im September jeden Abend zusammen, um sie zu beobachten, und applaudierten, wenn auch der letzte Segler seinen Weg nach Hause gefunden hatte. Oder besser gesagt ins vorläufige Zuhause. Ein Ort, an dem sie auf ihrer Reise alle in Sicherheit waren.

Alexei freute sich schon seit Monaten darauf, Ben dorthin mitzunehmen. Es ärgerte ihn immer noch, dass er ihm so viel von seiner Geschichte nicht zeigen konnte, so, wie Ben es in Nashville getan hatte. Weder sein Elternhaus noch die Kirche, in der er so viele Stunden seines Lebens verbracht hatte. Er konnte nicht in Fotoalben blättern oder seine Mutter bitten, Ben die Lieblingsgerichte aus seiner Kindheit zu kochen.

Aber an der Swift Watch hatte Alexei von klein auf teilgenommen. Er wusste noch genau, wie er mit Alina auf zerschlissenen Kartonresten den großen Hügel in der Nähe der Grundschule hinuntergerutscht war, während die Sonne über West Hills langsam unterging und sie auf die Ankunft der Vögel warteten. Die Swift Watch war damals ein Teil von ihm gewesen und war es auch heute noch. Ein weiterer wertvoller Teil seines Lebens, den er immer noch sein Eigen nannte und den er Ben immer noch zeigen konnte.

Doch auch die Swift Watch hatte sich im Laufe der Jahre verändert. Die Zahl der Segler, die jedes Jahr auftauchten, nahm stetig ab, weil sie andere Schornsteine zum Ausruhen und andere Flugrouten fanden. Wie alles im Leben veränderten sich auch die Verhaltensweisen der Vögel mit der Zeit.

Es würde nicht mehr genau so sein wie früher, aber trotzdem eine gute Show. Alexei konnte es kaum erwarten, ein Picknick zu machen, Ben vielleicht den Kopf in den Schoß zu legen, während die zarten Geschöpfe über ihnen tanzten, furchtlos und wunderschön.

Ein weiteres Mal überprüfte er alles: Chips und Hummus, Käse und Cracker, schokoladenüberzogene Erdbeeren zum Nachtisch. Den Wein hatte er diskret in zwei kleine Thermoskannen umgefüllt. Eigentlich war das bei der Swift Watch nicht erlaubt, doch in letzter Zeit wurde Alexei immer besser darin, die Regeln zu brechen.

Er faltete die Decke neu und legte sie oben auf die Kühlbox.

Dann ging er ins Schlafzimmer, um sich ein wenig neben seinem Freund auszuruhen, dessen Haar von den Strahlen der warmen Herbstsonne erleuchtet wurde. Ben stieß im Halbschlaf ein glückliches Seufzen aus, als Alexei sich von hinten an ihn kuschelte. Aber Alexei hatte noch keine Lust, die Augen zu schließen.

Einen Augenblick später griff er hinter sich nach seinem Handy. Er zielte mit der Kamera über Bens Schulter zum Fenster, wo die Blätter zu fallen begannen, wo die Vögel ihre Reise antraten und die Welt sich wieder einmal auf einen neuen Zyklus der Veränderung vorbereitete. Eine weitere Gelegenheit für einen Neuanfang.

Als er sich endlich für einen Filter entschieden hatte – Ben lachte immer darüber, wie lange er dafür brauchte –, bekam er von Alina sofort ein Herz. Gefolgt von Ruby, Carolina und Rex.

Alexei legte das Handy wieder weg. Seine Followerzahl war klein, aber treu. Er wusste genau, welche Herzen als Nächstes eintrudeln würden.

Zufrieden ließ er sich zurück in sein Kissen sinken und legte Ben eine Hand auf die Taille. Ben zu berühren, fühlte sich inzwischen so vertraut an wie nur ganz wenige Dinge jemals zuvor. So vertraut wie die glatten Tasten eines Klaviers. Wie Alinas Haare zu flechten. Wie das weiche Leder eines oft benutzten Gesangbuchs.

Alexei drückte die Nase in Bens Haar und behielt beim Einatmen die Luft für einen langen Augenblick in seiner Brust. Er würdigte ihn wie etwas Heiliges.

Liebte ihn wie sein Zuhause.

DANKSAGUNG

Vielen Dank an meine Lektorin Junessa Vilora und ihre Assistentin Sabrina Flemming, die dieses Buch von einem schweren Seufzen in ein wohlverdientes Lächeln verwandelt haben. Euer Glaube an Alexeis und Bens Geschichte und eure unermüdliche Arbeit, sie besser zu machen, bedeuten mir einfach alles. Danke auch an Leah Hultenschmidt, Estelle Hallik, Dana Cuadrado, Jeff Holt, Joan Matthews und das gesamte Team von Forever, dass ihr mich mit offenen Armen empfangen habt. Und wie immer danke ich meiner Agentin Kim Lionetti.

Danke, Hattie Windley, dass du wieder einmal mit so viel Talent und Liebe an meinen Charakteren gefeilt hast. Ich bin die glücklichste Autorin der Welt, weil du so wunderschöne Cover machst.

Danke an die ersten Leser*innen dieses Buches: Manda Bednarik (dir gebührt ein besonderes Dankeschön, weil du so oft zu Knotenpunkten mit mir gefahren bist, inklusive der einen Gelegenheit, bei der wir fast gestorben sind), Jen St. Jude, Gabe Fleury, CJ Connor und Elora Ditton. Danke, Danielle »Onkel Dan« Rosen, dass du all meine Fragen zur Pflegeausbildung beantwortet hast, und danke, Meredith Moran, für deine Portugiesisch-Inspirationen und dafür, dass ich mir Tiagos Namen stibitzen durfte. Danke auch an Anna Kopp, für deine essenzielle Russisch-Hilfe. Alle sprachlichen Fehler in diesem Buch gehen auf meine Kappe.

Ein besonderes Danke geht an Ellie MacGregor: Deine Unterstützung in den späteren Phasen des Buches war von unschätzbarem Wert. Danke auch an KT Hoffmann für die Einsichten, den Zuspruch und die Freundlichkeit, als ich sie am dringendsten brauchte.

Danke an Jenny Bruso und *Unlikely Hikers*, deren Mission mir so am Herzen liegt, genau wie alle anderen Personen und Organisationen, die sich für inklusivere Angebote in der Natur einsetzen, einschließlich, aber nicht ausschließlich *Fat Girl Hiking*, *Brown People Camping*, *Indigenous Women Hike*, *The Great Outchea*, *Melanin Base Camp*, *The Venture Out Project* und *Wild Diversity*. Ich lege allen ans Herz, sich mit diesen wichtigen Projekten auseinanderzusetzen.

Ein großes Danke geht an meine Familie, vor allem an meine Mom, die viele zermürbende Wanderungen mit mir machen musste, während ich mich auf den PCT vorbereitet habe. Und an meinen Dad, der versteht, wie wichtig Umherwandern ist. Danke auch an alle Cousinen und Cousins, die – genau wie die Caravalhos – wissen, wie man eine gute Party feiert, vor allem, wenn es Whitney-Songs und Hüte gibt, die aussehen wie Essen.

Danke an Cliff Lyddane, den besten Hiking-Partner der Welt. Danke, dass du immer Geduld mit mir hattest, wenn ich langsam war und/oder weinen musste, und dafür, dass du die Wasserstationen auf deinem GPS-Tracker vormarkiert hast. Danke an Chery Strayed und Bill Bryson – dank euch kann ich schon seit meiner Kindheit vom Wandern träumen. Danke, Nordwestpazifik, dass es dich gibt.

Ein großes Dankeschön geht an alle von *The Writing Folks*: vor allem Sami, unsere furchtlose Anführerin;

Chandra, meine Seelenschwester; LC hat mich immer zum Lachen gebracht; Lani hat mich überzeugt, dass es gar nicht so schrecklich ist, die Zeichenzahl zu reduzieren; Brightons Entschlossenheit und Talente waren meine Inspiration für Ruby; und Gigi hat mir geholfen zu verstehen, dass Alexei neurodivergent ist, und mich bei dieser Reise viel mehr unterstützt, als ihr vermutlich bewusst ist.

Danke an alle Leser*innen, Blogger*innen, Bookstagrammer*innen, BookToker*innen und Mitglieder von *Romancelandia*, die so lieb zu »Für jede Liebe ein Problem« (und auch zu meinen Moonlighters-Kurzgeschichten) waren. Ich kann gar nicht in Worte fassen, was eure Unterstützung mir bedeutet.

Und zu guter Letzt danke ich Kathy, weil du immer Ja sagst zu all meinen rastlosen Abenteuern, selbst wenn sie dich nervös machen – wie zum Beispiel, wenn ich wochenlang Etappen vom PCT wandere oder meinen sicheren Job kündige, um mehr Zeit für das Schreiben von Liebesromanen zu haben. Ich liebe dich.